乐读 系列教材

MIS

Management Information Systems

管理信息系统

（美） 侯赛因·比德格里（Hossein Bidgoli） 著

张利强 译

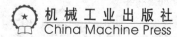

机械工业出版社
China Machine Press

本书是一本管理信息系统教材，与众多管理信息系统教材不同的是，本教材从简单的理论出发，逐步深入，同时配有大量的专栏、案例，形式新颖，严谨中不失活泼，能够提高学生的阅读兴趣。本书共 14 章，全面系统地介绍了管理信息系统的概念、结构、技术和应用，内容新颖，分别从管理、宏观及应用的视角来剖析管理信息系统，实用性强，并配有大量实例。

本书适合作为管理类专业本科生的管理信息系统教材。

Hossein Bidgoli. MIS

Copyright ©2011 Course Technology, Cengage Learning.

Original edition published by Cengage Learning. CMP Press is authorized by Cengage Learning to publish and distribute exclusively this simplified Chinese edition. This edition is authorized for sale in the People's Republic of China only (excluding Hong Kong, Macao SAR and Taiwan). Unauthorized export of this edition is a violation of the Copyright Act. No part of this publication may be reproduced or distributed by any means, or stored in a database or retrieval system, without the prior written permission of the publisher.

All rights reserved.

本书原版由圣智学习出版公司出版。本书中文简体字翻译版由圣智学习出版公司授权机械工业出版社独家出版发行。此版本仅限在中华人民共和国国境内（不包括中国香港、澳门特别行政区及中国台湾地区）销售。未经授权的本书出口将被视为违反版权法的行为。未经出版者预先书面许可，不得以任何方式复制或发行本书的任何部分。

本书封底贴有 Cengage Learning 防伪标签，无标签者不得销售。

封底无防伪标均为盗版
版权所有，侵权必究
本书法律顾问　北京市展达律师事务所

本书版权登记号：图字：01-2010-6355

图书在版编目（CIP）数据

管理信息系统/（美）比德格里（Bidgoli, H.）著；张利强译 .—北京：机械工业出版社，2011.7
（乐读系列教材）
书名原文：MIS
ISBN 978-7-111-35145-0

Ⅰ. 管… Ⅱ.①比… ②张… Ⅲ. 管理信息系统 – 教材 Ⅳ. C931.6

中国版本图书馆 CIP 数据核字（2011）第 121917 号

机械工业出版社（北京市西城区百万庄大街 22 号　邮政编码　100037）
责任编辑：宁 姗　　　　　版式设计：刘永青
中国电影出版社印刷厂印刷
2011 年 7 月第 1 版第 1 次印刷
185mm×260mm · 18.75 印张
标准书号：ISBN 978-7-111-35145-0
定　价：49.00 元

凡购本书，如有缺页、倒页、脱页，由本社发行部调换
客服热线：（010）88379210；88361066
购书热线：（010）68326294；88379649；68995259
投稿热线：（010）88379007
读者信箱：hzjg@ hzbook. com

本书中文版中使用的图片均为原版图书中的图片，因其中部分图片无法与著作权人取得联系，故未能向其支付稿酬，请该等图片的著作权人在看到本书后与本社联系，领取稿酬，本社对您的支持表示衷心的感谢。

致读者

　　教育是什么？教育意义何在？这些问题一直被历代思想者和教育家所追问。

　　柏拉图说："教育是为了以后的生活所进行的训练，它能使人变善，从而高尚地行动。"巴格莱说："教育是传递人类积累的知识中具有不朽价值的那部分的过程。"陶行知则说："生活即教育。"

　　关于"教育"的定义，也许难以有一个绝对的答案，因为教育是一种实践活动，总是处于不断的实践发展与总结提炼中。

　　现代教育的目的在于发展学习者的认知结构，培养其创造力和批判力，从而更好地提高其生活技能，使其获得更为幸福的生活。

　　在教育的过程中，学习是十分重要的一部分，而阅读又是学习活动中不可分割的一部分。教材作为用于向学生传授知识、技能和思想的材料，是教学活动中最为重要的阅读物，但一直以来国内出版界对于教材阅读感受的重视显然不够。

　　目前国内的教材或者篇幅繁冗、内容庞杂，不能在有效的时间内完成阅读；或者内容过于简单，阅读感差，用"味同嚼蜡"形容一点不为过。

　　适合轻松愉悦学习的教材颇难寻觅！

　　生活与学习是一种体验的过程，我们应该让这种体验变得快乐。如何让教育者及学习者从沉闷的教材中体验到快乐，并乐于阅读，这一直是作为教育出版者的我们所思考和不懈为之奋斗的目标。

　　经过长时间的选题甄选工作，最终有了今日"乐读"系列教材的出版。它是在对美国几百所大学的教师和学生、几十个学科调查研究的基础上，由国外权威出版机构精心打造的一本寓教于乐的全新系列，其一改往日教材的厚重繁复，以内容全面、言简意赅、图文并茂、装帧精美、教辅齐全为主要特点，被奉为快乐阅读的教材榜样，一经推出即获得巨大成功，受到广大师生热捧，迅速成为教材市场的新宠。时至今日，全世界超过1 500所大学、100万的学生曾经或者是正在使用该系列教材。在各方的努力下，中文版得以正式出版，我们相信它们必将成为教师乐教、学生乐学的"乐读"教材。

　　诚挚祝愿各位读者朋友快乐学习、快乐阅读！

出版者
2010年10月

译者序

信息是具有重要价值的社会资源，利用好信息资源可以更好地开发和利用其他资源。当今工商业、医疗卫生、环境保护和军事国防等许多领域的发展，都依赖于信息的获得和使用。特别是随着计算机科学的发展及计算机技术的广泛应用，信息技术和信息系统已在很多方面深刻影响着企业的运作，信息系统和技术已成为企业获得成功不可或缺的组成部分。利用计算机和网络技术建立综合的管理信息系统（MIS）可以帮助各类企业增进运作效率和效益，提高管理决策水平，加强其在国际市场竞争中的地位。无论是在产品开发、客户关系管理，还是在电子商务事务处理方面，信息系统的重要性都是不言而喻的。由于供应链和企业运作集成化正在成为企业运营发展中的一个新阶段，所有企业都必须顺应潮流，更新企业基础设施，更新运作过程，并同时开发适合这种需要的新一代企业信息管理系统。

MIS是一个以人为主导，利用计算机硬件、软件、网络通信设备以及其他办公设备，进行信息的收集、传输、加工、储存、更新和维护，以企业战略竞优、提高效益和效率为目的，支持企业高层决策、中层控制、基层运作集成化的人机系统。本书主要从三个方面对MIS进行了论述：信息系统的基本知识，其中包括信息系统的基本构成、计算机知识、数据库系统和信息安全问题；信息系统的应用，包括数据通信技术、网络技术、电子商务和全球信息系统；信息系统的建立与发展趋势，以及企业系统和管理支持系统。本书全面、深入浅出地对信息管理系统知识进行了阐述，并且论述逻辑严谨，层次清楚，特别是本书中引用了大量生动、典型的最新案例，对有关问题进行了解释说明，有助于学生进一步理解MIS的概念和应用。在翻译本书的过程中，我们认为本书的突出特点表现为以下四个方面。

（1）**立足于信息系统的实际应用**。本书中列示了许多与企业所有职能领域相关的信息系统程序，这样能够帮助学生更好地理解文章内容。此外，本书着重从企业面临的问题出发，以用户的角度论述信息系统。通过这种方法，本书为未来的管理人员设计和实施信息系统，提供了必要的基础知识。

（2）**教材内容结构呈现立体化**。本书的每一章都建立了全面的辅助学习体系，如本章概述、学习目标、术语专栏、产业联系、关键术语、问题和讨论以及案例研究。特别是在产业联系和案例研究中，通过介绍顶尖计算机和网络公司的成功案例，或某些企业的典型案例，将真实的信息系统应用案例引入课堂，进一步增加了学生对所学知识的理解。

（3）**编排乐考卡**。本书设置了活页乐考卡，这些卡片包含每一章的学习目标和关键术语，从而使学生的学习能够更有针对性，帮助学生整理知识点，抓住核心内容，提高学习效率。

基于以上特点，本书对学生和企业管理人员来说，是一本关于管理信息系统的基础知识和基本应用方面的极好教材。

本书翻译由张利强独立完成，张翔老师进行了详细的审校。

感谢机械工业出版社华章公司吴亚军、宁姗两位编辑，通过他们的热忱帮助、耐心细致的指导，进而促成了这版中文译本的面世。感谢我的家人，他们给予我极大的理解和支持。

由于译者水平有限，译稿难免存在疏漏和差错，敬请读者批评指正。

希望本书成为你学习信息管理知识的良师益友！

张利强

2011年3月1日于北京

前　言

职能应用程序

MIS一书列示了与企业所有职能领域相关的众多信息系统程序。列示这些程序能够帮助学生更好地理解文章内容。

用户角度

MIS一书着重从人类面临的问题和用户的角度出发论述信息系统。这种方法给未来的管理人员提供了解决与信息系统设计和实施相关的问题所必需的基本知识。

产业联系

本书的每一章都包括一个介绍顶尖计算机和网络公司的产业联系专栏。产业联系专栏通过将真实的公司案例引入课堂，扩展了学生的知识背景。

乐考卡

本书最后是乐考卡活页。这些乐考卡包含了每一章的学习目标和关键术语，从而使学生的学习能够更有针对性，并且效率更高。

教 学 建 议

教学目的

本课程的目的是让学生对管理信息系统的基础知识、基本技术和各种应用系统有一个初步的了解，为今后的专业学习做准备。课程内容主要涉及学科基础知识，包括信息技术的基础、系统开发的基本知识、管理信息系统的概念、各种应用系统的介绍。让学生从信息技术、管理、组织和开发运行等多个角度来认识信息系统，了解如何使信息系统与企业战略、业务流程有效结合在一起，从而获得竞争优势。

前期需要掌握的知识

计算机文化基础、数据库原理、管理学

课时分布建议

教学内容	学习要点	课时安排	
		本科	高职
第1章 信息系统概述	（1）掌握计算机知识和信息知识的区别 （2）明确事务处理系统和管理信息系统的定义 （3）掌握管理信息系统的主要构成要素 （4）了解信息系统和信息技术的使用	4	2
第2章 计算机概述	（1）了解计算机的能力和操作 （2）掌握计算机的硬件和软件设备 （3）掌握计算机语言	4	4
第3章 数据库系统、数据仓库和数据集市	（1）明确数据库和数据库管理系统的定义 （2）了解逻辑数据库的设计 （3）掌握数据库管理系统的组件 （4）掌握数据库的设计 （5）知道什么是数据仓库和数据集市	4	4
第4章 信息系统的个人、法律、 道德和组织问题	（1）了解信息技术带来的风险 （2）理解信息技术下的隐私问题 （3）理解信息技术的道德问题 （4）了解信息技术对工作场合的影响	2	2
第5章 信息安全	（1）了解计算机和网络安全的基础防御措施 （2）了解计算机的主要安全威胁 （3）掌握主要的安全措施 （4）明确开发安全系统的原则	4	4

（续）

教学内容	学习要点	课时安排	
		本科	高职
第6章 数据通信：随时随地传递信息	（1）明确数据通信的定义及其主要组件 （2）了解处理结构的类型 （3）了解网络的类型 （4）了解网络拓扑的结构 （5）掌握重要的网络概念 （6）了解无线和移动网络的知识	4	4
第7章 互联网、内联网和外联网	（1）了解互联网和万维网的构成 （2）了解导航工具、搜索引擎和目录 （3）了解常用的互联网服务 （4）了解网络应用程序的使用 （5）掌握内联网和外联网的知识 （6）了解Web2.0和Web3.0的发展趋势	4	4
第8章 电子商务	（1）明确电子商务的定义 （2）掌握电子商务的主要类型 （3）掌握B2B和B2C两种电子商务模式 （4）掌握电子商务的两大支持性技术	4	4
第9章 全球信息系统	（1）了解全球信息系统兴起的原因 （2）掌握全球信息系统的定义、要求和构成 （3）了解使用全球信息系统的企业结构类型 （4）了解使用全球信息系统的障碍	4	4
第10章 建立成功的信息系统	（1）掌握系统开发生命周期方法 （2）了解规划阶段、需求采集和分析阶段、设计阶段、实施阶段和维护阶段的主要工作 （3）了解系统分析和设计的新趋势	4	4
第11章 企业系统概述	（1）了解供应链管理的技术 （2）了解客户关系管理系统，理解个性化技术 （3）理解知识管理 （4）了解企业资源规划系统	4	4
第12章 管理支持系统	（1）明确企业决策的类型 （2）掌握决策支持系统的基本知识 （3）掌握主管信息系统的基本知识 （4）掌握群体支持系统的基本知识 （5）掌握地理信息系统的基本知识 （6）了解管理支持系统的设计	4	4
第13章 智能信息系统	（1）掌握人工智能的含义及其对决策的支持 （2）掌握专家系统的组件、应用和使用标准 （3）了解现行的几种主要的人工智能技术	4	4
第14章 新的趋势、技术和应用	（1）了解软件和服务经销的新趋势 （2）掌握虚拟现实技术 （3）了解射频识别和生物识别技术 （4）了解互联网的发展趋势 （5）了解纳米技术	4	4
课时总计		54	52

说明：（1）由于管理信息系统课属于专业基础课，本科和高职教学大纲规定的内容无显著差异，因此课时安排差别不大，但任课教师可以根据学生的性质确定授课及考核的难易程度。

（2）每章可额外安排1课时进行案例讨论。

Contents

目　录

Chapter1

第1章

信息系统概述

本章首先介绍计算机和信息系统的常用用途，说明了计算机知识和信息知识的区别，并回顾了最早的信息系统应用程序——事务处理系统。其次，阐述管理信息系统（MIS）的主要构成要素：数据、数据库、程序、信息，论述信息系统和信息技术之间的联系。此外，本章还将介绍信息系统的规则和应用，阐述企业发展战略中用来获得竞争优势的波特五力模型。最后，本章将简单介绍信息系统的未来发展。

1.1 日常生活中的计算机和信息系统

企业使用计算机和信息系统来降低成本，并在市场上获取竞争优势。在本书中，你将学习到很多信息系统应用实例。现在，先让我们了解一下信息系统在日常生活中的常见应用。

计算机和信息系统充斥着你的生活。作为一名学生，你使用计算机和办公套装软件学习，并且你还有可能参加在线课程。计算机常常用于评估考试结果，分析比较你所带班级每一名学生的表现并生成详细的报告。计算机和信息系统还用于统计学生总体成绩和平均成绩，并将这些信息传递给你。

计算机和信息系统也广泛应用于杂货店和零售店。例如，电子收款机（POS）系统通过识别你购物车（见图1-1）里不同商品的通用产品条码（UPCs），提升了服务效率。这一系统也能用来管理存货，某些信息系统甚至能自动发出商品的补货单。另外，银行也通过计算机和信

学习目标

1. 论述计算机和信息系统的常用用途。

2. 说明计算机知识和信息知识的区别。

3. 明确事务处理系统和管理信息系统的定义。

4. 阐述管理信息系统的四个主要构成要素。

5. 论述数据和信息的区别。

6. 说明信息系统在企业职能部门的重要性及其应用。

7. 论述如何使用信息技术来获得竞争优势。

8. 阐述波特五力模型及获取竞争优势的战略。

9. 概述信息系统的未来发展。

息系统来生成客户每月的财务报告，并操纵自动取款机向客户提供各种银行业务服务。

现在很多员工采用远程办公方式在家里完成自己的工作任务，并且经常使用掌上电脑（PDAs）。智能手机（例如iPhone和黑莓手机）是最常见的掌上电脑，为了执行某些功能也安装有信息系统。普通的掌上电脑包括日历、地址簿和任务列表等功能；高端的掌上电脑则能够无线上网，并内置有MP3播放器。智能手机就是拥有先进功能的移动电话，更像是一台微型个人电脑。它们拥有电子邮件和网页浏览功能，并且绝大多数智能手机都内置键盘或者外接USB键盘（见图1-2）。

从购物到学习、工作等各种事务都可以使用互联网完成。搜索引擎和宽带通信能在几秒钟内将信息呈现在你的电脑桌面上。互联网也用于社交目的，在一些社交网站，如Facebook、MySpace、Twitter等，你能在这些网站上和朋友、家人、同事交流，并且结识一些有着相同兴趣和爱好的人。例如，Twitter（www.twitter.com）是一个提供社交和微博服务的网站。用户可以在Twitter上发送和接收

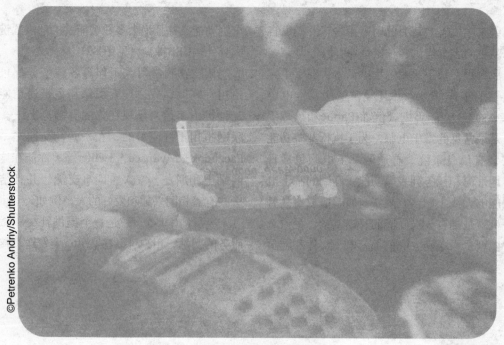

©Petrenko Andriy/Shutterstock

图1-1 电子收银系统

©Karen Grigoryan/Shutterstock & NewsFoto/Zumobi

图1-2 智能手机实例

简短的文字信息更新，称做"Twitter消息"。这些帖子会显示在用户的个人主页上，其他用户注册后可以将这些消息发送到自己的收件箱中。

企业也利用社交网站来给消费者提供最新的资讯，甚至提供一些用户指南的视频。这些网站给企业提供了一个能锁定大量客户群体的廉价媒介，从而降低了企业的成本。

另外，人们使用视频分享网站收看新闻、体育节目和娱乐视频。其中最受欢迎的一个网站是YouTube（www.youtube.com）。你可以通过网站、移动设备、博客和电子邮箱来下载和分享视频剪辑。尽管CBS、BBC、索尼唱片、The Sundance Channel以及其他一些传媒公司也提供视频文件，但用户还是在YouTube上下载绝大部分的视频文件。每个人都可以在

YouTube上在线观看视频，但是只有注册后才能下载视频文件。

那么对你来说，这些例子意味着什么呢？作为一名未来的"知识工作者"，即每天使用信息技术完成工作任务的人，无论你将来从事什么职业，计算机和信息系统都能帮你提高工作效率和生产率。另外，你还能和世界上的其他人建立联系，和他们分享信息、知识、想法及几乎所有你能想到的事情。在本书中，我们将探究计算机和信息系

统的这些优势和真正力量。

在你阅读的过程中，请记住"信息系统"和"信息技术"这两个术语是可以交替使用的。就范围来说，信息系统比信息技术更为广泛，但它们在很多地方是相互重叠的，两者用来提高企业的竞争力、总体效率和效力。信息技术在改进企业决策方面具有很多优势，但同样也带来了一些威胁，例如安全和隐私问题。专栏1-1中TJX公司的案例就指出了其中一个潜在的威胁。

专栏1-1　TJX公司：信用卡被盗案

2007年1月，拥有T.J.Maxx和Marshalls stores的TJX公司宣称身份窃贼盗取了该公司超过46 500 000份信用卡信息。身份盗窃是指未授权人员非法获取他人社会保险号、银行账号、驾驶证号等私人信息，并利用这些信息为自己谋取私利的犯罪行为。

"技术让我们的生活更为便利的同时，也产生了新的安全漏洞。"迈克尔·沙利文，一名美国马萨诸塞州的律师在听证会上宣读起诉书时说道，"该案清楚地说明了怀着犯罪目的使用计算机将会造成高昂损失。"[1]

身份窃贼使用复杂的黑客技术突破TJX公司的安全系统并窃取信息。例如，他们利用无线网络探测器来查找网络较为薄弱的商店，再使用网络钓鱼技术获取信用卡卡号和其他信息。他们将窃得的信息存放在东欧和美国的服务器上，将其中一些账户信息卖给其他罪犯。身份窃贼通过伪造信用卡和借记卡从自动取款机上提取现金，将偷来的数据变成金钱。

由于该案中身份盗窃集团的部分成员来自乌克兰、爱沙尼亚和白俄罗斯等国家，这显示出网络犯罪的国际化特点。

 1.2　计算机知识和信息知识

在21世纪，知识工作者要想在就业市场上具有竞争力，必须掌握两类知识：计算机知识和信息知识。计算机知识（computer literacy）是指掌握生产力软件，如文字处理、电子表格、数据库管理系统以及简报软件等的使用技能，拥有软件、硬件、互联网、协作工具和技术的基本知识。另一方面，信息知识（information literacy）是指理解信息在产生和使用商务智能中的作用。商务智能（business intelligence，BI）不仅指信息，而且它能提供

有关企业生产经营和企业环境历史的、现在的和未来的信息，并帮助企业获得市场竞争优势（商务智能将在第3章中详细探讨）。综上所述，知识工作者应掌握以下知识：

- 数据的内部来源和外部来源；
- 如何收集数据；
- 为什么收集数据；
- 应收集哪类数据；
- 如何将数据转化成信息，并最终转化为商务智能；
- 如何利用数据和信息获取竞争优势。

1.3 事务处理系统

过去60年，事务处理系统（transaction processing systems，TPS）已经在程序性工作中得到广泛应用，如会议记录、简单的文档处理、存货控制等。例如，工资单是最早采用自动化的工作之一。事务处理系统主要用于收集和处理数据，其目的是为了降低成本。

在事务处理工作中，计算机是最为有用的。这些工作要么是重复性的，如打印大量的账单；要么涉及数量庞大的数据，如跨国纺织公司的存货管理。当这些系统都实现自动化后，公司的人力需求降至最小。例如，在自动化工资系统中，只需要很少的人管理监督账单的打印和发放，从而降低了公司的人力成本。

1.4 管理信息系统

管理信息系统（management information system，MIS）是指将硬件技术、软件技术、数据、程序和人力因素等有机结合，从而为决策制定提供及时、完整、相关、准确和有用的信息。

硬件要素（将在第2章中详细讨论）包括输入设备、输出设备、存储设备，根据应用领域和企业的不同而有所不同。管理信息系统软件（也将在第2章中讨论）包括商业软件、企业内部开发软件或两者兼有。软件类型取决于所应用的领域或企业。程序通常指在管理信息系统中用于完成工作任务的方法。人力因素包括用户、程序员、系统分析员和其他技术人员。本书侧重于管理信息系统中的用户。

设计一个管理信息系统，首要任务是明确系统的目标；其次，必须收集和分析数据；最后，必须以有效的形式提供信息，以便制定决策。

很多管理信息系统已在私人及公共领域广泛使用。例如，用于存货控制的管理信息系统能提供诸如现存各种产品的数量、已被预订的产品项目、延期交货的产品项目等数据。另一类管理信息系统能预测出下一会计期内企业的产品销售额。这一系统根据最近的历史数据以及数学或统计学模型，计算出最为精确的预测值，销售经理们可以根据这些预测值来制定计划。在公共领域，例如，警察部门的管理信息系统能够提供诸如犯罪统计数据、犯罪预测数据、警局位置等信息。管理层通过查看这些统计值能够找出犯罪率或犯罪类型上升或下降的点，通过分析这一数据来决定未来的警力部署。

术语卡

计算机知识（computer literacy）是指掌握生产力软件，如文字处理、电子表格、数据库管理系统以及简报软件等的使用技能，拥有软件、硬件、互联网、协作工具和技术的基本知识。

信息知识（information literacy）是指理解信息在产生和使用商务智能中的作用。商务智能不仅仅指信息。

商务智能（business intelligence，BI）提供有关企业生产经营和企业环境历史的、现在的和未来的信息，并帮助企业获得市场竞争优势。

事务处理系统（transaction processing systems，TPS）主要用于收集和处理数据。使用事务处理系统的主要目的是为了降低成本。

管理信息系统（management information system，MIS）是指将硬件技术、软件技术、数据、程序和人力因素等有机结合，从而为决策制定提供及时、完整、相关、准确和有用的信息。

正如你将在本书中学到的，很多企业使用信息系统来获取竞争优势。专栏1-2介绍了信息系统在赫兹汽车租赁公司的使用（注意：管理信息系统通常就指的是"信息系统"，在本书中，这些术语是交替使用的）。

1.5 信息系统的主要构成要素

除了硬件、软件和人力因素外，信息系统还包括图1-3所示[3]的四个主要要素：数据、数据库、程序和信息。我们将在下面的章节中对这些内容介绍。

1.5.1 数据

信息系统的数据（data）要素被认为是系统的输入量。用户所需信息影响着收集和使用的数据类型。通常，数据来源有两类：内部和外部。尽管企业目标和应用类型对使用的数据类型也有影响，但是信息系统仍需从这两类来源中收集数据。例如，内部数据来源包括销售记录、人员记录等。下面列出了一些外部数据来源：

- 消费者、竞争者和供应商；
- 政府机构和金融组织；

图1-3 信息系统的主要构成要素

专栏1-2 信息技术在赫兹汽车租赁公司的使用

汽车租赁行业的高层管理人员必须能够从各种各样的话题，如城市、天气、假日、商圈、旅游者行为、以往的促销策略及市场前景预测中自动筛选出重要的信息。查看这些信息如何帮助高层管理人员制定有效的市场策略，从而在汽车租赁行业的竞争中取胜。

为了获得竞争优势，赫兹汽车租赁公司采用了以大型机为基础的决策支持系统以及主管信息系统，它们为分析数量庞大的人口统计数据提供了工具，以帮助制定实时的市场策略（决策支持系统和主管信息系统将在第12章论述）。

随着主管信息系统的使用，现在赫兹汽车租赁公司高层管理人员能够分析来自公司内部和外部的主要信息。内部信息主要来源包括租赁协议、汽车购买、计算机预订系统报告，以及对比赫兹汽车租赁公司与其他汽车租赁公司收入的机场报告。另外，公司高层管理人员能够控制和提炼数据使其更有意义，并利用这些数据进行一系列的假设分析。赫兹汽车租赁公司总裁斯科特 H.梅铎说，主管信息系统的使用并不能确保成功，但是"你如何使用它"确实会对公司产生影响。[2]

- 劳动力和人口统计；
- 经济条件。

一般来说，数据也具有时间取向。例如，收集历史数据用于绩效报告，收集现在的数据用于经营报告。另外，预测未来数据用于预算或现金流量表，也能按不同的方式收集数据，例如数据汇总（如按信息的种类合计后报出）或者数据细化（如逐项列出）。一个企业可能希望拥有细化的数据以便按产品、地域或者销售人员分析销售情况。汇总数据在汇报企业某一特定销售周期的总体表现时是非常有用的，但是它将决策制定者的能力限定在了一些特定因素上。

如果一个企业非常明确自己的战略目标、目的和关键的制胜因素，那么构建数据要素以明确收集哪类数据和以什么形式收集数据就非常简单了。另一方面，如果企业的目标和目的有冲突，或者企业并不了解自己的关键制胜因素，那么数据收集中的很多问题将会暴露出来，这将影响到信息系统的可靠性和有效性。

术语卡

数据（data） 由原始事件构成，是信息系统的一个构成要素。

数据库（database） 是存储在一系列整合文件中的所有相关数据的集合。

信息系统中的程序（process） 要素为制定决策提供最为有用的信息类型，包括事务处理报告和决策分析模型。

信息（information） 由程序已分析过的事件构成，是信息系统的输出量。

1.5.2　数据库

数据库（database），信息系统的核心，是存储在一系列整合文件中的所有相关数据的集合（你将在第3章了解更多有关数据库的知识）。一个综合全面的数据库是一个信息系统成功的必要条件。数据库管理系统（DBMS）用于创建、组织和管理数据库，如家庭或小型企业使用的Microsoft Access或者FileMaker Pro。大型企业一般使用Oracle或者IBM公司的DB2等数据库管理系统。

数据库能大大减少收集、处理和整合数据所占用的人力时间。有了计算机数据库和数据库管理系统，处理数据就像处理其他容易获得和使用的普通资源一样了。

1.5.3　程序

信息系统中程序（process）要素的作用是为决策制定提供最有用的信息类型。程序通常包括事务处理报告和决策分析模型，其既可以创建于信息系统内部，也可以从外部资源获得。

信息系统包含有大量的模型，能支持各种水平的决策制定。用户能够查询信息系统，并能生成各种报告文件。除此之外，信息系统还应随着企业的发展而改进，以便用户能够重新界定和重新构建模型，并能把新的信息融合到他们的分析中。

1.5.4　信息

尽管数据和信息看起来可能一样，但其实它们是不同的。数据由原始事件构成，其本身难以用于决策制定。信息（information），信息系统的输出量，由程序已分析过的事件构成。因此，其在决策制定中更为有用。例如，XYZ公司上个月的销售总额是5 000万美元。这一数字就是数据，因为它没有告诉你公司的表现如何。这一数字是否达到了公司的销售目标？与上个月相比公司的销售额是增加了还是减少了？与主要竞争对手相比公司的表现如何？这些甚至更多的问题可以用信息系统提供的信息来回答。

信息的质量取决于其对用户的有用性，而信息的有用性又决定了信息系统的成功。如果信息能帮助决策制定者及时制定正确的决策，那么信息就是有用的。为了确保有用性，信息必须具备下列品质：

- 及时性；
- 与其他数据和信息的融合；
- 连贯性和准确性；
- 相关性。

如果信息缺少这些品质中的任何一个，都可能带来决策错误、资源配置错误，并且忽视可能的机会。如果系统的可靠性不足以给用户提供最低限度的保证，那么系统将不会被使用或者用户很可能会丢弃系统生成的报告。信息必须为用户提供一个探索不同方法或深入了解工作任务的基础。

影响信息有用性的另一个因素是信息系统的用户使用界面。用户使用界面必须灵活且易于使用，因此绝大多数信息系统都采用图形界面（GUI），具有诸如菜单和按钮等的特征。为了确保有用性，信息系统还应当能生成不同格式的信息，包括图形（饼图、柱状图等）、图表，以及凸现超出指定范围数据的例外报告。提供不同格式的信息增加了用户理解和使用信息的可能性。注意在解决问题时，用户除了使用信息系统产生的常规信息外，还会使用非常规的信息，例如流言、未证实的报告、故事等。

信息系统的最终目标是生成商务智能，在本章前面部分有过介绍。正如你将在本书中学习的，有许多不同的工具、技术及各种信息系统技术将被用于生成商务智能。

1.5.5 信息系统举例

为了更好地理解信息系统的四个构成要素，我们来学习一下下面的案例。

案例1 某州立大学将本校所有学生的数据存放在一个数据库中。这些收集的数据包括每位学生的姓名、年龄、性别、专业、国籍等。信息系统的程序要素对这些数据进行各种分析。例如，该校的数据库管理系统内置有查询功能，能查询下列信息：

- 每个专业有多少学生？
- 哪一个专业学生人数增长最快？

- 学生的平均年龄是多少？
- 在留学生中，哪个国家的学生数量最多？
- 每个专业中男女生的比例是多少？

还可以进行很多其他类型的分析。例如，使用预测模型（程序要素的一部分）计算出2015年该校学生总数的预测值。另外，根据该系统提供的信息能够帮助学校制定或改进决策。比如，知道哪一个专业学生人数增长最快有助于制定教师招聘决策，知道2015年学生总数的预测值有助于进行系部规划。

案例2 Teletech是一家国际性的纺织品公司，该公司使用数据库来储存公司产品、供应商、销售员、成本等的数据。信息系统的程序要素对这些数据进行分析，能提供上个月公司的有关信息：

- 哪一个销售人员的销售额最高？
- 哪一个产品的销售额最高？哪一个产品最低？
- 哪一个区域的销售额最高？

同样，使用预测模型可以计算下一销售周期的预测值，这些预测值再分摊给每个产品、地区和销售人员。很多决策的制定都依赖于这些信息，比如如何给不同的产品和地区分配广告预算等。

1.6 信息系统和信息技术的使用

信息系统的设计目的在于收集数据，处理所收集的数据，传输及时、相关和有用的信息以服务于决策制定。为了实现这一目标，信息系统将会使用到很多不同的信息技术（information technologies）。例如，企业经常使用互联网这一国际化网络与他人进行交流。计算机网络（有线和无线）、数据库系统、电子收银系统以及射频识别（RFID）条码等，都是一些用来支持信息系统运作的信息技术。专栏1-3中家得宝公司的案例，将让你了解如何使用信息技术以保持公司的竞争优势。

术语卡

信息技术（information technologies）用以支持信息系统的运作，主要包括网联网、计算机网络、数据库系统、电子收银系统和射频识别条码等技术。

专栏1-3　信息技术在家得宝公司的应用

家得宝公司给美国的自助家装行业带来了革命性的变化。家得宝公司旗下的门店使用了统一的电子收银系统[4]以促进消费者服务和改善存货的管理，各门店还铺设了无线网络以提高店内的沟通效率。另外，家得宝还拥有自己的网站以加强与消费者的沟通，通过在线预订提高了销售额，并且通过使用射频识别条码改进了存货的管理，提高了供应链系统的效率。

家得宝公司维持高速互联网以联系遍布于美国和加拿大的各个门店。公司使用数据仓库系统分析影响公司成败的各种因素，如消费者、竞争者、产品等。[5]信息系统帮助家得宝公司收集、分析和使用信息，以更好地服务消费者，更好地满足消费者需求，从而使家得宝公司获得了竞争优势。

1.6.1　信息系统的重要性

信息在任何企业都是第二重要的资源（仅次于人力要素）。及时、相关和准确的信息是提高企业市场竞争地位和管理企业人力、设备、原材料、资金等"4M"资源的关键因素。

为了管理这些资源，开发出各类不同的信息系统。尽管所有的信息系统都包含前面图1-3所示的四个构成要素，但是这些系统所收集的数据类型和所采用的分析方法是不同的。本节将讨论几种主要的信息系统类型，并着重于每一信息系统所使用的数据和分析方法的类型。

人事信息系统（PIS）或者人力资源信息系统（HRIS）的设计目的是提供信息，以帮助人事部门决策者更有效地开展工作。网络技术在提高人力资源部门的工作效率和效果方面作用比较突出。例如，内部网能够用来提供基本的人力资源功能，诸如员工核对其所剩的休假天数或者查询其退休金的金额。

内部网降低了人力成本，加快了对员工一般要求的反馈速度。正如我们将在第7章介绍的，内部网是指使用网络协议和技术的企业内部互联网。内部网收集、储存、发布有用的信息以支持企业的销售、客户服务、人力资源、市场营销等业务活动。内部网和互联网的主要区别是内部网是私人的，互联网是公开的。一个人事信息系统或人力资源信息系统能够支持以下决策：

- 挑选最好的应聘者；
- 调度和分派员工任务；
- 预测公司的未来人员需求；
- 提供员工人口统计学数据和报告；
- 分配人力和财务资源。

物流信息系统（LIS）设计目的是在保持运输安全性和可靠性的前提下，降低运输成本。物流信息系统能支持下列决策：

- 改进线路和运输规划；
- 选择最佳的交通方式；
- 改进交通运输；
- 改进送货计划。

专栏1-4介绍了信息系统和信息技术在美国联合包裹公司的使用，尤其是物流信息系统的使用。制造信息系统（MFIS）用于管理企业生产资料，以降低生产成本、提高产品质量和改进存货决策。制造信息系统还能在保证速度和准确性的前提下提供多种分析。例如，公司经理们能够运用制造信息系统估算出原材料增长7%对产品最终成本的影响，也能够确定要在未

来三周内生产200辆汽车，流水线上需要多少工人。制造信息系统能支持下列决策：

- 改进订货决策；
- 改进产品成本核算；
- 改进空间利用效果；
- 改进零售商和供应商所使用的报价评估程序；
- 改进价格变动和折扣的分析方法。

专栏1-4 信息技术在美国联合包裹公司的应用

　　成立于1907年的美国联合包裹公司（UPS，www.ups.com/content/us/en/about/index.html），现已成为一家价值497亿美元的国际化跨国公司，公司使用了一个复杂的信息系统来管理每天超过1 400万份包裹的递送。[6]UPS在经营过程中使用多种类型的互联网，尤其是GPS和无线网络。

　　为了更好地服务客户，UPS公司开发出了UPS快递拦截服务，即一种以网络为基础的服务。该服务能让客户在包裹送达之前拦截包裹并修改送货路线，从而避免潜在的高昂损失以及时间和成本的浪费。UPS公司把隐藏在该服务后面的技术称为包裹流技术。该技术同样可以应用于为司机绘制有效路线和标记需特别处理的包裹方面。UPS公司的全球销售和市场营销高级副总裁Kurt Kuehn认为："包裹流技术和UPS快递拦截服务等的创新，是公司的快递服务能像对待公司专门的顾客一样对待公司上百万顾客群体的关键因素。我们经常利用技术手段来研究新的、创造性的方法，以帮助我们满足顾客的特定的需求。"[7]

　　财务信息系统（FIS）的目的是及时为财务经理提供所需的信息。财务信息系统能够用于下列决策：

- 改善预算分配；
- 将资本投资风险降至最低；
- 监控成本走势；
- 管理现金流量；
- 确定资本结构。

　　另外，市场营销信息系统（MKIS）用于改进市场决策。一个有效的市场营销信息系统应当能够提供市场中有关价格、促销、渠道和产品的及时、准确以及整合的信息。市场营销信息系统可以进行以下决策：

- 对市场份额、销售额和销售人员进行分析；

- 销售额预测；
- 已售商品的价格和成本分析。

1.6.2 使用信息系统获取竞争优势

　　哈佛商学院的迈克尔·波特教授提出了在市场竞争中制胜的三种战略[8]：

- 总成本领先战略；
- 差别化战略；
- 专一化战略。

　　信息系统能够帮助企业降低产品和服务的成本，并且如果设计正确还能用于差别化战略和专一化战略。纵观本书，你将会学到很多有关使用信息系统和技术获得成本节约的企业案例。例如，沃尔玛公司就是采用总成本领先战略获得成功的案例（参见专栏1-5）。

专栏1-5　沃尔玛百货有限公司

　　世界上最大的零售商沃尔玛公司建立了沃尔玛卫星网络，这是美国最大的私人卫星通信系统。该网络采用声音和数据的双向传输和视频的单向传输技术，将公司的各个门店与位于阿肯色州本顿维尔市的沃尔玛总部连接起来。除了已使用多年的电子收银系统外，沃尔玛公司为获取竞争优势还使用了下列信息技术：

　　• 使用远程通信技术将各个门店与公司中央计算机系统相连接，进而与供应商的计算机相连接。该系统实现了各部门的无缝链接。

　　• 使用网络技术来管理存货和实施适时存货系统，实现了以尽可能最低的价格向消费者提供产品和服务。

　　• 沃尔玛公司通过称为零售链的外联网来与供应商进行联系。供应商能够使用这一外联网来查看所有门店的产品销售记录，并追踪门店当前的销售数据和存货水平[9]（外联网将在第7章讲述）。

　　信息系统有助于制定下限战略和上限战略。下限战略的核心思想是通过降低总成本来提高效率。上限战略是通过向消费者提供新的产品以产生新的收入，或者通过将现有产品卖给新的客户以扩大收入。例如，电子商务调整了商务模式从而大大降低了物流成本。一个最好的案例就是杀毒软件公司使用互联网来发布杀毒软件。只需30美元左右，你就可以下载软件并获得1年的更新权利。离开了互联网这一便捷、廉价的发布渠道，软件公司不可能有能力提供如此廉价的软件。

　　正如我们将在第11章讨论的，很多企业使用供应链管理（SCM）、客户关系管理（CRM）、企业资源规划（ERP）等企业信息系统和协作软件，来降低成本和提高客户服务水平。这些系统的目的是为了在供应商和客户之间建立起最为有效和有用的联系。例如，一个成功的客户关系管理程序能帮助企业改进客户服务，并在企业与客户之间建立长期联系。

　　差别化战略中，企业试图将它们的产品和服务与其竞争对手的区别开来。苹果公司通过设计外观不同于一般家用电脑的产品并专注于电脑操作的简单化，从而成功地实施了差别化战略。亚马逊是另一个成功的案例，亚马逊通过使用某些信息技术也实现了公司网站的差别化，例如，公司使用个性化技术（将在第11章中进行探讨）实现以消费者过去的购买记录为基础向消费者推荐商品。另外亚马逊还采用了"一键式"快捷结账系统。通过这一系统，消费者只需输入一次信用卡卡号和地址，而在以后的购买中消费者无须再次输入这些信息，只要点击一下就可以。

　　专一化战略中，企业专注于某一特定的市场领域，试图在该领域获得成本或差别化优势。苹果公司就采用这一战略将iPhone的市场定位于消费者用户而非企业用户。Macintosh苹果机则重点面向设计师、摄影师和作家等一些创作性人才。再如，阿伯克龙比&菲奇公司将其高端服饰的销售定位在低收入消费者群体，如青少年等。而诺德斯特姆公司则将其高端服饰定位在高收入消费者群体。信息技术能帮助这些公司以更高的成本效益进入它们的目标市场。

记住，差别化战略和专一化战略只是在一定程度上有效。消费者通常愿意为了某一独特的产品或服务抑或其所关注的产品支付更高的价格。但是，成本仍然扮演着重要的角色，如果产品或服务的价格过于高昂，消费者可能就不愿意购买了。

1.6.3　波特五力模型：了解企业环境

迈克尔·波特教授还创建了波特五力模型（five forces model），用以分析企业、企业的市场定位以及企业如何利用信息技术提高竞争力。[8]波特五力模型如图1-4所示：

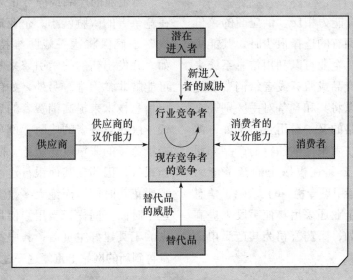

图1-4　波特五力模型

- 消费者的议价能力；
- 供应商的议价能力；
- 替代品的威胁；
- 潜在竞争者的威胁；
- 现存竞争者的竞争。

当消费者拥有众多选择时，消费者的议价能力就强，反之则弱。一般来说，企业都试图通过向消费者提供很难被替代的服务来限制消费者的选择，为实现这一目标企业基本上采用差别化战略。例如，戴尔公司是最早向消费者提供计算机个性化定制的公司，其他计算机制造商则追随其后。零售商店如山姆俱乐部等，向消费者提供会员卡，并向持卡客户给予高折扣来鼓励他们消费，这是总成本领先战略的运用。同样，航空公司和酒店在消费者选择其服务的时候，给予消费者免费的里程和住宿服务。信息系统能让这些战略的实施更为容易，并能获得更高的成本效益。

术语卡

波特五力模型（five forces model）是用来分析企业、企业市场地位以及企业如何利用信息技术来提高竞争力的模型。"五力"包括：消费者的议价能力、供应商的议价能力、替代品的威胁、潜在竞争者的威胁以及现存竞争者的竞争。

通过运用这些战略，企业试图提高客户的忠诚度以对抗新的竞争者或替代品的威胁。然而，某些信息技术工具，如互联网，也同样公平地给消费者提供了一个可以获取更多类型数据的平台，例如能够进行价格的比较等。可获取数据的增加提高了消费者的议价能力，降低了供应商的议价能力，接下来我们将讨论这一能力。

与消费者议价能力相反，供应商的议价能力在消费者所拥有的选择很少时，其能力就高，反之则低。企业可以利用信息系统来提供更为廉价的产品或服务或者给消费者提供更多的服务，以将其和竞争对手区别开来（这是差别化战略的又一运用）。例如，波音公司利用信息技术来提供独特的产品和服务，从而提高了公司在市场上的竞争能力（专一化战略的运用见专栏1-6）。除了信息系统和技术外，企业还采用其他手段来提高公司的能力。例如，医药公司为其产品申请专利以减少竞争者。

当企业的产品或服务存在很多替代品时，替代品的威胁就高。一些企业通过增加服务来与市场上的其他企业相区别，例如亚马逊的个性化条件服务。另一些企业则通过增加费用来阻止消费者转换到竞争对手那里。如移动电话公司对客户在合同到期之前更换运营商的，公司将增加对这些客户的收费。

当企业的产品或服务很难被复制时，潜在竞争者的威胁就小。企业通常运用专一化战略来确保将这一威胁维持在低水平。例如，开发出新的搜索引擎来与百度公司竞争可能就非常困难。另外，如前所述，企业利用信息技术来提高消费者的忠诚度，这也降低了潜在竞争者的威胁。例如，银行向客户提供免费的账单偿还服务，防止客户转去其他银行，因为在其他银行建立账单偿还服务需要花费时间，而绝大多数客户不愿意浪费这个时间。同样，当用户使用雅虎等网站提供的工具建好主页后，其中很多人都不会愿意再到新的网站上重复这一过程。

专栏1-6 信息技术在波音公司的运用

波音公司是全球领先的航空公司，也是世界上最大的商用喷气式飞机和军用飞机的制造商（www.boeing.com/companyoffices/aboutus/）。此外，波音公司还从事电子和防御系统、导弹、卫星、运载火箭以及先进信息系统和通信系统的设计和制造。

波音公司使用智能信息系统（将在第13章中介绍）来保持公司的领先地位。这些系统包括人工智能技术如神经网络、自然语言处理，以及能完成一些常由专家从事的工作的专家系统。波音公司使用这些系统来研发和提供在信息管理、协作技术、知识管理、数据和文本挖掘以及自然语言处理程序中所需的技术方法和应用。例如，研发和提供火箭系统故障诊断系统和技术支持数据库之间通信联系的方法，并运用该方法收集信息传输给飞机制造师。波音公司也在内部使用这些系统以支持波音787项目、商用航空服务、多功能海上飞行器项目以及许多军用航空和航天项目等。[10]

当同一市场上有很多竞争者时，现有竞争者的竞争就很大，反之则很小。例如，在线证券经纪公司就是在一个高竞争压力的环境下运营的，因此这些公司利用信息技术来确保本公司服务的独特性。专栏1-7中展示了嘉信理财公司是如何实施竞争战略的。

专栏1-7 信息技术在嘉信理财公司的运用

嘉信理财公司是美国最大的金融服务公司之一，公司为800多万客户提供证券经纪和理财服务。嘉信理财公司是第一家提供自动化、全天候电话服务以及提供股票和其他证券产品最新研究信息的折扣券商。[11]

为了领先于竞争对手，嘉信理财公司使用了多种信息技术，包括应用在网上证券交易的互联网、有线无线网络、自动化数据中心、综合销售系统以及其他技术。嘉信理财公司还研发出客户信息系统以帮助客户更好地进行投资决策，该系统帮助公司吸引了新的客户，这其中还包括一些已经具有一定金融知识的人。[12]

 ## 1.7 未来趋势

通过查看与设计、实施和使用信息系统相关的因素，会发现下面的一些预测将有可能成为现实：

- 硬件和软件成本将会继续降低，因此未来信息的处理将会相对便宜。成本的节约将使所有企业都能使用信息系统，不论其规模大小和财务实力。
- 人工智能和相关技术将会继续改进和深入，这将给信息系统带来影响。例如，自然语言处理技术的进一步发展将会使信息系统的使用更为容易。
- 常用信息系统的用户的计算机知识将得到提高，就像计算机基础更多的是在小学讲授一样。
- 互联网技术将进一步发展，计算机连接将会更容易，并且能更迅速地将信息从一个地方传输到另一个地方。
- 互联网兼容性问题将变得更为可控，并且把音频、数据和图像整合在同一传输介质上将改进通信的质量和信息的传递。
- 个人电脑的功能和质量将进一步得到改善，因此绝大多数信息系统软件都能在个人电脑上运行。这将使信息系统更为便宜、更容易维护，对企业也更具吸引力。
- 互联网将继续增长，普及度将进一步扩大。不论企业的财务实力如何，大型和小型企业都将处在同一起跑线上。互联网的增长将使电子协作更为容易，而无须考虑地理位置。
- 计算机犯罪将变得更加复杂，保护个人身份信息将变得更加困难。

产业联系专栏介绍了微软公司及其产品和服务，这些都早已广泛应用于用户的日常生活。

 ## 1.8 小结

在本章，你已阅读了计算机和信息系统应用的几个案例，学习了计算机知识和信息知识的区别，回顾了事务处理程序这一最早的信息系统。你还学习了什么是管理信息系统（MIS）及其主要构成要素：数据、数据库、程序和信息。本章也概要性地介绍了信息系统和信息技术在不同商业领域的应用，阐述了企业如何运用波特的三种竞争战略和五力模型以获取竞争优势。

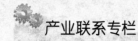

产业联系专栏

微软公司

创立于1975年的微软公司是目前全球最大的软件公司，公司业务涉及台式电脑的各个领域。微软公司以磁盘操作系统（DOS）、视窗管理系统和Office等办公套装软件闻名遐迩。微软公司提供的产品和服务如下：

- Windows——个人电脑和个人兼容机上最为流行的操作系统。
  - Windows XP和Windows Vista——在个人电脑上广泛使用的操作系统。
  - Windows Server 2003和Server 2008——在网络环境下广泛使用的服务器操作系统。
- Office——应用最为广泛的办公套装软件；包括Word、Excel、Access和PowerPoint。
- Internet Explorer——一种流行的网页浏览器。
- Expression Web（代替了FrontPage）——一种超文本标记语言（HTML）编辑器和网页设计程序，用于开发网页和其他HTML应用程序。
- MSN——将网络服务和以网络为基础的免费电子邮件（Hotmail）服务相结合的门户网站。
- SharePoint Server——微软公司用以促进信息分享和内容管理的组件。
- SQL Server 2008——一个被广泛使用的数据库管理系统。
- Xbox——计算机游戏系统。
- Visual Studio——集成开发环境，用于多种语言（如C++、Java、Visual Basic和C#）开发的应用程序，还用于控制台或客户端应用逻辑及网络应用程序。
- Zune——可携式媒体播放器和驱动软件，包括Zune市场，用以提供在线音乐、视频和播客下载。
- Windows Live ID——多网站单一登录服务。

以上信息来自于微软网站和其他途径，如需更多细节和更新，请参阅www.microsoft.com。

关键术语

商务智能（business intelligence，BI）
信息（information）
管理信息系统（management information system，MIS）
计算机知识（computer literacy）
信息知识（information literacy）
程序（process）

数据（data）
信息技术（information technologies）
事务处理程序（transaction processing system，TPS）
数据库（database）
五力模型（five forces model）

问题、活动和讨论

1. 信息知识和计算机知识的区别是什么？

2. 汇总数据或细分数据，哪一类在你制定决策时能提供更多的选择？为什么？

3. 论述数据和信息的区别。

4. 在信息系统中信息的必要品质是什么？它们为什么重要？

5. 研究Facebook和Twitter这两个流行的社交网站。就这些网站如何用于商业和个人目的写一篇两页纸的报告。另外，解释法律如何赋予个人使用这些网站的权利以追踪罪犯。

6. 研究物流信息系统（LIS）的功能，写一篇两页纸的报告，说明物流信息系统可以改进哪类决策以及可以收集哪些类型的数据。

7. 研究迈克尔·波特的三种竞争战略，就其写一篇两页纸的报告。报告要包括已经采用这些战略的两个公司案例以及信息技术如何帮助实施这些战略。

8. 人工智能技术的发展将导致计算机犯罪的降低。这个论述是对还是错？

9. 企业经常使用专一化战略以确保潜在竞争者威胁维持在较低水平。这个论述是对还是错？

10. 下列哪一个选项更好地描述了信息系统的构成要素？

a.数据库、数据、程序、决策　　　　　c.数据、数据库、程序、信息

b.数据、程序、信息、决策　　　　　　d.以上都不是

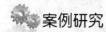 案例研究

信息系统在联邦快递公司的应用

联邦快递公司成立于1971年，公司每天要处理平均300万份快件追踪请求。为了在这一高竞争性行业中保持领先地位，联邦快递公司开发维护了一个综合性网站FedEx.com来专门负责客户服务，以帮助客户和降低成本。例如，通过该网站解决一个请求信息而不是打给电话中心的话，可以节约大约1.87美元。联邦快递公司宣称自从2000年起客户电话每天减少83 000个，为公司每年节省了5 756万美元。另外，每一个快递追踪请求将花费联邦快递公司3美分；通过用网站代替电话中心来处理这些请求，公司每年减少成本13.6亿美元到2 160万美元。改进客户服务的另一项技术是开发出装运管理软件，在客户网站上安装一个应用程序，以便客户进行包裹称重、决定运输费用和打印运输标签等，客户也能将货物计价、开票、结账以及库存系统与装运管理软件相连接。[13]

但是，联邦快递公司每年仍需在电话中心花费将近3.26亿美元，以减少当公司网站关闭或网站操作有困难时客户的失望情绪。联邦快递公司在电话中心安装了Clarify客户关系管理软件，使得客户服务专员的工作更为简单有效，并提高了反馈速度。[14]

问题

1.单靠技术是否就足以确保高质量的客户服务？

2.由于使用了信息技术，联邦快递公司每年预计的节约额是多少？

MIS

Chapter2
第2章

计算机概述

本章你将学习计算机的主要构成及其强大计算能力的决定要素，并简要回顾计算机硬件和软件的发展历程，对计算机操作做一个简单的概述。接着，我们将详细论述计算机的具体构成要素：输入设备、输出设备和存储器。最后，你还将学习如何依据规模、速度和复杂性对计算机进行分类，并学习两种主要软件——操作系统软件和应用软件，以及五代计算机语言。

 ## 2.1 计算机定义

如果飞机的发展速度能像计算机的发展速度一样，那么今天你只需50美分，就可以在不到20分钟的时间内绕地球一周。计算机在很短的时间内发生了巨大的变化，例如，60年前一台计算机的重量超过18吨，现在则不到2磅。如今计算机的功能是60年前的100倍，价格却只有它的1%。

正如你在第1章中学到的，每天你会为了各种目的而使用计算机，甚至，当你使用电视机、微波炉等一些内置了计算机的设备时，你也是在间接地使用它们。实际上，计算机已经变得无处不在，一个无现金、无支票的社会看似即将到来。同样，计算机还能减少商务旅行的需求，即便在目前，得益于计算机会议和远程呈现系统等技术，公司总裁们也很少需要离开他们的办公室到别的地方开会。

计算机能处理各种各样的工作，比如企业中分发报告、美国宇航局空间项目中的火箭导航控制以及医学研究

▶ 学习目标

1. 明确计算机系统的定义，说明其构成。
2. 介绍计算机硬件和软件的发展历程。
3. 说明突显计算机计算能力的要素。
4. 概述二进制系统及数据表示形式。
5. 介绍主要的计算机操作。
6. 论述输入设备、输出设备和存储器的种类。
7. 说明如何对计算机进行分类。
8. 论述两种主要的软件。
9. 列出各代计算机语言。

中的DNA分析。离开了计算机的应用，本书也不可能出版发行了。文章的打印和修订使用了文字处理软件，页面的排版使用了编辑软件。印刷、仓储、库存控制、装运以及很多其他工作都是在计算机的帮助下完成的。

那么到底什么是计算机呢？计算机的定义有很多，在本书中，计算机（computer）是指一种把数据作为输入量，根据预设的指令自动对数据进行处理，最终输出信息的设备。指令也称做"程序"，是采用计算机所能理解的语言进行编写，用以完成某项特定任务的步进式指引。注意计算机只能处理数据（原始事件）；它并不能改变或修正所输入的数据。如果数据是错误的，那么计算机所输出的信息也是错误的。这一规则有时被称为GIGO：无用信息输入、无用信息输出。

术语卡

计算机（computer）是指一种把数据作为输入量，根据预设的指令自动对数据进行处理，最终输出信息的设备。

要编写一个计算机程序，你必须首先了解要实现的需求是什么，并制定出实现这一目标的方案，包括为该任务选择正确的语言。有很多可供选择的计算机语言，具体采用哪种取决于你需要解决的问题和所使用的计算机类型。不管在哪种语言中，程序都称为"源代码"，必须将源代码翻译成由二进制数0和1组成的目标代码。二进制是指用来控制计算机的一系列指令，运算范围从0到1，在计算机中代表开始或结束指令。本章稍后你将学习到更多有关二进制系统和计算机语言的知识。

计算机系统的构成

一个完整的计算机系统由硬件和软件两部分组成。硬件是指各种物理装置，如键盘、显示器、处理器芯片等。软件是指各种由计算机语言编写的程序。

图2-1列示了计算机的构成要素。输入设备，如键盘等，用来向计算机输入数据和信息。输出设备，如显示器和打印机等，用来显示计算机的处理结果。

内存储器是计算机存储数据和指令的地

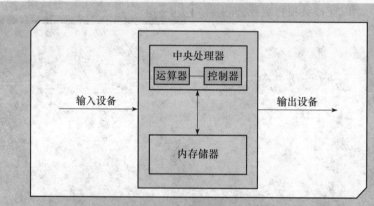

图2-1 计算机的构成

方，类似于人类大脑。中央处理器（central processing unit，CPU）是计算机的核心。它由两部分组成：运算器（arithmetic logic unit，ALU）和控制器（control unit）。运算器执行算术运算（+、-、*、/）以及逻辑或关系运算（>、<、=），如数据的比较。控制器告诉计算机该做什么，例如告诉计算机从哪一台设备读取输出值或向哪一台设备发送输出值。

一些计算机只有一个处理器，另一些称做"多处理器"的计算机则拥有多个处理器。多处理是指在一个计算机系统上使用两个或两个以上的CPU。一般来说，一个多处理器计算机的表现要好于单处理器计算机的表现。这就像在一个长期耗时的项目中，团队的表现要好于单人的表现一样。一些计算机使用双核处理器，即将两个处理器整合为一个核心，从而提高计算机的运算能力。现在，双核处理器在新

型个人电脑和苹果电脑中已经很普遍。

影响计算机性能的另一个组件是总线（bus），是指将各种设备与计算机相连接的线路集合，分为并行总线、串行总线、内（局域）总线或外总线。内总线是计算机内部各元件如视频卡和内存进行信息传输的通路，外总线是外部元件如USB设备进行信息传输的通路。

其他影响计算机性能的因素还包括处理器的大小和操作系统（OS）。近几年，32位和64位处理器及操作系统在计算领域产生了深远的影响，但同时也引起了很多争论。一个32位处理器能支持2的32次方字节（4GB）的内存（RAM），理论上，一个64位处理器能支持2的64次方字节（16EB或艾字节）的内存。因此，一个拥有64位处理器的计算机可以完成大量数据的计算，在计算少量数据时则有着更高

的效率。总的来说，64位计算机的性能比32位计算机的性能更好。但是要想利用其性能，你还必须同时拥有一个64位的操作系统。

图2-2列示了计算机系统的外围设备。磁盘驱动器（disk drive）是用于记录、存储和检索信息的计算机外围设备。CPU外壳（CPU case，也称做计算机外壳或机箱）是将计算机主要元件封装在一起的设备。主板（motherboard）是计算机的主要电路板，包括多个用于连接外部设备的连接器。另外，主板上还安装有CPU、基本输入输出系统（BIOS）、内存、存储器、串行和并行端口、扩展插槽，以及所有标准外围设备如显示器、磁盘驱动器、键盘等的控制器。串行端口是外围设备的通信接口，其在传输信息时是一位一位地进行数据传输；并行端口是计算机和打印机之间的连接端口，其在计算机向打印机传输信息的过程中同时传输多位数据。

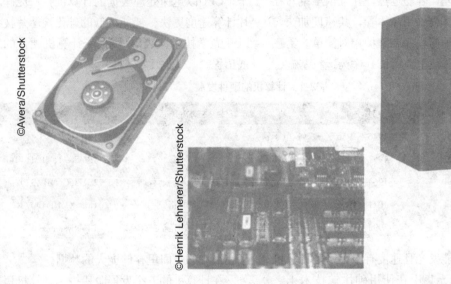

©Avera/Shutterstock

©Henrik Lehnerer/Shutterstock

©ps-42/Shutterstock

图2-2　计算机系统元件

术语卡

中央处理器（central processing unit，CPU）是计算机的核心。它由两部分组成：运算器（arithmetic logic unit，ALU）和控制器（control unit）。

运算器（arithmetic logic unit，ALU）执行算术运算（+、-、*、/）、逻辑和关系运算（>、<、=），如数据的比较等。

控制器（control unit）告诉计算机该做什么，例如指示计算机从哪一台设备读取输出值或向哪一台设备发送输出值。

总线（bus）是指将各种设备与计算机相连接的线路集合，分为并行总线、串行总线、内（局域）总线或外总线。

磁盘驱动器（disk drive）是用于记录、存储和提取信息的计算机外围设备。

CPU外壳（CPU case，也称做计算机外壳或机箱）是将计算机主要元件封装在一起的设备。

主板（motherboard）是计算机的主要电路板，包括多个用于连接外部设备的连接器。另外，主板上还安装有CPU、基本输入输出系统（BIOS）、内存、存储器、串行和并行端口、扩充插槽，以及所有标准外围设备如显示器、磁盘驱动器和键盘等控制器。

2.2 计算机硬件和软件的发展

60多年来,计算机硬件出现了很多重大的发展变化。为了更好地理解这些发展变化,常常将计算机划分成若干"代",以标志计算机技术的突破性进展。20世纪40年代初,第一代计算机使用的是电子管技术。这代计算机体积庞大,可靠性差,容易过热,并且很难编写程序。第二代计算机采用晶体管,其速度加快,可靠性增加,编写程序和维护相对简单。第三代计算机采用集成电路(IC)作为运行基础,因此这代的计算机体积更小,速度更快,可靠性更高,更为先进。这一阶段,远程数据输入和远程通信技术也开始应用于计算机领域。第四代计算机将小型化、超大规模集成电路(VLSI)、个人电脑的广泛使用、光盘(一种使用激光光学设备进行编写或编码并读取数据的磁盘)等趋势结合在一起,进一步提高了计算机的运行速度和操作的简易性。现在第五代计算机主要包括并行处理技术(拥有成百上千个CPU以迅速处理数据的计算机)、比硅芯片计算速度更快、耗能更低的砷化镓芯片技术以及光学技术。表2-1概括了计算机硬件的发展历程。

表2-1　计算机的硬件发展

阶　段	时　间	主要技术	举　例
第一代计算机	1946~1956	电子管	EBIAC
第二代计算机	1957~1963	晶体管	IBM7094、IBM1401
第三代计算机	1964~1970	集成电路、远程数据输入、远程通信	IBM360、IBM370
第四代计算机	1071~1992	小型化、超大规模集成电路	Cray XMP，Cray II
第五代计算机	1992~	并行处理、砷化镓芯片、光学技术	IBM System z10

由于硅不能发光且速度有限,于是计算机设计者都将目光集中在使用砷化镓技术上。砷化镓的电子运行速度是硅的五倍,采用这一合成材料生成的设备能够发光,并且比硅设备能承受更高的温度和更强的辐射强度。砷化镓存在的主要问题是难以进行批量化生产。砷化镓材料比硅材料更柔软也更易碎,因此在切割和打磨的时候很容易破裂。由于高昂的成本和生产的困难,目前这一技术主要应用在军事方面。

光学技术领域涉及光的性质和应用,包括光与激光、光纤、望远镜等的相互作用。这些技术提供了更快的处理速度、并行技术(几千条光束能够穿透一个普通设备)、互联(由于光线之间互不影响,因此可以实现更紧密的互联)。光学计算技术还处于早期发展阶段,要制造出一个全功能的光学计算机还需要进行更多的研究。尽管如此,存储设备在采用该技术后已在计算机领域产生了革命性的变化,实现了在很小的空间里存储庞大的数据。

在计算机的五个发展阶段中,计算机语言和软件也取得了长足发展。我们将在"计算机语言"这一节进行详细探讨。表2-2概括了计算机语言的发展历程。

表2-2　计算机语言的发展历程

阶　段	主要特性
第一代计算机	机器语言
第二代计算机	汇编语言
第三代计算机	高级语言
第四代计算机	第四代语言
第五代计算机	自然语言处理

2.3 计算机能力

计算机在以下三个方面显示出了其远超人类的能力:速度、精确性、存储和检索能力。接下来我们将逐一论述。

2.3.1 速度

计算机处理数据的速度令人惊叹。它们能够用比人类更快的速度对各种请求做出反馈，从而提高效率。比起过去的低速计算机，现在的高速计算机能够让知识工作者更快地完成任务。通常，计算机的速度可以用在下列时间内执行的指令数来衡量：

- 毫秒：千分之一秒；
- 微秒：百万分之一秒；
- 纳秒：十亿分之一秒；
- 皮秒：百亿分之一秒。

2.3.2 精确性

不同于人类，计算机不会发生错误。为了更准确地理解计算机的精确性，让我们看看这两个数字：

4.000 000 000 000 000 000 000 000 1

4.000 000 000 000 000 000 000 000 2

在人类的眼里，这两个数字非常接近，以至于人们通常认为它们是相等的。但是，对计算机而言，这两个数字是完全不同的。这种高精确性在很多计算机应用领域里都非常关键。例如，在航天任务中，计算机在计算航天飞机的返回时间和地点中是不可或缺的。一点非常小的误差都可能会导致航天飞机着陆在另一个国家。

2.3.3 存储和检索

存储是指在计算机存储器里存放数据，检索是指从存储器里获取数据。计算机能够存储大量的数据，并能迅速确定某一特定项目的存放位置。这使得知识工作者能够更有效率地开展工作。

在计算机内部，数据以比特为单位进行存储。1比特表示一个单一值（0或1），8比特就是1个字节。1个字节就是1个字符。例如，单词"computer"由8个字符或8个字节（64比特）组成。表2-3列示了存储容量。

表2-3 存储容量（近似值）

1bit	0或1的单一值
8bits	1字节，或一个字符
2^{10}bytes	1 000字节，或1千字节（KB）
2^{20}bytes	1 000 000字节，或1兆字节（MB）
2^{30}bytes	1 000 000 000字节，或1吉字节（GB）
2^{40}bytes	1 000 000 000 000字节，或1兆兆字节（TB）
2^{50}bytes	1 000 000 000 000 000字节，或1千兆兆字节（PB）
2^{60}bytes	1 000 000 000 000 000 000字节，或1艾字节（EB）

键盘上的每一个字符、数字或符号在计算机内部都用一个二进制数值来表示。二进制系统由0和1组成，其中1代表"开始"，0代表"结束"，有点类似于电灯开关。

在计算机和互联网之间传输信息时，计算机和通信系统使用数据编码来表示和传输数据。在文本文件、个人电脑应用程序和互联网中，使用最多、最常见的数据编码是由美国国家标准协会开发的美国标准信息交换码（ASCII）。在ASCII字符编码表中，每一个字母、数字或特殊符号都用一个7位的二进制数（由0或1组成的一串数字）表示。其总共可以包含128（2^7）个字符。在其他一些操作系统中还使用另外两种数据编码方案：Unicode和扩展ASCII。Unicode能表示256（2^8）个字符；扩展ASCII使用8位二进制数编码，因此也能表示256个字符。

在ASCII码之前，广泛使用的是IBM公司的EBCDIC码。在EBCDIC字符编码表中，每一个字母、数字或特殊字符都用一个8位二进制数表示。

2.4 计算机操作

计算机能够执行三个基本操作：算术运算、逻辑运算、存储和检索操作。所有其他的操作都是将其中一个或几个操作相结合来完成的。例如，在玩电脑游戏时就可能将这三个操作融合到一起：在游戏过程中，计算机可能需要进行算术计算以到达某一个点，可能还需要进行数据间的比较，也可能需要执行存储和检索功能以继续进行该游戏。

计算机可以进行加、减、乘、除和求幂运算。如下所示：

A+B（加法）	5+7=12
A–B（减法）	5–2=3
A*B（乘法）	5*2=10
A/B（除法）	5/2=2.5
A^B（求幂）	5^2=25

计算机能够通过比较两个数值的大小来进行关系运算。例如，计算机能够对A和B两个数值进行比较，以测出哪一个的数值更大。

计算机还能够在一个非常小的空间里存储大量的数据，并能迅速找到存放某一特定项目的准确位置。例如，你能在一个只有拳头大小的存储设备里存放一个包含有一百多万本书的文件。本章稍后你将学习不同的存储介质，如磁盘和磁带等。

专栏2-1说明了IBM公司开发出的新的计算机存储技术。

专栏2-1　聚焦计算机存储技术

IBM公司开发出了一种新的存储技术Millipede，它能以每平方英寸万亿比特的存储密度进行数据存储，是现在使用的各种磁存储介质[1]的20倍。换句话说，在一个邮票大小的设备上你能存储6 000 000张数码照片、127 000首MP3文件，或者1 500 000本书！你只需要不到400美元就能买到一个1TB的存储设备。Millipede技术使用数以千计的微小的硅尖针在一层塑料薄膜上穿孔，这些小孔代表着数据位数。由于该技术是在原子层级上进行的，因此该技术可以被看做是一种纳米技术（将在第14章讨论）。

2.5 输入设备

输入设备（input devices）将数据和信息输入计算机。下面所列的输入设备经常会进行升级，以进一步提高数据输入的便捷性。

- **键盘**　使用最为广泛的输入设备。最初，键盘的设计仿效了打字机，但在其基础上进行了一系列的改进，从而提高了键盘操作的简易性。例如，太多数键盘都包括控制键、方向键、功能键和其他特殊按键。另外，为了更好地适应人体工程学，人们还开发了一些特殊键盘，如分离式键盘。你可以使用键盘完成大多数的计算机输入任务，但是有些任务使用扫描仪或鼠标会更快捷更准确。

- **鼠标**　一种定点设备，通过移动屏幕上的光标，实现快速、准确的光标定位。在使用图形界面的程序下，如微软的Windows操作系统或苹果的Mac操作系统，鼠标也成为一种特殊的输入设备。

- **触摸屏**　一般采用菜单方式工作，实际上是各种输入设备的结合体。一些触摸屏依靠光学探测技术来确定被选中的是哪一个菜单项，还有一些则采用压力传感技术。触摸屏通常比键盘更容易使用，但不如键盘准确，因为触摸屏可能会误读操作。可能你已经看到了触摸屏广泛应用于显示电子地图和用不同方法快速分析选举数据方面。

- **光笔**　使用电缆与显示器相连。将光笔放置到屏幕上的某一点时，该点的数据就会被传输到计算机里。这里的数据可以是字符、线条或信息块。光笔易于使用，且价格低廉、准确性好，对于工程师和图形设计者来说非常有用，因为他们经常要进行技术绘图的修改。

- **轨迹球** 放置在固定位置，但可以向不同方向转动以控制屏幕上的光标。轨迹球占用的空间比鼠标小，因此适用于笔记本电脑。但是，有时轨迹球定位的准确性比鼠标差。

- **数据输入板** 由一个小输入板和一支笔组成。输入板内设置有菜单，你可以用笔进行选择。数据输入板广泛使用于计算机辅助设计和辅助制造程序。

- **条码阅读器** 一种使用激光阅读条形编码的光学扫描仪。该设备速度快、准确性高，在存货管理、数据输入和追踪系统中应用广泛。条码阅读器最常见于零售商店的通用产品代码系统。

- **光学字符阅读器（OCR）** 与条码阅读器的工作原理相同，但其阅读的是文本信息。它必须能够辨认很多特殊字符，并能将大小字母和小写字母区分开来，因此使用OCR比使用条码阅读器更为麻烦。尽管如此，OCR系统已在很多领域取得了成功，并且不断得到完善。美国邮政管理局就使用OCR进行邮件归类。

- **磁墨水字符识别（MICR）系统** 读取使用磁性墨水印刷的字符，主要在银行使用，用来读取支票底部的信息。

- **光学标记识别（OMR）系统** 由于设备读取的是纸张上的标记，因此有时也称做"标记检测"系统，OMR通常用于多项选择测评和真假测试中。

> **术语卡**
> 输入设备（input devices）将数据和信息输入计算机，包括键盘、鼠标等。

2.6 输出设备

很多输出设备（output devices）在大型计算机和微型计算机上都能通用。将输出值显示在屏幕上称做"软拷贝"，最常见的用于软拷贝的输出设备是阴极射线管显示器（CRT）、等离子显示器和液晶显示器（LCD）。

> **术语卡**
> 输出设备（output devices）能将计算机里的信息呈现出来。其输出的形式可以是视频、音频、数字信号。输出设备主要包括打印机、显示器和绘图仪。

另一种输出类型是"硬拷贝"，最常见的输出设备是打印机。目前，比较流行的打印机是喷墨打印机和激光打印机。喷墨打印机通过喷射出带电墨滴到纸张上以生成字符并最终形成图像。高质量喷墨打印机使用彩色墨盒可达到接近照片质量的输出效果，通常用于打印数码照片。喷墨打印机适用于文本和照片打印数量有限的家庭用户。选择打印机时，要考虑成本（初始成本和维护成本）、质量、速度、体积和网络设备等因素。

激光打印机采用激光技术，在一个旋转的硒鼓上产生电荷以吸引墨粉。再使用热处理器将墨粉熔凝在纸张上以形成高质量的输出值。激光打印机适用于数量需求多、质量要求高的大型办公环境。绘图仪等其他输出设备用于将计算机输出值转化成图形。声音合成器用于将计算机输出值转化成声音，这种设备已经变得很常见，零售商店的收银机使用它来重复价格。当你打电话给查号台时，你所听到的号码很可能就是由计算机生成的。声音输出也用于营销活动。计算机能够拨打一长串的电话号码，并发出信息。如果一个号码正在占线，那么计算机将记下该号码，随后再拨打。尽管这一方法的作用受到质疑，但在一些政治活动中还是经常使用该方法来传送有关竞选的消息。

2.7 存储设备

任何一个计算机都有两类存储设备：内存储器和辅助存储器。内存储器（main memory）存放当前的数据和信息，通常是非永久性的，当计算机电源被切断时，内存中储存的内容将会丢失。外部存储器（secondary memory）具有永久性，能够在计算机关闭时或在程序运行过程中保存数据。外部存储器还起着档案存储器的作用。内存储器对计算机的性能有着重要影响：在一定程度上，计算机的内存越大，其运算速度越快，输入/输出（I/O）操作的效率越高。显卡又称为显示适配器，也同样增强了计算机的性能。高性能显卡对图形设计人员来说非常重要，因为他们需要计算机能快速呈现3D图像。很多视频游戏也要求配置高性能显卡以达到最佳显示效果。

> **术语卡**
>
> **内存储器（main memory）** 存放当前的数据和信息，通常是非永久性的，当计算机电源被切断时，内存中储存的内容将会丢失。内存储器对计算机的性能有着重要影响。
>
> **外部存储器（secondary memory）** 具有永久性，能够在计算机关闭时或在程序运行过程中保存数据。外部存储器还起着档案存储器的作用。
>
> **随机存取存储器（random access memory，RAM）** 是非永久性存储器，可以进行数据的读取与写入，也称为可读可写存储器。
>
> **缓存（cache RAM）** 位于处理器中。由于从RAM存储器中存取信息需要几个脉冲周期（几纳秒），使用缓存来存放当前使用最频繁的信息，这样处理器就不必花费时间等待信息的传递。
>
> **只读存储器（read-only memory，ROM）** 是永久性存储器，其不能进行数据的写入。

2.7.1 内存储器

最常见的内存储器种类是由硅材料制成的半导体存储芯片。半导体存储设备既可能是非永久性的也可能是永久性的。非永久性存储器也被称为随机存取存储器（random access memory，RAM），但是你可以将它看做是"可读可写存储器"。换句话说，在RAM上可以读取和写入数据。RAM中存储的信息类型包括打开文件、剪贴板的内容、运行程序，等等。

缓存（cache RAM）是一种特殊的RAM，位于处理器中。由于从RAM存储器中存取信息需要几个脉冲周期（几纳秒），使用缓存来存放当前使用最频繁的信息，这样处理器就不必花费时间等待信息的传递。

永久性存储器也被称为只读存储器（read-only memory，ROM），其不能进行数据的写入。ROM上存放的数据包括BIOS信息和计算机系统的时间。还有两种其他类型的ROM。可编程只读存储器（PROM）是一种可以用特殊设备编写程序的ROM芯片，但是，一旦写入程序，内容不能够被擦除。可擦除可编程只读存储器（EPROM）类似于PROM，但是其内容可以擦除并重新编写程序。

2.7.2 外部存储器

外部存储器是永久性的，用于长时间存储大量数据。正如前面所说，外部存储器也能在计算机关闭时或在程序运行过程中保存数据，主要有三种类型：磁盘、磁带和光盘。大型企业还采用存储区域网和网络附加存储技术（将在下一节介绍）以在网络环境下存储大量数据。

磁盘（magnetic disk），由聚酯薄膜或金属材料制成，用于进行随机存取操作。换句话说，可以随意存取数据，而不用考虑其原先的顺序。磁盘与磁带设备相比速度更快，但价格更高。图2-3展示了两类磁介质存储器。

磁带（magnetic tape），由塑胶材料制成，看起来像一个盒式录音带，并按顺序存储数据。这些记录可以存放在一个数据块里，也可以分开存放。每一条记录或数据块之间都用

一个间隔隔开，称做记录间隔（IRG）。尽管目前其他类型的存储设备已更为常见，但是有时仍然使用磁带来存储备份文件。图2-3展示了两类磁介质存储器。

光盘（optical disc），使用激光束来存取数据。光学技术能存储大量的数据，并且持久性好。常见的三种光学存储器是：只读光盘（CD-ROM）、单写多读光盘（WORM disc）、数字视频光盘（DVD）。

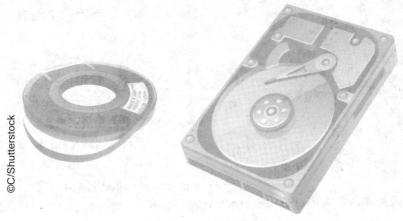

©C/Shutterstock

图2-3 磁介质存储设备

只读光盘（CD-ROM）正如其名，是一种只读媒介。只读光盘易于复制和分发，广泛使用于永久性数据库，如图书馆、房地产公司和金融机构等。有时也用于多媒体应用和软件产品分发。但是，由于只读光盘最少4.7GB的巨大容量，目前数字多功能只读光盘（DVD-ROM）更为常用，尤其是在软件产品分发中。

单写多读（WORM）光盘同样是一种永久性设备。光盘中的信息只能被记录一次，且不能更改。单写多读光盘的一个重要缺陷是不

能被复制。它主要用于存储那些必须永久保存且不能被修改的信息，如核武器工厂、机场和铁路系统的年度报告和信息等。

不同于只读光盘和单写多读光盘，可擦写光盘中存储的信息可以反复进行擦除和修改。其在大容量存储器和不断更新至关重要的情况下使用。

其他的外部存储器还包括硬盘、U盘和存储卡（见图2-4）。硬盘的大小多种多样，硬盘既可以内置也可以外置，成本也在不断下降。存储卡由于体积小、存储容量大和成本的

©Timurpix/Shutterstock

©Martin Petransky/Shutterstock

©Juba Sompinmaki/Shutterstock

图2-4 存储设备举例

不断下降，也变得越来越受欢迎。闪存是一种非永久性存储器，可以用电子手段擦除其存储的信息和重新编写程序。闪存主要使用在存储卡和U盘中，用于计算机和其他设备之间存储和传输数据。

表2-4比较了常见存储设备的容量。

表2-4　常见存储设备的容量

存储设备	存储容量
存储卡	16GB
硬盘	2TB
CD-ROM、CD-R、CDRW	800MB
DVD-ROM、DVD-R、DVD-RW	4.7GB或更大
蓝光光盘（下一代光盘）	单层蓝光光盘的容量多达25GB，双层蓝光光盘的容量多达50GB

独立冗余磁盘阵列系统（redundant array of independent disks system，RAID system）是指一系列磁盘驱动器的集合，用于提高计算机的容错性和功能，尤其是在大型网络系统中。在RAID系统中，数据存储在多个位置以提高系统的可靠性。也就是说，一旦阵列中的某个磁盘损坏了，数据也不会丢失。在一些RAID阵列中，计算机可以同时从多个磁盘中读取一系列数据，从而提高了计算机的性能。

2.7.3　存储区域网和网络附加存储

存储区域网（storage area network，SAN）是一个由硬件和软件组成的专用高速网络，用于连接和管理共享存储设备，如磁盘阵列、磁带库和光学存储器等。SAN网能够支持存储设备与局域网（LAN）和广域网（WAN）上的所有服务器相连接（局域网和广域网将在第6章讨论）。由于SAN是一个专用网络，服务器因此可以更迅速地接入存储器，而且不需要运用自身的处理能力来连接这些设备。由于成本高昂和安装的复杂性，一般只有一些大型企业使用SAN。

SAN提高了数据存取的速度，不考虑其成本的话，比起在每一台服务器上安装存储设备，SAN要更为经济实惠。SAN的容量很容易扩展，甚至可以达到几百TB。

另一方面，网络附加存储（network-attached storage，NAS）本质上是一种网络连接计算机，专用于向其他网络设备提供基于文件的数据存储服务。NAS上的软件能够执行数据存储、获取文件、文件和存储管理等功能。

到底是选择SAN系统还是选择NAS系统，需要考虑下列因素：

- 将SAN和NAS相结合的混合式方法是否可行？
- SAN只提供存储功能，NAS系统既能提供存储功能也能提供文件服务。

术语卡

磁盘（magnetic disk），由聚酯薄膜或金属材料制成，用于进行随机存取操作。换句话说，可以随意存取数据，而不用考虑其原先的顺序。

磁带（magnetic tape），由塑胶材料制成，看起来像一个盒式录音带，并按顺序存储数据。

光盘（optical discs），使用激光束来存取数据。光学技术能存储大量的数据，并且持久性好。主要包括只读光盘（CD-ROM）、单写多读光盘（WORM disc）、数字视频光盘（DVD）。

独立冗余磁盘阵列系统（redundant array of independent disks system，RAID system）是指一系列磁盘驱动器的集合，用于提高计算机的容错性和功能，尤其是在大型网络系统中。

- 由于NAS降低了管理成本并提高了服务器的容错性，因此其在网络服务器和电子邮件服务器中经常使用。NAS也是一个为消费者应用软件提供大量异构数据（文本、文件、音频、图像、视频等）

的有效解决方案。

- NAS最大的问题在于当用户数量增加时，其性能将减退。但是，通过增加更多的服务器或对CPU进行升级，能够很容易扩展其能力。

术语卡

存储区域网（storage area network，SAN）是一个由硬件和软件组成的专用高速网络，用于连接和管理共享存储设备，如磁盘阵列、磁带库和光学存储器等。

网络附加存储（network-attached storage，NAS）本质上是一种网络连接计算机，专用于向其他网络设备提供基于文件的数据存储服务。NAS上的软件能够执行数据存储、获取文件、文件和存储管理等功能。

 ## 2.8 计算机分类

通常，人们依据计算机的成本、存储器数量、运行速度和复杂性，对计算机进行分类。根据这些标准，计算机可分为：小型笔记本电脑、笔记本电脑、个人电脑、小型计算机、大型计算机或超级计算机。超级计算机的存储能力最强、价格最高，功能也最强大。

大型计算机一般与IBM公司1965年推出的System/360系统相兼容。正如本章稍后产业联系专栏所提到的，IBM公司的System z10是该类型计算机的最新产品。不以System/360为基础的各种大型机则被归为"服务器"（将在下一节讨论）或者超级计算机。超级计算机与个人电脑、小型机和大型机相比，价格更高、体积更大、速度更快，拥有的存储器更多。

计算机的应用涉及各个方面，小到做家庭作业（小型笔记本电脑、笔记本电脑、个人电脑）

大到发射航天飞机（超级计算机）都可以使用计算机。由于所有的计算机在速度和复杂性上都不断在改进，如今对不同类型的计算机进行描述变得更加困难。例如，现在一台笔记本电脑的功能比20世纪70年代大型计算机的功能还要强大，并且所有现象都表明这一趋势还将持续下去。

服务器平台概述

服务器（server）是指用来管理网络资源和为网络提供服务的计算机和各种软件。很多不同的服务器平台都能完成以下特定的任务：

- 应用服务器存储计算机软件，用户能够从自己的工作站访问这些软件。
- 数据库服务器设计用于存储和管理大量数据以备用户的计算机存取这些数据。
- 磁盘服务器装有大容量硬盘驱动器，能帮助用户存储文件和应用程序以备日后检索。

专栏2-2 聚焦计算能力

根据Top500.org的排名，目前功能最强大的超级计算机是IBM公司研发的BladeCenter QS22系列超级计算机，其每秒能执行128亿次浮点运算。排名第二位的是"美洲豹"Cray XT5超级计算机，其每秒能执行1 059千万亿次浮点运算。排名第三位的是IBM公司的Blue Gene/P超级计算机。其拥有130 000个处理器，体积有半个网球场大。该计算机每秒能执行360万亿次计算，人类要完成同样的计算需要9 000万年的时间！[2]

- 传真服务器由软件和硬件组成，能帮助用户发送和接收传真。
- 文件服务器装有大容量硬盘驱动器，用于存储和检索数据文件。
- 邮件服务器设计用于发送、接收和存储电子邮件。
- 打印服务器能帮助用户向网络打印机发送打印任务。
- 远程访问服务器（RAS）允许远程用户连接网络资源，如网络文件存储器、打印机和数据库等。
- 网络服务器存储网页以备访问整个互联网。

术语卡

服务器（server）是指用来管理网络资源和为网络提供服务的计算机和各种软件。

 ## 2.9　软件

软件是指操控一个计算机系统的所有程序的集合，大致可分为系统软件和应用软件。例如，在绝大多数个人电脑上运行的Microsoft Windows操作系统就属于系统软件。这类软件在后台运行，执行诸如删除不再需要的文件等的管家任务。应用软件用于执行特定任务。例如，Microsoft Excel用于电子表格分析和数值计算。

2.9.1　操作系统软件

操作系统（operating system，OS）是指控

制和管理计算机硬件和软件的一系列程序。操作系统提供了一个人机交互界面，并且通过帮助用户共享计算机资源和替用户完成重复性工作，提高了计算机的效率。一个典型的操作系统由控制程序和管理程序组成。

控制程序管理计算机的硬件和资源，有以下功能：

- **任务管理**　该功能控制和优先处理CPU所执行的任务。
- **资源分配**　该功能管理计算机资源，如存储器和内存。在网络环境下，还负责诸如为某一打印任务指定一台的打印机之类的工作。
- **数据管理**　该功能通过计算校验和来核对数据是否已被破坏或者被修改，以控制数据的完整性。目前操作系统使用的是256位校验和，能确保数据几乎百分之百的完整性。简单地说，当操作系统在存储器中写入数据时，伴随该数据系统还生成了一个数值（校验和）。当下次检索这一数据时，将重新计算数据的校验和并与原始校验和进行比较。如果两者相符，那么数据完整性没有被破坏。如果两者不符，那么说明数据由于某种原因已被破坏了。另外，操作系统还能够修复部分被破坏的数据（不是全部），自动保存数据以防数据丢失，并控制对数据的访问以提高安全性。
- **信息传输**　该功能控制着计算机系统各部分之间的数据传输，如CPU和I/O设备之间的信息传输。

管理程序也称为内核，负责控制操作系统中的其他程序，如编辑程序、解释程序、汇编程序、执行特定任务的程序等。

除单任务操作系统和多任务操作系统外，分时操作系统允许多个用户同时使用计算机资源。操作系统适用于各种类型的计算机，从大型计算机到个人电脑。个人电脑的操作系统有Microsoft Windows、Mac OS、Linux。大型计算机的操作系统包括UNIX、Open-VMS以及Linux的某些版本。

2.9.2　应用软件

通过使用应用软件（application software），个人电脑能够执行各种各样的任务。这里，应用软件既可以是商业软件，也可以是自主研发的。自主研发的软件通常比商业软件价格更高，但更为灵活，能更好地满足用户需求。几乎所有你能想象到的工作都能找到一款现成的软件包。接下来的部分将简要介绍个人电脑上常用的几种商业应用软件。除了这几种应用软件外，还有很多其他可用的软件，如信息管理软件、网页制作软件、照片和图形处理软件。

1. 文字处理软件

应用软件中最为人们熟悉的可能是用于生成文件的文字处理软件。通常，这类软件都具有编辑功能，如删除、插入和文档复制等，先进的文字处理软件还具有复杂的图形和数据管理功能。文字处理软件能节约大量的时间，尤其适用于一些重复性工作，如向上百名用户发送同一封邮件。大多数文字处理软件还提供拼写检查和语法检查功能。常用的一些文字处理程序有Microsoft Word、Corel WordPerfect和Open Office。

2. 电子表格软件

电子表格是一个由行和列组成的表格，电子表格软件可以利用电子表格上的信息执行大量任务。例如，你可以用其编制预算，根据相关数据进行假设分析。例如，你可以将收入减少10%，然后计算出该变化对其他预算项目的影响，或者你也许想知道贷款利率降低2%会带来什么样的影响。常用的电子表格软件有Microsoft Excel、IBM's Lotus 1-2-3和Corel Quattro Pro。

专栏2-4　Google Docs的应用和挑战

Google Docs是一种基于网络的免费的应用程序，用于创建文字处理器文件、电子表格、演示文档和文件格式。你可以使用它与其他用户进行实时合作，在线创建和修改文件。你还可以采用多种格式保存文件，如DOC、XLS、RTF、CSV和PPT等。运用谷歌云计算平台，文件被默认存储到谷歌服务器上。云计算将在第14章详细讨论，简单地说，云计算增加了数据和应用程序的便携性，从而让你能够在任何地方使用程序。Google Docs的另一个显著特点是协作性。多个用户可以同时分享和编辑文件。随着电子表格的使用，服务器甚至能通过电子邮件告知用户所发生的变化。[3]

但是，目前云计算和Google Docs确实还存在一些挑战和安全风险。2009年3月10日，由于Google Docs存在安全漏洞，一些私人文件被泄露给了非法用户。据谷歌公司宣称，该漏洞已被修复。[4]

3. 数据库软件

数据库软件主要用于执行一些如创建、删除、修改、检索、分类和汇总数据等的操作。数据库本质上是一个由行和列组成的各种表格的集合。数据库软件能够让存取和使用数据变得更为迅速有效。例如，手工检索一个拥有上千条记录的数据库几乎是不可能的事。使用数据库软件，用户可以快速检索信息，甚至还能对检索进行调整以满足特定要求，如找出所有平均绩点在3.6以上、年龄在20岁以下的会计专业的学生。你将在第3章学习到更多有关数据库的知识。个人电脑中常用的数据库软件有Microsoft Access、File-Maker Pro和Alpha Software's Alpha Five。高端数据库软件主要在大型企业使用，包括Oracle、IBM DB2和Microsoft SQL Server。

4. 演示软件

演示软件主要用于创建和发送幻灯片。Microsoft PowerPoint是最为常用的演示软件，其他演示软件还有Adobe Persuasion和Corel Presentation等。你可以在幻灯片中插入很多内容，如项目和数据列表、图形、图表等。你也可以将音频和视频文件插入图像中。

演示软件能提供多种幻灯片播放操作，如修改幻灯片播放的间隔时间。另外，你也能将演示文稿转换成其他格式，如带有音乐和旁白的网页和相册等。部分演示软件还可以进行截屏操作，从而将截取的屏幕图像插入视频文件之中以更好地演示操作过程。这一功能在教育工作和员工培训课程中非常有用。

5. 图形软件

图形软件是用图形格式列示数据，如条形图和饼图等，对于说明数据所显示的趋势和模式，以及阐述数据之间的关系非常有用。可以使用一些集成软件绘制图形，如Excel、Lotus 1-2-3和Quattro Pro；也可以使用专门的图形软件，如Adobe Illustrator和IBM Freelance等。图2-5列示了Microsoft Excel所能绘制的图形类型。

图2-5 Microsoft Excel中的图形类型

6. 桌面排版软件

桌面排版软件能在不使用昂贵的硬件和软件的情况下，生成具有专业水准的文档。这类软件的工作原理是"所见即所得"（WYSIWYG，念成"wizzy-wig"），因此，高质量的屏幕显示将让你很好地了解打印输出的效果是什么。桌面排版软件主要用于制作新闻刊物、宣传册、培训手册、幻灯片、海报甚至书籍等。有很多桌面排版软件可供选择，Adobe InDesign、QuarkXPress和Microsoft Office Publisher是其中最常用的三种软件。

> **术语卡**
>
> 应用软件（application software）既可以是商业软件，也可以是自主研发的。个人电脑安装应用软件后可以执行各种各样的任务。

7. 理财和会计软件

理财软件比电子表格软件的功能更强大，它能对庞大的数据进行多种类型的分析。包括现值分析、终值分析、报酬率分析、现金流分析、折旧分析、养老金规划、预算分析等。Intuit Quicken是一种广泛使用的理财软件。运用该软件，你可以对各种财务状况进行规划分析。例如，你可以计算出养老金账户里的2 000美元按照5%的利率存30年将会是多少钱，或者确定如何在利率固定的情况下，在未来18年里存150 000美元作为孩子的教育开支。

除了电子表格软件外，还可以使用专门的会计软件来完成复杂的会计工作，如总账、应收账款、应付账款、薪酬、资产负债表、利润表等。一些流行的会计软件有Quickbooks——一款小型企业会计软件，以及Sage Software's Peachtree。

8. 项目管理软件

一个项目，如设计一个网站或构建一个订单录入系统等，是由一系列相关的任务组成的。项目管理软件的目标在于通过解决日常调度问题、规划确定目标以及提示可能出现的项目瓶颈等，来帮助项目经理控制时间和预算。例如，你可以使用该软件来分析项目进度的变化对成本、时间和资源的影响。市场上已有几种项目管理软件，包括Micro Planning Internation's Micro Planner 和Microsoft Project。

9. 计算机辅助设计软件

计算机辅助设计（CAD）软件主要用于制图和设计工作，已经替代了丁字尺、三角尺、纸张、铅笔等传统制图工具。CAD软件广泛用于建筑工程行业，不过，由于主要成本的下降和个人电脑功能的提升，一些小型公司和家庭用户也开始使用这类软件。Autodesk AutoCAD、Cadkey和VersaCAD是目前使用广泛的CAD软件。

2.10 计算机语言

如前所述，计算机语言经历了四个发展阶段，现在处于第五代语言开发阶段。机器语言（machine language）是第一代计算机语言，它由一串0和1的代码组成以表示各种数据和指令。机器语言依赖于具体的计算机，因此在某一台计算机上编写的代码无法适用于其他计算机。编写一个机器语言程序费时费力。

汇编语言（assembly language）是第二代计算机语言，是比机器语言更高一级的计算机语言，但是其也依赖于具体的计算机。汇编语言使用一些简短的代码或助记符来表示数据或指令。例如，ADD和SUBTRACT是汇编语言中两个典型的指令。使用汇编语言编写程序要比使用机器语言简单得多。

第三代计算机语言也称为高级语言（high-level languages），其不再依赖于具体的计算机。C++、Java和VB.NET是三种最常用的高级语言。主要用于网页开发和网络应用程序。高级语言更像英语，因此更容易学习和编码。另外，这些语言是自文档化的，这意味着你通常不需要使用额外的文件就能够理解这些程序。

第四代语言（fourth-generation languages，4GLs）是使用最为简单的计算机语言。第四代语言命令强大且容易学习，特别适用于没有计算机基础的人。4GLs有时也被称为非程序性语言，是指在使用这类语言时不需要遵照严格的命令语法。相反地，4GLs使用宏代码能替代若干行编程语句。例如，用4GLs编写绘图命令时，一个宏代码能替代100行甚至更多的编程语句，只需一个简单的指令就能帮你完成工作。我们将在第3章探讨第四代语言的一个实例：结构化查询语言（structured query language，SQL）。

第五代语言（fifth-generation languages，5GLs）使用了一些人工智能技术（将在第13章中讨论），如知识库系统、自然语言处理（NLP）、视频处理、程序使用图解化技术等。第五代语言能在没有程序员或只进行少量编程工作的情况下，自动生成或设计出代码让计算机解决指定的问题。第五代语言设计目的在于促进人与计算机之间的自然交流。想象一下这样的画面，你询问你的电脑："去年什么产品卖得最好？"你的电脑使用声音合成器回答说："X产品。"Dragon NaturallySpeaking Solutions是自然语言处理的应用实例。第五代语言的开发仍在继续，距离设想的目标还很遥远。部分编程语言还应用于网络编程和网页开发之中，如ActiveX、C++、Java、JavaScript、Perl、Visual Basic和可扩展设计语言（XSL）等。超文本链接标示语言（HTML）和可扩展标记语言（XML）是最重要的网站开发语言。它们都属于标记语言，而非全功能编程语言。

术语卡

机器语言（machine language）是第一代计算机语言，它由一串0和1的代码组成以表示各种数据和指令。机器语言依赖于具体的计算机，因此在某一台计算机上编写的代码无法适用于其他计算机。

汇编语言（assembly language）是第二代计算机语言，是比机器语言更高一级的计算机语言，但是其也依赖于具体的计算机。汇编语言使用一些简短的代码或助记符来表示数据或指令。

高级语言（high-level languages）不再依赖于具体的计算机，属于第三代计算机语言。有多种高级语言可供选择，每一种都设计用于特定的目的。

第四代语言（fourth-generation languages，4GLs）使用宏代码能代替若干行编程语句。其命令强大且容易学习，特别适用于没有计算机基础的人。

第五代语言（fifth-generation languages，5GLs）使用了一些人工智能技术（将在第13章中讨论），如知识库系统、自然语言处理（NLP）、视频处理、程序使用图解化技术等。第五代语言设计目的在于促进人与计算机之间的自然交流。

2.11 小结

本章你首先学习了计算机的构成及其重要元件，并简要回顾了计算机硬件和软件的发展历程。接着，学习了计算机输入设备、输出设备、存储设备的知识，同时了解有关计算机分类的标准。最后，学习了系统软件和应用软件这两种不同的软件，并回顾了计算机语言的发展历程。

产业联系专栏

IBM

IBM公司是世界上最大的计算机公司，几乎活跃在计算机的各个领域，包括硬件、软件、服务如群件和电子协作等。IBM公司在开发大型计算机方面也同样处于领导地位；IBM System z10是IBM公司最新研制的大型计算机。下面列出了IBM公司最畅销的一些产品：

• 软件 IBM公司为各类型计算机提供软件套件。例如，Lotus包括了电子邮件功能、日历功能、协同应用功能以及企业生产力软件，与微软公司的Microsoft Office非常相似。Tivoli是另一个软件套件，具有资产管理、安全管理、备份和恢复程序、优化存储系统和数据管理等功能。

• 存储器 IBM公司的存储设备包括磁盘和磁带系统、存储区域网、网络附加存储、硬盘及微型硬盘。微型硬盘是适用于CFII插槽的一个1英寸大小的硬盘。

• 服务器 IBM公司提供多种服务器，包括UNIX和Linux服务器、基于英特尔芯片的服务器、基于AMD芯片的服务器等。

IBM公司也提供电子商务软件、硬件、安全服务如加密技术、防火墙、防病毒措施等。

本信息来自IBM公司网站及其他宣传材料。欲了解更多信息及最新内容，请登录www.ibm.com.

关键术语

应用软件（application software）

第四代语言（fourth-generation languages，4GLs）

光盘（optical discs）

运算器（arithmetic logic unit，ALU）

高级语言（high-level languages）

输出设备（output devices）

汇编语言（assembly language）

输入设备（input devices）

随机存取存储器（random access memory, RAM）

总线（bus）

机器语言（machine language）

只读存储器（read-only memory, ROM）

高速缓存（cache RAM）

磁盘（magnetic disk）

独立冗余磁盘阵列系统（redundant array of independent disks system）

中央处理器（central processing unit, CPU）

磁带（magnetic tape）

外部存储器（secondary memory）

计算机（computer）

内存储器（main memory）

服务器（server）

控制器（control unit）

主板（motherboard）

存储区域网（storage area network, SAN）

CUP外壳（CPU case）

网络附加存储（network attached storage, NAS）

磁盘驱动器（disk drive）

操作系统（operating system, OS）

第五代语言（fifth-generation languages）

 ## 问题、活动和讨论

1.突出计算机性能的因素有哪些？

2.内存储器和外部存储器有什么区别？

3.操作系统的功能有哪些？

4.增加内存是如何提高计算机性能的？

5.什么是高速缓存，它是如何提高计算机性能的？

6.观看有关Google Docs的视频。你认为Google Docs能否成为Microsoft Office的有力竞争对手？结合Google Docs的优点和缺点，说明企业决定是否选用Google Docs的原因。

7.RAM是永久性存储器。这个论述是否正确？

8.存储区域网比本地存储器的速度更快。这个论述是否正确？

9.下面哪一个内存储器存储计算机系统的时间？

A.网络硬盘

B.RAM

C.Cache RAM

D.ROM

10.下面哪一个不属于外部存储器？

A.光盘

B.磁盘

C.RAM

D.记忆棒

案例研究

Linux，一个正在上升的操作系统

Linux是一个全功能、多用户、多任务的操作系统，其源代码在GNU通用公共许可证下进行开发，是开源免费的。Linux几乎可以在所有计算机上运行，从微型计算机到超级计算机。Linux有很多版本可供微处理器和服务器平台使用，并且绝大部分都是免费的或者价格低廉。尽管Linux最初是在命令行界面（通过键入命令来与计算机操作系统或软件进行互动从而完成特定任务的一种机制）上开发的，但是现在你也能找到一些图形用户界面版本。由于Linux的许多特点，如低成本、适应性和易用性等，该操作系统已经成为替代专用操作系统如Windows和UNIX的主要软件。

问题

1.与其他操作系统相比，Linux的优点是什么？

2.考虑到Linux的所有优势，你认为Linux为什么没有得到更广泛的应用？

3.Linux的安全功能有哪些？

4.GNU通用公共许可证要求软件开发者在修改Linux版本时，必须遵守的规定是什么？

Chapter3

第3章

数据库系统、数据仓库和数据集市

本章将首先介绍数据库和数据库管理系统，及其在信息系统中的重要作用。介绍数据库中数据的类型、访问文件的方法、有关信息的物理视图和逻辑视图等知识。并将回顾最常见的数据模型、关系模型，以及数据库管理系统的主要构成要素。接着，本章将讨论数据库应用的最新趋势，包括数据驱动网站、分布式数据库、客户机/服务器数据库以及面向对象数据库等。最后，本章将简要介绍数据仓库和数据集市，及其在生成商务智能中的作用。

▶ |学|习|目|标|

1. 明确数据库和数据库管理系统的定义。
2. 阐述逻辑数据库设计和关系数据库模型。
3. 明确数据库管理系统的主要构成要素。
4. 概述数据库设计和应用的最新趋势。
5. 说明数据仓库的构成要素及其功能。
6. 描述数据集市的功能。

3.1 数据库

数据库（database）是一组相关数据的集合，这些数据既可以是存储在一个中心位置，也可以存储在不同的地方。你可以把它看做类似于一个文件柜，其中的数据被组织和存放在抽屉和文件夹里。但是，正如你所想到的，从数据库中检索数据要快得多。

尽管数据库可以只包含一个文件，但其往往是由一组文件构成的。例如，一个大学的数据库可能包含学生、教工、教师以及课程等文件。在数据库中，一个文件是一组相关记录的集合，一个记录是一组相关字段的集合。我们将图3-1所示的结构称为数据层次（data hierarchy）。在本例中，该大学数据库中的字段包括社会安全号码、学生姓名、地址。例如，所有存放玛丽·史密斯信息的字段构成了一个记录，而图3-1中的全部三个记录则组成了一个学生文件。

授管理信息系统480课程的学生名单，或者你可以检索托马斯教授的授课记录，以找出他在某一指定学期所教授的其他课程。

数据库是信息系统中的关键要素，因为要进行任何类型的分析都必须以数据库所提供的数据为基础。为了确保更有效地使用数据库，采用了数据库管理系统（database management system，DBMS）——一种用于创建、存储、维护和访问数据库文件的软件。数据库管理系统的主要构成要素将在本章稍后的"数据库管理系统构成要素"一节进行介绍。如果你对

> **术语卡**
>
> 数据库（database）是一组相关数据的集合，这些数据既可以是存储在一个中心位置，也可以存储在不同的地方。
>
> 数据层次（data hierarchy）是指数据的结构和组织，主要包括字段、记录和文件。

在数据库系统中，所有文件被集成到一起，这意味着信息之间可以相互连接。例如，你可以从课程文件中检索出所有学习托马斯教

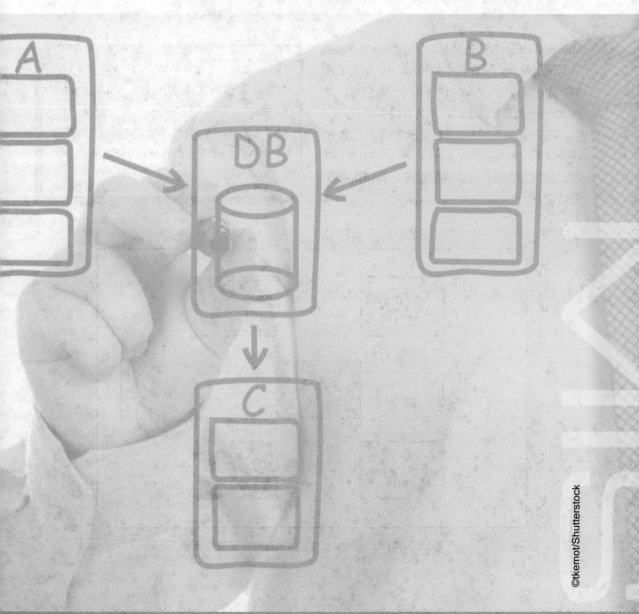

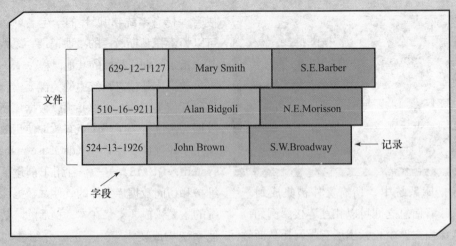

图3-1　数据层次

Microsoft Office软件很熟悉的话，那么你知道你可以使用Word创建文档，使用Excel创建电子表格。你还可以使用Access创建和修改数据库，虽然Access不像其他数据库那样具有很多功能。

现在看一看图3-2，它显示了用户、数据库管理系统和数据库之间的关系。用户发出请求，数据库管理系统查询数据库，并将信息反馈给用户。

> **术语卡**
>
> **数据库管理系统**（database management system, DBMS）是一种用于创建、存储、维护和访问数据库文件的软件。数据库管理系统确保了更有效地使用数据库。

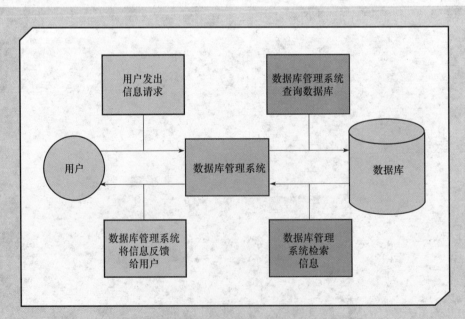

图3-2　用户、数据库管理系统和数据库之间的关系

以前，数据存储在一系列的文件中，由于这些文件不是按照层次排列，而且相互之间也没有联系，因此这些文件被称为平面文件。平面文件组织结构的问题在于同一个数据可能不仅仅存储在一个文件中，从而导致了数据冗余问题。例如，在消费者数据库中，消费者的姓名就可能存储在多个表中。这种重复占用了不必要的存储空间，降低了数据检索的效率。另外，在平面文件系统中，数据的更新可能无法在所有文件中保持一致，从而导致用这些文件生成的报告存在冲突。此外，平面文件系统的更新非常耗时。

总的来说，与平面文件系统相比，数据库具有以下优势：

- 从同一个数据中能获得更多的信息。
- 更容易处理复杂请求。
- 消除了或者最小化了数据冗余现象。
- 程序和数据相互独立，因此同一个数据可以被多个程序使用。
- 提高了对数据的管理。
- 可以轻松维护数据间的各种关系。
- 需要采取更复杂的安全措施。
- 节约了存储空间。

3.1.1 数据库中的数据类型

正如第1章所讲的，要生成商务智能，信息系统中的数据库要素需要获得两种类型的数据：内部数据和外部数据。内部数据可以从企业内部收集，包括交易记录、销售记录、人员记录等。例如，企业可以使用消费者历史购买情况的内部数据生成有关消费者未来购买模式的商务智能报告。内部数据通常存储在企业内部数据库中，并被功能信息系统使用。

收集和使用外部数据更具挑战性。外部数据有多种来源，其通常存储在数据仓库中（本章稍后将做介绍）。下面列出了外部数据的几个来源：

- 竞争对手、消费者和供应商；
- 分销网络；
- 经济指标（如消费者物价指数）；
- 政府规章；
- 劳动力和人口统计数据；
- 税务记录。

这里提到的"数据仓库"一词，将在本章稍后出现，你将学习如何使用来自外部数据源的信息进行分析并生成商务智能报告。专栏3-1介绍了商务智能如何在其他领域——如本例执法领域中使用的。

专栏3-1 商务智能在行动：执法

商务智能除了用于商业领域之外，还可用于执法领域。在美国弗吉尼亚州里士满市，警察部门将过去五年来的犯罪报告、911电话中心的通话记录、有关天气模式的详细信息以及有关特殊事件的信息等数据输入到信息系统。该系统生成的商务智能报告对于明确犯罪模式、警力部署以及其他工作非常有帮助。该信息系统提高了公共安全，降低了911电话中心的电话数量，并且帮助管理人员更好地使用里士满市的750名警官。

最近，警察部门将其报告进行了细化，将暴力犯罪划分成抢劫、强奸和凶杀等类型，以帮助他们发现某一犯罪类型的模式。例如，警察部门发现西班牙裔工人常在发薪日被抢劫。通过把这些工人的发薪日输入系统并查看抢劫模式，执法警官可以明确这些犯罪事件最有可能发生在哪些天以及哪些地点。在发薪日，将额外的警力调往这些地区已减少了该地区抢劫案的数量。[1]

3.1.2 访问文件的方法

在数据库中，使用顺序的、随机的或者索引顺序的方法访问文件。在顺序文件结构（sequential file structure）中，文件中的记录是按照序号或者顺序，尤其是按照它们的输入顺序进行组织和处理的。记录的组织是以"主关键字"为基础，如社会安全号码和账号等，主关键字将在本章稍后进行探讨。例如，要访问第10条记录，必须首先阅读记录1至记录9。在不需要经常处理大量数据，如一个季度或一年才处理一次时，这种访问数据的方法是可行的。由于这种情况下访问速度通常并不重要，因此这些记录一般被存储在磁带中。顺序文件结构常用在备份文件和归档文件中，因为这些文件很少需要更新。

在随机访问文件结构（random access file structure）中，可以按照任何顺序访问记录，而不必考虑其在存储介质中的物理位置。在每天或者每周都需要处理少量记录时，这种访问方法速度更快，效率更高。为了实现这种高效率，这些记录通常被存储在磁盘中。磁盘是随机存取设备而磁带是顺序存取设备（想一想光盘跳过一首歌的速度比磁带跳过一首歌的速度快多少）。

在索引顺序访问方法（indexed sequential access method，ISAM）中，可以按照顺序的或随机的方法访问记录，这取决于访问的数量。数量少时，采用随机访问方法；数量多时，采用顺序访问方法。该文件结构类似于书籍的目录，列出页码以便你能找到某一特定的主题。这种方法的优势是两种访问类型都可以使用，主要视当时的情况和用户的需求而定。[2]

索引访问，顾名思义，其索引结构包含两个部分：索引值以及当记录与索引值相匹配时的磁盘定位指针。检索一条记录至少需要访问磁盘两次，一次是访问索引结构，一次是访问实际记录。由于每一条记录都需要进行索引，如果文件中包含有大量的记录，索引量也将非常庞大。因此，记录的数量较少时，索引会更为有效。该方法的访问速度很快，因此在需要频繁访问记录时经常使用此方法。但是，请记住这一观点在处理器速度很慢且内存和存储器非常昂贵的情况下更适用。由于如今电脑的速度都很快且存储器的价格也很低廉，因而记录的数量可能已经不再那么重要，这意味着采用这种方法可以访问和处理更多的记录。

术语卡

顺序文件结构（sequential file structure）中，文件中的记录按照序号或者顺序，尤其是按照它们的输入顺序进行组织和处理。

随机访问文件结构（random access file structure）中，可以按照任何顺序访问记录，而不必考虑其在存储介质中的物理位置。在每天或者每周都要处理少量记录时，这种访问方法速度更快，效率更高。

索引顺序访问方法（indexed sequential access method，ISAM）中，可以按照顺序的或随机的方法访问记录，这取决于访问的数量。数量少时，采用随机访问方法；数量多时，采用顺序访问方法。

物理视图（physical view）是指如何在存储介质中存储和检索数据，如硬盘、磁带或光盘等。

逻辑视图（logical view）是指如何将信息呈现给用户，以及如何组织和检索信息。

3.2 逻辑数据库设计

在设计一个数据库之前，你需要了解数据库中两种有关信息的视图。物理视图（physical view）是指如何在存储介质中存储和检索数据，如硬盘、磁带或光盘等。逻辑视图（logical view）是指如何将信息呈现给用户，以及如何组织和检索信息。例如，营销经理可能希望按照某一地区产品的畅销情况来组织数据，财务人员可能需要按照每种产品的原材料成本组织数据。

数据库设计的第一步是明确数据模型（data model），它决定了数据的创建、显示、组织和维护。数据模型通常包括以下三个要素：

- **数据结构** 描述了数据的组织方式以及记录之间的关系。
- **操作** 描述了可以对数据实施的方法和计算等，如更新和查询数据。
- **完整性规则** 定义了数据库的界限，例如字段、约束量（限制了什么类型的数据可以存储在字段中）和访问方法所能允许的最大值和最小值。

可供选择数据模型有很多种。最为常见的是下一节将介绍的关系模型，在本章稍后的"面向对象数据库"中你还将学习有关面向对象模型的知识。其他两种常见的数据模型是层次模型和网络模型，不过目前已不常使用它们。

在图3-3所示的层次模型（hierarchical model）中，记录之间的关系形成了一个树状结构（层次）。记录称为节点，记录之间的关系称为分支。位于顶部的节点称为根，所有其他的节点（称为孩子）都有同一个父母。具有相同父母的节点称为双胞胎或者兄弟姐妹。如图3-3所示，供应商是根节点，它提供了三条产品线，全部视为兄弟姐妹。每一条生产线都生成多种类别的产品，并且每一种产品类别都有特定的产品（生产线和产品类别也被视为兄弟姐妹）。例如，供应商A提供了三条生产线：香皂、洗发水和牙膏。牙膏生产线生产两种产品（P6和P7）：美白和预防口腔疾病牙膏。P7产品又包含三种具体的预防口腔疾病牙膏产品：S、T和U。

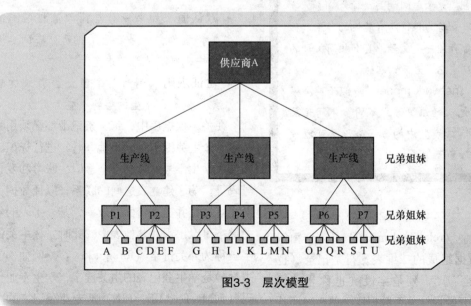

图3-3 层次模型

网络模型（network model）类似于层次模型，但是正如图3-4所示，其记录的组织方式不同。网络模型还包括了发票号码、消费者号码和支付方式。例如，111号发票属于编号为2000的消费者，该消费者采用现金支付方式。不同于层次模型，网络模型中的每一条记录可以拥有多个

父母和子记录。如图3-4所示，一个消费者可以

有多张发票，一张发票可以采用多种支付方式。

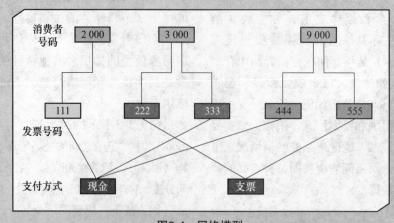

图3-4 网络模型

关系模型

关系模型（relational model）是一个由行数据和列数据组成的二维表。行是记录（也称为"元组"），列是字段（也称为"属性"）。在开始设计关系数据库之前，必须首先对每一张表及其中的字段进行定义，以明确数据库的逻辑结构。例如，学生登记表包括学生学号、学生名称、学生姓氏等字段。这些定义汇总存储在数据字典（data dictionary）中。

数据字典也可以用于存储其他定义，如字段的数据类型、字段的默认值以及每个字段中数据的验证规则等，具体如下所示：

- **字段名称** 学生姓名、入学日期、年龄和专业。
- **字段数据类型** 字符（文本）、日期和数值。
- **默认值** 如果没有与输入值相匹配的值，例如，如果专业不在已公布的专业之中，则其值为"未定"。
- **验证规则** 判断某个值是否有效的规则，例如，学生的年龄不能为负数。

在关系数据库中，每一条记录都必须用唯一的一个主关键字（primary key）进行标识。例如，学生学号、社会安全号码、账号和发票号码等。为了建立表之间的联系，以便数据可以相互连接并提高检索的效率，某一张表的主关键字可以出现在其他表中。此时，该主关键字被称为外关键字（foreign key）。例如，学生学号是学生登记表的主关键字，学生专业代码（如MKT、MIS、FIN）是专业登记表的主关键字。每个学生有一个专业，每个专业可以招收多名学生。专业登记表中的主关键字是学生登记表中的外关键字。

为了提高数据库的效率，使用了标准化

（normalization）程序消除数据库中的冗余数据（例如，只把消费者姓名存储在一张表中），并且确保只把相关联的数据存储在表中。标准化分为多个层级，从第一范式（1NF）到第五范式（5NF）。但是，通常，数据库只执行第一范式（1NF）到第三范式（3NF）。例如，下列任务就是在第一范式（1NF）层级上进行的。

- 消除同一张表中的重复数据。
- 单独为每一组相关联的数据创建表格。
- 每一条记录用唯一的一个字段（主关键字）来标识。

检索在关系模型中存储的数据，可以执行从一个或多个表中筛选或组合数据等操作。操作的类型有很多种，包括选择、投影、连接、交、并、差等。其中前三种操作使用最为普遍，下面将对它们进行介绍。

选择操作　是指从表中查询数据，并按照某一标准检索记录（也称为"条件"）。

表3-1显示了所有存储在学生登记表中的数据。执行选择操作"专业=管理信息系统"，你可以生成一张只列示管理信息系统专业的学生名单，如表3-2所示。

投影操作　是指依据某种规则减少原有表中的列向量（字段），从而缩减表格。例如，你需要一张不包括学生年龄的学生名单。执行投影操作"PROJECT学生学号，姓名，专业，平均成绩（表3-1）"，你可以获得如表3-3所示的数据。在这里"（表3-1）"代表使用表3-1中的数据。

连接操作　是指根据表中的公共字段（如第一张表的主关键字和第二张表的外关键字），将两张表组合成一张表。表3-4列示了消费者登记表的数据，表3-5列示了发票登记表的数据。消费者号码是消费者登记表的主关键字，也是发票登记表的外关键字，发票号码是发票登记表的主关键字。表3-6显示了对这两张表执行连接操作后的结果。

术语卡

关系模型（relational model） 是一个由行数据和列数据组成的二维表。行是记录（也称为"元组"），列是字段（也称为"属性"）。

数据字典（data dictionary） 用于存储定义，如字段的数据类型、字段的默认值，以及每个字段中数据的验证规则等。

主关键字（primary key） 用于唯一标识关系数据库中的每一条记录。如，学生学号、社会安全号码、账号和发票号码等。

外关键字（foreign key） 是指某关系表中与其他表的主关键字相匹配的字段。它可用于交叉引用表格。

标准化（normalization） 消除了数据库中的冗余数据，从而提高了数据库的效率，并且确保只把相关联的数据存储在表中。

表3-1　学生登记表数据

学生学号	姓　名	专　业	年　龄	平均成绩
111	Mary	管理信息系统	25	4.00
222	Sue	计算机科学	21	3.60
333	Debra	工商管理	26	3.50
444	Bob	市场营销	22	3.40
555	George	管理信息系统	28	3.70

表3-2　选择操作结果

学生学号	姓　名	专　业	年　龄	平均成绩
111	Mary	管理信息系统	25	4.00
555	George	管理信息系统	28	3.70

表3-3　投影操作结果

学生学号	姓　名	专　业	年　龄	平均成绩
111	Mary	管理信息系统	25	4.00
222	Sue	计算机科学	21	3.60
333	Debra	工商管理	26	3.50
444	Bob	市场营销	22	3.40
555	George	管理信息系统	28	3.70

表3-4　消费者登记表

消费者号码	姓　名	地　址
2000	ABC	百老汇
3000	XYZ	杰斐逊
9000	TRY	麦迪逊

表3-5　发票登记表

发票号码	消费者号码	金额（美元）	支付方式
1110	2000	2 000.00	现金
2220	3000	4 000.00	支票
3330	3000	1 500.00	现金
4440	9000	6 400.00	现金
5550	9000	7 000.00	支票

表3-6　连接发票登记表和消费者登记表

发票号码	消费者号码	金额（美元）	支付方式	姓　名	地　址
1110	2000	2 000.00	现金	ABC	百老汇
2220	3000	4 000.00	支票	XYZ	杰斐逊
3330	3000	1 500.00	现金	XYZ	杰斐逊
4440	9000	6 400.00	现金	TRY	麦迪逊
5550	9000	7 000.00	支票	TRY	麦迪逊

 3.3　数据库管理系统的组件

现在，你已经学习了数据库构成要素和常见的数据模型等知识，你可以考察用于管理数据库的软件了。

数据库管理系统软件主要有以下几个组件，我们接下来将逐一进行介绍。

- 数据库引擎
- 数据定义
- 数据操作
- 应用程序生成
- 数据管理

3.3.1　数据库引擎

数据库引擎是数据库管理软件的核心，负责存储、处理和检索数据。通过与其他数据库管理系统组件（一般为数据操作功能）相结合，数据库引擎将用户发出的逻辑请求转换化成物理等量（如报表）。例如，营销经理想查看东南地区销售排名在前三位的销售人员名单（逻辑请求）。数据库引擎与数据处理功能相结合，首先找到这些销售人员姓名的存储位置，接着将其显示在电脑屏幕上或输出到打印机上（物理等量）。由于存在多种数据的逻辑视图，因此，数据库引擎也可以采用多种方法检索和返还数据。

3.3.2　数据定义

数据定义组件用于创建和维护数据字典，并定义数据库的文件结构。对数据库结构的任何修改，如增加字段、删除字段、修改字段范围、修改字段中所存储数据的类型等，都是由这一功能实现的。

3.3.3　数据操作

数据操作组件用于在数据库中增加、删除、修改和检索记录。通常，该组件需要使用查询语言。有多种可供选择的查询语言，其中结构化查询语言（SQL）和实例查询（QBE）是使用最为广泛的两种语言。

结构化查询语言（structured query language，SQL）是标准的第四代查询语言，很多数据库管理软件包都使用该语言，例如Oracle 11g和Microsoft SQL Server SQL这两个数据库都是由几个关键字组成以确定所要执行的任务。结构化查询语言的基本格式如下：

SELECT字段FROM表或文件WHERE条件

在关键字SELECT之后，列出你要检索的字段。在FROM之后列出你要检索的表或文件，在WHERE之后列出检索的条件（标准）。下面列出的命令是从员工登记表和薪酬登记表中检索职务为"工程师"的员工的姓名、社会安全号码、职务、性别和薪酬。

SELECT姓名, 社会安全号码, 职务, 性别, 薪酬
FROM员工登记表, 薪酬登记表
WHERE员工登记表, 社会安全号码=薪酬登记表, 社会安全号码AND
TITLE="工程师"

该查询命令的含义是从员工登记表和薪酬登记表中检索姓名、社会安全号码、职务、性别和薪酬等字段的数据。第三行命令列出了员工登记表和薪酬登记表中相关联的字段（社会安全号码字段），并规定了列示数据的条件：只列示职务为工程师的员工。你可以在SQL语句中使用AND, OR和NOT等运算符（接下来将做介绍），以增加很多其他的条件。

> **术语卡**
> 结构化查询语言（structured query language, SQL）是标准的第四代查询语言，很多数据库管理软件包都使用该语言，例如Oracle 11g和Microsoft SQL Server。SQL这两个数据库都是由几个关键字组成以确定所要执行的任务。

实例查询（query by example，QBE），通过构建由查询模板组成的命令语句，从数据库中检索数据。在目前的图形化数据库中，你只需要点击鼠标选择查询模板，而无须再去背记那些关键字了，这与SQL数据库的操作类似。你可以在QBE模板中使用AND, OR和NOT等运算符，对查询进行微调：

- AND　其含义是必须满足所有条件。例如，"专业=管理信息系统AND平均成绩＞3.8"是指检索专业为管理信息系统并且平均成绩大于3.8的学生。

- OR 其含义是只要满足某一个条件即可。例如，“专业=管理信息系统OR平均成绩＞3.8”是指从数据库中检索平均成绩大于3.8，但专业可以为其他专业的学生，如会计专业学生。
- NOT 其含义是检索不符合给定条件的记录。例如，“专业NOT会计”是指检索除会计专业外的所有学生。

使用Microsoft Access软件和图3-5所示的样表，可以生成一个带有OR条件的QBE查询。

要给专业定义一个OR条件，可如图3-6所示在专业下方输入“会计”OR“管理信息系统”。要实现这一命令，可以在Access 2007中执行以下操作。

（1）单击“新建”按钮（左上方第二个键），然后点击“查询设计”选项，打开设计窗口。

（2）弹出可选表格菜单，选中你想查询的表格，或者将其从列表拖放到查询窗口的左侧。

（3）被选中的表格将显示在查询窗口中，并且列示出表格的全部字段（如图3-6左上角所示）。选中你要查询的字段将其从表格拖放到QBE界面（图3-6下方所示的类似于电子表格的网格），将字段一个一个拖放到QBE界面的各列中。

（4）在专业一列的条件一行中，输入查询条件（如本例，“会计”OR“管理信息系统”）。

图3-7列示了图3-6中查询命令的结果。

ID	Student ID #	Name	Major	Age
1	111	Mary	MIS	21
2	222	Sue	CS	27
3	333	Debra	MGT	19
4	444	Bob	ACC	24
5	555	George	MIS	23
6	666	Alan	ACC	29
7	777	Moury	MIS	18
(AutoNumber)				0

Record: 7 of 7

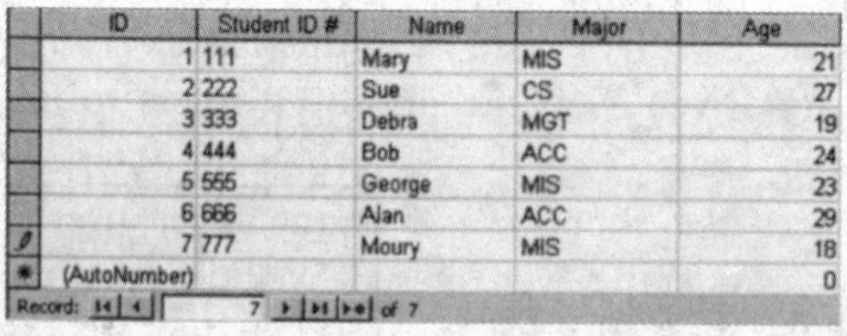

图3-5 样表

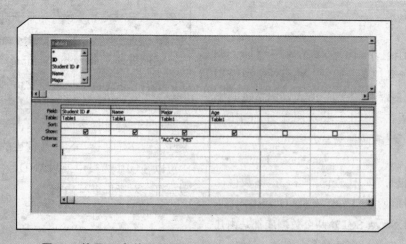

图3-6 使用OR条件列出所有专业为会计或管理信息系统的学生

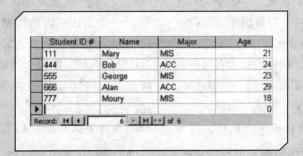

图3-7　所有专业为会计或管理信息系统的学生名单

术语卡

实例查询（query by example，QBE）通过构建由查询模板组成的命令语句，从数据库中检索数据。在目前的图形数据库中，你只需要点击鼠标选择查询模板，而无须再去记忆那些关键字了，这与SQL数据库的操作类似。你可以在QBE模板中使用AND，OR和NOT等运算符，对查询进行微调。

3.3.4　应用程序生成

应用程序生成组件是用于设计数据库使用程序的组件，如数据输入显示界面、交互式菜单与其他程序语言的接口等。这些程序可以用于创建模板或生成报表。如果你正在为用户设计一个订单输入程序，你可以使用应用程序生成功能创建一个菜单系统，以简化程序的操作。通常，计算机技术专业人员和数据库管理人员使用该组件。

3.3.5　数据管理

数据管理组件同样被计算机技术专业人员和数据库管理人员使用，主要用于执行备份、恢复、安全和变更管理等任务。另外，该组件还用于给某一操作人员授权以执行某些功能，通常包括新建、阅读、更新和删除（CRUD）。

在大型企业中，数据库的设计和管理由数据库管理员（DBA）负责，不过在复杂的数据库中，这些工作有时也由整个部门负责。数据库管理员的职责如下所示：

- 设计和建立数据库。
- 制定安全措施以明确用户的访问权限。
- 设计恢复程序以防数据丢失或破坏。
- 评估数据库性能。
- 增加和微调数据库功能。

在接下来的章节中，你将学习除关系数据库以外的其他一些最新的数据库类型。

3.4　数据库设计和应用的最新趋势

数据库设计和应用的最新趋势包括数据驱动网站、自然语言处理、分布式数据库、客户机/服务器数据库，以及面向对象数据库。除此之外，人工智能和自然语言处理的发展也将对数据库的设计和应用生产影响，例如改进用户界面。[3]自然语言处理将在第13章进行介绍，其他发展趋势将在下面的章节进行讨论。

3.4.1　数据驱动网站

随着电子商务程序的普及，数据驱动网站

被更广泛地用于提供动态信息。数据驱动网站（data-driven web site）充当数据库的接口，为用户检索数据并允许用户向数据库输入数据。离开这一功能的话，网站设计者在每一次网站数据信息变更时，都必须重新编辑HTML代码。该类型网站被称为"静态"网站。另一方面，数据驱动网站能自动进行调整，因为它从外部动态数据源检索信息，如MySQL、Microsoft SQL Server、Microsoft Access、Oracle、IBM DB2及其他数据库。

由于数据驱动网站对信息的访问进行了改进，因此用户能体验到更多的互动，同时减少了维护静态网站所需的支持和维护经费。一个设计完善的数据驱动网站很容易维护，因为绝大多数信息的变更不需要重新修改HTML代码。相反，当数据源发生改变时，数据驱动网站会自动进行调整以反映这些变化。在数据驱动网站下，用户能从各种数据源中获得更多最新的信息。数据驱动网站主要应用在以下领域：

- 需要经常更新的电子商务网站。
- 需要定期更新信息的新闻网站。
- 论坛和讨论组。
- 订阅服务，如新闻等。

术语卡

数据管理用于给某一操作员授权以执行某些功能，通常包括新建、阅读、更新和删除（CRUD）。

数据库管理员（DBA），在大型企业中设立，负责设计和建立数据库、制定安全措施、开发恢复程序、评估数据库性能、增加和微调数据库功能等工作。

数据驱动网站（data-driven web site）充当数据库的接口，为用户检索数据并允许用户向数据库输入数据。

3.4.2 分布式数据库

到目前为止，在已讨论过的数据库类型中，信息系统中的所有用户都使用一个中央数据库。但是，在某些情况下，使用分布式数据库（distributed database），即将数据存储在位于企业不同地点的多个服务器，更为合适。企业选择分布式数据库的原因如下：[4]

- 这种设计能更好地反映企业的结构。例如，一个有着众多部门的企业可能会发现使用分布式数据库更为合适，因为分布式数据库执行本地查询的速度更快，并能减少网络拥堵。
- 数据的本地存储缩短了系统响应时间，但也增加了通信成本。
- 将数据发布在多个站点，能最大限度地减少计算机出现故障所带来的影响。如果其中一个数据库出现故障，不会影响

到整个企业。
- 信息系统的用户数量不受某一台计算机的容量或处理能力的限制。
- 几个小型集成系统的成本可能要低于一个大型服务器的成本。
- 访问中央数据库服务器可能会增加远程用户的通信成本。将部分数据存储在远程站点上有助于降低此成本。
- 目前，包括数据库设计在内的分布式处理方法使用范围更为广泛，并且与集中处理相比它能更好地响应用户需求。
- 最为重要的是，分布式数据库不受数据物理地点的限制。

建立分布式数据库管理系统（DDBMS）的方法有以下三种，不过这些方法也可以结合起来使用：[5]

- **分片** 分片（fragmentation）方法解决

了在多个站点之间划分表的问题。水平分片将表划分成若干行，将所有的字段（列向量）作为一个子集存储在不同站点。垂直分片将一个列向量作为一个子集存储在不同站点。混合分片将垂直分片和水平分片相结合，只在每个站点存储该网站指定的数据。如果需要其他网站的数据，则由分布式数据库管理系统进行检索。

- **复制** 复制（replication）方法下，每个站点都存储一份企业数据库中数据的复本。尽管这种方法会增加成本，但它提高了数据的可用性，并且每个站点

的数据复本都可以作为其他站点的备份文件。

- **分配** 分配（allocation）方法是分片和复制的结合。通常，每个站点只存储其使用最频繁的数据。这种方法提高了对本地用户（与数据库存储设备在同一地点的用户）的响应速度。

由于存在来自企业内部和外部的多个访问接口，分布式数据库的安全问题更具挑战。安全政策必须明确界定用户的访问范围和用户权限。分布式数据库的设计者也需要记住分布式处理并不是在所有情况下都适用，如所有部门都在同一地点的公司。

术语卡

分布式数据库将数据存储在位于企业不同地点的多个服务器中。

分片（fragmentation）方法解决了在多个站点之间划分表的问题。主要包括三种方法：水平、垂直、混合。

分布式数据库管理系统的**复制**（replication）方法，是指每个站点存储一份企业数据库中数据的复本。

分布式数据库管理系统的**分配**（allocation）方法将分片和复制相结合，每个站点只存储其使用最频繁的数据。

在**客户机/服务器数据库**（client/server database）中，用户的工作站（客户机）与局域网（LAN）相连接，以共享同一台服务器所提供的服务。

3.4.3 客户机/服务器数据库

随着计算机功能的不断增强和成本的不断下降，现在客户机/服务器数据库处理模式已被广泛采用。在客户机/服务器数据库（client/server database）中，用户的工作站（客户机）与局域网（LAN）相连接，以共享同一台服务器所提供的服务。与较早的文件服务器将整个文件发送给客户端由其自行处理的方式不同，客户机/服务器数据库模式是客户机向服务器发出请求，由服务器处理数据并只把符合请求的记录反馈给客户端。[6]

3.4.4 面向对象数据库

前面介绍过的关系模型主要设计用于处理按照字段—记录格式组织的同质数据。然而，当包含的数据类型不相同时，例如多媒体文件，其关系模型难进行处理。另外，关系数据库结构简单：表与表之间的关系建立在一个公共值（关键字）基础上。关系数据库有时难以表示更为复杂的数据关系。[7]

为了解决这些问题，开发了面向对象数据库（object-oriented databases）。与面向对象程序设计相类似，这种数据模型用数据库对象来

表示现实世界的实物。对象包括属性值（描述物体的特性）和针对对象数据所能使用的方法（操作或计算）。例如，如图3-8所示，一辆真实的汽车可以表示为车辆类中的一个对象。这一类中的对象都包含有使用年限、制造商、型号、驾驶证号等属性值。你可以使用一些方法对车辆对象中的数据进行处理，例如使用增加车辆方法在数据库中增加一辆汽车。将类看做是对象的种类或类型会很有帮助。

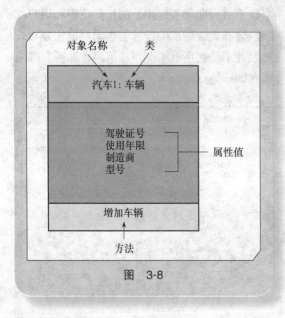

图 3-8

将对象按照它们的属性和方法划分为一类称为封装（encapsulatin），其含义是指将相关的项目划分为一个单元。封装有助于处理更为复杂的数据类型，如图形、图像。面向对象数据库还具有继承性（inheritance），即通过在属性值中输入新的数据能更快更容易地创建新对象。例如，通过让宝马车继承车辆类的属性值和方法，你能在车辆对象中增加宝马车这一新对象。当你需要增加新的对象时，你不需要重新定义一个对象，换句话说，就是你不需要重新指定对象的所有属性值和方法。

面向对象数据模型通过支持更为复杂的数据管理而对关系模型进行了扩展，因此它更容易模拟现实世界的问题。另外，除数值和字符外，面向对象数据库还可以存储和操作各种多媒体数据。能够处理多种文件类型在很多领域是非常有用的。例如，在医疗领域，医生除了需要有由文字和数字组成的病人病历外，还需要获取病人的X射线图像和生命体征图表等文件。

与关系数据库使用查询语言进行互动不同，面向对象数据库通过方法进行互动，这里的方法是指向对象发送信息。信息通常由某一事件产生，如输入回车键或者单击鼠标等。一般来说，使用高级语言，如C++，来生成方法。面向对象数据库管理系统包括Progress ObjectStore和Objectivity/DB等。

术语卡

在**面向对象数据库**（object-oriented databases）中，数据及其之间的关系被包含在一个对象中，对象包括属性值和针对对象数据所能使用的方法。

将对象按照它们的属性和方法划分为一类称为**封装**（encapsulatin），其含义是将相关的项目划分为一个单元。封装有助于处理更为复杂的数据类型，如图形、图像。

继承性（inheritance）是指通过在属性值中输入新的数据能更快更容易地创建新对象。

 ## 3.5　数据仓库

数据仓库（data warehouse）是来自各种资源的数据的集合，用于支持决策程序和生成商务智能。[8]数据仓库存储多维数据，因此有时也被称为立方体。与数据库相比，数据仓库中的数据通常具有以下特征：

- **面向主题的** 数据仓库中的数据专注于某一特定领域，如家装行业或大学。数据库是以事务/功能为导向。
- **集成的** 数据仓库中的数据来源多种多样，而数据库中的数据来源通常单一。
- **时变的** 与数据库不同，数据仓库中的数据是以时间为基础进行分类的，如历史信息与近期活动相比较。
- **汇总数据** 数据仓库采集汇总数据，数据库采集原始交易数据。
- **目的** 数据仓库用于分析目的，而数据库用于采集和管理交易。

设计和实施数据仓库是一项复杂的任务，但是也有一些特定的软件能提供帮助。甲骨文、IBM、微软、Teradata、SAS和惠普都是数据仓库领域的市场领导者。专栏3-2介绍了数据仓库在KeyCorp公司的应用。

专栏3-2 数据仓库在KeyCorp公司的应用：IBM的解决方案

KeyCorp公司是一家金融服务公司，其使用数据仓库来加强对客户和账户信息的管理，并为市场分析、决策制定和客户关系管理程序提供及时、广泛的信息。KeyCorp公司的数据仓库使用了IBM公司S/390产品及决策制定和报告工具，如IBM公司的查询管理工具（QMF）。采用该数据仓库，KeyCorp公司还明确了哪种客户关系有利可图，从而加强对企业客户的销售。

图3-9显示了数据仓库配置中的四个主要要素：输入，提取、转换和加载（ETL），存储，输出。这些要素将在接下来的章节进行介绍。

3.5.1 输入

数据的来源多种多样，包括外部数据源、数据库、交易文件、企业资源规划（ERP）系统、客户关系管理（CRM）系统等。ERP系统收集、整合和处理可以用于企业所有职能领域的数据。CRM系统收集和处理客户数据，以便为改善客户服务提供信息（ERP系统和CRM系统将在第11章讨论）。总之，这些数据源为数据仓库提供了进行分析和生成报告所需的输入量。

3.5.2 ETL

提取、转换和加载（ETL）描述了数据仓库中数据的处理过程。提取是指从前面所说的各种资源中收集数据，并将数据转化为转换处理程序所需要的格式。提取处理还能解析（分成几块）数据，以确保数据符合数据仓库的结构需要。例如，如果你想知道有多少客户居住在城市的某一特定区域，可以使用解析方法将地址中的街道号码、街道名称、城市和州名进行分解。

转换处理操作是为了确保数据符合数据仓库的需要。转换处理包括以下内容：

- 只选择特定的列或行进行加载。
- 翻译编码值，例如用1替代是，用2替代否。
- 对数据执行选择、投影、连接操作。
- 排序和过滤数据。
- 在将数据加载到数据仓库之前，汇总和合计数据。

加载是指将数据传输到数据仓库。根据企业的需要和数据仓库的存储容量，加载可以对现有数据进行覆盖，也可以将收集到的数据添加到现有数据中。

3.5.3 存储

数据仓库中收集的信息是按照原始数据或者数据或元数据进行组织的。原始数据是指原始形态的数据。合计数据提供了各类数据的小

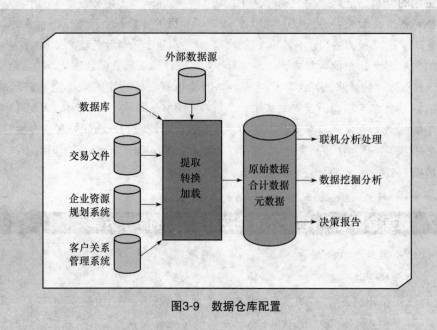

图3-9　数据仓库配置

计数，这种形式对用户非常有帮助。例如，公司南部地区的销售数据可以进行加总，并用一个合计值替代。但是，正如你在第1章所学的，就决策目的而言，分别保留原始数据（分类数据）和合计数据（汇总数据）是一个很好的想法。元数据是有关数据的信息，其描述了所收集数据的内容、质量、条件、起源和其他特征。元数据告诉用户数据是如何被收集的、何时被收集的和由谁收集的，以及如何对数据进行格式化并转换成现在的格式。例如，金融数据库中的元数据可以用来生成报告，向股东解释销售交易中的收入、支出和利润是如何在数据仓库中计算和存储的。

3.5.4　输出

如图3-9所示，数据仓库能支持不同类型的分析，为决策制定提供各种报告。到目前为止所有介绍过的数据库，都采用联机事务处理（OLTP）技术以生成下列报告：

- 上个月哪一个产品的销售额最高？
- 上个月哪一地区的销售额最低？
- 上季度哪一位销售员销售额的增长幅度超过30%？

然而，数据仓库采用联机分析处理和数据挖掘分析技术生成报告，下面的章节将具体介绍这两种技术。

术语卡

数据仓库（data warehouse）是来自各种资源的数据的集合，用于支持决策程序和生成商务智能。

提取、转换和加载（ETL）描述了数据仓库中数据的处理过程，包括从外部数据源提取数据，将数据转换成符合操作要求的格式，并将其加载到最终目标（数据库或数据仓库）。

1.联机分析处理

与联机事务处理相比，联机分析处理（online analytical processing，OLAP）能够生成商务智能。它使用多种信息资源，提供多维度分析，如以时间、产品和地理位置为基础观测数据。例如，它能找出上季度X产品在西北地区的销售情况如何。有时这种方法也被称为数据切片和切块。使用图3-10中的超立方体，你可以按照不同的角度对其进行切片。你可以将该超立方体看做是一个多维电子表格，其中

每一个面代表一个维，如地区（图中为"地理位置"）。超立方体的优势在于能更快地进行操作和计算。在图3-10的超立方体中，某一维中的每一个小立方体都代表着细分的数据。因此，其中某个小立方体的数据可能就是关于2004年西北地区罐头食品销售额的数据。每一个小立方体都可以进一步细分，例如，可以将2004年划分成四个季度：Q1、Q2、Q3、Q4。立方体的数量取决于每一个维度的"粒度"（特性）。

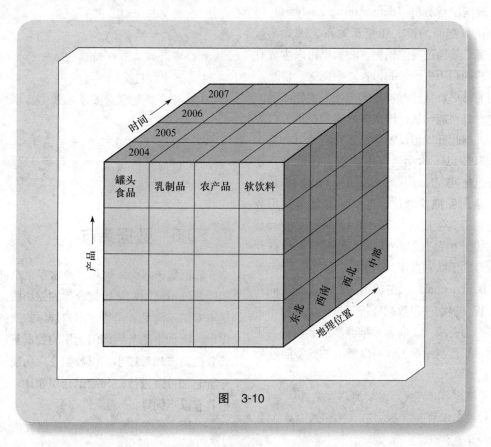

图　3-10

OLAP能够分析按多维视角汇总过的信息。OLAP工具可用于趋势分析，从大量统计数据中筛选出特定的信息。OLAP工具通常具有"向下钻取"功能以访问多层次信息。例如，OLAP工具可以访问第一层信息以生成有关公司八个地区销售业绩的报告。如果营销经理想知道更多关于西北地区销

售信息的话，OLAP工具可以访问第二层信息以进行更详细的分析。OLAP工具也具有"向上钻取"功能，即从最小的数据单位开始，将细分数据汇总为高层次的数据。例如，OLAP工具可以查看每一地区的销售数据，并由此向上钻取以生成关于整个公司销售业绩的报告。

2.数据挖掘分析

数据挖掘分析（data-mining analysis）用于找出数据间的模式和相互关系。例如，数据挖掘工具通过观测销售点的数据可以生成有关客户购买历史记录的报告。根据这一信息，公司能够更好地针对特定客户开展促销活动。同样，公司能够从评论或保修卡中挖掘人口数据，并据此开发出反映特定用户群体（如青少年或30岁以上的女性群体）需求的产品。你可能已经发现Netflix.com公司根据你的影片租借记录向你推荐影片，这一信息就是利用数据挖掘工具生成的。2009年9月Netflix.com公司向设计出最佳算法从而显著提高影片推荐准确性的团队颁发了100万美元的奖金（www.netflixprize.com）。美国运通公司进行了同样的分析，根据使用数据分析工具发现的持卡客户每月消费模式，向客户推荐产品和服务。下面列举了数据挖掘工具可以解决的典型问题：

- 哪些客户可能会对新产品感兴趣？
- 哪些客户可能会对新的广告感兴趣？
- 根据客户过去的购买模式，应向客户推荐哪种产品？

数据挖掘软件的供应商主要有SAP Business Objects公司（www.sap.com）、SAS Cognos公司（www.sas.com）以及Informatica公司（www.informatica.com）。

3.决策报告

数据仓库应当能够生成各种信息和各种可供决策使用的报告。下面列出了数据仓库所能提供的报告功能及其优势。

- 交叉引用公司各经营部门的数据用于比较分析。例如，你能将人事部门的数据和财务部门的数据进行比较，即使这些数据是以不同的格式存储在不同的数据库中。
- 与数据库相比，数据仓库能更迅速更容易生成复杂的查询和报表。
- 数据仓库是生成报告的一种有效方法，所使用的数据来自各种资源、形式各异，并且存储在公司的不同地方。
- 数据仓库可以发现数据库无法发现的数据模式和趋势。
- 数据仓库能够帮助你快速分析为数庞大的历史数据。
- 数据仓库能帮助管理层制定高质量的商务决策。
- 数据仓库是管理有着不同需求和决策风格的用户对信息高要求的一种有效方法。

 ## 3.6 数据集市

数据集市（data mart）通常在单个部门或职能领域中使用，是数据仓库的缩小版。数据集市专用于满足公司特定用户群体的业务功能需求，例如市场营销部门使用的数据集市。尽管数据集市相对较小，但数据仓库所能进行的分析它都可以进行。与数据仓库相比，数据集市具有以下优势：

- 由于数据集市规模较小，因而能更为迅速地访问数据。
- 提高了用户响应时间。
- 由于数据集市规模较小且不太复杂，因此更容易创建。
- 数据集市更为低廉。
- 由于数据集市是为特定部门设计的，因而能更有效地锁定目标客户，能更容易确定客户需求及其所需的功能。数据仓库则是为整个公司设计的。

但是，与数据仓库相比，数据集市的使用范围往往受限，并且要想从不同的部门或职能领域（例如销售和产品）中合并数据也更为困难。

产业联系简要介绍了甲骨文公司的产品和服务。

3.7　小结

本章首先介绍了数据库和数据库管理系统，及其在信息系统中的重要作用。接着学习了访问文件的方法、数据库设计的原则和数据库管理系统的构成要素等知识。回顾了数据库设计与应用的最新趋势：数据驱动网站、分布式数据库、客户机/服务器数据库以及面向对象数据库等。最后，学习了数据仓库和数据集市及其使用方法。

> **术语卡**
>
> **数据挖掘分析**（data-mining analysis）用于找出数据间的模式和相互关系。
>
> **数据集市**（data mart）通常在单个部门或职能领域中使用，是数据仓库的缩小版。

 产业联系专栏

甲骨文公司

甲骨文公司主要提供各种数据库软件及相关服务。它是企业级信息管理软件的主要供应商，也是第一家提供基于互联网产品的软件公司。另外，甲骨文公司还提供一些数据库产品的"单用户版本"。下面列举了甲骨文公司的一些数据库软件和服务：

• Oracle Database 11g　该关系型数据库管理系统可以在Windows、Linux和UNIX平台上运行，具有事务处理、商务智能和内容管理程序等多种功能。

• Oracle OLAP　Oracle Database 11g企业版中的一个组件，是进行规划、预算、预测、销售和市场报告等分析活动的计算引擎。

• Oracle PeopleSoft　是一个用于客户/供应商关系管理和人力资源管理（HCM）的企业级产品。

• Oracle Fusion Middleware　是用于面向服务架构（SOA）、事务处理管理、商务智能、内容管理、身份管理和Web 2.0的产品套件。

• 甲骨文公司的产品和服务还包括Oracle电子商务套件和Siebel客户关系管理程序。

本信息来自甲骨文公司网站及其他宣传材料。欲了解更多信息及最新内容，请登录www.oracle.com。

关键术语

分配（allocation）

数据模型（data model）

数据挖掘分析（data-mining analysis）

数据仓库（data warehouse）

客户机/服务器数据库（client/server database）

分布式数据库（distributed database）

新建、阅读、更新和删除（CRUD）

数据库（database）

封装（encapsulation）

数据字典（data dictionary）

数据库管理员（database administrator, DBA）

数据层次（data hierarchy）

提取、转换和加载（extraction.transformation, and loading, ETL）

数据库管理系统（database administrator）

外关键字（foreign key）

数据集市（data mart）

数据驱动网站（data-driven Web site）

分片（fragmentation）

层次模型（hierarchical model）

面向对象数据库（object-oriented databases）

关系模型（relational model）

继承性（inheritance）

复制（replication）

联机分析处理（online analytical processing, OLAP）

索引顺序访问方法（indexed sequential access method, ISAM）

物理视图（physical view）

顺序文件结构（sequential file structure）

逻辑视图（logical view）

主关键字（primary key）

结构化查询语言（structured query language）

网络模型（network model）

实例查询（query by example, QBE）

标准化（normalization）

随机访问文件结构（random access file structure）

问题、活动和讨论

1.什么是数据库？

2.数据库与平面文件系统相比，具有哪些优势？

3.数据库管理系统的五个主要构成要素是什么？

4.数据集市与数据仓库相比，具有哪些优势？

5.论述数据挖掘分析的作用。

6.SQL和QBE的主要区别是什么？

a.SQL是图形界面

b.QBE是图形界面

c.SQL对所包含的条件不提供选项

d.QBE只能用于企业级应用程序

7.下列哪一项不是建立分布式数据库的方法？

a.分散化

b.分片

c.复制

d.分配

8.数据仓库中数据的特征有哪些？（不定项选择）

a.汇总

b.面向主题的

c.集成的

d.时变的

9.访问http://whitepapers.zdnet.co.uk网址，阅读有关数据挖掘工具的研究报告，并指出数据挖掘工具是如何帮助企业获得成功的。

10.如下表所示，信息系统班有11名学生。请按关系格式组织数据，并使用Microsoft Access

软件列出所有管理信息系统专业的学生，所有管理信息系统专业中平均成绩高于3.7的学生，所有管理信息系统专业或会计专业的学生，所有非管理信息系统专业的学生。

名 字	姓 氏	学 号	专 业	平均成绩	年 龄	年 级
Mary	Jones	111–1	管理信息系统	2.79	19	新生
Tom	Smith	222–7	会计	3.60	22	高年级
Alan	Bidgoli	333–9	管理信息系统	3.76	21	低年级
Brian	Thomas	444–6	工商管理	3.45	20	二年级
Steve	Kline	555–6	市场营销	3.75	24	低年级
Victor	Brown	666–1	管理信息系统	3.90	21	低年级
Janet	Elbaum	777–2	会计	3.10	22	低年级

（续）

名 字	姓 氏	学 号	专 业	平均成绩	年 龄	年 级
Jack	Jeffrey	888-0	工商管理	4.00	20	低年级
Andy	Prestage	999-2	市场营销	3.65	29	高年级
Jack	Tucker	234-1	会计	3.92	23	高年级
Mark	Evans	456-7	管理信息系统	3.85	26	高年级

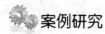 案例研究

商务智能和数据仓库在蓝山的应用

蓝山位于安大略省，是加拿大最大的度假胜地和会议中心。在旅游旺季拥有1 600名员工，全年有400名全职员工。随着蓝山提供的服务范围越来越广，如餐饮、住宿、电话预订中心等，管理层需要一个更好的信息系统来执行预算、规划、预测报告和业绩分析等事务。由于蓝山业务的复杂性，该系统还应该能处理来自许多不同资源的数据、运行不同的程序，以及从不同的角度观测数据。蓝山管理层希望该信息系统能满足所有这些需求，并且能高度自动化以减少人力时间和工作压力。蓝山公司IT主管John Gowers选择了Cognos（IBM子公司）的业绩管理产品，其具有观测和分析多维数据的OLAP分析功能。管理层使用该系统能更容易把握趋势，从而提高了决策水平。该系统能更好地评估人员需求，从而降低了成本。该系统还提高了库存管理水平，精简了预算和预测支出。另外，该系统对数据输人进行了标准化处理提高了操作效率。[11]

问题

1. 概括蓝山公司对信息的需求。

2. 新信息系统实现了哪些主要目标?

3. 使用该信息系统获得了哪些额外的好处?

Chapter4
第**4**章

信息系统的个人、法律、道德和组织问题

本章首先讨论信息技术工具对个人隐私的影响，以及犯罪分子如何运用这些工具从事计算机犯罪。其次，我们将考察与个人隐私有关的问题，如网上信息的审查、数据的收集、知识产权和版权。最后，我们将更广泛地了解一些关于信息技术的问题，其中包括数字鸿沟、电子出版物及信息技术对工作场所的影响。

4.1　信息技术带来的风险

有些人滥用信息技术侵犯用户的隐私权，甚至从事计算机犯罪。接下来的章节将论述不法分子滥用信息技术的行为方式，以及与信息技术相关的个人隐私问题。事实上，在计算机上安装可以定时更新的操作系统、使用杀毒软件和电子邮件的保密功能，能够减少甚至阻止计算机犯罪带来的风险。

4.1.1　信息记录程序

信息记录程序（cookies）是一些小文本文件，它们既可以以特殊的ID标签嵌入到网页浏览器上，也可以保存在用户的硬盘上。某些情况下，cookies对用户是有用的，或者说是无害的。例如，欢迎用户登录的网页常常会使用cookies，还有些购物网站使用cookies记录用户网上购物的个人信息。通常，用户们相信网站可以保证cookies上的信息不会受到侵害。网站也可以利用cookies为用户定制特定的页面，例如，亚马逊可以根据顾客以往购书的情况，为顾客推荐书目。

信息记录程序（cookies）是一些小文本
文件，它们既可以以特殊的ID标签嵌入
到网页浏览器上，也可以保存在用户的
硬盘上。

信息，而这一信息会被用于不正当的目的，如
商业间谍活动。

正因为如此，许多用户通过安装cookie管
理器来限制cookies的使用。cookie管理器可以
清除计算机上保存的cookies，并且阻止不必
要的cookies存到用户的硬盘上。目前流行的
网页浏览器，如Internet Explorer 和Firefox，
都提供了一系列接收和阻止cookies的选项。

4.1.2 间谍软件和广告软件

间谍软件（spyware）是一种在用户浏览

另外一些情况下，cookies被认为是对个人
隐私的一种侵犯，有些人认为他们的私人信息
只有在经得本人同意的情况下才可以被记录。
cookies能提供有关用户位置及其计算机设备的

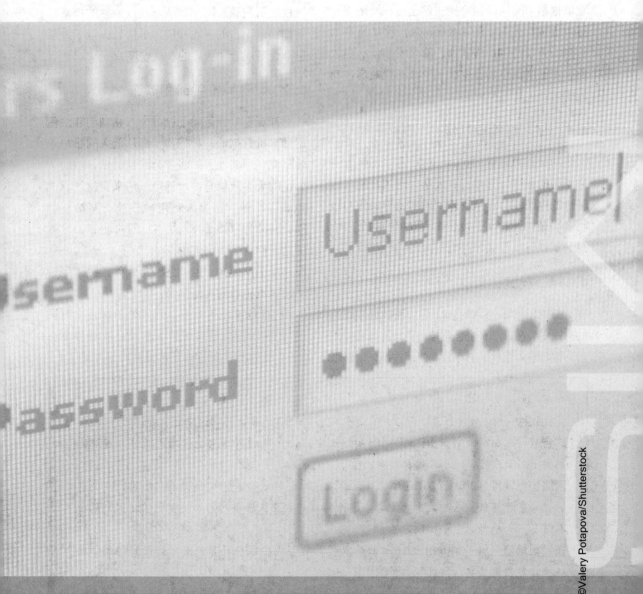

网页时秘密地收集用户信息的软件。一些图谋不轨的人利用间谍软件所收集的信息从事破坏活动，比如，在用户的计算机上安装多余的软件或者更改网络浏览器，妨碍用户操控计算机。有些间谍软件还可以改变计算机的系统设置，使得用户连接网络缓慢，改变用户默认的首页，并使其他程序丧失其应有的功能。为了保护计算机免受间谍软件的侵袭，用户应该安装反病毒软件来检测间谍软件，或者直接安装反间谍软件，如Spy Sweeper、CounterSp、STOPzilla和Spyware Docter。

广告软件（adware）也是一种间谍软件，它依据用户的网络浏览模式，通过在网络浏览器上播放广告，（未经用户同意）收集用户的信息。为了防御广告软件，除了安装反病毒软件，在网络浏览器上安装一个具有拦截广告功能的软件也是很有效的。

4.1.3　网络钓鱼软件

网络钓鱼软件（phishing）通过表面上看来正规的渠道，如银行和大学，向用户发送欺骗性的电子邮件。这种软件通常诱导邮件的接收者登录错误的网站，企图骗取用户的个人信息，如银行账号或社保账号。

4.1.4　按键记录器

按键记录器（keylogger）以一种软件或硬件的形式安装在计算机上，监控和记录计算机操作者的键盘输入情况。有些公司使用按键记录器跟踪员工发送电子邮件和上网的情况，出于这种目的使用按键记录器是合法的。但是，也有人利用按键记录器从事非法活动，如当用户为在线购物付款时，收集用户的信用卡账号。一些杀毒软件和反间谍软件可以防御按键记录器，安装这些实用程序可以对计算机实施额外的保护。

4.1.5　数据盗窃和电子欺骗

数据盗窃是捕捉和记录网络传输信息的行为。虽然有的数据盗窃是有正当理由的，如监控网络进程，但是黑客们却经常通过这种方式来拦截用户的信息。电子欺骗是指假扮已得到授权的用户登录网站，从而获取敏感的信息，例如窃取用户的密码和信用卡信息。电子欺骗也是伪装成合法程序的非法程序。

4.1.6　计算机犯罪和欺诈

计算机欺诈是为了谋得个人私利而非法使用计算机数据的一种行为，如从他人的账户上转账或利用其他人的账户为购物付款。前面所讨论的大多数信息技术都可以用来实施计算机犯罪。此外，很多人利用一些社交网站，如Facebook和MySpace，从事计算机犯罪，具体参见专栏1-1所讨论的内容。

除了前面介绍的网络钓鱼软件，以下列举了计算机犯罪的其他例子：

- 拒绝服务型攻击，利用电子邮件充塞网站及其他网络传输系统，导致网络超负荷运行，不能进行正当的网络传输。

术语卡

间谍软件（spyware）是一种在用户浏览网页时秘密地收集用户信息的软件。

广告软件（adware）也是一种间谍软件，它依据用户的网络浏览模式，通过在网络浏览器上播放广告，（未经用户同意）收集用户的信息。

网络钓鱼软件（phishing）通过表面上看来正规的渠道，如银行和大学，向用户发送欺骗性的电子邮件。这种软件通常诱导邮件的接收者登录错误的网站，企图骗取用户的个人信息，如银行账号或社保账号。

按键记录器（keylogger）以一种软件或硬件的形式安装在计算机上，监控和记录计算机操作者的键盘输入情况。

联邦陪审团公布了对一起网络暴力案件的判决，宣判指控Lori Drew的三项计算机欺诈罪名成立。Drew用"Josh Evans"这个假名字在MySpace建立了一个账户，欺骗一名13岁名叫Megan Meier的女孩。Drew的女儿Sarah视Megan为敌人，Sarah和她的母亲用"Josh"的账户与Megan联系，并使Megan感到"Josh"很喜欢她。但是，Sarah母女在以"Josh"的名义通过网络向Megan发起追求之后，又拒绝了她。这使得有抑郁症病史的Megan陷入了绝望并自杀了。[1]然而，2009年7月2日，一位联邦法官撤销了对Lori Drew有罪的判决，宣判指控Lori Drew的三项罪名不成立。[2]

- 身份盗用，如盗取社保账号从事非法活动。
- 侵犯软件的版权及其他知识产权（将在后面的章节中讨论）。
- 传播儿童色情。
- 发送垃圾邮件。
- 制造或传播各种计算机病毒、木马程序及其他恶意程序代码。
- 盗窃文件，进行行业间谍活动。
- 非法改变计算机记录。
- 病毒骗局，它通过网络传播错误的说明或信息，并且以一种看似真实的方式呈现给读者。某些人还会故意制造出病毒骗局企图误导读者。

另外还有一些进行网络破坏活动的计算机犯罪，包括破坏或中断计算机服务。从事计算机犯罪的人为了谋得个人利益，非法改写、删除、隐藏或者使用计算机文件，我们通常称这些犯罪分子为"黑客"。他们闯入计算机系统，一般仅仅是为了获得个人的满足感，也有一部分人是为了寻求经济利益。令人惊讶的是，大多数从事计算机犯罪的人都是公司内部的工作人员，这给公司的信息资源保护增加了难度。

4.2　隐私问题

虽然信息技术有许多优点，但是它也引起了人们在工作中对个人隐私的担忧。例如，一些公司的老板会通过一些社交网站，如Facebook 或 MySpace，调查应聘者的背景资料，这些资料将影响公司做出的录用决议。这种做法是否合法或者说是否合乎伦理道德？如何看待用户的隐私权呢？一般上传到网站上的信息都是公开的，所以要谨慎对待你上传到网站上的信息，以免引来麻烦。专栏4-2讲述了由上传到MySpace上的一张照片而引起的麻烦。

此外，利用员工监控系统，管理者可以监控员工的行动、工作中出错的数量、工作的速度，离开工作岗位的时间。当然，这些监控也使员工们担心他们的隐私权会受到侵害。

Stacy Snyder曾是某大学的一名学生，她在MySpace上传了一张她本人的照片。照片上，她戴着一项海盗的帽子，正在喝酒。这张照片的标题是《醉酒的海盗》。尽管当时Snyder已达到饮酒的合法年龄，该大学的管理者仍然认为她的照片有违职业形象，并拒绝授予她教育学位及教育资格证书。相反，她却被授予了一个英语学位。这所大学侵犯了Snyder的隐私权吗？[3]

医疗机构、金融系统、法律事务所，甚至网上订货单都收集了大量的个人数据，并且还将它们录入了数据库。误用或滥用这些数据信息会造成严重后果，并且人们对谁能够使用这些信息及所达到的程度提出了质疑。为此，各机构应该建立综合安全系统（将在第5章讨论）去保护员工或客户的隐私。

一些人产生"信息多疑症"是有根据的，因为关于人们生活各方面的信息都被存储在不同的信息库，如果误用了那些极其敏感的信息，如医疗记录，很可能会使某些人失去就业、得到健康保险以及住房的机会。实际上，法律可以制止上述情况的发生，但是采取法律措施的费用很高，而且到那个时候，损害往往已经发生了。

当思考到底什么是隐私的时候，你可能会举出很多个人隐私的例子，比如，私人信件、银行存款余额、电话交谈等。然而，要真正定义隐私是比较困难的。就电子信息而言，绝大多数人认同他们应该有权保守跟自己有关的私人事务，并且有权知晓其他机构如何使用他们的私人信息。从这种意义上讲，政府机构、信贷机构和经营公司使用个人信息数据库实际上是对隐私权的一种侵犯。不幸的是，黑客可以与合法组织一样利用信息技术轻而易举地得到这些信息。

数据库的数量正在迅速地增长。例如，美国三大顶尖的信用评级公司（Experian，Equifax和TransUnion）几乎拥有每个美国居民的记录。虽然这些组织和机构有良好的信誉，而且仅仅把这些信息提供给专门的人用于指定的用途，但是，仍然有许多小公司从信用评级公司购买信息并用于其他不可知的目的。这种行为明显是违法的，然而相关法律对这种行为却疏于制裁。假设你刚加入一个组织不久，就不断收到来自其他机构的邮件，那么如果你对它们如何得到你的地址感到了疑惑，表明你可能已经意识到这个问题的严重性了。

总之，计算机技术的进步使得曾经不可能或者很难做到的事情变得简单易行了。在对教育、财务、政府以及其他机构的信息进行交换的基础上，数据库中的信息能相互交叉匹配，生成人们的档案资料，甚至可以预测人们今后的行为。这些信息也通常用于直销和检测潜在的债务者或债权者的信用度。

虽然有时使用姓名追踪不需要社保账号进行的交易，如信用卡购物、慈善捐款和收取录影带租金等，但是检索和链接数据库最常用的方法还是使用社保账号（通常从信用公司获得）。直销公司是这些信息最主要的使用者。对个人来说，信息共享的结果只是导致用户收到更多的垃圾邮件（邮寄邮件或E-mail），但是还必须认识到一个更为严重的隐私权问题。银行可以把你为了申请信用卡而提供的信息改头换面（即与另外一个数据库链接）并用于其他目的吗？

1977年，美国政府开始链接大量数据库来寻找所需信息。那时，健康、教育和福利机构决定找出那些在政府部门有工作却还去申请社会福利的人员（有工作的人申请社会福利是违法的）。通过比较社会福利的支出记录和政府的工资表，这些部门可以找出那些工作人员。这个例子中，滥用职权的人被揭露了出来，因此在这种情况下使用数据库是合法的。

又如，住房和城市开发部所拥有的记录能够显示抵押贷款人是否拖欠了联邦贷款，并且将这些信息提供给一些大的银行机构，如花旗银行等，以扩充他们的客户信用档案。这一行为促使美国国会首次通过了几项法律来保护公民关于信用记录的隐私权。

目前，相关法律调整了收集和使用个人或公司信息的规范，但是就其使用范围来讲仍存有局限性，并且在内容上还存在着一些漏洞。例如，《平等信用报告法案》（Fair Credit Reporting Act，1970）禁止信用机构与除"经认可的客户"外的其他任何机构及个人共享信息。其中"经认可的客户"被简单地定义为有"正当需求"的人，但是这份法案中并没有明确指出什么是"正当需求"。[4]

为了更好地理解涉及网络的有关法律及个

人隐私问题，应注意以下三个重要的概念：许可使用协议（acceptable use policies）、责任条款、认可协议。为了预防在使用网络时出现违法事件和产生不良后果，一些组织建立了许可使用协议，该协议中具体说明了使用该网络应遵守的法律条例和道德规范，以及违反协议的后果。在使用网络的过程中，清晰、明确的协议有助于避免守法用户在许可使用到期后出现违反组织的规定的问题。大多数组织在允许新员工使用网络之前，都会与他们签订使用协议。责任条款包括用户和组织双方应承担的责任和义务。认可协议从根本上说是以合同的形式对所有网络参与者进行约束的一种方法，详细内容将在第5章讲述。

我们都很重视自己的隐私，因此应该使用硬件或软件来控制发布在网上的私人信息。第5章将详细解释这个问题。在此，用户和组织可以遵循以下指导方针来避免或尽量减少其隐私权受到侵害。[5]

- 只与明确制定了便于用户查询的、通俗易懂的隐私权条例的网站进行商业往来。
- 对于已经获得授权的人，组织也必须限制其使用个人信息的权限。
- 任何组织创建、保存、使用和传播私人数据记录时，必须确保数据的可靠性，防止误用、滥用数据。
- 收集数据必须有正当的目的。只要所收集信息用于正当需求，组织就有义务保存该信息。
- 亟待出台一项保护措施，该措施能阻止那些以正当理由收集的私人信息未经本人同意就被泄露给他人或用于其他目的的。
- 组织应对数据的收集及记录实施监控，确保数据的真实性。组织不应收集与所需无关的数据。
- 所保存的个人记录应该准确并适时更新。组织有责任及时更正或删除不正确的数据，销毁不再需要的数据。
- 用户本人应该检查自己的记录并且更正错误的信息。

- 记录私人数据的存储系统应适当向其本人公开。人们应该能够通过某种方法登录该系统，查阅自己的信息并且了解这些信息的用途。
- 组织应该采取必要的措施阻止未经授权随意存取数据及滥用数据的行为。

隐私保护软件有多种形式。例如，为了防止cookies记录你在网上畅游的痕迹，你可以在网络浏览器上安装信息记录控制软件。Anonymizer公司就专门研发这类软件来解决这个问题，这将在后面的产业联系目中进行讨论。但是，使用隐私保护软件也有一些缺点。例如，eBay经常与经销商开展竞争，而这些经销商通过使用不同的账户来抬高自己所经销产品的价格。一般情况下，eBay可以追踪这些经销商的账户，但是隐私保护软件却使eBay对经销商无能为力了。

4.2.1　E-mail

虽然E-mail已被广泛应用，但它也存在着严峻的隐私问题。其中一个问题来自垃圾邮件（spamming）——以做广告为目的而不请自来的电子邮件。发送这样的电子邮件非常便宜，因此哪怕收效甚微，邮件发送者仍然乐此不疲。通常，这些邮件发送者使用自动生成邮件的软件，成批地发送垃圾邮件，除此之外他们还把这些邮件地址卖给其他组织。正是由于这些原因，垃圾邮件的数量迅速增长，达到难以控制的地步，导致用户的邮箱充满了垃圾邮件，无法正常接收正当的邮件。

> **术语卡**
>
> **许可使用协议**（acceptable use policies）具体说明了使用该网络应遵守的法律条例和道德规范，以及违反协议的后果。
>
> **垃圾邮件**（spamming）是以做广告为目的而不请自来的电子邮件。

另一个令人担心的问题是：他人或组织能够轻易地获取发送者的邮件。我们应该意识到，无论通过互联网还是公司的局域网传送电子邮件，其他人都可能会获取到这些信息。另外，许多公司有专门的法规规定，凡是由公司所属的电脑发送出去的电子邮件都属于公司的财产，公司有权对这些邮件进行处理。换句话说，尽管隐私问题已经引起了众多争议，甚至还导致了几起诉讼案件，但是员工们的隐私权并没有受到应有的尊重。

由于垃圾邮件经常含有一些儿童不宜的淫秽语言或者裸体画像，因此人们对垃圾邮件所引发的个人隐私和道德问题极为担忧。表4-1列出了2008年对电子邮件和垃圾邮件所做的有趣的统计。[6]

表4-1　电子邮件和垃圾邮件统计数据

13亿	全球电子邮件用户的数目
2 100亿	每天发送电子邮件的数目
70%	电子邮件中垃圾邮件所占比重
53.8万亿	2008年发送垃圾邮件的数目

4.2.2　互联网的数据收集

由于网络购物具有便捷、可选择性强和价格低等优势，上网购物的人数迅速增加。但是仍有许多消费者担心黑客会通过网络盗取他们的信用卡账号，并使用他们的账户来为自己的商品付款，而不愿意在网上购物。为了减少用户的担心，许多信用卡公司承诺对客户所受到的欺诈进行补偿。此外，其他的电子支付系统进行了相应的升级，如电子钱包和智能卡，减少了用户的个人信息因暴露在网上而带来的风险（将在第8章讨论）。

一些网站在你登录时会要求你输入姓名、地址和工作等信息。这使人们担心这些个人信息会被卖给电子营销公司，从而不断受到垃圾邮件的骚扰。人们还担心在上网时其他人可以搜寻到他们计算机中的内容，并且在未经他们本人同意的情况下，将这些信息用于其他目的。

人们在网上提供的信息可以和其他信息及技术相整合，从而生成新的信息。例如，通过收集到的某个人的职业信息，可以生成一份有关这个人的财务状况报告并将其用于其他目的。记录指令文件和信息记录程序（前面已经介绍过）是两个常用的收集信息的技术。其中，记录指令文件（log files）是由网络服务软件生成的记录用户网上行为的软件。

> **术语卡**
> 记录指令文件（log files）是由网络服务软件生成的记录用户网上行为的软件。

有些时候，比如在线聊天、登录约会网站或申请电子邮箱账户，用户故意提供不正确的信息。如果网络收集到的信息不正确，那么网络系统就会对用户做出错误的描述。例如，如果某人在在线聊天网站上登记的年龄比实际年龄小了几岁，结果关于用户年龄的统计数据就是错误的。类似地，某电视网通过在线调查统计观众的收视意向，如果人们提供的答案不属实，那么这个电视网所做的任何分析都不可能正确。因此，使用和说明通过网络收集的数据必须要谨慎。

4.3　信息技术的道德问题

进入21世纪以来，一些大公司如安然、Arthur Andersen、世通和泰科等高度重视所面临的道德问题及做出的道德决策。道德和道德决策与人或组织之间相处的道德准则有关。实质上，道德是指做正确的事情，并且它的含义因文化的差异而不同，甚至因人而异。[6]

虽然通常我们依据法律能够明确判断什么合法或者什么不合法，但是却很难在道德与不道德之间划清界限。图4-1可用来评价某行为是否合法或是否合乎道德。[7]

辨别下列行为，确定出他们分别属于图4-1中的哪种情况？

I.你为购买的软件包复制了两个备份，并且卖给了朋友一个。

II.你为购买的软件包复制了两个备份以备自用，以防万一原来的软件出现故障可以及时更换。

III.某银行利用顾客申请贷款时所登记的信息向顾客出售其他的金融产品。

IV.某信用卡公司把顾客的通信地址出售给其他公司。

V.公司管理者辞退了一个故意向公司网络传播病毒的程序员。

	合法	不合法
合乎道德	V	II
不合乎道德	III、IV	I

图4-1 道德与法律

第一种情况显然是既不合法也不合乎道德（属于表格的第四象限）。第二种情况合乎道德，因为你复制软件是为了自用。但是一些软件经销商禁止用户复制所购买的软件，因此在经销商看来这是不合法的（属于表格的第二象限）。第三种、第四种情况合法但不合乎道德（属于表格的第三象限）。第五种情况中管理者的行为既合法又合乎道德。他解雇这个程序员有充分的法律依据，若允许这个程序员继续工作反而不合乎道德。作为未来的一名有知识的员工，应该自觉审视自己的行为，保证自己的行为既合法又合乎道德。你要认真对待会影响到整个合作团队的决策，这有助于保持一个和谐的工作氛围。

一些信息系统专家认为信息技术为不道德的行为提供了许多机会，特别在收集和传播信息越来越便利的情况下。计算机犯罪、诈骗、身份盗用和知识产权的侵犯（将在本章后面讨论）等现象层出不穷。许多专家认为，通过更新和强化道德法规来加强对员工的管理能够减少他们的不道德行为。许多协会也着实增强了

其成员使用信息系统和技术的道德责任感，并且改进了对成员所要求的道德规范。例如，美国计算机协会（ACM）建立了一套道德和职业行为规范来指导IT专业人员的行为。总的来说，这套道德规范包括以下几条道德准则：

- 为人类和社会做贡献。
- 避免伤害他人。
- 诚实守信。
- 做事公平，不歧视他人。
- 尊重个人和组织的财产权，包括版权和专利权。
- 对知识产权给予适当的赞扬。
- 尊重他人的隐私。
- 保守秘密。

作为未来有知识的工作者，当你在做出某个决定之前，不妨考虑一下如下问题或结论，并以此作为一个快速的道德测试：

- 这个决定与我所属组织的价值观一致吗？
- 做出决定之后，我的感觉如何呢？
- 如果我明知这个决定是错误的，那就根本不必这样做。
- 如果我不能果断地做出确定，那就要向上级请示。
- 这个决定正确吗？
- 这个决定公平吗？如果其他人以我的名义做出了决定，我将做何感受？
- 在做出决定之后，我愿意将它公之于众吗？

4.3.1 审查制度

由于任何组织都无法掌控互联网，那么谁能决定在网上发布什么内容呢？网上可以提供两类信息：公众的和个人的。公众信息由一个组织或公共机构发布，可以因公共政策原因而被审查，例如不得发布防御政策信息，以防止该信息落入敌手。如果公众信息的内容疑似触及了政治、宗教或者是文化团体的利益，则将受到审查。然而，个人信息（由个人上传）由于受到言论自由的保护，可以不接受审查。我们应该意识到，上传的信息是否被审查部分取决于执行审查的人员。例如，某人同意遵守一个组织（某公司

或互联网络服务提供商ISP）的服务条款，却随后又上传了违反条款的信息，那么他将会受到审查或被拒绝登录该组织的网站。

限制登录互联网是另外一种审查方式。一些国家限制或禁止他们的公民使用互联网，或者试图审查他们发布到网上的信息，如缅甸和新加坡。这些政府认为网站上涉及种族歧视、色情艺术及政治极端主义的内容，将会影响到国家安全。还有一些国家，只有跨国公司的员工才可以直接登录互联网。

虽然许多公民不愿意政府干涉他们登录互联网的权利，但是许多家长担心他们的孩子在上网时接触到不健康的信息，如色情作品、暴力和淫秽语言。一方面，家长担心孩子上网时因输错了网址而误入其他的网站。经销商们发现如果他们公司的网址与孩子们所要输入的网址非常相似，那么他们网站的浏览数量就会大幅增加。例如，www.webkinz.com是Ganz的一个官方网站，它为孩子们购买网络互动玩具提供了在线社团。而www.webkin.com是Simcor集团旗下的一个网站，它也为孩子们提供了一些游戏，但却不是孩子们本想登录的Ganz的网站。

另一方面，家长担心孩子们在网上搜索信息时遇到不健康的内容。例如，当孩子们在搜索中键入"玩具"、"宠物"、"男孩"和"女孩"等关键词，搜索结果中将会列出一些与色情作品相关的网站。网络管理部门已经发布了网络使用指南，并以此告知父母使用网络的利弊。父母可以根据指南的内容指导孩子上网，帮助孩子在上网时做出正确的判断。例如，微软公司发布了称为《提高家庭上网安全四步骤》的上网指南。

许多父母还通过安装一些程序，如Cyber-Patrol、CyberSitter、Net Nanny和SafeSurf，阻止孩子登录某些网站。他们还对网络浏览软件进行了升级，提高孩子们上网的安全性。例如，设定某个网络浏览器仅仅接收使用相同浏览器发送的邮件。软件的这种特性有助于确保孩子们收到的邮件一定来自于其他孩子。另一种可能是创建类似于电影分级制度的用户登录的不同等级，以便阻止孩子们浏览有争议的或色情的信息。如一些系统在登录时运用了强制性密码或生物测定学技术，其中包括指纹鉴定或视网膜扫描（将在第5章论述）。

4.3.2 知识产权

知识产权（intellectual property）是保护由某一个人或组织所创作的智力劳动成果的法律武器，这些智力创造包括版权、商标权、商业机密和专利权。[8]知识产权分为两大类：工业产权（发明创造、商标、图文标识、工业设计等）和具有版权的资料（如文学和艺术作品）。

> **术语卡**
>
> 知识产权（intellectual property）是保护由某一个人或组织所创作的智力劳动成果的法律武器，这些智力创造包括版权、商标权、商业机密和专利权。

一般情况下，版权法保护实体的资料，如书籍、画作等。实际上，版权法也保护在线资料，包括网页、HTML协议和计算机艺术作品，只要是可以打印或存储到硬盘上的内容，均在保护之列。版权法赋予作者特有的权利，这意味着其他人未经允许不得复制、传播或使用其作品。[9]

然而，在正当使用条款的约束下，版权法也规定了一些例外的情况。这种例外是指你可以在特殊情况下使用已经注册版权的资料，如在文学评论中引用原著的某些章节。但是，版权法对你所引用原资料的文本长度是有限制的。除此之外，你还可以使用已取得版权的素材创作新的作品，特别是用于教学目的。需要强调的是，在使用某些资料前一定要认真审查是否符合版权法的规定。美国版权管理办公室提供了涉及版权问题的详细内容。图4-2为它的办公室主页。

其他的知识产权保护包括商标权和专利权。商标权保护产品的名称，并且确认其标志（如图文标识）。专利权保护新的生产流程（美国的商标法、版权法、专利法不一定适合

图4-2　美国版权办公室主页

其他国家）。版权的有效时间因著作类型的不同而有所区别，一般情况下，版权持续到作者去世后70年，并且不再续签。专利权持续20年或14年（对于设计专利）。专利权持有者至少享有以下三项特权：[10]

- 专利持有者可以特许其他机构使用其专利，从而获取额外的收益。
- 专利持有者可以拥有更多的资金来源，以便更好地进行技术研究和开发。
- 专利持有者可以阻止竞争对手进入他已占据的市场领域。

另外，版权保护还涉及打击软件盗版的问题，并且有关这方面的法律条文是最明确的。1986年修订的《版权法》（1976）中已包括了对计算机程序的保护，从此个人和组织使用未经授权的复制软件或已取得版权保护的程序将承担一定的责任。例如，软件销售商需要与软件研发大学签署一份合同，用来确认此软件的使用人数。有些公司也用法律保护其商业机密，包括企业思想、信息和改革动向，这也是对公司知识产权的一种保护。

美国的《通信法》（1996）、《通信严肃法案》（CDA）和反垃圾邮件法案等覆盖了与信息技术相关的大多数法律问题。1997年，CDA法案中的部分条款被判无效（Reno v. ACLU），法院9名法官全部投票否决了CDA法案中的反粗俗言论条款，他们认为这一条违反了《美国宪法第一修正案》对言论自由的规定。同时，CDA法案中的这一条款也是《通信法》（1996）中的一部分（第5章淫秽和暴力）。为了预防因员工触犯法律而使组织面临以下风险，[11]组织必须建立网络使用规则。

- **风险1** 若员工利用公司的网络在办公计算机上下载色情资料，组织将承担侵害个人隐私或侵犯他人版权的控告。
- **风险2** 若员工之间互发低俗的电子邮件，组织将面临歧视和性骚扰的控告。
- **风险3** 若员工使用公司的网络下载或传送未经授权的软件，组织将面临严重的侵权及其他法律的控告。

最近，属于知识产权范畴的域名抢注（cybersquatting）也受到了人们的关注，它是指通过注册、出售或使用网络域名，利用他人的商标来获取利润。通常它需要购买含有已有公司名称的域名，并通过出售这个域名从中获取利润。专栏4-3给出一个域名抢注的例子。

4.3.3 社会分化和数字鸿沟

一些人认为，信息技术和互联网造就了一条数字鸿沟（digital divide）。例如虽然计算机的价格已经平稳下降，但对很多人来说仍然承受不起，从本质上来讲，这使社会变成了一个"拥有计算机"和"未拥有计算机"的社会。另外，低收入群体的人们担心那些为用户上网安装电缆和光缆的公司通过标榜高收入群

专栏4-3　Verizon通信公司对域名抢注的控告

在2008年6月，Verizon通信公司指控OnlineNic（中国频道）侵犯了其商标权并进行非法域名抢注。Verizon称，OnlineNic所注册的域名中含有Verizon的商标。这些注册的域名有myverizonwireless.com、iphoneverizonplans.com、verizon-cellular.com等。Verizon担心这些域名会误导顾客。最终，Verizon胜诉，并且获得3 300万美元的赔偿。[12]

体更愿意使用网络，而强制给他们这一群体画上经济地位的"红线"。[13]

事实上，互联网已将社会分化为两个阶层：信息富有者和信息贫穷者，特别是孩子们成为了这种划分的受害者。由于一些学生家里没有计算机，或者在家不能上网，或者学校不能为其提供计算机设备，他们总处于劣势地位，所接受的教育也比较落后。这些不能通过上网获取丰富资源的学生，往往在写作方面和独立学习感兴趣的课题方面会存在很大的困难。因为互联网还可以提供具有交互性和现实教育意义的游戏，这就进一步拉大了可以上网的孩子与没有条件上网的孩子之间的差距。因而给学校增加计算机设备的投入，并且在公共场所（如图书馆）增设更多的计算机，有助于减小两者之间的差距。一些学校已经启动了向学生租借计算机的计划，使学生可以方便地借到一部便携式计算机在校外使用。

术语卡

域名抢注（cybersquatting）是指通过注册、出售或使用网络域名，利用他人的商标来获取利润。

信息技术和互联网造就了一条**数字鸿沟**（digital divide）。许多人仍然买不起计算机。并且教育也受到了数字鸿沟的影响。

4.4 信息技术对工作场所的影响

虽然信息技术的应用使得文员的工作被淘汰，但是一些新的工作也随即产生，如程序员、系统分析员、数据库及网络管理员、网络工程师、网络主管、网页开发员、电子商务专家、首席信息官（CIO）和技师等。在电子商务领域，产生了网络设计员、Java程序员和网络故障检修员这些工作岗位。一些人反对用需要大量培训的技术型工作取代文员的工作。另一些人则认为信息技术的发展降低了产品成本，增强了消费者的购买力，繁荣了经济。

信息技术对工作性质的改变产生了直接的影响。远程办公和虚拟工作使一些人在家就可以完成工作任务。利用电子通信技术，工作人员可以与总部之间收发数据，企业能够在最大范围内充分利用有效的人力资源。表4-2列出了远程办公的优点和缺点。

表4-2 远程办公的优点和潜在的缺点

优　点	潜在的缺点
有更多的时间陪伴家人，有精力照顾孩子和年迈的父母	有可能变成工作狂（"休息"与"工作"之间没有了严格的界限）
减少了对着装的要求，节省了购买服装的开支	缺乏严谨的工作条例
不用通勤上班，节省了时间，也减少了汽车尾气排放对空气的污染	与同事缺少交流
工作环境更加舒适	家庭与事业混为一谈
生产效率不断提高	可能产生潜在的伤害员工利益的法律问题
由于较多的人白天在家工作，居民区内犯罪率大大降低	妨碍家庭生活，扰乱正常的家务
家庭环境更利于残疾员工进行工作	缺少必要的工作设施和装备
减少了购置办公场地和设备的费用	可能产生两类的员工：远程办公者和在线工作者，他们难以得到晋升和提拔的机会
减少员工跳槽及故意旷工	并不是所有的工作都适宜远程办公
不用顾及地域的限制，能够聘用到特殊的技术人才	
减少了同事之间的摩擦	

信息技术使得原有那些重复性的、令人厌烦的工作变得更加有趣，从而提升了工作人员对其工作的满意度。但是，信息技术也导致了"工作技能减退"。当引入了更高端的科技，或者某项工作的技术等级从技术型降低到半技术型或者无技术型，技术型的劳动将被淘汰，这时"工作技能减退"现象就会出现。换句话说，当一项工作实现全程自动化，或者一项复杂的工作可以分解为一系列简单易行的任务去完成时，就会发生"工作技能减退"现象。例如，过去由一个设计员承担的技术型工作，现在计算机辅助设计程序（CAD）就可以完成了。另一方面，信息技术也产生了"工作技能升级"，如现在文员可以使用计算机完成文字处理工作。由于"技能升级"，还可以为工作人员增添新的任务，如文员可以承担更新公司网站的任务。但是工作技能升级也是有限度的，例如，即使有了信息技术，培训文员为公司网站编写程序也是非常困难的。

有了信息技术，一个技术员可以完成几个普通工作人员的工作。例如，利用邮件生成程序，一个工作人员就可以制作出成千上万的邮件，减少了对其他工作人员的需求。信息技术还可以提高工作效率。例如，利用电子邮件瞬时可以把一个信息传遍整个公司，取代了使用便笺在办公室间传送信息的方式。同样，信息技术使得对新产品所做的大量市场策划趋于合理化，这样既减少了对资金及人力的需求，又达到了很好的营销效果。

信息技术的另外一个作用是创建虚拟组织（virtual organization）。虚拟组织是由一些独立的公司、原料供应商、顾客和生产商，通过信息技术联成的网络组织，以达到共享技术、分摊成本以及满足彼此市场需求的目的。[14] 虚拟组织不需要中央办公室和专门的组织机构就可以使参与者各尽所能。虚拟组织的优势主要体现在以下几个方面：[15]

- 每个参与的公司都着眼于如何能做到最好，因此会不断提升各自公司的能力来迎合顾客的需求。
- 参与的公司之间实行技术共享，可以减少额外雇用员工的费用。
- 公司可以更快更有效地对顾客的意见进行反馈。
- 大大缩短研发新产品的时间。
- 可根据顾客需要为顾客定制产品，极大地满足了顾客的需求。

戴尔、微软和Unisy三个公司建立了合作团队为美国的几个州设计了投票选举系统。微软公司提供软件，戴尔公司提供硬件，Unisy负责系统的综合管理。这个例子说明了虚拟组织的运营规则——几个组织在一起合作可以完成一个组织所不能完成的工作。

> ## 术语卡
>
> **虚拟组织**（virtual organization）是由一些独立的公司、原料供应商、顾客和生产商，通过信息技术联成的网络组织，以达到共享技术、分摊成本以及满足彼此市场需求的目的。

信息技术与健康问题

有报告指出影像放映终端会影响健康，尽管针对这个问题还有许多投诉，但是并没有最终的研究报告表明影像放映终端会引发健康问题。不良的工作习惯的确可以导致一些疾病，但是影像放映终端与人的身体健康之间并没有什么联系。事实上，员工的健康问题与使用计算机的工作环境有关。静电、通风不畅、昏暗的光线、干燥的空气、欠舒适的办公家具以及极少的休息都可能导致身体的不适。

另有报告指出，由计算机设备引起的健康问题还包括视力问题，如视觉疲劳、眼睛发痒及视力模糊；肌肉骨骼问题（背部拉伤、手腕酸痛）；皮肤问题，如皮疹；生殖问题，如流产；还会引起精神紧张，如头疼和心情抑郁。人体工程学专家认为使用设计较好的办公家具，配上可伸缩或无线的键盘、合适的灯光，为视力有问题的员工配备特制的显示器，可以缓解上述状况。

近来发现，人们花费大量的时间在网上玩游戏、在线聊天及其他活动也会影响身体健康。虽然互联网可以为我们提供大量的有价值的并且有教育意义的资源，但是上网时间过长会导致一系列问题，如心理问题、社会问题和健康问题，特别是对于青年人。专栏7-4列出了关于这些问题的例子。

专栏4-4　网络游戏导致的社会和健康问题

网络游戏，如《魔兽世界》和《无尽的任务》等称做大型多人在线角色扮演游戏（MMORPG），是导致一系列社会问题的罪魁祸首。这些问题包括学生荒废学业、夫妻离婚、自杀、父母无暇顾及孩子致使孩子死亡。心理健康专家认为网络游戏使人们沉溺于虚拟的网络世界，并且影响了他们的婚姻和事业。资深的心理学家蒂莫西·米勒博士认为这种现象将日益成为一个严峻的社会问题，特别是对于青少年。[16]

4.5　小结

本章我们首先讨论了信息技术对个人隐私的影响及运用信息技术从事计算机犯罪的问题。其次，考察了一系列与信息技术和网络相关的个人隐私问题，保护个人信息和公司的数据资源的方法。然后，重温在网上发送电子邮件、收集信息、审查信息对个人隐私的影响，以及与知识产权有关的问题。最后，我们讨论了信息技术的组织问题，包括数字鸿沟、信息技术对办公场所和员工健康的影响。

产业联系专栏

Anonymizer公司

Anonymizer公司为用户提供了保护在线隐私的服务，以便用户可以匿名地、安全地使用网络。它所提供的服务包括隐藏用户的IP地址，删除信息记录程序、间谍软件和广告软件。虽然使用Anonymizer减缓了登录互联网和网上冲浪的速度，但是许多用户、公司和政府机构都使用它的产品，其中主要包括以下几个项目：

• 数字碎纸机　擦去你上网及使用Windows的痕迹，其中包括上网历史记录、缓冲存储记录和信息记录程序，最近打开过的文件、临时文件夹和回收站。

• 化名　通过创建或破坏使用化名的E-mail地址保护真的E-mail地址，防止受到垃圾邮件和网络钓鱼软件的侵扰。

• 反间谍软件　删除已经保存在你的计算机当中的广告软件和间谍软件，阻止新的广告软件和间谍软件安装到你的计算机上。

• 企业网络收割工具　网络收割机从网站上收集信息，通常是一些竞争性的情报。Anonymizer帮助公司保护企业信息免受网络收割工具的侵害。

本信息来自于公司网站（http：//www.anonymizer.com）及其他宣传材料。欲得到更多信息及更新内容，请登录网站。

关键术语

许可使用协议（acceptable use policy）	记录指令文件（log files）
按键记录器（keyloggers）	信息记录程序（cookies）
广告软件（adware）	网络钓鱼软件（phishing）

域名抢注（cybersquatting）　　　　　　　间谍软件（spyware）

垃圾邮件（spamming）　　　　　　　　　　知识产权（intellectual property）

数字鸿沟（digital divide）　　　　　　　　虚拟组织（virtual organizations）

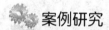 ## 问题、活动和讨论

1.社交网站如何影响你的个人隐私？

2.上网时，用什么方法可以保护你的个人隐私？

3.信息技术如何提升人们对工作的满意度？

4.隐私与安全的不同之处是什么？缺少了其中的一个，另一个还能保证吗？

5.Cyber Partol和SurfWatch是市面上流行的两种信息过滤程序。通过研究这两种程序，针对它们的性能及它们能否有效阻止未成年人在网上浏览不健康的内容写出两页纸的报告。

6.登录网站www.ethics.org和www.ethix.org，寻找有关信息技术的道德问题的信息，写出一页纸的报告，论述如何提高所做决定的合理性。

7.下列哪个选项不是远程办公的潜在缺点？

a.远程办公降低了生产效率

b.远程办公不能使用所需的设备

c.远程办公缺少与同事的沟通

d.远程办公使得工作与家庭生活难以分离

8.虚拟组织具备下列哪些优点？（不定项选择）

a.减少了对广告的需求

b.提高了对顾客需求的反馈能力

c.减少了介绍新产品的时间

d.降低成本

9.域名抢注是为了达到从他人的商标中获取利润的目的，注册、出售或使用网络域名的行为，这个叙述是正确的吗？

10.cookies能够提供关于用户位置和计算机设备的信息，这个叙述是正确的吗？

案例研究

Acxiom公司的隐私和安全遭到破坏

在美国阿肯色州的小石城有一家公司叫Acxiom，它主要为一些公司提供客户的信息，以便这些公司建立和发展与客户的关系（www.acxiom.com/overview）。与Acxiom有业务往来的公司包括信用卡公司、零售公司、汽车制造商和保险公司等。Acxiom是世界上最大的客户信息处理机构，它一天能够收集或分析超过10亿条信息记录。Acxiom利用如此庞大的数据库还可以提供其他服务。2001年9月11日，在美国联邦调查局公布了19名劫机者的名单后，Acxiom在数据库中查到了其中11个人的下落。

2003年，Acxiom的客户数据的安全性遭到了严重的威胁。Daniel Baas是一个数据经销公司的计算机系统管理员，他在两年多的时间内通过Acxiom的服务器盗取了数以百万计的私人数据。虽然这些信息并没有用来欺诈客户，但是这件事的发生使人们对Acxiom这样的数据库的安全性甚为担忧。

问题

1.Acxiom如何能够提高客户信息的安全性和隐秘性？

2.根据在案例中所引用的文章及你的研究，你认为政府有权使用私人数据吗？

3.除了政府，还有哪些行业或组织可以出于保护的目的使用私人数据？

Chapter5

第5章

信息安全

本章将首先讨论网络环境下计算机的安全问题及保护措施。一套综合的安全系统能够保护企业的信息资源，其重要性仅次于人力资源。其次，我们将讨论安全威胁的主要类型及防御这些威胁的各种措施。一些企业也利用计算机安全应急响应小组来防御这些威胁及其造成的影响。最后，我们将介绍制定详尽安全计划和执行企业可持续性计划的规则，这些规则有助于企业恢复受损的信息资源。

 ## 5.1　计算机和网络安全：基础防御措施

计算机和网络的安全问题已成为大多数企业所关注的紧要问题，特别是近年来黑客和计算机罪犯的数量逐渐增多，并且他们擅长盗取或修改私人信息。黑客们使用各种各样可在网上免费获取的工具闯入计算机和网络，如嗅探器、密码破译软件和后门木马等。此外，一些杂志如《弗里克》（*Phrack*）和《2600：黑客季刊》（*2600：The Hacker Quarferly*）等也为黑客们提供了信息提示。专栏5-1描述了常见的黑客类型。

综合安全系统可以保护企业的资源，这些资源包括信息资源及计算机和网络设备。一个企业需要保护的信息资源的类型有多种形式：电子邮件、通过电子数据交换（EDI）的转运发票、新产品设计、市场战略和财务报告。安全威胁不仅包括盗窃数据，还包括一些其他行为，例如，与合作者共享用户密码，操作者离开已登录网络的

专栏5-1　黑客的类型

　　脚本小子，通常指那些经验不足的年轻黑客，他们使用别人开发的程序，攻击计算机和网络系统，并且破坏网站。

　　黑帽，指专业从事非法入侵信息系统的黑客。他们为了利益、兴趣、政治目的，或者某种社会原因对系统进行攻击。这些入侵性的攻击通常包括修改和破坏数据。

　　白帽，也称做"道德黑客"，指计算机安全专家，他们专门致力于入侵测试及其他测试方法的研究，以确保公司信息系统的安全。

计算机，甚至将咖啡洒到键盘上。综合安全系统包括硬件、软件、程序和工作人员，这些因素可以共同保护信息资源，阻止黑客和非法入侵者。计算机和网络安全包括以下三个重要内容：保密性、完整性和有效性，总称为"中央情报局三角形"。[1]

保密性（confidentiality）是指系统禁止向任何未经授权登录系统的人公开信息。在高度安全的政府机构，如国防部、中央情报局和国税局，保密性确保公众不能访问私人信息。在公司，保密性确保私人信息（如工资单和私人数据）不被竞争对手或其他组织窃取。在电子商务领域，保密性确保顾客的数据信息不被恶意的或非法的目的利用。

完整性（intergrity）确保企业信息资源的正确性。换句话说，安全系统禁止破坏数据或擅自更改公司的数据库。在金融交易中，错误的或者被破坏的数据会产生巨大的影响，因此完整性可能是安全系统最重要的方面。例如，假设一名黑客闯入金融网络并把客户的账户金额从10 000美元改成了1 000美元——一个很小的改动，但却造成了严重的后果。在确保完整性方面，数据库管理员和网络管理员的作用不可或缺。此外，确保完整性的另一项措施是核实已授权用户的身份，并且设置他们的访问权限。

有效性（availability）是指确保计算机和网络正常运行，并且保证已授权的用户可以访问他们所需要的信息。一旦系统遭到破坏或出现故障，也可以保证快速恢复系统运行。在很多情况下，有效性对已授权用户来说可能是最重要的。如果用户无法进入系统，就不能对保密性和完整性做出评定。

术语卡

保密性（confidentiality）是指系统禁止向未经授权访问系统的任何人公开信息。

完整性（intergrity）确保组织中信息资源的正确性。

有效性（availability）确保计算机和网络正常运行，并且保证已授权的用户可以访问他们所需要的信息。

国家安全委员会（CNSS）提出了另一个模型，称做"麦坎伯立方体"。约翰·麦坎伯（John McCumber）为评价信息的安全性创建了这个结构。它定义了信息安全性的9个特征，[2]并用一个三维立方体来表示（见图5-1）。这个结构比中央情报局三角形更具体，可以帮助安全系统的设计者考虑到许多关键性的问题，以提升安全措施的有效性。注意这个模型包括了信息在系统中存在的三种状态：传输、存储和处理。

另外，综合安全系统必须提供以下三个级别的保护：

- 1级 必须防止非法访问可供内部和外部用户使用的前端服务器。通常这些系统是指电子邮件和网络服务器。
- 2级 必须保护后端服务器（如用户的服务站或内部数据库服务器），以确保数据的保密性、准确性和完整性。
- 3级 必须保护公司网络，以防止入侵、拒绝服务型攻击和非法访问。

在设计综合安全系统时，首先要设计容错系统（fault-tolerant systems），它将硬件与软件设备相结合以提高系统可靠性——一旦系统出现故障，也可以确保系统的有效性。下面列出一些常用的方法：

- 无间断电源（UPS） 这种备用电源装置可持续供电，以防止电力中断，常用于保护服务器。它承担着两个极其重要的任务：充当能源以保证服务器可持续运行（通常在短时期内）和执行安全关机。更先进的无间断电源装置还能够阻止用户访问服务器，并向网络管理员报警。

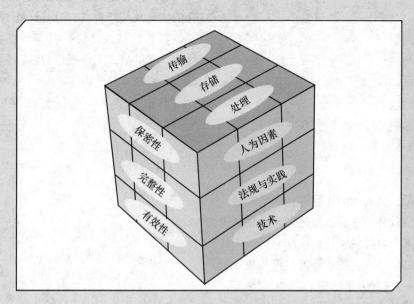

图5-1 麦坎伯立方体

- **独立冗余磁盘阵列（RAID）** 正如你在第2章所了解的，独立冗余磁盘阵列系统是一系列位于不同地点的用于存储数据的磁盘驱动器的集合。RAID系统存储一个称为"校验和"的数值，用来验证存储或传输的数据正确无误。如果RAID系统中的某个驱动器出现了故障，可以利用剩余驱动器上的数据对其进行修复。不同的RAID系统在价格、性能和可靠性方面各不相同。

- **镜像磁盘** 镜像磁盘指使用两个磁盘保存相同的数据，如果其中的一个磁盘出现故障，另一个仍可以继续使用，以保证系统的正常运行。镜像磁盘通常是比较便宜的一级RAID系统，适用于小型企业。

术语卡

容错系统（fault-tolerant systems）是指将硬件与软件设备相结合，在系统出现故障时，以确保系统的有效性。

 ## 5.2 安全威胁综述

计算机和网络安全对防止丢失或非法访问重要的信息资源有着重要意义。有些威胁可以被完全或部分控制，但有些威胁则不能控制。例如，你可以使用浪涌抑制器和UPS在一定程度上控制电源波动和断电威胁，但是你不能控制自然灾害的发生。然而，通过确保灭火系统达到要求，或者为了防震而改变公司设备的结构——如加固地基，可以最大程度地降低自然灾害的影响。

根据威胁是蓄意的还是无意的（如自然灾害、某用户意外删除数据和结构失效），可以将威胁分为蓄意威胁和无意威胁两类。蓄意威胁包括黑客攻击和有不满情绪的员工的攻击——如向公司网络传播病毒。下面描述了最常见的蓄意威胁。

蓄意威胁

下面介绍了主要的计算机和网络蓄意威胁：
- 病毒；

- 蠕虫；
- 木马程序；
- 逻辑炸弹；
- 后门程序；
- 混合威胁（如通过木马程序传播蠕虫）；
- 恶意程序；
- 拒绝服务型攻击；
- 社会工程。

1. 病毒

病毒是最广为人知的计算机和网络威胁，它是一种恶意软件。恶意软件是指对计算机或网络有害的某种程序或文件。根据Symantec公司的统计，2008年存在的计算机病毒的数量超过了100万——比2007年增长了486%。[3]然而，由病毒所造成的经济损失难以估计：许多公司不想宣扬其系统的脆弱性，因而不愿意报告它们的损失。

通常，人们会对病毒进行命名，例如，你可能听说过"I Love You病毒"和"米开朗基罗病毒"。病毒（virus）由具体的时间或事件触发，并能自我复制的程序代码构成。当运行包含病毒的程序或操作系统时，病毒就将自己依附在其他文件上，并且以这种方式循环感染文件。病毒的严重性呈现不同的程度，从恶作剧（如在用户的显示器上播放一个有趣的图像，但是通常令人厌烦）到破坏程序和数据。

病毒能够通过网络和电子邮件附件进行传播。来自于计算机公告栏和留言板的病毒是最危险的病毒之一，因为病毒使用公告栏可以感染其他系统。专家认为病毒感染大型服务器，如空中交通控制系统，将对国家安全造成极大的威胁。

> **术语卡**
> 病毒（virus）由具体的时间或事件所触发，并能自我复制的程序代码构成。当运行包含病毒的程序或操作系统时，病毒就将自己依附在其他文件上，并且以这种方式循环感染文件。

有时恶作剧病毒也会扩散。那些有关不存在的病毒及其严重（有时甚至是不可能的）后果的报告会造成恐慌，甚至促使企业关闭网络。在某些情况下，恶作剧病毒会造成与真正病毒一样严重的危害。

下面列举了一些计算机感染病毒后的症状：

- 一些程序突然增大；
- 文件被破坏，或者你无法打开某些文件；
- 硬盘剩余空间突然减少；
- 键盘锁定，或者屏幕静止；
- 可用内存与日常相比骤然下降；
- 磁盘访问速度变慢；
- 计算机开机时间延长；
- 出现异常的磁盘活动，例如，即使你没有在保存或打开文件，磁盘显示灯仍闪烁不停；
- 你在显示器上看到陌生的信息。

安装并且定时更新反病毒程序是抵御病毒的最好方法。一些常用的反病毒程序包括McAfee病毒扫描、诺顿反病毒软件和趋势科技。你甚至可以从互联网上下载免费的或价格低廉的反病毒程序。现在大多数计算机都安装有反病毒软件，但是需要检查其是否具有自动更新的功能。新病毒不断地被发布出来，因此使用能够自动更新的病毒软件可以确保你的计算机的保护功能是最新的。

2. 蠕虫

蠕虫（worm）可以通过网络从一个计算机传播到另一个计算机，但是它通常不会破坏数据。蠕虫与病毒不同，它是独立的程序，不需要依附一个宿主程序就可以自行传播。它可能会破坏数据，但是更常见的是，它复制成一个成熟的版本，占尽了运算资源，最终导致计算机和网络系统瘫痪。一些知名的蠕虫，如红色代码、Melissa和震荡波。Conficker是一种最新的蠕虫，已经感染了上百万台使用Windows操作系统的计算机。专栏5-2将详细介绍这种蠕虫。

专栏5-2 悬赏寻找Conficker的创造者

Conficker蠕虫把那些没有安装Windows操作系统最新安全补丁的计算机和网络作为攻击对象。根据Arbor网络的数据，自2008年10月以来，Conficker已经感染了全球1 200万台计算机。[4]由于这种蠕虫造成了广泛的破坏，微软正在悬赏250 000美元寻找Conficker的创造者。

Conficker能够利用网络连接或者USB驱动感染计算机和网络，并且很难被发现并删除。它通过破解系统比较脆弱的计算机的用户名和密码而传遍整个网络。为了有效防御Conficker，用户应将密码更换为不容易被猜到的较为复杂的密码，比如，密码中包括大写和小写字母、标点符号和数字等。

3. 木马程序

木马程序（trojan program）（以特洛伊战争中希腊人攻入特洛伊城所使用的木马命名）包含企图破坏计算机、网络和网站的代码，通常隐藏在普通的程序之中。当用户在运行普通程序时，并没有意识到这种恶意程序也正在后台运行。对企业不满并试图报复的程序员已经创造出了很多木马程序。这些程序能够删除数据，并且对计算机和网络实施破坏，但是它们不能像病毒和蠕虫一样进行自我复制。

4. 逻辑炸弹

逻辑炸弹（logic bomb）是一种用来释放病毒、蠕虫和其他破坏性代码的木马程序。逻辑炸弹在某一特定时间（有时是某个著名人物的生日）或由某个事件触发，比如用户按Enter键或者运行某个特定的程序。

5. 后门程序

后门程序（backdoor）（也称为"系统陷阱"）是一种由设计者或程序员装入计算机系统的例行程序，它能让设计者或程序员绕过系统保护设置，偷偷潜入系统访问文件或程序。后门程序在用户登录网络或组合按键时被激活，但是系统用户往往意识不到后门程序已经启动。

6. 混合威胁

混合威胁（blended threat）是一种安全威胁，它结合了计算机病毒、蠕虫和其他恶意代码的特征，这些恶意代码能够攻击公共或私人网络中的漏洞。混合威胁首先找到计算机网络的漏洞，然后将恶意代码嵌入到服务器的HTML文件中，或者从妥协服务器发送带有蠕虫附件的非法电子邮件攻击这些网络。它们还

术语卡

蠕虫（worm）可以通过网络从一个计算机传播到另一个计算机，但是它通常不会破坏数据。蠕虫与病毒不同，它是独立的程序，不需要依附一个宿主程序就可以自行传播。

木马程序（trojan program）（以在特洛伊战争中希腊人攻入特洛伊城所使用的木马命名）包含企图破坏计算机、网络和网站的代码，通常隐藏在普通的程序之中。当用户在运行普通程序时，并没有意识到这种恶意程序也正在后台运行。

逻辑炸弹（logic bomb）是一种用来释放病毒、蠕虫和其他破坏性代码的木马程序。逻辑炸弹在某一特定时间（有时是某个著名人物的生日）或者由某个事件触发，比如用户按Enter键或运行某个特定的程序。

后门程序（backdoor）（也称为"系统陷阱"）是一种由设计者或程序员装入计算机系统的例行程序，它能让设计者或程序员绕过系统保护设置，偷偷潜入系统访问程序或文件。

可以通过木马程序释放蠕虫，或者向某个特定的IP地址发起拒绝服务型（DoS）攻击。混合威胁的主要目的不仅仅是发起攻击，而是要将这种攻击传播开来。本章所介绍的多重安全系统能够防御混合威胁。

7. 拒绝服务型攻击

拒绝服务型攻击（denial-of-service attack，DoS attack）使用服务请求堵塞网络和服务器，阻止合法用户访问系统。试想，5 000人包围着一个商店，他们挡住了想逛商店的顾客的路；虽然商店在营业，但是它不能向合法的顾客提供服务。需要特别指出的是，虽然任何与运行TCP服务的互联网相连接的系统都有可能受到攻击，但是DoS的主要攻击对象是互联网服务器（通常指Web、FTP和邮件服务器）。

在2000年2月，黑客发起DoS攻击网站，如eBay网、雅虎网、亚马逊网、CNN网和电子贸易网，严重降低了网站的服务速度。这种攻击是分布式拒绝服务型（DDoS）攻击，在短时期内，数百台或数千台计算机一起工作，它们向同一个网站发送成千上万个信息请求，最终导致网站不堪重负而终止服务。由于这种攻击来自于多台计算机，因此难以进行跟踪调查。

8. 社会工程学

在安全环境下，社会工程学（social engineering）是指使用"人际沟通技巧"（如装出友好、善意的神态，做一名好的倾听者）欺骗他人泄露其私人信息。这种攻击利用了安全系统的人为漏洞。社会工程师利用各种各样的工具和技术收集私人信息，其中包括公开的信息资源：如Google地图、公司网站、新闻组和博客。社会工程师利用他们所收集到的私人信息，闯入服务器和网络盗窃数据，从而损害了信息资源的完整性。

此外，两个常用的社会工程学技术是"垃圾搜寻"和"背后偷窥"。社会工程师经常搜遍废料箱或垃圾桶寻找废弃的材料（如电话单和银行对账单），这些材料可以帮助他们闯入网络。例如，社会工程师可查询到企业接待员所呼叫的电话号码，并且假扮成企业的其他员工。背后偷窥（换句话说，越过别人的肩膀偷看）是一种最简单的收集信息的方式。例如，社会工程师用这种技术偷窥员工所输入的密码，或者某人在收银机上所输入的PIN码。

除了这些蓄意威胁，设备和计算机媒体的遗失或被盗（特别是当计算机或闪存驱动器包含机密信息的时候）也是一个严峻的问题。专栏5-3讨论了这一问题，并给出了一些保护措施。

专栏5-3　防止数据被盗和数据丢失

记忆棒、掌上电脑、光盘和USB闪存驱动器、智能手机和其他移动存储介质对组织的数据资源造成了严重的安全威胁。这些设备的被盗或丢失必然会带来风险，但是带有不满情绪的员工也可能用这些设备盗窃公司的数据。下列指导原则可用于防御潜在的风险：[5]

- 进行风险分析，以明确机密数据丢失或被盗可能造成的影响。
- 在一些特别需要高安全性的组织内，禁止使用移动媒体设备，删除或封住USB端口、软驱和CD/DVD-ROM驱动。但是这些措施可能在一些公司并不实用。
- 建立严格的访问控制，确保员工只能访问其工作所需的数据。
- 将数据存储数据库而非电子表格中，以更好地实施访问控制。
- 制定具体的、详细的规定以约束员工对机密数据的使用，包括能否删除数据。
- 对从公司网络上下载的数据进行加密。

术语卡

混合威胁（blended threat）是一种安全威胁，它结合了计算机病毒、蠕虫和其他恶意代码的特征，这些恶意代码能够攻击公共或私人网络所发现的漏洞。

拒绝服务型攻击（denial-of-service attack，DoS attack）使用服务请求堵塞网络和服务器，阻止合法用户访问系统。

在安全的环境下，**社会工程学**（social engineering）指使用"人际沟通技巧"（如装出友好、善意的神态，做一名好的倾听者）欺骗他人泄露其私人信息。这种攻击利用了安全系统的人为漏洞。

 ## 5.3 安全措施及实施：综述

除了安全地存储数据和备份数据，组织还可以采取许多其他的方法防御威胁。一套综合安全系统应包括以下几个方面：

- 生物识别安全措施；
- 非生物识别安全措施；
- 物理安全措施；
- 访问控制；
- 虚拟私人网络；
- 数据加密；
- 电子商务处理安全措施；
- 计算机安全应急响应小组。

5.3.1 生物识别安全措施

生物识别安全措施（biometric security measures）是指使用生理要素强化保安措施。这些要素是一个人所特有的，并且无法被盗取、丢失、复制或传递给他人。下面列举了一些生物识别设备和措施，其中一些设备可参见图5-2。

- **面孔识别** 这种方法是指通过分析用户面部的独特形状、模样和分布，确定用户的身份。
- **指纹** 这种方法需要扫描用户的指纹，并且通过与存档的电子版指纹进行对照来核实用户的身份。
- **掌形** 这种方法需要比较每个手指的长度、指尖的半透明度和手指间的蹼状

物，并且通过与所保存的数据进行对照来证实用户的身份。

- **虹膜分析** 这种方法是指使用摄像机获取用户的虹膜样本，并且使用软件与所保存的模板进行比较分析。
- **掌纹** 手掌所独有的特征可用于鉴别用户的身份。执法机构经常使用这种方法进行身份识别。
- **视网膜扫描** 这是最成功的安全方法之一，这种扫描需要使用双目照相机，通过与所保存的数据进行对照来核查用户的身份。
- **签名分析** 这种方法既要核查签名，也要核查用笔的力度和速度的差异，以及签名用时的长度。
- **静脉分析** 这种方法需要分析人的手腕和手背上静脉血管的形状，但是这与用户的静脉血管并没有直接的联系。
- **声音识别** 这种方法将声音转化为数字形式，用于记录和检测说话的语气和音调。根据声音证实用户的身份拥有其他生物识别措施所不能达到的优势：通过普通电话，它能在很远的地方进行识别。例如，一套完善的声音识别安全系统能够提高电话金融交易业务的安全性。

虽然生物识别技术是有效的安全技术，但是它们不可能适用于所有的企业。生物识别技术的缺点是价格高、用户不配合和安装程序复杂。但是，随着对这些缺点地不断改进，生物

识别技术将成为切实可行的、可以替代传统安全措施的方法。

> **术语卡**
>
> 生物识别安全措施（biometric security measures）是指使用生理要素来强化保安措施。这些要素是一个人所特有的，并且无法被盗取、丢失、复制，或传递给他人。

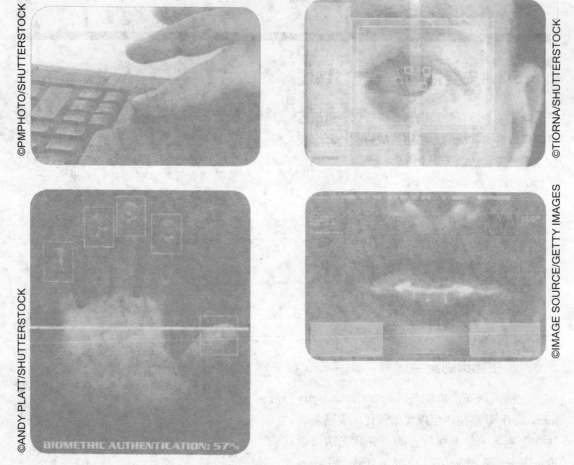

图5-2　生物识别技术设备的例子

5.3.2　非生物识别安全措施

非生物识别安全措施的三个主要方法是回拨调制解调器、防火墙和入侵检测系统。

1. 回拨调制解调器

回拨调制解调器（callback modem）首先让用户退出系统（当用户试图连接网络之后），然后再让他用预先设定的号码重新登录系统，并且通过这种方式检测用户的访问是不是合法。这种方法适用于拥有很多需要从边远地区连接网络的外部员工的公司。

2. 防火墙

防火墙（firewall）是一种硬件和软件的结合体，它在个人网络和外部计算机或网络（包括互联网）之间担当过滤器和屏障的作用。网络管理员制定访问规则，并对任何其他的数据传输进行拦截。一个有效的防火墙

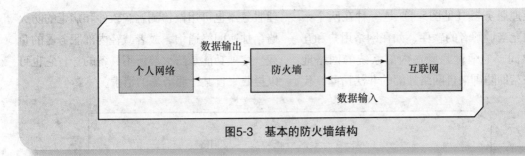

图5-3 基本的防火墙结构

应该既能够保护从网络输出的数据，也能保护输入到网络内的数据。图5-3显示了一个基本的防火墙结构。

防火墙可以检测个人网络输入或输出的数据，并且决定是否允许以用户的身份进行传输、传输的来源地和目的地及传输的内容。正在传输的信息首先被储存在所谓的"数据包"中，防火墙对这个数据包进行检测后，可以采取以下措施：

- 拒绝输入的数据包。
- 向网络管理员发出警告。
- 向数据包的发送者发出发送失败的消息。
- 允许这个数据包进入（或离开）个人网络。

防火墙的主要类型有数据包过滤防火墙、应用程序过滤防火墙和代理服务器。过滤器防火墙通过配置路由器来控制数据通信，检查网络输入、输出的数据包。路由器可以检查数据包中的以下信息：来源地的IP地址和端口、目的地的IP地址和端口及使用协议。依据这些信息，被称做"数据包过滤器"的规则将决定是否接受、拒绝和删除这个数据包。例如，安装数据包过滤器可以拒绝来自特定IP地址的数据包。如果数据包被拒收，数据包过滤器会通知发送者，但是如果数据包被删除，数据包过滤器不会做出任何反应；发送者不得不一直等到他们的请求超时，才得知他们发出的数据包没有被接收。

另外，这些防火墙记录了所有的输入连接，被拒收的数据包可能就是对非法尝试的警告标志。但是，由于数据包过滤器需要逐个检查数据包，并且安装起来比较困难，因此数据包过滤器的效率比较低。另外，它们通常不能记录防火墙发生的每一次行为，所以网络管理员很难发现入侵者是否试图闯入网络以及怎样闯入网络。

应用程序过滤防火墙总体上比数据包过滤防火墙更安全、更灵活，但是它们的价格也更高一些。通常，它们是安装在主机（专用的工作站和服务器）上的软件，可以控制网络应用程序的使用，如电子邮件、远程登录和FTP。这种防火墙除了检查收到请求的应用程序外，还要监测发出请求的时间。因为许多非法尝试总发生在正常的工作时间之外，因此掌握上述信息是很有必要的。应用程序过滤防火墙在过滤病毒和记录行为方面比数据包过滤防火墙更有效，它们可以帮助网络管理员发现潜在的安全漏洞。由于应用程序过滤防火墙具有全面的功能，因此它们的运行速度比其他类型的防火墙要慢，这也会影响到网络的运行。

术语卡

回拨调制解调器（callback modem）首先让用户退出系统（当用户试图连接网络之后），然后再让他用预先设定的号码重新登录系统，并且通过这种方式检测用户的访问是否合法。

防火墙（firewall）是一种硬件和软件的结合体，它在个人网络和外部计算机或网络（包括互联网）之间担当过滤器和屏障的作用。网络管理员制定访问规则，并对任何其他的数据传输进行拦截。

代理服务器（见图5-4）是一种在两个系统之间充当调解者的软件，如在网络用户和互联网之间。它通过隐藏在内部系统的网络地址，来帮助防御来自网络外部的非法访问。代理服务器也可用做检测恶意软件和病毒的防火墙，加速网络通信，或者减轻内部服务器的负载（这项功能是防火墙所不具备的）。它也可以拦截来自某个服务器的请求。

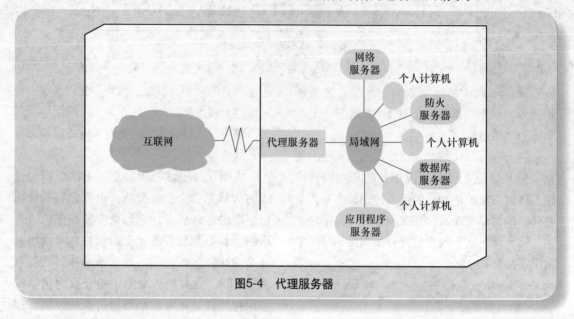

图5-4　代理服务器

虽然防火墙可以为网络和计算机提供很多保护，但是它们并不能提供全面的安全保障。老练的黑客和计算机罪犯几乎能够逃避任何安全措施。例如，一些黑客使用所谓的"IP欺骗"技术欺骗防火墙，使其认为这些数据包来自合法的IP地址。这种技术与伪造IP地址类似。为了全面保护数据资源，应该将防火墙和其他安全措施结合起来。下面列出了提高防火墙性能的其他一些措施：

- 明确必须保护什么数据，并且进行风险分析以评估防火墙的价值及优势。
- 比较防火墙的特性及企业对安全性的要求。例如，如果公司需要频繁地使用电子邮件和FTP，就要确保你所选取的应用程序过滤防火墙能够处理这些网络应用程序。
- 比较数据包过滤防火墙、应用程序过滤防火墙和代理服务器，确定哪种类型能够最好地满足你对网络安全的需求。
- 考察防火墙的价格，注意价格最高的防火墙不一定是最好的。一些便宜的防火墙也能够提供公司所需的各种保护措施。

- 比较防火墙的安全性与使用的简捷性。一些防火墙强调准确性和安全性，却忽视了使用的简捷性和功能性。在进行权衡时，要确定组织最需要什么。
- 检查厂家的信誉、技术支持和更新策略后，再作决定。随着对防火墙的需求不断增加，生产厂家的数量也在增加，但是并不是所有的厂家都是相同的。要想从信誉良好、能够提供全面技术支持的厂家购买产品，就要付出更高的价钱。

另一种选择是以研发防火墙取代购买防火墙。这种选择可能更昂贵（需具备必要的技术人员），但是企业内部开发的防火墙所提供的特制功能及其灵活性已经超过了防火墙本身的价值。

3. 侵入检查系统

防火墙可以防御来自外部的访问，但是它们不能防御系统内部对网络的入侵。侵入检查系统（intrusion detection system，IDS）可以防御来自内部和外部的访问。它们通常被置于防火墙之前，并且能够确认攻击的特征、跟踪模式，向网络管理员发出警报，并且使路由器终止与可疑资源的连接。这些系统也能阻止DoS攻击。IDS可以监测网络的运行，并且采用"阻止、检测和反馈"的方式保护系统。虽然IDS可以提高网络的安全性，但是需要大量的处理能力，并且会影响网络的性能。此外，他们可能还需要额外的配置以防止发出虚假警报。

大量的第三方工具可用于侵入监测。表5-1中列出几家提供全面IDS产品和服务的厂家。

表5-1 IDS厂家

厂 家	网 址
凯创网络公司	www.enterasys.com
思科系统公司	www.cisco.com
IBM互联网安全系统	www.iss.net
Juniper网络公司	www.juniper.net/us/en
检查点软件技术有限公司	www.checkpoint.com

术语卡

侵入检查系统（intrusion detection system, IDS）可以防御来自内部和外部的访问。它们通常被置于防火墙之前，并且能够确认攻击的特征、跟踪模式，向网络管理员发出警报，并且使路由器终止与可疑资源的连接。

5.3.3 物理安全措施

物理安全措施（physical security measures）主要用于对控制计算机和网络的访问，包括计算机保护装置和防止计算机被盗的外部设备。

下面列举了常用的物理安全措施，图5-5展示了其中的两个设备：

- **电缆屏蔽** 这是指用编织层包裹着导体电缆，以防止电缆受到能够破坏数据或数据传输的电磁干扰（EMI）。

- **角螺栓** 角螺栓是一种比较昂贵的工具，通常用螺栓将计算机锁住，用于保护摆放在桌面或柜台上的计算机，防止其被盗。

- **电子跟踪器** 这是与计算机一起固定在电源插座上的装置。如果电源线没有接上，传送器就会向蜂鸣警报器或者监视摄像机发出信息。

- **身份识别（ID）卡** 根据全部已授权员工的名单，对标识卡进行检查。这份名单要定期更新以反映员工的变化。

- **接近释放开门器** 这种装置是控制计算机房出入的有效方法。在已授权员工的ID卡上，安装一个小型的无线电发射器，当员工走到计算机房房门预先设定好的范围之内时，无线电信号将数码钥匙发送给接收器，使其打开房门。

- **房间屏蔽** 在计算机房内喷涂一种绝缘的材料，这会减少信号传输的数量，或者将信号限制在机房内。

- **钢装箱** 这种箱子可容纳整个计算机，并且可以上锁。

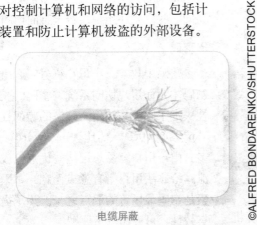

电缆屏蔽

©ALFRED BONDARENKO/SHUTTERSTOCK

计算机保护锁

©ALEXANDER SIDOROVSKY/SHUTTERSTOCK

图5-5 常见的物理安全措施

随着便携式电脑的广泛使用，便携式电脑的丢失或被盗已经成为主要的安全威胁。便携式电脑可以储存机密数据，因此应该对其采取多种保护措施。例如，在便携式电脑上加一个钢缆锁，并把钢缆锁与指纹检测功能结合起来，以确保仅限这台电脑的主人能够查阅里面的文件。专栏5-4将详细讨论这种安全威胁。

专栏5-4 便携式电脑的丢失与被盗

由于在很多公共场所使用无线网络连接比较方便，现在人们更经常使用便携式电脑。但是便携式电脑非常容易丢失或被盗。当便携式电脑中存储有机密数据时，重置这些数据并不是唯一的问题。这些数据的丢失会引起更加严重的损失。例如，在2006年，美国退伍军人事务部的一名员工丢失了一台便携式电脑，其中存储着2 600万退伍军人的个人信息。同年，美国注册会计师协会（AICPA）的一名员工丢失了一台便携式电脑，其中存储着AICPA成员的社保号码。非法用户如果得到了这些机密信息，可能盗用身份或从事其他的犯罪活动。为了保护便携式电脑，可采纳以下建议：

- 在便携式电脑上安装钢缆锁，并且使用生物安全措施。
- 确保仅在必要时才将机密数据保存在便携式电脑上。
- 使用登录密码、屏幕保护密码和打开机密文件密码。
- 给保存在便携式电脑中的数据加密。
- 安装保护芯片，如果试图非法打开便携式电脑，这种芯片可使其操作失败。一些芯片可以发出音频遇险交叉口信号，并且GPS警报器可显示出便携式电脑的位置。

5.3.4 访问控制

访问控制（access controls）用于防御对系统的非法访问，从而保护数据的完整性。下面介绍了两种应用广泛的访问控制方法：终端资源保护和密码。

1.终端资源保护

终端资源保护是一种软件功能，当计算机的休止状态达到额定的时间之后，该功能可以保证自动清除用户所使用过的屏幕和标记。这种访问控制方法可以阻止非法用户使用无人监管的计算机访问网络和数据。可以减少在下班时间发生的强行非法闯入系统的行为，阻止其访问一些仅允许用户在特定时间访问的程序。

2.密码

密码由数字、字母和符号组合组成，输入密码才允许用户访问系统。密码的长度和复杂性决定了它被非法用户破解的脆弱性。例如，"p@s $ w0rD"要比"password"难猜测得多。由于用户容易忘记这些优点，或者把密码泄露给非法用户（有意或无意），因此人为因素是密码最显著的弱点之一。为了提高密码的有效性，可遵循以下原则：

- 频繁更换密码。
- 密码应包括8个字符或者更长。

- 密码应由大小写字母、数字和特殊符号组成，其中特殊符号包括@或＄等。
- 密码不应被写下来。
- 密码不应是常用姓名，如用户的第一个或最后一个名字、明显的日期（如生日或纪念日），或者在字典中可以找到的词汇。
- 密码不应当连续地递增或递减，或者只遵循一种形式（例如，222ABC、224ABC、226ABC等）。
- 在解雇员工之前，确认已删除他们的密码。

5.3.5　虚拟个人网络

虚拟个人网络（virtual private network，VPN）为个人网络传送消息和数据提供了一条互联网"隧道"（见图5-6）。它使远程用户可以安全地与企业的网络建立连接。VPN也为外联网提供保护，外联网是安装在企业和外部实体（如供货商（更多详细内容在第7章讨论））之间的网络。在数据被送入隧道之前，数据依据协议（如第2层隧道协议（L2TP）、互联网协议安全（IPSec））进行加密。安装VPN的价格一般比较低，但是其传输速度比较慢，并且缺少一定的标准化也是一个问题。

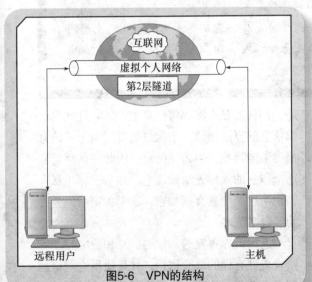

图5-6　VPN的结构

通常，公司根据需要租借用于VPN的媒介，并且可以通过公共网络（通常指互联网）和个人网络的结合体发送网络通信。VPN可以代替个人租借线路、专用综合服务数字网络线路和T1线路。

5.3.6　数据加密

数据加密（data encryption）是指把称为"明码文本"的数据转换为其他人读不懂的所谓"密码文本"的乱码形式。加密规则即"加密算法"，确定了转换程序的难易程度。接收者需要使用解密锁钥整理这些数据。

加密算法有许多不同的版本。最古老的加密算法之一是Julius Caesar研发的一种简单的置换算法。在这套算法中，原信息中的每个字母都会被字母表中在其位置之后的第三个字母所代替。例如，"top"转换为"war"。图5-7演示了一个简单的用置换算法加密的例子。

图5-7　加密流程

术语卡

虚拟个人网络（virtual private network，VPN）为个人网络传送消息和数据提供了一条互联网的"隧道"。

数据加密（data encryption）是指把称为"明码文本"的数据转换为其他人读不懂的所谓"密码文本"的乱码形式。

常用的加密协议是安全套接字层协议（secure sockets layer，SSL），这种协议可以控制在互联网上传输信息的安全性。当你下次在线购物时，如果发现浏览器地址栏上的"http"变成了"https"，则表示通过了SSL的安全连接。在底部的身份栏上你可能还可以看到一个挂锁的图标，这表明你的身份已经被加密，并且黑客无法拦截到它。一种最新的用密码编写的协议是传输层安全协议（transport layer security，TLS），这种协议确保使用公共网络（如互联网）传输数据的安全性和完整性。同SSL一样，TLS也是对用于传输数据的网段进行加密。

综上所述，加密算法使用一个密钥对数据进行加密和解密。这个密钥的长度从32字节到168字节不等，密钥越长，就越难被破译。加密有两种主要的类型：非对称的（也称做"公共密钥加密"）和对称的。

非对称加密（asymmetric encryption）使用两个密钥：一个是众所周知的公共密钥和一个是只有接收者知道的私人的或保密的密钥。使用公共密钥加密的消息只能使用同样的公共密钥加密算法解密，并且还需要接收者的私人密钥。由于其他人没有私人密钥，因此拦截这条消息的任何人都无法对其解密。

这种加密方式可以使公共网络（如互联网）更好地运行。每个进行交易或发送信息的公司都有一个私人密钥和一个公共密钥；公司保留私人密钥，并对其他使用者公布公共密钥。RSA（它以其发明者的名字命名：Rivest、Shamir和Adleman）是最早的公共密钥算法之一，并且至今仍在广泛使用。非对称加密的主要缺点是速度慢，并且需要大量的处理能力。

术语卡

安全套接字层协议（secure sockets layer，SSL）是一种常用的加密协议，可以控制在互联网上传输信息的安全性。

传输层安全协议（transport layer security，TLS）是一种新的加密协议，确保使用公共网络（如互联网）传输数据的安全性和完整性。

非对称加密（asymmetric encryption）使用两个密钥：一个是众所周知的公共密钥和一个是只有接收者知道的私人的或保密的密钥。使用公共密钥加密的消息只能使用同样的公共密钥加密算法解密，并且还需要接收者的私人密钥。由于其他人没有私人密钥，因此拦截这条消息的任何人都无法对其解密。

对称加密（symmetric encryption）（也称做"密钥加密"）：加密和解密信息使用相同的密钥。信息的发送者和接收者必须确定一致的密钥，并对其保密。高级加密标准（AES）是拥有56个字节的对称加密算法，并且是美国政府使用的加密技术。但是使用对称加密的问题是：在整个互联网共享一个密钥比较困难。

加密也可以用来创建电子签名，该签名可以鉴定发送者的身份，并且证实这些信息或数据没有被改动。电子签名在进行在线金融交易时尤其重要。它们也可以提供认可协议，这将在下一节讨论。电子签名的工作程序如下所述：用你的私人密码将信息加密，并且使用混编信息的算法创建一个信息摘要。由于该信息摘要不能再被转换为原信息，因此任何拦截到这个信息的人都无法读懂它。然后，你用私人密钥给这个信息文摘加密，这个加密的部分称为"数字签名"。

之后，你再发送加密的信息和数字签名。接收者拥有你的公共密钥，并且使用它对信息解密。首先，接收者使用你混编信息时所采用的算法，创建了另一个版本的信息文摘。接着，他又用公共密钥解密你的数字签名，得到了你所发送的信息文摘。如果这两个信息文摘

- 身份验证　接收者怎样知道这些信息确实来自于发送者？
- 完整性　接收者如何知道在传输的过程中数据的内容没有被更改？
- 来源认可　发送者不能否认已经发送过该数据。
- 接收认可　接收者不能否认已经接收到该数据。

相匹配，那么可以确定这个信息没有被篡改，就是你所发送的那个信息。

5.3.7　电子商务交易安全措施

在电子商务交易中，身份验证、确认凭证和认可协议是确保安全的三个要素。身份验证非常重要，例如虽然某个人输入信用卡账号进行在线交易，但这并不能说明这个人就是卡片的合法主人。这其中又包括两个重要方面：接收者知道什么内容是准确的和发送者提供的是什么内容。密码和私人信息，如母亲的婚前姓氏、社保账号和出生日期都可以用做身份验证。物理证据更加有效，如指纹和视网膜扫描。

确认凭证必须纳入电子商务交易之中，从而验证发货的订单和收据。例如，当顾客发送给厂家一份电子文件（如付款单），厂家使用私人密钥完成数字签名后的确认凭证会返给顾客，以证实该交易正在处理中。

为防止电子交易发生争执，认可协议是必要的。数字签名用于认可协议之中，并且可以对交易伙伴形成约束。在这个环节中，发送者收到交货凭证，并且接收者能确信发送者的身份。双方都不会拒绝发送或接收这个信息。

电子商务交易的安全与以下问题密切相关：

- 保密性　如何确保只有发送者和接收者能够阅读这些信息？

5.3.8　计算机安全应急响应小组

计算机安全应急响应小组（CERT）由美国国防部高级研究计划局（国防部的下属部门）在1988年成立，以应对Morris蠕虫的攻击，这种蠕虫让当时与互联网连接的10%的计算机陷入瘫痪。现在仍然有很多组织依据CERT模型建立能快速有效地处理网络入侵和攻击的小组。目前，CERT主要关注安全漏洞和DoS攻击，并且提供处理和阻止这些事件的方法。CERT也开展公众宣传活动，研究互联网的安全漏洞和提高系统安全性的方法。网络管理员和电子商务网站的经理应该查看CERT协调中心对网络保护的更新措施和信息资源。图5-8展示了CERT协调中心的主页。

此外，能源部的网络安全办公室提供另一种安全服务：网络事故反应能力（CIRC）。

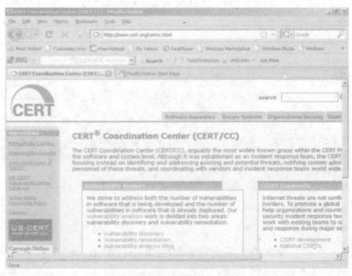

图5-8　CERT协调中心主页

CIRC的主要功能是提供安全事件的信息，其中包括信息系统的漏洞和恶意程序。CIRC也提供意识培训、威胁和漏洞分析和其他服务。

5.4　综合安全系统的指导原则

　　企业的员工是保证系统安全的重要因素，因此，培养员工的安全意识及如何使用安全措施非常重要。一些公司设置专门的教室对员工进行培训，还有些公司通过内联网进行培训。

在培训结束时，对参加者进行测试并颁发结业证书。另外，管理部门对安全培训的支持也很重要，这有助于提高整个企业的安全意识。

　　各组织应该理解专栏5-5所示的《萨班斯—奥克斯利法案》的规定，并且在建立安全程序之前进行基本的风险分析。这种分析通常使用财务和预算技术，例如投资回报率（ROI）分析，以决定哪种资源是最重要的，并对其严加保护。这些信息还可以帮助组织评估安全系统的价值。专栏5-6提供了更多有关安全事件代价的信息，这些信息应列入风险分析之中。

专栏5-5　《萨班斯—奥克斯利法案》和信息安全

　　《萨班斯—奥克斯利法案》第404节要求IT专业人员记录并测试保护信息技术和信息系统的安全措施的有效性，这些安全措施包括一般的计算机控制、应用程序控制和系统软件控制。IT专业人员必须熟知这套法案，并将其融入到本公司的法规中。此外，公司必须安装一套安全系统，以保护公司重要的记录和数据，防止它们被破坏、丢失，或被非法用户篡改。《萨班斯—奥克斯利法案》的目的在于保护数据的完整性和商业运作的有效性，这对于金融公司来说至关重要。[7]

专栏5-6　安全事件的代价

　　根据市场调查公司Infonetics Research在2007年的统计，一年中由安全事件引起的网络停工给大型公司造成的损失在3 000万美元以上。这些损失几乎占到大型公司年收入的2.2%，中型和小型公司的损失大约占到0.5%。这些百分比听起来小，但它们对一个公司来讲意味着几十万美元的损失。另外，由于中型和小型公司一般没有跟踪停工的工具，所以他们的损失可能比报告的数据更高。

　　安全事件的类型依据公司的规模而不同。例如，DoS攻击和服务器恶意软件更常见于大型公司，而中型公司通常受到客户端恶意软件的攻击。另一方面，小型公司受到的攻击主要来自以下三个方面：客户端恶意软件、DoS攻击和服务器恶意软件。间谍软件也成为困扰所有公司的一个主要问题。[8]

　　开发一套综合的安全系统，应考虑以下规则：[9]

　　（1）建立由上级管理层和各部门代表组成的安全委员会。安全委员会的责任包括以下几个方面：

- 制定明确的、具体的安全法规和程序。
- 为决策者和计算机使用者提供安全培训、灌输安全意识。
- 定期地评价安全法规的有效性。
- 制定登录和使用系统的审查程序。

- 对安全法规的执法机构进行监督。
- 对输入或输出数据设计审查追踪程序。

（2）将安全法规张贴在明显的地方，或将复制件张贴到每个工作站。

（3）提高员工的安全意识。

（4）立刻废除已解雇员工的密码和ID徽章，以阻止其报复性攻击。

（5）将敏感的数据、软件和打印资料上锁，保存在安全的地方。

（6）及时退出程序和系统，千万不要无人监管已登录的工作站。

（7）限定系统只允许已经授权的用户访问。

（8）定期对比通信日志和通信计费。日志中应列出所有标有用户姓名的呼出通话、呼叫目的地和呼叫时间。调查任何与账单不符的情况。

（9）安装反病毒程序，并确定它们可以自动定时更新。

（10）只安装从信誉良好的厂家购买的获得许可的软件。

（11）确保防火系统和警报器是最新的，并且定期进行测试。

（12）检查环境因素，如温度和湿度水平。

（13）使用物理安全措施，如在工作站上安装角螺栓、ID徽章和门锁。

（14）安装防火墙和侵入检测系统。如果必要的话，考虑生物安全措施。

（15）这些规则应作为开发综合安全系统的指导性原则。每个公司不必遵守以上所有的规则，但是其中的一些建议也许能更好地满足企业的需求。

企业可持续性计划

为了减少自然灾害或者网络攻击和入侵的影响，制定灾害恢复计划是非常重要的。这个计划应该包括企业可持续性计划（business continuity planning），该计划概括了保持企业正常运行的规程。灾害恢复计划规定了为恢复受损数据和设备必须要执行的任务，以及预防灾害的方法，具体如下：

- 备份所有文件。
- 定期检查计算机设备的安全和防火标准。
- 定期关注来自CERT和其他安全机构的信息。
- 确保所有员工接受了培训、了解灾害可能造成的严重后果和掌握减少灾害影响的方法。
- 用试验数据测试灾害恢复计划。
- 核对企业所使用的所有硬件和软件的生产厂家，确保他们的邮件地址、电话号码和网址都是最新的。
- 对硬件和软件所做的所有改变进行记录。
- 为计算机和网络制定详尽的安全保障策略。定期检查这个策略，保证策略的适用性和时效性。
- 建立可选择使用的防灾害场所。冷站具备有利于计算机设备的环境（如空调和湿度控制），但不在里面存放任何设备。另一方面，热站存放所需要的全部设备。
- 调查搭配设施的使用，这种设施一般向第三方租用，并且通常包含电信设备。
- 检查自动喷水灭火系统、灭火器和哈龙气体系统。

> **术语卡**
>
> **企业可持续性计划**（business continuity planning）概括了在发生自然灾害或受到网络攻击时，保持组织正常运行的规程。

- 在异地存储器上保留备份，定期测试数据恢复程序，并且保存一份详细记录有关机器的特定信息，如型号和序列码。
- 在异地保存一份灾害恢复计划的复制版本。
- 模拟演习灾害，以便估计反应时间和恢复步骤。

如果灾难发生，组织应按照以下规则，尽可能恢复正常的运行：

（1）组织一个危机管理小组来监督恢复计划。

（2）联系保险公司。

（3）恢复电话线和其他通信系统。

（4）通知所有受到影响的人，包括顾客、供应商和员工。

（5）建立服务台，帮助受到影响的人。

（6）通知受到影响的人正在进行恢复工作。

（7）记录在恢复工作中所采取的所有行动，以便你能够了解已经做的工作和未做的工作。如果需要的话，可以调整灾害恢复性计划。

产业联系专栏重点介绍了McAfee公司提供了几种安全产品和服务。

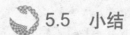

5.5　小结

本章我们讨论了计算机和网络的安全风险及保护措施。首先，我们介绍了计算机和网络安全的基础防御措施，包括容错系统。接着，我们论述了蓄意安全威胁。我们还介绍了生物安全措施、非生物安全措施和物理安全措施，以及访问控制、防火墙和侵入检查系统等。最后，我们讨论了建立综合安全系统和企业可持续性计划的重要性，并且论述了建立它们的指导原则。

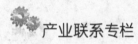 **产业联系专栏**

McAfee公司

McAfee是一家反病毒软件供应商，在该行业中处于领导地位，它主要以互联网作为其产品和服务的发布媒介，但是它也会通过其他途径销售产品，如零售商店。除了反病毒软件，McAfee也提供网络管理软件，包括病毒检测、防火墙、身份验证和加密功能等。McAfee还生产错误跟踪系统。下面列出了McAfee公司的畅销产品：

• 互联网保护　包括反病毒软件、反间谍软件、反垃圾邮件、反钓鱼软件、身份保护、家长控制、数据备份和其他功能。

• 附加病毒扫描　提供反病毒、反间谍软件和防火墙功能，以及网站安全评级。

• 全面保护　主要功能有：反病毒软件、反间谍软件、反垃圾邮件、反钓鱼软件、双向防火墙、先进的网站安全评级、身份保护、家长控制和数据备份。

McAfee也提供几种免费的产品和服务，如：

• 免费扫描　搜寻最近的病毒，并且显示受到感染的文件的详细列表。

• 世界病毒地图　展示最近的病毒正在感染的全世界的计算机所处的位置。

• 病毒删除工具　用于删除病毒和修补损坏的文件和程序。

• 安全建议中心　提供保护计算机和网络安全的建议和小贴士，阻止黑客的入侵。

• 免费的电脑和网络安全通信包括病毒警报、特别优惠和最新新闻。

• 网络连接示速器　测试你的网络连接速度的快慢程度。

本信息来自于公司网站（www.mcafee.com）及其他宣传材料。欲得到更多信息及更新内容，请登录网站。

关键术语

访问控制（access control）

数据加密（data encryption）

社会工程学（social engineering）

非对称加密（asymmetric encryption）

拒绝服务型攻击（denial-of-service, DoS attack）

对称加密（symmetric encryption）

可行性（availability）

容错系统（fault-tolerant systems）

传输层安全（transport layer security）

后门程序（backdoor）

防火墙（firewall）

木马程序（trojan program）

生物安全措施（biometric security measures）

完整性（integrity）

虚拟个人网络（virtual private network, VPN）

混合威胁（blended threats）

侵入检查系统（intrusion detection system, IDS）

病毒（virus）

企业可持续性计划（business continuity planning）

逻辑炸弹（logic bomb）

蠕虫（worm）

回拨调制解调器（callback modem）

物理安全措施（physical security measures）

保密性（confidentiality）

安全套接字层（secure sockets layer, SSL）

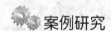 问题、活动和讨论

1.什么缺点抑制了生物安全技术的广泛应用？

2.除电子安全技术外，为什么使用物理安全技术也很重要？

3.什么是防火墙？

4.非对称加密如何运作？

5.什么是拒绝服务性攻击？为什么组织应该保护自己免受拒绝服务性攻击？

6.如果要求你为一个在线礼品商店设计一份安全策略。在这份文件中你将包含哪些内容？对于这一类电子商务，计算机威胁的主要来源是什么？如何防御来自内部的威胁？根据你的想法，写一份两页纸的报告交给CEO。

7.写一份一页纸的报告说明为什么社会工程师被认为是对信息安全最大的威胁之一。

8.下列哪一个选项不是计算机和网络安全的内容？

a.保密性

b.错误容忍性

c.完整性

d.有效性

9.为了增加密码的安全性，下列哪些选项是应该遵守的原则？（不定项选择）

a.密码应是大小写字母、数字和特殊符号的组合

b.密码不应被写下来

c.密码不应包括常用名、明显的日期和字典词汇

d.密码至少应是4个字符

10.电子签名用于认可协议，并且可以约束交易中的合作伙伴。正确与否？

案例研究

爱虫病毒

爱虫病毒于2000年5月1日在中国香港首次出现，它主要破坏文件和盗窃用户密码，并在两个小时内传遍了全球，其传播速度比Melissa病毒快3倍。这个病毒至少影响了20个国家的超过4 500万个用户和企业，其中包括美国国家航空航天局（NASA）和中央情报局（CIA）。其损失估计达到20亿至100亿美元。专家根据互联网服务提供机构菲律宾国家调查局和美国联邦调查局所提供的信息，追踪到病毒的来源出自菲律宾。由于菲律宾没有针对网络犯罪的法律，所以在那里制造和传播病毒是无罪的，为提出正当理由说服法庭搜查嫌疑人的寓所花费了几天的时间，这使得嫌疑人有充足的时间销毁大部分的证据。最终，官方获准搜查，找到了证据，并且证明Onelde Guzman（一名曾经学习过计算机科学的学生）是制造和传播这个病毒的责任人。[10]

问题

1.估算这个病毒所造成的损失是多少？（提示：包括销售损失、个人时间、更新受损的文件或程序、更新设备、购买或升级防御未来攻击的设备的价值）

2.研读美国对黑客进行起诉的法律，并且论述其中的两条，包括使用每条法律的案例。

3.公司如何防御类似爱虫这样的病毒？

Chapter6

第**6**章

数据通信：随时随地传递信息

本章将阐述数据通信系统在决策信息传递过程中的作用，事实上从家庭到跨国公司，数据通信的应用随处可见。我们将首先讨论数据通信系统的基础，包括组成部件、处理结构以及网络和拓扑的类型。接着，我们将介绍有关数据通信的重要概念，如路由、路由器和客户机/服务器模式。之后，我们将概述无线/移动网络及其使用技术。最后，我们将关注日益推广的有关音频、视频和数据的会聚技术，及其在商务领域的重要作用。

 ## 6.1　数据通信的定义

数据通信（data communication）是指数据从一个位置到另一个位置的电子传输。信息系统的有效性在一定程度上取决于其信息传输的效率，数据通信系统则能够使信息系统完成这项功能。另外，由于许多公司需要跨越很远的地理距离进行数据的收集和传输，因此建立有效的数据通信系统非常必要。数据通信系统还可以提高数据收集和传输的灵活性。例如，许多员工使用便携设备，如便携式电脑、掌上电脑和其他手提装置，可以随时随地与办公室联系。

数据通信系统也是第4章所介绍的虚拟组织的基础。由于使用了数据通信系统，公司不再受到物理边界的限制。公司之间能够相互合作，将公司的某些业务外包出去以降低成本，并且通过数据通信系统还可以向客户提供服务。

电子协作是数据通信的另一个重要应用。决策者可能位于世界各地，但是无论他们在哪儿都可以与同事协作。

学习目标

1. 描述数据通信系统的主要用途。
2. 说明数据通信系统的主要组成部件。
3. 描述处理结构的主要类型。
4. 说明网络的三种类型。
5. 描述主要的网络拓扑。
6. 解释重要的网络概念，如宽带、路由、路由器和客户机/服务器模式。
7. 描述无线、移动技术和网络。
8. 概括会聚现象及其在商业和个人领域中的应用。

管理者需要了解数据通信的原因

数据通信与企业行为结构紧密地交织在一起，以至于难以将企业的核心功能从为其提供协助和支持的数据通信系统中分离出来。例如，当某跨国公司推广一种新产品的时候，作为重要决策者的公司经理们可能身处世界各地。但是，他们可以使用数据通信系统及时协调各方力量，共同合作推广新产品。

数据通信程序可以在很多方面提高决策者的工作效率和效果。例如，数据通信能支持及时发货，从而降低了存货成本，增强了竞争优

> **术语卡**
>
> **数据通信**（data communication）是指数据从一个位置到另一个位置的电子传输。

势。正如你在前面的章节中所学到的，很多大型公司，如沃尔玛、家得宝和UPS，通过使用数据通信技术得以在竞争者中保持领先地位。数据通信系统使得虚拟企业的建立成为可能，从而能够跨越地理边界的限制更快、更有效地开发新产品。

数据通信系统还使公司能够使用电子邮件和电子文件传输，以提高公司的效率和生产力。通信网络是企业信息系统的关键部分，它缩短了产品和服务的开发周期，能更快、更有效地将信息发送到需要的地方。下面列举了数据通信技术在工作中的主要应用：

- 采用数据通信技术的虚拟课堂可以为员工提供在线培训。此外，员工们也可以从这里及时得到最新的技术和产品信息。
- 通过互联网搜索有关产品、服务和创新的信息，可以促使员工紧跟潮流。
- 互联网和数据通信技术能够促进终身学习，这将成为未来知识工作者的财富。
- 随着数据通信在家庭和公司的广泛应用，我们无法在工作和私人生活之间划出清晰的界限。远程办公人员的增加就是这种趋势的例证。

- 不断发展的数据通信技术为网络和电视会议提供了方便，减少了商务旅行的开支。

在数据通信方面，管理者需要清楚地认识以下几个概念：

- 数据通信和网络的基础；
- 互联网、内联网和外联网；
- 有线网络和无线网络；
- 网络安全问题及其保护措施；
- 数据通信的企业和社会影响；
- 全球化问题；
- 数据通信系统的应用。

对管理者来说，电子协作和虚拟会议是数据通信系统的另外两个重要应用。这些应用具有良好的成本效益，并且可以改善客户服务。专栏6-1介绍了一种电子协作的工具——网讯。

专栏6-1   电子协作工具举例

网讯是思科公司提供的一种以网络为基础的服务，主要用于电子协作、在线会议、网络会议和电视会议。其功能之一是用户可以在会议上通过计算机与他人共享文件，以便所有参与者可以看到相同的信息。这样取消或者减少了会议出差的需要，因此网讯尤其适用于在许多地方拥有分支机构的企业。网讯有助于公司提高生产力，降低成本。它还有许多其他用途，如销售演示、产品简介、服务台和在线培训等。

网讯适用于大多数现行的操作系统，这是它以网络为基础的一大优势。另外，网讯会议可以被记录和重复使用。网讯会议与其他电视会议不同，它在专用的网络上运行，这提高了会议的安全性和可靠性。

 ## 6.2   数据通信系统的基本组成部件

一个标准的数据通信系统包括以下几个组成部件：

- 发送和接收设备；
- 调制解调器或路由器；
- 通信媒介（途径）。

在学习这些部件之前，你需要了解一些数据通信的基本概念。带宽（bandwidth）是指在一段特定的时间内，通常是1秒，从一个点到另一个点所传输数据的数量。通常用比特每秒（bps）来表示。其他的度量单位有千比特每秒（Kbps）、兆比特每秒（Mbps）和千兆比特每秒（Gbps）。衰减（attenuation）是指信号从发送设备传送到接收设备时信号能量的损失。

数据传输的途径一般有两种：宽带和窄带。在宽带（broadband）数据传输中，能同时发送多层数据以提高数据传输速率。

窄带（narrowband）是一种最大传输能力为56 000bps的语音级别传输媒介，因此它只能传输数量有限的信息。

两个设备之间所建立的通信连接必须是同步的，即两个设备必须在同一时刻启动或停止通信。同步性由数据传输协议（protocols）控制，它是控制数据通信的规则，包括错误检测、信息长度和传输速度等。数据传递协议也有助于确保不同厂家生产的设备之间能够相互兼容。

6.2.1 发送和接收设备

下面列举了一些发送和接收设备：

- 输入/输出设备，或"瘦客户机"，仅用于发送或接收信息，不具备处理能力。
- 人工智能终端是具有有限处理能力的输入/输出设备。它虽然可以完成某些处理任务，但不是全功能计算机。这种设备常在生产车间和装配线上使用，以收集数据或将数据传递到主计算机系统。
- 用做输入/输出设备，或者作为一个独立系统的智能终端、工作站或个人计算机。使用这类设备，远程计算机在没有主机的支持下也能够完成某种处理任务。通常，人工智能终端被看做是智能终端的升级。
- 上网本电脑是一种价格低、无磁盘的计算机，用于连接互联网和局域网。它在服务器下运行软件，并且将数据存储在服务器上。
- 其他类型的计算机（微型计算机、大型主机和超级计算机）也都可以用做接收和发送设备。
- 最近的一些新设备也可用做发送器和接收器，如智能电话、移动电话、MP3播放器、掌上电脑和游戏控制器。智能电话在第1章中做过简要介绍，它是一种具有高级功能的移动电话，具有电子邮件和网络浏览功能，并且大多数智能电

话都有内置键盘或者外接USB键盘。视频游戏控制器是一种用于操控视频游戏的电子设备。它接收到游戏参与者发出的指令，并且在显示器（如电视机屏幕或计算机显示屏）上生成一个视频显示信号。

6.2.2 调制解调器

调制解调器（modem）是连接用户和互联网的设备。不是所有的互联网都需要调制解调器，例如，无线用户通过接入点连接网络，卫星用户通过卫星天线连接网络。但是，拨号上网、数字用户线（DSL）和电缆用户需要用调制解调器连接网络。

> **术语卡**
>
> **带宽**（bandwidth）是指在一段特定的时间内，通常是1秒，从一个点到另一个点所传输数据的数量。
>
> **衰减**（attenuation）是指信号从发送设备传送到接收设备时信号能量的损失。
>
> 在**宽带**（broadband）数据传递中，能同时发送多层数据以提高数据传输速率。
>
> **窄带**（narrowband）是一种最大传输能力为56 000bps的语音级别传输媒介，因此它只能传输数量有限的信息。
>
> **数据传递协议**（protocols）是控制数据通信的规则，包括错误检测、信息长度和传输速度等。
>
> **调制解调器**（modem）是连接用户和互联网的设备。

当用电话线连接网络时，需要用模拟调制解调器把计算机数字信号转换为模拟信号，这种信号可以通过模拟电话线传输。但是，在当今的宽带世界里，人们几乎不再使用模拟调制解调器。DSL或电缆调制解调器是目前比较常用的。数字用户线路（digital subscriber line, DSL）是一种常见的使用普通电话线进行的高

速传输服务。使用DSL连接，用户可以以将近7.1Mbps的速率接收数据，并且以1Mbps的速率发送数据，不过信号的实际传输速率取决于用户与信号发送者距离的远近。不同的发送者提供的发送速度也可能不同。另一方面，电缆调制解调器连接互联网所使用的电缆与连接电视所用的电缆相同，并且通常可以达到大约16Mbps的传输速率。

6.2.3 通信媒介

通信媒介（communication media）或称途径，是连接发送者和接收者的设备。通信媒介可分为传导型（有线的或制导的）或辐射型（无线的），如图6-1所示。

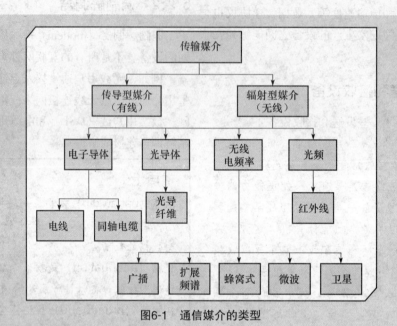

图6-1 通信媒介的类型

传导型媒介（conducted media）提供了传输信号的物理路径，包括双绞电缆、同轴电缆和光导纤维。双绞电缆由两条彼此缠绕的铜线构成，可分为屏蔽双绞电缆和非屏蔽双绞电缆两种，多用于建筑物内的电话网络和通信。同轴电缆是用于传输数据和音频的粗电缆，主要用于远距离电话传输和局域网。光导纤维电缆的芯体由玻璃管制成，其直径只有头发直径的一半，并且由称为"包层"的玻璃同心层包裹着，从而形成一条穿越电缆的光路。与其他类型的电缆相比，光导纤维电缆具有容量大、体积小、重量轻、衰减少和安全性强等优势，并且它在所有通信媒介中具有最高的带宽。

辐射型媒介（radiated media）使用天线通过空气或水传递数据。一部分辐射型媒介以"视线"为基础进行工作，包括广播电台、地面微波和卫星。卫星与被称为地球站的地面微波发送器/接收器相连接，常用于远距离电话传输和传送电视信号。地面微波使用地球发送器和接收器，常用于建筑物之间点对点的连接。

通信媒介可以是点对点或者多点系统。在点对点系统中，在同一时间内，只有一种设备使用这种通信媒介。在多点系统中，几个设备共享同一个通信媒介，并且来自于某一设备的传输可以发送给所有共享该连接的其他设备。

6.3 处理结构

根据用户的需要、应用的类型和系统的反应性，数据通信系统可用于不同的结构。在过去的60年里，出现了三种类型的处理结构：集中式、非集中式和分布式。

6.3.1 集中式处理

在集中处理（centralized processing）系统中，所有的处理工作都在一台中央计算机中完成。在计算机技术发展的早期，由于缺少数据处理的专业人员，硬件和软件价格昂贵，并且只有大公司才配备计算机，因此当时使用这种处理方式是合乎情理的，这种结构的主要优势在于可以对系统的应用和操作进行严格的控制。它的主要劣势在于缺少对用户需求的反馈，因为系统与用户之间相隔的距离可能非常远。现在这种结构已经很少用了。

6.3.2 非集中处理

在非集中处理（decentralized processing）中，每个用户、部门，或分公司（有时称为"组织单位"）都使用自己的计算机来完成处理任务。与集中处理系统相比，非集中处理系统当然能够更好地对用户做出反馈。然而，非集中系统也存在一些缺点，如组织单位间缺少合作、系统过多所带来的高成本以及工作重复。

6.3.3 分布处理

分布处理（distributed processing）通过实行集中控制和非集中操作解决了两个主要的问题：集中处理中缺少反馈和非集中处理中缺少合作。系统的处理能力被分配到几个部门之中。例如，在零售行业，每个零售商店的网络在总部的集中控制下又各自进行处理。数据库和输入/输出设备也可以进行分配。

分布处理的优势包括以下几个方面：

- 有可能利用未被使用的处理能力。
- 模块化的设计意味着可以根据需要增减计算机的性能。
- 距离和位置不再受到限制。
- 由于可以很容易地增设工作站，因此随着组织的壮大，系统的兼容性更强。
- 由于可以对过剩资源进行有效利用，因此系统的容错性不断增强。
- 实现资源共享，如共享高品质激光打印机等，从而降低成本。
- 由于可以将系统故障限制在一个地方，因此提高了系统的可靠性。
- 系统能对用户的需求做出过多的响应。

分布处理的缺点包括对通信技术的依赖、设备之间不兼容及网络管理更具挑战性。

6.3.4　开放系统互连模型

除了基本的处理结构之外，数据通信还使用一种常见的数据传输模型。开放系统互连模型（open systems interconnection model, OSI model）具有七层体系结构，用于确定网络内部各计算机之间如何进行数据传输，以及确定网络的物理连接与用户运行的应用程序之间如何进行数据传输。它也用于规范网络计算机之间信息交换时的互动。该结构体系中的每一层都执行一个特定的任务：

- 应用层　这是应用程序获取网络服务的窗口。根据应用程序的不同，它所执行的任务也不同，并且提供支持用户工作的服务，如传递文件的软件、数据库的登录和电子邮件等。
- 显示层　负责格式化信息包。
- 会话层　建立计算机间的通信会话。
- 运输层　生成接收者的地址簿，并且尽量做到按顺序、无错误、无丢失和无复制地传输数据，以确保数据的完整性。运输层还提供控制数据流量、对已收到的数据进行排序、确认已收到数据的方法。
- 网络层　对路由信息进行反馈。
- 数据连接层　对建立和控制通信连接进行监督。
- 物理层　指定计算机和传输媒介之间的电路连接，并确定用于通信的物理媒介。它主要关注与通信网络中二进制数据或者位元的传输。

 ## 6.4　网络类型

网络主要有三种类型：局域网、广域网和城域网。在这些网络中，计算机通常通过网络接口卡（network interface card, NIC）与网络连接，NIC是使计算机能够通过网络进行通信的硬件组件。NIC，也称做"适配卡"，是网络和工作站之间的物理连接，因此它在OSI模型的物理层和数据层工作。许多厂家都生产NIC，以太网和令牌环这两种最常见的局域网几乎可以使用任何一个厂家的NIC。另外，在网络上运行服务器，需要安装网络操作系统（NOC），如Windows 2008服务器或Novell企业服务器。

6.4.1　局域网

局域网（local area network, LAN）用于连接工作站和与其相邻近的外围设备（见图6-2）。通常，LAN只能覆盖有限的地理区域，如一幢建筑物或大学校园，或拥有局域网的某个公司。其数据传输速度介于100Mbps～10Gbps。

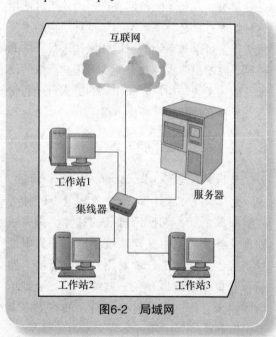

图6-2　局域网

局域网最常用于共享资源，如外部设备、文件和软件；还用于完善服务，如电子邮件和文件共享。在局域网的环境中，以太网和以太网电缆是两个重要的术语。以太网用于建立LAN，是内置于软件和硬件设备中的一种标准通信协议。以太网电缆将计算机、集线器、开关和路由器与网络连接起来。在建立LAN之前，确定信息需求和详细的规划是非常重要的。

6.4.2 广域网

广域网（wide area network，WAN）能够覆盖多个城市、地区甚至国家，它通常由几个不同的团体所共有（见图6-3）。其传输数据的速率取决于它的互联（称为"链接"）速率，在28.8Kbps～155Mbps变化。例如，WAN对于一家总部设在华盛顿特区，并且在30个州都设立有分公司的企业来说就非常有用。WAN能够让所有的分公司与总部进行通信联系，发送和接收信息。

WAN可以使用许多不同的通信媒介（同轴电缆、卫星和光导纤维）以及使用规模和复杂性各异的终端机（PC机、工作站和大型主机），WAN还可以连接其他网络。

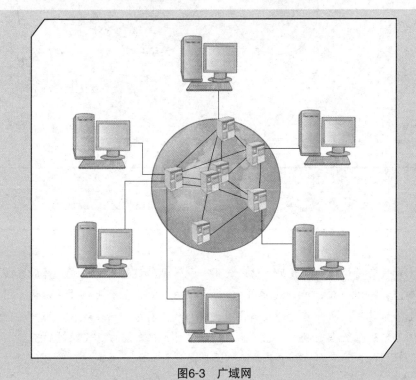

图6-3 广域网

6.4.3 城域网

电机及电子学工程师联合会（IEEE）为大城市里连接包括局域网和广域网在内的各种数据通信系统的公共、独立、高速网络制定了规范。这种网络被称为城域网（metropolitan area network，MAN），它用于处理一个城市中或几个邻近城市中的多个公司的数据通信（见图6-4）。其数据传输的速率在34Mbps～155Mbps变化。表6-1对这三种类型的网络进行了比较。

表6-1 对LAN、WAN、MAN网络的比较

网络类型	所有者	数据传输速度	作用域
LAN	通常一个团体	100Mbps～10Gbps	一幢建筑物或一个校园
WAN	多于一个团体	28.8Kbps～155Mbps	城市间到国际间
MAN	一到几个团体	34Mbps～155Mbps	一个到几个邻近的城市

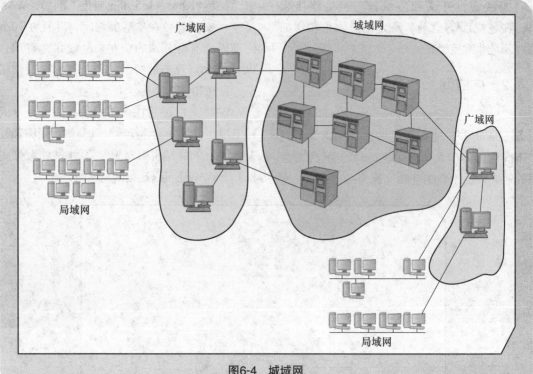

图6-4　城域网

术语卡

除了基本的处理结构之外，数据通信还使用一种常见的数据传输模式。**开放系统互连模型**（open systems interconnection model，OSI model）具有七层体系结构，用于确定网络内部各计算机之间如何进行数据传输，以及确定网络的物理连接与用户运行的应用程序之间如何进行数据传输。它也用于规范网络计算机之间信息交换时的互动。

网络接口卡（network interface card，NIC）是使计算机能够通过网络进行通信的硬件组件。

局域网（local area network，LAN）用于连接工作站和与其相邻近的外围设备。

广域网（wide area network，WAN）能够覆盖多个城市、地区甚至国家，它通常由几个不同的团体所共有。

城域网（metropolitan area network，MAN）用于处理一个城市中或几个邻近城市中的多个公司的数据通信。

 ## 6.5　网络拓扑

网络拓扑（network topology）是指网络的物理布局，包括计算机和电缆的排列方式。下面各节将讨论五种常用的拓扑结构：星形、环形、总线形、分层和网状拓扑。

6.5.1　星形拓扑

星形拓扑（star topology）一般由中央计算机（主机，一般指服务器）和一系列网络节点（一般指工作站和外部设备）构成。中央计算机承担主要的处理功能。当网络中的一个节点出现故障并不会影响整个网络的运行，但是一旦主机出现故障，整个网络将陷入瘫痪。

星形拓扑结构具有以下优点：

- 电缆布局易于调整。
- 集中控制有利于检测故障。
- 易于添加网络节点。
- 能更好地处理严重而短暂的通信拥堵。

其缺点主要体现在两个方面：只有一个主机意味着存在单点故障的隐患，星形拓扑对电缆的需求量很大，导致成本增加。

6.5.2 环形拓扑

在环形拓扑（ring topology）中，每个计算机管理自己的网络连接，不需要主机。计算机及相关设备排列成环形，这使得每个节点都可以连接另外两个节点：上游相邻节点和下游相邻节点。如果任意两个节点之间的链接被切断，都会影响整个网络，并且单个节点出现故障也会中断整个网络服务。令牌环是一种常见的环形拓扑结构网络。最新的环形拓扑结构，如光纤分布式数据界面（FDDI），可以进行双向传输（顺时针或逆时针），这样可以避免由于单点故障所引起的问题。

与星形拓扑相比，环形拓扑需要的电缆较少，但是在处理严重而短暂的通信拥堵方面，二者没有差别。另外，环形拓扑在诊断故障和调整网络方面也比较困难。

6.5.3 总线拓扑

总线拓扑（bus topology）（也称"线性总线"）同环形拓扑一样，它只连接沿着网段的节点，不连接末端的电缆。一种称为"端接器"的硬件设备安装在电缆的末端，用于吸收信号。如果没有端接器，信号将会沿着电缆来回反弹，从而阻止网络通信。

在总线拓扑中，常用的传输速率是1Mbps、2.5Mbps、5Mbps、10Mbps和100Mbps，其中以10Mbps、100Mbps、1Gbps和10Gbps（千兆以太网）最为常用。总线拓扑中的一个节点出现故障不会影响其他的节点。总线拓扑的优点是：

- 便于结构扩展。
- 可靠性强。
- 布线布局简单，是所有拓扑中用线量最少的，有利于维持低成本。
- 能最好地控制稳定的（平稳的）通信。

总线拓扑的两个主要缺点是：难以诊断网络故障；当网络交通繁忙时，总线电缆成为网络通信的瓶颈。

6.5.4 分层拓扑

分层拓扑（hierarchical topology）（也称做"树状拓扑"）是根据计算机处理能力的不同，将它们组合在不同的组织层次中。例如，工作站置于网络结构的底层，微型计算机在中层，服务器在顶层。那些地理位置分散并且实行层级化管理的公司适于选择这种网络。底层的节点发生故障不会对网络运行有较大的影响，但是中层的、特别是顶层的节点（控制着整个网络）对网络的运行起到关键作用。

术语卡

网络拓扑（network topology）是指网络的物理布局，包括计算机和电缆的排列方式。

星形拓扑（star topology）一般由中央计算机（主机，一般指服务器）和一系列网络节点（一般指工作站和外部设备）构成。

在**环形拓扑**（ring topology）中，每个计算机管理各自的网络连接，不需要主机。

总线拓扑（bus topology）（也称做"线性总线"）同环形拓扑一样，它只连接沿着网段的节点，不连接末端的电缆。

分层拓扑（hierarchical topology）（也称做"树状拓扑"），按照不同的处理能力将计算机组合在不同的组织层次。

传统的主机网络也使用分层拓扑。主机位于顶层，其次是前端处理器（FEP），再下一层是控制器和多路复用器，终端机和工作站位于最后一层。控制器（controller）是一种硬件和软件设备，主要控制从计算机到外部设备（监控器、打印机或键盘）的数据传输，也可以反向控制。多路复用器（multiplexer）是一种允许几个节点共享一条通信路径的硬件设备。中间级设备（FEP和控制器）通过收集来自终端机和工作站的数据，减轻了主机的处理负担。

与星形拓扑相比，分层拓扑能对网络进行更多的控制，且成本更低。它的缺点是网络扩容可能造成问题，并且在根部和高级节点上可能会出现交通拥堵。

6.5.5　网状拓扑

在网状拓扑（mesh topology）（也称做"丛状"或"连通"拓扑）中，每个节点（其规模和结构可以与其他节点不同）都与其他各个节点连接。网状拓扑的可靠性极高。当一个或几个节点出现故障时，由于许多其他的节点仍然可以正常工作，因此一般不会对网络运行造成重要影响。但是网状拓扑成本很高，并且难以进行维护和扩展。

 ## 6.6　重要的网络概念

以下各节将介绍几个重要的网络概念：包括协议、TCP/IP、路由选择、路由器和客户机/服务器模式等。

6.6.1　协议

正如前面所提到的，协议是电子设备交换信息时所遵循的方法和规则。人与人之间进行交流需要一种通用的语言，计算机和其他电子设备也一样。一些协议处理硬件连接，另一些协议则控制数据和文件的传输。协议也用于指定计算机之间发送数据包的格式。由于网络需要支持使用不同操作系统的计算机，如Mac OS、Linux/UNIX和Windows等，因此，在当今的网络中，多协议支持变得尤为重要。下一节将描述应用最为广泛的一种网络协议：TCP/IP。

6.6.2　传输控制协议

传输控制协议/互联网协议（transmission control protocol/internet protocol，TCP/IP）是通信协议的行业标准套件。TCP/IP的主要优点在于其具有相互操作性，即它允许将在很多不同平台上运行的设备连接起来。TCP/IP原本用于互联网通信，但是由于它解决了可移植性等问题，它也成为UNIX网络通信的标准协议。

TCP/IP套件中的两个重要协议是传输控制协议（TCP）和互联网协议（IP），TCP在OSI模型的传输层运行，IP在OSI模型的网络层运行。TCP的主要功能是在主机间建立链接，以确保信息的完整性、顺序性，确认数据包的传递，以及控制数据在源节点和目的节点之间的流动。

IP负责转发数据包。为了完成这项任务，它必须知道有效的数据链接协议和每个数据包最佳的大小。在它确认了每个数据包的大小之后，它必须把数据分割成大小适当的数据包。一个IP地址在第4版互联网协议中由4个字节构成，或者在第6版互联网协议中由16个字节构成（32比特或128比特），并分为网络地址和节点地址两个部分。在同一个网络的计算机必须使用相同的网络地址，但每台计算机又必须有各自的节点地址。IP网络将网络地址和节点地址组合成一个IP地址，例如，131.255.0.0是一个有效的IP地址。

6.6.3　路由

为了更好地理解路由，我们首先来看看数据包交换，这是一种网络通信方式，这种方式首先将数据分成小的数据包，然后再把这些小数据包传输到可将其进行重组的地址。数据包（packet）是通过网络在计算机之间进行传输的二进制数字的集合，其中包括信息数据和用于格式化及传输的控制字符。

数据包将沿着发送者和接收者之间现有的最佳路径进行传送（见图6-5）。任何数据包交换网络都可以处理多媒体数据，如文本、图形、音频和视频等。

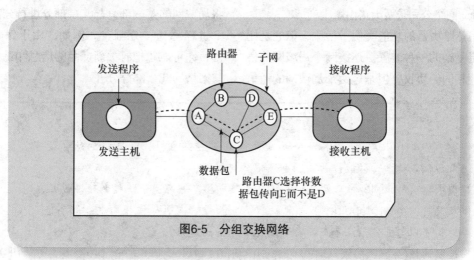

图6-5 分组交换网络

数据在网络上进行传输的通路或路径取决于网络的类型和传输数据所使用的软件。路由（routing）是指决定采用哪条路径传输数据的过程。路由类似于你确定从家到工作单位的路径。虽然你可能在大多时候都采用同一条路径，但是有时候由于天气因素、交通状况和时间原因等又不得不改变路径。同样，当每次建立网络连接时，可以根据传输量和可选择的线路改变数据包的传输路径。确定数据传输路径的方式有两种：一种是在中心位置传输（集中式路由），另一种是在路径沿线的每个节点传输（分布式路由）。在大多数情况下，由软件自动生成的路由表（routing table）可以决定数据包传输的最佳路径。路由表列出了网络中的节点和通往每个节点的通路，以及可替代路径和现有路径的传输速率。

在集中式路由（centralized routing）中，一个节点负责为所有的数据包选择路径。这个节点作为网络路由的管理器存储着路由表，并且对某条路径的任何改变都必须在这个节点进行。所有的网络节点定期地向网络路由管理器发送有关出、入站数量的状态信息和处理信息。因此，网络路由管理器可以掌握网络的整体情况，并且可以明确网络的哪一部分未被充分利用或者被过度使用。在集中式结构下，这种由一个节点控制所有路由的方式存在着一些弊端。例如，如果网络路由管理器在距离网络中心很远的地方，那么组成网络的各种链接和通路也将远离中心节点。由其他节点发送的对路由表开始调整的状态信息，需要将经过一段很长的距离才能到达中心节点，这会引起路由数据的延迟，并降低网络的性能。另外，如果控制节点出现了故障，路由信息将会失效。

分布式路由（distributed routing）依靠每个节点自行计算出自己的最佳路径。每个节点都有一个有关邻近节点状态的最新信息的路由表，以便确定最佳路径。每个节点也定期地发送状态信息，以便邻近的节点更新它们的路由表。分布式路由避免了在一个集中的位置使用路由表所产生的问题。如果一个节点出现了问题，那么其他节点的路由表将被更新，数据包会沿着另一条路径进行发送。

6.6.4 路由器

路由器（router）是一种网络连接设备，包括连接网络系统软件以及控制网络系统之间通信流量的软件。被连接的网络可以在不同的协议下运行，但是必须使用相同的路由协议。路由器在OSI模式（前面已讨论）的网络层运行，并且控制网络中的路由数据包。思科系统公司和Juniper网络公司是两大路由器生产厂家。

虽然路由器的功能类似于桥梁，但它是比桥梁更复杂的一种装置。连接两个局域网的桥梁使用相同的协议，但是这两个局域网的通信媒介并不要求是相同的。

路由器根据距离和成本为数据包选择最佳的路径，以避免导致数据包传输延迟的网络拥堵，并管理大小不同的数据包。路由器还用于将局域网的某一部分与其余部分进行分离，这一过程称为"分割"。例如，由于保密的原因，你可能想把有关新产品的信息和工资信息与网络的其余部分分开。

术语卡

控制器（controller）是一种硬件和软件设备，主要控制从计算机到外部设备（监控器、打印机或键盘）的数据传输，也可以反向控制。

多路复用器（multiplexer）是一种允许几个节点共享一条通信路径的硬件设备。

在**网状拓扑**（mesh topology）（也称"丛状"或"连通"拓扑）中，每个节点（其规模和结构可以与其他节点不同）都与其他各个节点连接。

传输控制协议/互联网协议（transmission control protocol/internet protocol，TCP/IP）是具有相互操作性的通信协议的行业标准套装。

数据包（packet）是通过网络在计算机之间进行传输的二进制数字的集合，其中包括信息数据和用于格式化及传输的控制字符。

路由（routing）是指决定采用哪条路径传输数据的过程。这取决于网络的类型和传输数据所使用的软件。

路由表（routing table）由软件自动生成，用于决定传输数据包的最佳路径。

在**集中式路由**（centralized routing）中，一个节点负责为所有的数据包选择路径。这个节点作为网络路由管理器存储着路由表，并且对某条路径的任何改变都必须在这个节点进行。

分布式路由（distributed routing）依靠每个节点自行计算出自己的最佳路径。每个节点都有一个有关邻近节点状态的最新信息的路由表，以便确定最佳路径。

路由器（router）是一种网络连接设备，包括连接网络系统的软件和控制网络系统之间通信流量的软件。

路由器有两种类型：静态的和动态的。**静态路由器**（static router）需要路由管理器向它提供关于哪个地址在哪个网络的信息。**动态路由器**（dynamic router）能够建立确定每个网络地址的路由表。如今动态路由器更加常用，特别是在互联网中。

6.6.5 客户机/服务器模式

在客户机/服务器模式（client/server model）

下，软件在本地计算机（客户端）运行，并且与远程服务器进行通信，发出信息和服务请求。服务器是网络中的远程计算机，其根据顾客的请求提供相应的信息和服务。例如，你在客户端计算机上输入这样的请求："显示所有平均成绩高于3.8的市场营销专业的学生姓名"。数据库服务器收到你的请求后，对它进行处理，并且反馈给你下列姓名：Alan Bidgoli、Moury Jones和Jasmine Thomas。

在大多数基础的客户机/服务器结构中，通常可以进行下列工作：

1.用户运行客户端软件进行查询。

2.客户端接受请求，并且对它进行格式化，以便服务器能够理解这个请求。

3.服务器通过网络把请求发送给服务器。

4.服务器收到并且处理这个查询。

5.将查询结果发送到服务器。

6.对结果进行格式化处理，并以用户可以理解的格式进行显示。

客户机/服务器结构的主要优势在于它具有可伸缩性，即具有可扩展性。客户机/服务器结构可以被水平地或垂直地进行缩放。水平扩展意味着增加更多的工作站（客户端），垂直扩展意味着将网络迁移到更大、更快的服务器上。

为了更好地理解客户机/服务器结构，你可以从以下三个逻辑层次进行思考：

- 表示逻辑；
- 应用逻辑；
- 数据管理逻辑。

表示逻辑位于最高层，与数据如何返回客户端相关。Windows图形用户界面就是表示软件的例子。界面的主要功能是对任务进行翻译，并且把它们转化为用户可以理解的形式。应用逻辑是处理用户请求的软件。数据管理逻辑负责控制数据的管理和存储操作。在客户机/服务器结构中，真正的难题是如何在客户端和服务器之间将这三种逻辑层次分割开来。下面各节将介绍一些用于解决这一问题的典型结构体系。

1.双层结构

在双层结构（two-tier architecture）即通常所说的传统的客户机/服务器模式中，客户端（一层）直接与服务器（二层）通信，如图6-6所示。表示逻辑总位于客户端，数据管理逻辑位于服务器。虽然应用逻辑通常位于客户端，但是其实它既可以位于客户端，也可以位于服务器，或者分开装在两者之中。

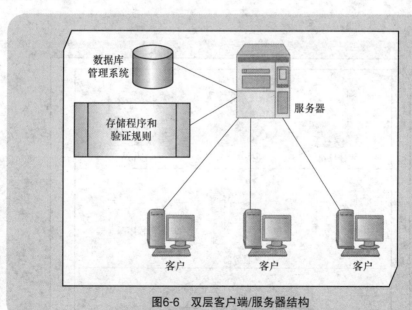

数据库管理系统

存储程序和验证规则

服务器

客户 客户 客户

图6-6 双层客户端/服务器结构

这种结构在小型工作组（即含有50个用户或者更少的小组）中比较有效。由于应用逻辑通常位于客户端，因此在应用程序的研发速度、简单性和能力方面双层结构具有一定的优势。劣势是，应用逻辑的任何改变，如改变存储程序和数据库的验证规则，都需要在客户端做重大的修改，从而产生升级和修改费用。不过，这一点也取决于所用的应用程序。

2.N层结构

在双层结构中，如果应用逻辑被修改，将会影响处理的工作量。例如，若应用软件安装在客户端，改变数据管理软件需要修改所有的客户端软件。N层结构（n-tier architecture）将应用处理移出客户端和服务器，并将它放置在一个中间层服务器中，试图以此平衡客户端和服务器之间的工作量，如图6-7所示。最常见的N层结构是三层结构，这种结构将表示逻辑置于客户端，数据管理逻辑置于服务器（见图6-8）。

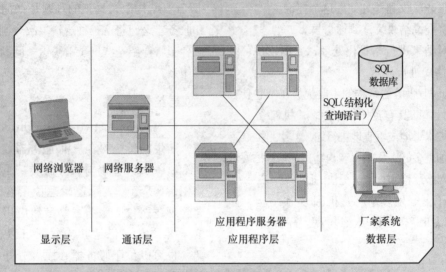

图6-7　N层结构

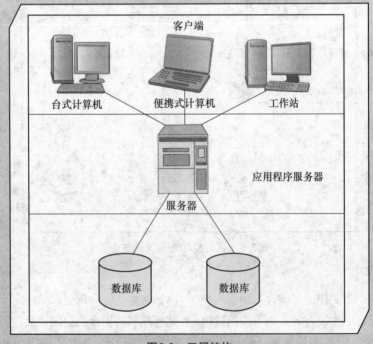

图6-8　三层结构

N层结构的主要优点是可以提高网络性能。但是，由于网络流量较大，网络管理更加复杂；并且由于有更多的设备需要进行通信以对用户的请求做出反馈，因此测试软件也变得更加困难。

术语卡

静态路由器（static router）需要路由管理器向它提供关于哪个地址在哪个网络的信息。

动态路由器（dynamic router）能够建立确定每个网络地址的路由表。

在**客户机/服务器模式**（client/server model）下，软件在本地计算机（客户端）运行，并且与远程服务器进行通信，发出信息和服务请求。服务器是在网络上根据顾客的请求提供相应的信息和服务的远程计算机。

在**双层结构**（two-tier architecture）即通常所说的传统的客户机/服务器模式中，客户端（一层）直接与服务器（二层）通信。

N层结构（n-tier architecture）将应用处理移出客户端和服务器，并将它放置在一个中间层服务器中，试图以此平衡在客户端和服务器之间的工作量。

6.7　无线和移动网络

无线网络（wireless network）是指一种用无线技术代替有线技术的网络。**移动网络**（mobile network）（也称为"细胞网络"）是以无线电频率（RF）运行的网络，它由通过固定发射器提供服务的无线通信小区构成，无线通信小区也被称做蜂窝基站或基站（稍后"移动网络"中将会介绍）。这些无线通信小区用于提供可覆盖更大区域的无线电。

无线和移动网络具有可移动、灵活性好、易于安装和成本低的优势。在基础设施（如通信线路和所建立的有线网络）不完善的情况下，主要在发展中国家和没有必要的网络布线的老建筑中比较普遍，使用无线和移动网络系统非常有效，无线和移动网络的一些缺点如下所示：

- 有限的吞吐量　**吞吐量**（throughput）与带宽类似。它是指在规定的时间内（通常为1秒）传输或处理的数据数量。当列出的其他缺点被克服掉时，吞吐量有望得到提高。
- 有限的距离　在移动和无线网络中，信号能量无损失的传输距离受到较大限制。例如，Wi-Fi（无线保真）网络在室

内的传输距离是120英尺，在室外是300英尺。第14章将详细讨论移动和无线网络的距离指标。

- 在建筑物中的穿透性问题　无线信号可能无法穿透某种建筑材料，或者难以穿透墙壁。
- 易受到频率噪声的攻击　来自于其他信号的干扰，通常被称为"噪声"，它会引起信号传输的问题。噪声的常见来源包括可以产生无线电波（与无线网络所使用的无线电波相同）的雷暴和闪电、变压器、高压电缆和荧光灯等。
- 安全性　嗅探器可以捕捉无线网络通信。

移动和无线计算机信息处理有着不同的定义。移动计算机信息处理可简单地理解为在办公室以外的地方使用便携式计算机，或者利用调制解调器从客户的办公室登录公司的网络。这两种行为都不需要无线技术。无线局域网通常属于专用局域网，即它们使用固定厂家的技术规范，如苹果公司用于链接Macintosh设备的局域网协议，这一点也适用于任何无线网络。无线网络除了使用无线媒介之外，如红外光（IR）和RF，它们与有线局域网具有相同的功能和特点。

图6-9展示了一个与有线局域网相连接的

图6-9 与有线局域网相连接的无线笔记本

无线笔记本。便携式电脑的收发器与有线局域网（虽然这张图表没有显示出完整的有线网络）建立无线电通信，这个收发器/接收器可以内置或附加于笔记本电脑上，或者装在墙上，或者放在与笔记本电脑相邻近的办公桌上。

无线网络应用广泛。例如，医务工作者可以使用掌上电脑或笔记本电脑的无线上网功能快速获取病人的信息，从而提高他们的工作效率。他们可以把病人的信息直接输入掌上无线设备，而不需要先用笔记录病人的情况，之后再将其转录为电子版的格式。由于这些信息可以被传送或储存到中央数据库，因此其他工作人员也可以马上使用它们。另外，直接输入记

录可以避免转录过程中常见的错误，从而提高了信息的质量。

6.7.1 无线技术

在无线环境中，手提电脑能够使用小小的天线与在附近区域的无线电塔建立通信。近地轨道卫星能够接收到来自移动或便携式网络设备的低功率信号。无线通信行业里有许多生产企业，并且发展迅速。无线技术一般分为两类：

- 无线局域网（WLAN） 在许多公司，这些网络已成为有线局域网的重要替代品。与有线网络类似，无线网络的特点是它属于一个所有者，并且只能覆盖有限的区域。

- 无线广域网（WWAN） 这些网络所覆盖的区域比WLAN广泛，并且包括以下设备：蜂窝式网络、蜂窝式数字包裹数据传输（CDPD）、寻呼网、个人通信系统（PSC）、分组无线网、宽带个人通信系统（BPCS）、微波网络和卫星网络。

这些设备使计算机信息处理技术设备能够随时随地与其他设备和网络进行通信。它们在蜂窝式网络收发器和用户设备之间使用协议进行通信。WLAN和WWAN都以RF频谱作为通信媒介，但是它们在一些方面仍有不同，如表6-2所示。

表6-2 WLAN与WWAN的对比

	WLAN	WWAN
覆盖范围	约100米	范围更广，根据所采用的技术不同能够覆盖地区的、全国的或国际的范围
速度	在802.11b无线标准下，数据传输率可达到11Mbps，802.11a标准可达到54Mbps，802.11n标准可达到100Mbps	在15Kbps～14Mbps变化
数据安全性	通常低于WWAN	通常高于WLAN

需要注意的是，802.11a和802.11b已大多被现行的无线标准802.11g和802.11n所代替。802.11g使用2.4GHz的频率，并且数据传输率

可达54Mbps。802.11n使用相同的频率，但其数据传输率可达100Mbps。

6.7.2 移动网络

移动网络的结构分为三个部分（见图6-10）：

- 基站向定制用户发送信息或接收定制用户发出的信息。
- 移动电话交换站（MTSO）在国家或全球电话网络和基站间传输电话呼叫。
- 定制用户（用户）通过使用移动通信设备与基站连接。

通过申请通信公司（供应商）在特定地理区域的许可服务，对移动设备进行注册。当移动设备在供应商所覆盖的区域之外时，就产生了漫游。漫游通常指手机处于通信公司限定的服务区域之外。通过漫游，用户可以在与其首次注册服务原始位置不同的地方延续连接服务。

为了提高数字通信的效率和质量，研发出了时分多址和码分多址这两种技术。时分多址（time division multiple access，TDMA）将每个信道分成6个时段。每个用户可分到两个

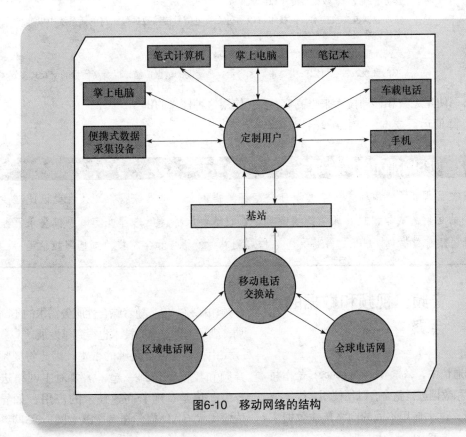

图6-10 移动网络的结构

时段：一个用于发送，另一个用于接收。因为这种方法允许在一个信道传递3个通话，从而将效率提高了300%。码分多址（code division multiple access，CDMA）通过高频率传送多种编码信息，然后在接收端进行解码。

> **术语卡**
>
> 为了提高数字通信的效率和质量，时分多址（time division multiple access，TDMA）将每个信道分成6个时段。每个用户可分到两个时段：一个用于发送，另一个用于接收。因为这种方法允许在一个信道传递3个通话，从而将效率提高了300%。
>
> 为了提高数字通信的效率和质量，码分多址（code division multiple access，CDMA）通过高频率传送多种编码信息，然后在接收端进行解码。

高级移动电话系统（AMPS）是由贝尔实验室研发、并于1983年开始使用的模拟移动电话标准。然而，由于数字技术具有更高的数据容量、更好的音质、加密功能以及与其他数字网络的统一性，这种技术的应用更为广泛。2008年2月8日，美国通信公司不再支持AMPS。一些公司如AT&T和Verizon已经永久性地终止了这种服务。表6-3描述了蜂窝式网络的发展历程（蓝牙是一种无线网络技术，将在14章中讨论）。

表6-3　蜂窝式网络的发展历程

发展历程	说　明
1G	有限带宽的模拟传输
2G	支持增加音频、数据、传呼和传真服务
2.5G	增加数据包交换技术，该技术可以通过无线电信号传输数据包；与电话系统中以连续的比特流传输数据的电路交换技术不同
3G	支持高质量多媒体数据的传输，包括数据、音频和视频等
4G	3G的升级版，它可以提供宽带、大容量、高速度的数据传输，以及高质量的交互式多媒体

许多公司使用无线和移动技术来提高客户服务水平，降低运行成本。专栏6-2给出UPS使用这种技术的例子。

> **专栏6-2　UPS增加无线网络服务**
>
> UPS在亚洲市场使用韩文、中文和日文字符集提供数据包跟踪服务，并希望以此减少公司长期的运行总成本，提升顾客的满意度。通过这种服务，用户可以使用手机登录互联网使用母语跟踪数据包。UPS打算将其服务扩展到其他的语言和字符集，包括阿拉伯语。[1]

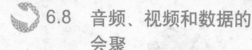

6.8　音频、视频和数据的会聚

在数据通信中，会聚（convergence）是指将音频、视频和数据进行整合，以便使用多媒体信息进行决策。过去使用不同的网络传输数据、音频和视频，但是随着综合性服务需求的不断增加，满足这种需求的技术也得到了发展。

由于视频需要足够的带宽，因此将视频、音频和数据整合到一起，需要对主网络进行升级。但是，随着高速技术的应用，如异步传输模式（ATM）、超高速以太网、3G网络，以及对运用这些技术的应用程序的需求越来越多，这种状况已得到了改变。超高速以太网是以1Gbps作为标准传输容量，并且传输速率达到10Gbps的局域网。ATM是一种运行速度可达到25Mbps、622Mbps的数据包交换服务，并且其最高速率可达10Gbps。如前所述，3G网路是第三代移动网络和远程通信。与2G网络相比，它可提供更大范围的服务和更先进的网络能力。3G网络提高了信息传输的速率、网络质量、视频和宽带无线数据传输的质量，以及网络电话或者互联网语音协议的质量（VoIP）。3G网络还支持视频流、更快地上传和下载信息。

越来越多的内容供应商、网络运营商、电信公司、广播网络和及其他机构，已开始向会聚技术方向发展，甚至一些小公司也利用这一迅速发展的技术提供多媒体产品演示，以及使用互联网进行多媒体演示和协作。由于会聚与技术创新相结合，它有可能在市场结构、管理改革和其他方面发生变化。常见的会聚技术的应用包括以下几个方面：

- 电子商务。

- 娱乐活动（可观看的电视频道大大增多，能够方便地得到所需要的电影和视频）。
- 实用性和可接受性不断增强的视频和计算机会议。
- 客户应用程序，如虚拟教室、远程办公和虚拟现实。

互联网作为传递服务的重要工具，是促成会聚现象的重要因素。数字技术的进步有助于推动会聚技术的发展，当数据的收集、处理和传输标准变得更易获得和理解时，会聚的使用将会更加广泛。

对数据通信和音频、视频、数据的会聚技术的进一步应用产生了远程呈现技术。这个概念将在第14章讨论，简单地说，它是使用相关的技术（如数字网络和虚拟现实）在视听环境下创造一个"真实生活"的通信经历。换句话说，就好像会议的参加者正坐在你的对面，而不是在屏幕里。远程呈现有许多用途，如远程会议、教育和培训、广告和娱乐等。专栏6-3介绍了公司如何使用这种技术降低成本、增加收入，以及提高客户服务水平。

产业联系一栏介绍了思科系统公司，它提供很多用于数据通信系统的产品和服务。

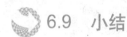 **6.9 小结**

本章概述了数据通信系统和网络系统。讨论了数据通信系统的基本部件、处理结构、网

专栏6-3 远程呈现：数据通信和会聚的新应用

最近，远程呈现受到极大的关注，特别是由于经济衰退的原因，公司希望使用这种技术来减少商务旅行和会议的费用。这种技术可将音频和视频整合到一个独立的平台，并且对原有视频会议技术进行改进，带来了高质量、操作简单和可靠性更强的效果。

远程呈现的特点包括记录会议以备将来使用、将多媒体技术纳入演示过程、提供即插即用的协作应用程序。一些产品能够提供一个远程呈现房间，其中带有音响功能、专用的灯光和一个大的高清（HD）屏幕，它可配置20多个用户。其他一些产品规模较小，仅有一个放置在底座、墙壁或书桌上的HD屏幕。远程呈现产品的主要供应商有思科、Polycom、Tandberg、Teliris和惠普。[2]

络类型和网络拓扑及重要的网络概念，如路由和客户机/服务器模式等。我们还讨论了无线和移动网络，以及数据通信的未来发展趋势：会聚和远程呈现技术。

 产业联系专栏

思科系统公司

思科系统公司是最大的联网设备供应商，公司的主要目标是能够更加便捷地连接不同的计算机。思科公司提供各种各样的产品，包括路由器、转换器、网络管理工具、光网络、安全软件、VPN（虚拟专用网）、防火墙、协作和远程呈现产品。产品的多样性使得企业可以直接在一个厂家购买到解决网络问题所需要的所有产品。思科公司的产品和服务包括以下几种：

- PIX防火墙系列　PIX防火墙可以保护公司内部网络免受外来的入侵。

- 网络管理工具　支持网络管理者实现网络操作的自动化、简单化和整体化，以减少操作费用，提高生产力。

- 识别管理工具　通过验证规则、访问控制和顺从功能保护信息资源。

- 远程呈现网络管理　将音频、高清视频和交互功能进行整合，以传递面对面的协作功能。

- Cisco800系列路由器　提供内置保护，包括内容过滤、使用多址接入方案的WAN连接、4个10/100Mbps高速管理交换机端口等。

- LinkSys　该路由器适于在家庭或小型办公室使用，用于设备之间以及与互联网的连接。

本信息来自于公司网站（www.cisco.com）及其他宣传材料。欲得到更多信息及更新内容，请登录网站。

关键术语

衰减（attenuation）

通信媒介（communication media）

静态路由器（dynamic router）

带宽（bandwidth）

传导型媒介（conducted media）

分层拓扑（hierarchical topology）

宽带（broadband）

控制器（controller）

局域网（local area network，LAN）

总线拓扑（bus topology）

会聚（convergence）

网状拓扑（mesh topology）

集中处理（centralized processing）

数据通信（data communication）

城域网（metropolitan area network，MAN）

集中式路由（centralized routing）

非集中处理（decentralized processing）

客户机/服务器模式（client/server model）

数字用户线路（digital subscriber line，DSL）

移动网络（mobile network）

码分多址（code division multiple access，CDMA）

分布式处理（distributed processing）

调制解调器（modem）

分布式路由（distributed routing）

多路复用器（multipexer）

窄带（narrowband）

路由器（router）

传输控制协议/互联网协议（transmission control protocol/Internet protocol，TCP/IP）

网络接口卡（network interface card，NIC）

路由（routing）

网络拓扑（network topology）

路由表（routing table）

N层结构（n-tier architecture）

星形拓扑（star topology）

开放系统互连模型（open systems interconnection（OSI）model）

静态路由器（static router）

数据包（packet）

吞吐量（throughput）

数据传递协议（protocols）

时分多址（time division multiple access, TDMA）

辐射型媒介（radiated media）

双层结构（two-tier architecture）

环形拓扑（ring topology）

广域网（wide area network, WAN）

无线网络（wireless network）

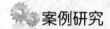 **问题、活动和讨论**

1.什么是局域网？它与城域网的区别是什么？与广域网的区域又是什么？

2.总线拓扑的优点是什么？星形拓扑呢？

3.路由的目的是什么？

4.无线网络的优点是什么？

5.最可靠的网络拓扑是什么？并予以说明。

6.作为一个大公司的CTO，你承担着建设通信基础设施的任务，简要说明你计划如何对基础设施进行评估。

7.研究UPS和联邦快递公司对无线技术的使用。写一份简要的报告，说明无线技术如何帮助这些公司提高客户服务水平。

8.下面哪种处理结构具有缺乏组织单位间合作的缺点？

a.集中式

b.分布式

c.非集中式

d.分段式

9.哪一OSI层管理格式化数据包？

a.应用层

b.显示层

c.物理层

d.传输层

10.通常广域网比局域网速度快。正确与否？

案例研究

沃尔玛的数据通信

沃尔玛在数据通信方面已做过多次改革，以改进供货商对销售和库存数据的访问。例如，公司为供应商增加了专用的网站，如Mattel、Procter&Gamble和Warner-Lambert。沃尔玛的目标是致力于提高效率以保持低价，并不断改进客户服务水平。利用沃尔玛的网络，供应商可以通过快速的网络连接了解公司的销售、库存和预测数据。为了确保数据的保密性，执行更高级别的安全措施以防止供应商访问另一家产品的数据。

沃尔玛还增加了对其零售链系统基于网络的访问，以便供应商可以使用数据库中的信息。沃尔玛其他的数据通信程序包括自动分配、计算机路由和电子数据传播（EDI）。[3]

沃尔玛在公司内部使用最新的无线技术，包括使用仓库管理系统无线技术（WMS）和使用无线电频率（RF）跟踪配送中心的货物流通情况。无线技术的另一个应用是控制和监督在配送中心搬运货物的铲车和工业车辆。车辆管理系统（VMS）是沃尔玛对数据通信的最新应用。VMS具有很多功能，包括一个双向文本信息系统，它能够有效地分配材料处理资源，将其转移到最需要它们的地方，并且VMS可使用RFID系统进行有效的工作。根据沃尔玛的情况，VMS使公司的安全性有所增强，并显著提高了公司的生产力。[4]

问题

1.沃尔玛如何为供应商改进数据通信系统？

2.数据通信在沃尔玛有哪些典型的应用？

3.无线技术在沃尔玛有哪些应用？

4.VMS具有哪些特征和功能？

Chapter7
第**7**章

互联网、内联网和外联网

本章首先介绍了互联网和网络技术，并且概述了域名系统和互联网连接的类型。接着，介绍了导航工具、搜索引擎和目录如何应用于互联网，并且简要叙述了常用的互联网服务和网络应用程序。本章还阐述了内联网和外联网及它们的应用。最后，介绍了Web2.0和Web3.0及Internet2的发展趋势。

 7.1 互联网和万维网

互联网 (Internet) 是全世界百万台计算机和所有规模的网络所构成的一个集合。"Internet"这个词是从"internetworking"中分离出来的，其意义是连接网络。简单地说，互联网是一张"网络的网"。没有人能够真正地拥有或操控互联网，每一个网络都是进行本地化管理和提供资金支持的。

互联网作为美国国防部的计划始建于1969年，被称为高级研究规划局网络（advanced research project agency network，ARPANET），它连接了4个节点：洛杉矶的加利福尼亚大学、圣塔芭芭拉的加利福尼亚大学、斯坦福的斯坦福研究协会和盐湖城的犹他州立大学。其他节点由一些大学的计算机网络构成，后来政府的实验室也加入到其中。这些连接以三级层次结构相互关联：骨干网络、地区网络和局域网络。

ARPANET在1987年演变为国家科学基金会网络（NS-FNET），它被看做是第一个互联网骨干网。最初，NSF将互联网的使用限制于研究和教育机构，不允许用于商业目

▶ |学|习|目|标|

1．描述互联网和万维网的构成方式。
2．讨论导航工具、搜索引擎和目录。
3．描述常用的互联网服务。
4．总结网络应用程序的广泛应用。
5．说明内联网的用途。
6．说明外联网的用途。
7．概括Web2.0和Web3.0的发展趋势。

互联网（internet）是全世界百万台计算机和所有规模的网络所构成的一个集合，它是一张"网络的网"。

高级研究规划局网络（advanced research project agency network，ARPANET）是于1969年由美国国防部建立的项目，它是互联网的起源。

的。后来由于需求的不断增加，其他骨干网也可以连接到NSFNET。

互联网骨干网（internet backbone）是用光导纤维电缆连接的基础网络，它可以支持非常高的带宽。之所以被称为"骨干"，是因为它支撑着构成互联网的其他所有网络，正如人的骨干是人神经系统的基础。互联网骨干网是由许多相互连接的政府、学术、商务和其他高容量的数据路由器构成。

有些私有企业控制着他们自己的互联网骨干网，这些网络在网络接入点（NAP）处互相

连接。在网站www.nthelp.com/maps.htm上你可以找到一系列美国的互联网骨干网。图7-1展示了IBM的骨干网。NAP决定了流量如何经过路由通过互联网。正如第6章所述,局域网(LAN)是局部的网络连接,并且它们使用NAP与互联网骨干网连接。

图7-1　IBM的骨干网

1989年,万维网(WWW或者"the Web")将图形界面引入主要基于文本的互联网,从而改变了互联网。在欧洲粒子物理研究所(CERN)Tim Berners-Lee的建议下,万维网使用超级媒体(hypermedia)组织信息,即文档可以嵌入式引用声音、文本、图像、视频和其他文档。万维网由数十亿超级媒体文档构成,成为互联网的一大组成部分。超级媒体文档中的嵌入式引用称做超级文本(hypertext),其中包含用户可以点击跟踪特定线索(主题)的链接。使用超级媒体链接,用户能够根据他们喜欢的任意顺序访问文件、应用程序和其他计算机,并且点击按钮还可以检索信息。实际上,超级文本是数据管理的一种方法,其中的数据存储在通过链接连接的网络节点中。使用交互式的浏览系统可以访问这些节点中的数据,即用户可以决定访问信息的顺序。

任何可以存储超级媒体文档,并且使得其他计算机能够通过互联网使用这些文档的计算机,都称为服务器或者网络服务器。而请求使用这些文档的计算机称为客户。客户可以是家用计算机,也可以是公司局域网中的节点。万维网最吸引人的特征是超级媒体文档可以保存在世界的任何地方,因此用户可以在几毫秒内从美国的某个地方跳到法国巴黎的某个地方。专栏7-1概括了互联网发展过程中的主要事件。

专栏7-1　互联网发展大事记

1969年9月:ARPANET诞生。

1971:BBN公司的Ray Tomlinson发明了通过网络发送信息的E-mail程序。

1983年1月:网络控制协议(NCP)转变为传输控制协议/互联网协议(TCP/IP),这种协议用于发送和接收数据包。

1987年:美国国家科学基金会为国家研究和教育网络创建了称为NSFNET的骨干网络,这标志着互联网的诞生。

1988年11月:蠕虫病毒攻击了超过6 000台计算机,其中包括美国国防部的一些计算机。

1989年:万维网在CERN研发成功。

1991年2月:布什政府赞同参议员Al Gore关于发展高速国家网络的想法,从而开创了"信息高速公路"时代。

1993年11月:Pacific Bell宣布投资160亿美元建设信息高速公路的计划。

1994年1月：MCI宣布将投资200亿美元建设国际通信网络的6年计划。

1994年10月：第一个网景浏览器的测试版本投入使用。

1995年4月：网景浏览器成为当时最流行的浏览网页的浏览器。

1995年8月：微软公司发布了第一版Internet Explorer浏览器。

1996年4月：雅虎走向大众。

1998年6月：某美国上诉法庭判决微软应该统一其浏览器和操作系统，允许它将几乎所有的应用程序都纳入微软视窗操作系统。

2000年2月：一个拒绝型服务攻击（DoS）导致一些网站关闭了几个小时，其中包括雅虎、Ameritrade和亚马逊。

2004年：称为"MyDoom"和"Novarg"的蠕虫通过网络服务器进行传播。大约1/12的E-mail信息受到感染。

2005年：YouTube.com开始运营。

2008年：微软提出以446亿美元收购雅虎，旧金山联邦法官Jeffrey S.White判决泄露机密信息的网站Wikileaks.org停止运营。

2009年：每个月全世界互联网用户的数量超过10亿。

7.1.1 域名系统

域名，如IBM.com或者whitehouse.gov，是计算机和网络地址在互联网上特有的标识码。每个计算机或网络还有一个互联网协议（IP）地址，如208.77.188.166，它由赋值名称与数字互联网公司（ICANN）指定。但是这些数字难以记忆，因此在访问网站时经常使用类似英语的域名。当从一个网络向另一个网络传输信息的时候，域名会被域名系统（DNS）协议转换为IP地址。使用这个协议的服务器（称为DNS服务器）保存了一系列计算机和网站的地址，以及与它们相关的IP地址，并且DNS服务器将所有域名都译成了IP地址。

统一资源定位器（uniform resource locators, URL）也称为通用资源定位器，其中所使用的域名可确定网页。URL是一个文档或网站在互联网上的地址。例如，在URL http：//www.csub.edu中，csub.edu是域名。每个域名都有一个代表其所属顶级域（TLD）的后缀。在上面的例子中，.edu是后缀，它代表教育机构。字母与0至9这些数字的组合，以及连字符也都可用于域名，但是不允许出现空格。

TLD表示这个地址所确定的企业或国家类型。TLD分为组织域名（通用顶级域名，gTLD）和地理域名（国家代码顶级域名，ccTLD）。表7-1列出了常见的gTLD。

表7-1 通用顶级域名

gTLD	用 途
.com	商业机构（如微软）
.edu	教育机构（如加利福尼亚州立大学）
.int	国际组织（如联合国）
.mil	美国的军事组织（如美国部队）
.gov	美国政府机构（如美国国税局）
.net	主干网、区域网和商业网（如国家科学基金组织互联网信息中心）
.org	其他机构，如研究和非营利机构（例如互联网大会堂）

术语卡

互联网骨干网（internet backbone）是用光导纤维电缆连接的基础网络，它可以支持非常高的带宽。它是由许多相互连接的政府、学术、商务和其他高容量的数据路由器构成。

利用**超级媒体**（hypermedia），文档可以嵌入式引用声音、文本、图像、视频和其他文档。

超级媒体文档中的嵌入式引用称做**超级文本**（hypertext），它们由用户可以点击跟踪特殊线锁（主题）的链接构成。

当从一个网络向另一个网络传输信息的时候，域名会被**域名系统**（DNS）协议转换为IP地址。使用这个协议的服务器（称为DNS服务器）保存了一系列计算机和网站的地址，以及与它们相关的IP地址。

统一资源定位器（uniform resource locators，URL）也称为通用资源定位器，可以确定网页。URL是一个文档或网站在互联网上的地址。

现在还提出了许多新的gTLD，包括.aero（航空工业）、.museum、.law、.store和.info（提供信息服务的企业）。其中一些已投入使用，如.biz用于一些公司，.news用于有关新闻网站。

另外，许多国家拥有地理域名。例如，这些ccTLD包括澳大利亚的.au、加拿大的.ca、法国的.fr、日本的.jp和英国的.uk。你可以在网站www.iana.org/cctld/找到ccTLD的完整列表。

为了更清楚地理解URL的各个部分，我们来看一下这个URL：

http：//www.csub.edu/~hbidgoli/books.html。

下面，从左至右对其进行简要的说明。

- http 代表超级文本传输协议，它用于登录大多数的网站。
- www.csub.edu www，指万维网，或者网络、子域，它是包含提供文本、图

专栏7-2　什么是HTML

超文本链接标示语言（hypertext markup language，HTML）是一种用于设计网页的语言。它使用标签和属性设计网页的版面和外观。标签勾勒出网页的结构，如标题或正文；标志规定了网页某组成部分的标准，如字体颜色。注意HTML编码不区分大小写。HTML文档的一般结构如下所示：

```
<HTML>
<标题>
（输入网页说明。）
</标题>
<正文>
（输入网页内容。）
</正文>
</HTML>
```

像、声音、动画和其他多媒体资源的上百万个网站的网络。它使用超级媒体组织信息。csub代表位于贝克斯菲尔德的加利福尼亚州立大学，.edu是针对教育机构的后缀。csub.edu合在一起唯一地确定出这个网站。

- ~hbidgoli　这一部分是一个目录的名称，其中保存着与源程序相关的文件。为了便于组织管理，服务器被分为若干个目录。

- books.html　这一部分是文档本身。扩展名.html表示它是一个超文本链接标示语言（HTML）文档（关于HTML的更多信息见专栏7-2）。不支持长扩展名的服务器显示".htm"，其他显示器显示".html"。

7.1.2　互联网连接类型

正如你在第6章所了解到的，连接网络（包括互联网在内）有多种途径。其中包括拨号、电缆调制解调器和数字订购线路（DSL）。以下列出几种常用的DSL服务：

- 对称DSL（SDSL）　往返于电话网络间的数据（称为"上行数据流"和"下行数据流"）具有相同的传输速率，通常双向可达1.5Mbps（每秒几百万比特）。

- 非对称DSL（ADSL）　上行数据流传输速率较低（3.5Mbps），下行数据流传输速率一般为24Mbps（例如，国际电联G.992.5附件M标准）。

- 极高速DSL（VDSL）　在短距离内上行数据流/下行数据流传输速率可达到100Mbps（例如，ITU G.993.2标准）。

企业经常使用T1或T3线路。这些线路由电话公司提供，并且它们仅使用两对铜线就可以传送相当于24条普通电话线所传输的数据量。T1线路使用两对铜线就可以承载24个同步的通话（"信道"），并且可达到1.544Mbps的传输速率；它比T3线路的应用更为广泛（在其他

国家，T1也称为E1，并且拥有2.048Mbps的传输速率）。T3线路是一种支持传输速率大约为43~45Mbps的数字通信连接。T3线路通常由672条信道构成，每条信道支持的速率为64Kbps。

7.2　导航工具、搜索引擎和目录

现在，你已知道什么是互联网，以及如何连接互联网，那么你能够利用哪些工具畅游互联网，找到你所查询的内容呢？这些工具大致分为以下三类。

（1）**导航工具**（navigation tools）用于在网站间旅行，或者"漫游"互联网。

（2）**搜索引擎**（search engines）为你提供了一种在互联网上寻找信息和资源的简单方法，即只需输入与你感兴趣的主题相关的关键词即可。

（3）**目录**（directories）是文档中基于关键词的信息索引，它有助于搜索引擎能够找到你所查询的信息。一些网站，如雅虎，也使用目录对信息内容进行分类。

最初，互联网用户使用基于文本的命令处理简单任务，如下载文件或者发送电子邮件。在命令行输入命令是一件令人非常厌烦的事情，而且用户还需要具备某种程序知识才能够使用这些系统。图形浏览器通过提供菜单和支持点击技术的图形工具，改变了过去的操作方式。这些系统使得用户系统界面变得更加简单而且方便。图形浏览器也支持多媒体信息，如图像和声音。

以下各节描述了畅游互联网及查询信息的三种主要工具。

7.2.1　导航工具

可供用户使用的图形网络浏览器有许多种，如微软的Internet Explorer（IE）、Mozilla Firefox、Google Chrome和Apple Safari。特别是，这些浏览器拥有你在文字处

理程序中所看到过的菜单选项，如File、Edit和Help。它们还包含回顾你的浏览历史记录的选项、收藏你最喜欢的网站的选项、设置查看偏好的选项，以及在你所观看的网页中前进或后退的导航按钮。你也可以在一些浏览器上安装专用工具栏，用于登录频繁访问的网站或者进行搜索。

7.2.2 搜索引擎和目录

搜索引擎是一个信息系统，如Google.com或者Ask.com，它能够让用户以使用检索词搜索信息的方式在网络中检索数据。所有搜索引擎的运行都遵循以下三个步骤：

（1）检索网页。搜索引擎使用称为"爬虫"、"蜘蛛"、"机器人"和其他类似名称的软件。这些自动化模块为找到新的数据不停地搜索网页。当你发布了一个新的网页，爬虫可以找到它（如果它是公共网页），并且当你更新了网页，爬虫又可以找到新的数据。爬虫还可以检测到你的网页上所存在的链接，并且确保它们的工作；如果某个链接中断了，爬虫会进行显示，并把这一信息作为网页数据的一部分。另外，它还可以进入属于你的网站的部分网页，只要这些网页带有链接。爬虫将所收集到的所有信息返回搜索引擎，以便搜索引擎尽可能拥有关于网络的最新信息。

术语卡

超文本链接标示语言（hypertext markup language，HTML）是一种用于设计网页的语言。它使用标签和标志设计网页的版面和外观。标签勾勒出网页的结构，如标题或正文；标志规定了网页某组成部分的标准，如字体颜色。

导航工具（navigation tools）用于在网站间旅行，或者"漫游"互联网。

目录（directories）是文档中基于关键词的信息索引，它有助于搜索引擎能够找到你所查询的信息。

搜索引擎（search engine）是一个信息系统，如Google.com或者Ask.com，它能够让用户以使用检索词搜索信息的方式在网络中检索数据。

（2）编制索引。搜索引擎根据关键词使用服务器群为来自于爬虫的数据编制索引。每个关键词都拥有一个索引项，它链接了所有包含这个关键词的网页。例如，一个销售相框的公司的网站上几次出现了"相框"一词。索引处理器就会认为这个词汇使用频繁，并为"相框"一词创建了一个索引项。这个索引项与该公司网站及其他所有包含"相框"一词的网站建立了链接。当你输入搜索词时，索引能够使得搜索引擎找到所有与搜索词相关的网页。

（3）搜索过程。当你输入了搜索词，搜索引擎便使用在第2步中建立的索引搜索这个词汇。如果这个词条在索引之中，搜索引擎可以确定所有与这个词汇链接的网页。但是，搜索引擎需要一个根据网页与搜索词的接近程度，排列网页优先顺序的方法。例如，埃玛姨妈制作相框饼干，并在网站上出售这种饼干。某人在搜索"相框"时，可能也会看到埃玛姨妈的这个网站。但是编写搜索引擎程序就是为了试图区分各种类型的搜索要求，因此，搜索引擎应当能够使用其他词汇，如"海报"、"照片"、"图像"，并将包含这些附加词汇和搜索词"相框"的网页设置比较靠前的位置，而为包含"相框"和"饼干"或"烘焙食品"这些词汇的网页设置比较靠后的位置。搜索引擎在智能性方面有所区别，这就是你使用两个不同的搜索引擎搜索同一个词汇，却得到不同结果的原因。

目录（directories）用于对信息进行分类管理。网络有两类目录。第一类是搜索引擎所使用的自动的、或是基于爬虫的目录，它们创建搜索词索引，并且使用爬虫自动收集这些搜索词。Google、Yahoo!、Ask.com和其他网站都属于这种类型。例如，当你改变网页，这些目录就会自动更新它们的索引和数据库，对你的改变做出反应。第二种是人工搜索目录。如果你想让你的网页出现在搜索结果中，你必须人工将关键词提交到目录。这种目录不使用爬虫收集数据，而是依靠用户提供数据。提交关键词之后，搜索引擎将它们编制成索引，然后显示在搜索结果中。它与第一种的主要区别是，如果你的网页发生了改变，直到你将这个变化提交给目录，目录才会更新。开放目录是人工目录的一种。然而，Google已经废弃了很多目录，并且现有的目录与过去没有什么关联。

> **术语卡**
>
> 目录（directories）用于对信息进行分类管理。

基于爬虫的目录依据索引词而建立，正如电话簿的白页以人的姓名为基础。除了基于索引词的目录，搜索引擎还提供基于热门类别的目录，如商业、运动、娱乐、旅行和餐饮。每个类别还有子类，例如，娱乐类可能包括电影、音乐和戏剧这些子类。雅虎旅行、雅虎商业、雅虎房地产是雅虎目录的一些类别，用户和专家们认为雅虎目录是目录中的上乘之作。

专栏7-3重点介绍了微软最新搜索平台的一些特点。

专栏7-3　微软的新搜索平台

Bing.com是微软Windows Live Search的替代产品。它是不同于普通搜索引擎的"决策引擎"，可以帮助用户更快地找到信息，并且利用这些信息做出明智的决策。信息过量现象可以用来刻画今天的许多搜索现状，微软所研发的这种产品正好可以帮助人们更好地在大量的信息中进行定位。这种搜索引擎主要关注四个关键的领域，其中包括制定购买决策、策划旅行、研究健康状况，或者寻找当地企业。

Bing将其最大的服务重点置于提供以某些因素（如顾客原来的购物模式）为基础的最接近的结果。其网站主页分为几个搜索类别，如图片、购物、旅行和新闻。例如，点击主页的"新闻"按钮，你会看到突发的新闻故事和相关文章。每个新闻故事都包含一个你可以对故事进行分类的分类链接。你可以访问Bing.com网站，了解它的特点。

7.3　互联网服务

通过互联网可以得到许多服务，其中大多数服务都是由应用层的TCP协议套装（第6章中介绍过的）操作的。例如，TCP/IP提供了几种有用的电子邮件协议，如用于发送电子邮件的简单信息传输协议（SMTP）和用于接收信息的邮局协议。热门服务包括电子邮件、新闻组、讨论组、在线聊天（IRC）、即时通信和网络电话，我们将在以下各节对这些服务进行讨论。

7.3.1　电子邮件

电子邮件是互联网上应用最广泛的服务。除了个人使用之外，许多公司使用电子邮件从事产品发布、支付确认和业务通信。电子邮件主要有两种类型。基于网络的电子邮件能够使你在任何一台计算机上登录你的电子邮件账户，并且在某些情况下，它还可以将你的邮件保存在网络服务器上。MSN Hotmail和Google Gmail是两个免费的基于网络的电子邮件服务。另一种是基于客户的电子邮件，它由安装到计算机上的电子邮件程序构成，电子邮件可以被下载并保存在当地的计算机上。基于客户的电子邮件程序有Microsoft Outlook、Mozilla Thunderbird和Apple Mail。

大多数电子邮件程序包含一个在文件夹和地址簿中整理电子邮件的系统，以储存电子邮件地址。许多地址簿也具有自动完成功能，只要你输入接收者的姓名，系统会自动填充电子邮件地址。你也可以建立通信组，在同一时间向几个人发送电子邮件。其他常用的功能有拼写检查和送达通知。你还可以为电子邮件附加文档和多媒体文件。

7.3.2 新闻组和讨论组

互联网为拥有不同背景和兴趣的上百万用户提供服务。新闻组和讨论组为兴趣相投的人走到一起提供了重要途径。虽然新闻组和讨论组在许多方面都很类似，但是讨论组（discussion groups）一般用于人们针对某个具体的主题交流观点和思想，这些主题通常都与技术或者学术问题有关。组中的成员可以发布供其他人阅读的信息或文章。

新闻组（newsgroups）一般比较常见，并且其创建可以针对任意主题，它们允许抱有娱乐或商业目的人加入其中。例如，你可能由于人们对古代文明感兴趣而加入一个新闻组，或者为了求助编写和调试计算机程序而加入新闻组。在电子商务中，新闻组还可以作为有效的广告媒体。

7.3.3 即时通信

互联网在线聊天（internet relay chat，IRC）使用户能够在聊天室与在其他地方的人即时交流文本信息。你可以认为这就好像是在一间咖啡厅内，大家围坐在桌子旁聊天，尽管每个人可能在不同的国家。另外，全部对话都被记录下来，因此你可以滚动屏幕看到你所遗漏的信息。你可以找到关于不同主题的聊天室，如园艺、视频游戏和人际关系等。

> **术语卡**
>
> **讨论组**（discussion groups）一般用于人们针对某个具体的主题交流观点和思想，这些主题通常都与技术或者学术问题有关。组中的成员可以发布供其他人阅读的信息或文章。
>
> **新闻组**（newsgroups）一般比较常见，并且其创建可以针对任意主题，它们允许抱有娱乐或商业目的人加入其中。
>
> **互联网在线聊天**（IRC）使用户能够在聊天室与在其他地方的人即时交流文本信息。

即时通信（instant messaging，IM）是一种通过互联网在私人聊天室与其他人进行通信的服务。可供使用的IM应用程序有许多种，如Windows信史、Yahoo！信史和Google聊天，并且各种应用程序的功能和特点有所不同。例如，当你的联系人列表中的某个人上线时，有些IM应用程序会通知你，还有一些IM应用程序拥有语音或视频通话功能。

7.3.4 网络电话

网络电话（internet telephony）使用互联网，而不是电话网络进行口语对话交流。网际网路语音（voice over internet Protocol，VoIP）是用于这项功能的协议。使用VoIP，你需要高速互联网连接、麦克风和耳机。一些公司使用专门的适配器连接你的高速调制解调器，并且允许你使用普通电话。由于它能够以本地电话连接速率连接互联网，因此国际或其他远距离通话会便宜许多。许多公司使用VoIP提供热线、服务台和其他服务，其费用比使用电话网络要低得多。

VoIP也用于在传统的公共交换电话网络（PSTN）电话中确定通信开始和结束的路径。VoIP唯一的缺点是其通话质量不如普通的电话线路。然而，它的通话质量正稳步提升。除了节省费用，VoIP还具有以下优势：

- 不会出现线路繁忙的情况。
- 通过计算机可以接收到语音邮件。
- 即使主叫人使用了来电显示阻止功能，用户仍可以屏蔽主叫来电。
- 用户可以在世界任何地方进行呼叫转发。
- 用户可以将电话导入正确的部门，并且自动进行排序。

> **术语卡**
>
> 即时通信 (instant messaging, IM) 是一种通过互联网在私人聊天室与其他人进行通信的服务。
>
> 网络电话 (internet telephony) 使用互联网，而不是电话网络进行口语对话交流。
>
> 网际网路语音 (voice over internet protocol, VoIP) 是用于网络电话的协议。

7.4　网络应用程序

一些服务行业利用互联网和它所支持的技术，以更具竞争性的价格和更高的便利性，为广大顾客提供服务和产品。在当前经济衰退时期，由于使用网络应用程序的价格相当低，互联网在帮助企业减少费用方面发挥了重要作用。下面各节阐述各种服务行业如何使用网络应用程序。

7.4.1　旅游业

旅游业受益于电子商务网络应用程序。例如热带海岛度假网站，当度假者向它咨询预计参加的度假类型时，网站主页会指导他们阅读在线旅行手册。他们可以点击感兴趣的照片或者短语，进行深入的考察。许多旅游网站可以为顾客订购机票和船票、预订宾馆和出租车。一些网站，如InfoHub.com还提供特色探险旅行，其项目包括艺术家工作坊、瑜伽、狩猎、水肺潜水，等等。Expedia.com、Travel.com、Travelocity.com、Priceline.com、Hotels.com和雅虎旅行这些网站可提供全面的旅行服务。

7.4.2　出版业

在美国和欧洲，许多专业出版社都拥有自己的网站，这些网站可以提供即将出版的图书介绍、发布图书样张、接受在线订购，并且具备根据书的题目和具体作者寻找图书的搜索功能。一些出版社甚至提供可以在线免费阅读图书90天，或者允许你购买电子版图书，甚至选择购买某些章节。图7-2展示了图书出版社Cengage Learning的网站主页。

图7-2　Cengage Learning的主页

7.4.3　高等教育

大多数高校都拥有提供关于系部、学科、教师和学术资源信息的网站。一些高校的网站甚至可以为未来的学生提供校园模拟参观，许多高校还通过网络创建提供全部学位课程的虚拟部门。在线学位课程可以让学生不必进入学校就可以注册进入课堂进行学习，这有助于大专院校缓解招生人数下降的境况。由于节省了旅行支出，利用在线课堂高校可以以较低的成本聘请知名的专家作报告和开研讨会。此外，互联网还可以提供专业认证课程，便于那些居住在偏远地区或不能参加日常授课的学生进行学习。

7.4.4　房地产

房地产网站可以提供上百万最新的房屋出售行情。购买者和销售者可以了解房屋附近的情况、学校和当地的房地产价格，而且顾客可以使用这些网站找到房地产经纪人和经纪公司，获取一些置业提示。一些网站还提供模拟参观出售房屋，这为将搬迁到其他州的购买者提供了方便（14章将涉及模拟现实技术）。其他服务还包括评估、附近地区和学校的分布图、融资方案、家装咨询等。专业的房地产网站有Remax、21世纪、Prudential和ERA。

7.4.5 就业

互联网广泛地应用于就业服务。例如，你可能很熟悉Monster.com网站。这些网站可以为求职者提供全面的服务，如以下所列：

- 专家建议和进行事业策划的工具；
- 帮助撰写简历，包括设计专业水准的求职简历；
- 求职指南；
- 张贴和分发简历；
- 职位提醒；
- 按照公司、行业、地区和类别搜寻职位；
- 招聘会公告；
- 进行职业测试以便你了解自己适合什么职业；
- 薪酬计算器。

7.4.6 金融机构

美国和加拿大的几乎所有银行和储蓄互助社，及全世界其他许多的金融机构都提供在线银行服务，并且使用电子邮件与顾客通信，为顾客发送账户对账单及财务报告。电子邮件帮助银行节省通过电话（特别是长途通话）和邮寄邮件通信的时间和费用。顾客可以得到最新的账户信息，并且可以在白天和晚上的任何时候查询余额。尽管在线银行服务具有这些优势，但是顾客接受起来仍比较缓慢。然而，相关部门正在采取措施确保国家电子银行安全系统能够到位，以减轻顾客的担忧。例如，数字签名（第5章已讨论）是一项重要的技术，它可以确保当事人的真实性，并且证实加密文档在传输过程中没有被更改。

互联网所提供的银行服务包括以下各项：

- 通过电子邮件进行全天候的客户访问服务；
- 查看最新的和过去的交易情况；
- 在线按揭申请；
- 提供用于设计储蓄计划、选择抵押或者得到在线保险报价的互动工具；
- 在线查询贷款状况和信用卡账户信息；
- 支付账单和信用卡账户；
- 转账；
- 查看支票的数字拷贝。

7.4.7 软件发布

许多厂家在互联网上发布软件、设备和补丁。例如，大多数反病毒软件生产厂家提供更新程序的下载，以应对不断出现的新病毒和蠕虫。一般情况下，由于补丁、更新，以及如新版本浏览器这样的程序都是小文件，可以简单快速地下载。但是，大程序下载需要花费较长的时间，如微软办公软件套装，因此这种类型的软件通常不通过互联网发布。

制定在线版权保护方案一直是一个有待解决的难题。如果用户需要一个加密代码来解锁他们所下载的程序，那么用户很可能不能对这个程序进行备份。然而，除了这些问题，在线软件发布为出售软件提供了一种廉价、方便和快捷的方法。[2,3]

7.4.8 医疗保健

根据互联网所保存的病人的记录，医务工作者可以安排实验室检查和治疗方案，便于指导病人去医院看医生，并且检查和会诊结果直接自动地保存到相应病人的记录中。在中心数据库可以访问所有病人的信息，特别当病人在外地患病时，医生能够通过网络更加快捷高效地找到急需的健康信息。但是这些系统存在着一些潜在的问题，如信息的隐私性、准确性和通用性。

医疗保健网站还有其他用途。例如，远程医疗可以使医疗专家进行远程会诊和诊断，这样可以节省办公经费和旅行费用。另外，个人健康信息系统（PHIS）能够为大众提供交互性的医疗工具。这些系统使用购物广场的公共信息亭，其中安装了联网计算机和通过一系列问题提示病人的诊断程序。这种程序对于疾病的早期诊断是有一定效果的。[4]

此外，互联网的虚拟医疗使得大医院的专家可以为身处偏远地区的病人看病。视讯手术，恰如其名，支持外科医生不必亲临现场就可以为世界各地的病人做手术。遥控装置根据医生通过互联网发送的数字化信息为病人做手术。这些遥控装置使用立体照相机，专门为给医生提供位置信息的模拟现实护目镜和操作传感器拍摄三维图像。

目前，网上已经可以出售处方药，并且一些网站还可以提供医疗服务。[5]例如，WebMD提供了各种各样的健康信息，如预防提示、均衡营养方案和一些疾病的常见症状。

7.4.9 政治事务

当今，大多数政治候选人都在竞选中利用网站开展竞选工作。这些网站是候选人参加竞选的有力工具，如它们可以作为宣传候选人的平台、宣布候选人的投票记录、公布即将举行的竞选活动和辩论，甚至举办筹款活动等。美国奥巴马总统竞选时的筹款活动就是成功使用网站的例证。

据有关方面称，互联网有助于赋予选民权利及振兴民主进程。例如，通过网站可以更加便捷地了解候选人关于一些政治问题的立场，那些在过去不便去投票站投票的选民现在可以轻松地进行在线投票。另外，一些议员也有可能就待在家乡，接近自己的选民，通过在线系统表决议案。但是，这需要严格的识别系统的保障，其中最常用的是生物统计安全措施。目前，美国众议院将尝试把待定的立法公布到网上，并且在白宫的网站上还可以看到总统文件、行政命令和其他资料。你也可以在网站上找到发言稿的全文、文告、新闻简报、每日日程表、联邦预算建议、医疗改革文件和总统经济报告。

7.5 内联网

许多在互联网上运行的应用程序和服务可以通过企业建立的内联网供企业用户使用。简单地说，内联网（intranet）是一个在企业内部使用互联网协议（如TCP/IP，其中包括文件传输协议（FTP）、SMAT和其他协议）和技术的网络，它主要用于收集、整理和传播支持公司活动的有用信息，如顾客服务、人力资源和市场营销。内联网也称为"企业门户"。你可能想了解公司网站与其内联网之间的区别。它们的主要区别在于公司网站是公共的，而内联网仅限于公司内部员工使用。然而，许多公司也允许值得信赖的商业伙伴登录他们的内联网，但是公司通常使用密码或其他身份验证方法保护机密信息。

> **术语卡**
>
> **内联网**（intranet）是一个在企业内部使用互联网的协议（如TCP/IP，其中包括文件传输协议（FTP）、SMAT和其他协议）和技术的网络，它主要用于收集、整理和传播支持公司活动的有用信息，如顾客服务、人力资源和市场营销。

内联网使用互联网技术可以解决过去使用专有数据库、群件、调度、工作流应用程序等才能解决的企业问题。虽然内联网与LAN使用相同的物理连接，但是它们有所不同。内联网是使用公司计算机网络的应用程序和服务，虽然它们完全置于公司内部，但是它们可以传遍全球，偏远地区的用户也可以访问内联网的信息。但是，考虑到安全因素，对访问进行严格的限定是非常必要的，因此，内联网通常安装在防火墙之后。

在一个普通的内联网结构中（见图7-3），企业用户可以访问所有的网络服务器，但是系统管理员必须确定每个用户的访问级别。员工们可以通过内联网相互联系，并且可以将信息发布到他们部门的网络服务器上。

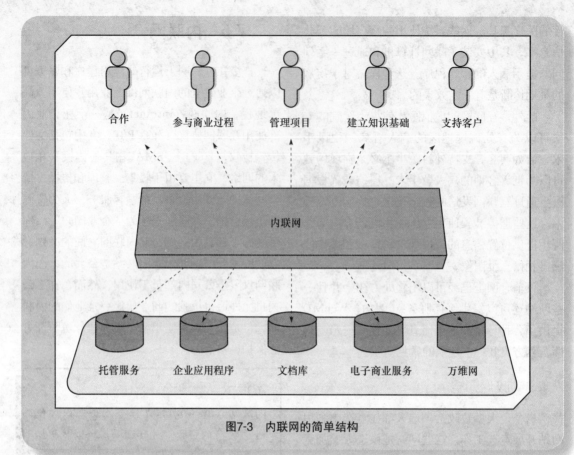

图7-3　内联网的简单结构

部门的网络服务器可以用来管理网站。例如，人力资源部门拥有单独的网站，其中发布了员工需要频繁访问的信息，如福利信息、401K条款。同样，市场营销部门拥有发布关于产品最新信息的网站。员工们可以在互联网中收藏重要的网站。

7.5.1　互联网与内联网的对比

互联网是公共的网络，而内联网是私有的网络。任何用户都可以访问互联网，但是只有经过认可的可靠用户才可以访问内联网。表7-2总结了互联网与内联网主要的不同之处。

表7-2　互联网与内联网的对比

主要特征	互联网	内联网
用户	任何人	仅限经认可的用户
地理范围	无限	有限到无限
速度	比内联网慢	比互联网快
安全性	低于内联网	高于互联网，用户访问受到较多限制

由于企业可以控制所使用的浏览器，因此内联网的另一大优势是它能够指定支持企业所用技术的浏览器，如网络电话和视频会议。另外，企业确信文件会在所有用户的浏览器上以同样的方式进行显示；但是在互联网上，网页不一定以同样的方式显示给每一个浏览它的用户。内联网还可以使企业共享软件、办公套装或者DBMS。

7.5.2 内联网的应用

精心设计的内联网可以即时地提供便于整个公司使用的以下等信息，从而提高公司的工作效率和效果：

- 人力资源管理 401K计划、即将举办的活动、公司的任务说明和政策、招聘启事、医疗福利、介绍资料、在线培训会议和资料、会议纪要和假期时间。
- 市场营销 电话跟踪、关于竞争对手的信息、顾客信息、订单跟踪和安排、产品信息。
- 生产经营 设备清单、设施管理、行业新闻、产品目录和项目信息。
- 会计和财务 预算计划、费用报告。

内联网还有助于企业将基于日程表的印刷版工作计划变为基于活动或需要的日程计划。例如，过去企业每年出版一次员工手册，即使发生需要更新手册的重大变化，如企业重组，也要等到下一年才会更新手册。公司偶尔可能也会分发单页的更新文件，员工们只能将它们插到活页夹中。不用说，这些活页夹经常会被遗忘，并且不易使用。然而，利用内联网，公司可以针对活动而不是一张固定的日程表，根据需要更新日程计划。

内联网也节省了制作文件的费用和时间。以前，文件制作需要经历几个步骤，如编写内容、制作和修订草案、将文件内容移至桌面出版系统、复印和分发，通常将文件移至出版应用程序这一步可以被简化或者删除。

7.6 外联网

外联网（extranet）是一个安全的网络，它使用互联网和网络技术连接商业伙伴的内联网，因此外联网使得企业之间或者顾客之间可以进行交流。外联网由一种跨组织系统（IOS）构成。这些系统为商业伙伴之间交换信息提供了方便。其中一些系统，如电子资金转账（EFT）和电子邮件，已经用于传统的企业和电子商务中。电子数据交换是另一种常见的IOS。

正如前面所提到的，一些企业允许客户和商业伙伴以某种特定的目的访问他们的内联网。例如，某供应商想要检查库存状态，或者某个顾客想要核查账户余额。企业仅仅将其内联网的一部分作为外联网以供外部的用户访问。综合安全措施必须保证只有经过授权的用户和值得信赖的商业伙伴才可以登录其外联网。图7-4展示了一个简单的外联网。在这个图中，DMZ指非军事区，它是一个与企业的LAN分开的网络区域，并且外联网的服务器就放置在那里。表7-3对互联网、内联网和外联网进行了比较。

> **术语卡**
>
> 外联网（extranet）是一个安全的网络，它使用互联网和网络技术连接商业伙伴的内联网，因此外联网使得企业之间或者顾客之间可以进行交流。

表7-3 互联网、内联网和外联网的比较

	互联网	内联网	外联网
访问	公共	私有	私有
信息	普通	通常保密	通常保密
用户	每个人	企业成员	密切相关的公司、用户和组织的团队

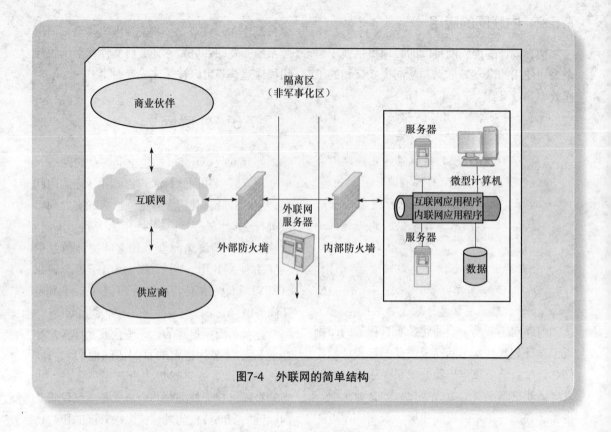

图7-4　外联网的简单结构

　　在电子商务中有大量的外联网应用程序。例如，东芝美国公司设计了一个用于及时处理订单的外联网。利用这个外联网，300多名交易员在下午5点之前都能处理零部件订单以便第二天发货。交易员还可以检查应收账款余额和定价安排、阅读新闻稿等。这套安全系统降低了公司的成本，提高了对顾客的服务。

　　联邦快递跟踪系统是另一个关于外联网的例子。联邦快递使用其外联网收集信息，并且顾客通过互联网能够得到这些信息。顾客可以输入邮包的跟踪号码，找到仍在系统中的任何包裹，以及准备和打印航运形式、获得跟踪号码和皮卡日程表。

　　外联网不仅使公司降低了联网技术的费用，而且给予公司竞争的优势，这些优势有助于公司获得更多的利润。然而，一个成功的外联网需要一套综合的安全系统和管理控制体系。这套安全系统包括访问控制、基于用户的身份验证、加密、审核和报告功能。

　　外联网除了可以为用户带来与内联网相同的益处，还具有以下优势：[9]

- **协调**　外联网改善了商业伙伴（如供应商、经销商和顾客）之间的协调性。各方可以快速得到重要的信息，以便及时做出决策。例如，生产企业可以通过检查库存情况协调生产。

- **反馈信息**　外联网向企业及时提供来自于顾客和其他商业伙伴的反馈信息，并且在新产品和服务上市之前，为顾客创造了表达个人对它们的看法的机会。

- **顾客满意度**　外联网将顾客与企业连接到一起，以便他们可以得到更多关于产品和服务的信息，顾客还可以在线订购产品。加快发展B2B（公司对公司）的电子商务模式是外联网的一大优势。

- **降低费用**　外联网通过为供应网络方案的参与者提供信息，可以减少库存费用。例如，美孚公司设计了一种外联网，它支持经销商提交购买订单，这样提高了效率，并且加快了货物的运输和服务。

- **增进交流**　外联网通过连接内联网可以获取重要信息，从而促进了信息的沟通。例如，一名旅行推销员在参加销售会议之前，就可以远程得到最新的产品信息。

7.7　最新趋势：Web 2.0和Web 3.0时代

Web 2.0描述了网络程序的发展趋势，与传统网络程序相比，其互动性增多。协作或电子协作是Web 2.0技术的关键要素之一。表7-4对Web 1.0和Web 2.0进行了比较，[10]接下来的章节将介绍Web 2.0的一些独特应用。

表7-4　Web 1.0与Web 2.0的比较

Web 1.0	Web 2.0
DoubleClick（用于网上营销）	Google AdSense
Ofoto（分享数码相片）	Flickr
Akamai（流媒体服务）	BitTorrent
mp3.com	iTunes
大英百科全书在线	维基百科全书
个人网站	博客
eVite	Upcoming.org和事务与场地数据库（EVBD），一种用于事务规划的维基网站
域名投机	搜索引擎优化
网页浏览	每次点击成本
内容管理系统	维基
ERoom和Groove（协作软件）	协作小组，例如IBM Quickr和Microsoft Sharepoint
在个人网站上发布视频文件	YouTube

尽管对于到底什么是Web 3.0以及它何时能够普及，并没有一个广泛认同的观点，但是绝大多数专家认为Web 3.0提供了检索网上信息的环境，并且由此能够检索出更多的相关信息。如前所述，Web 2.0主要用于社交网络和协作，而Web 3.0则专注于使用多种人工智能技术（将在第13章进行讨论）的"智能"网络应用程序，其中包括自然语言处理、人工神经网络和智能代理等。Web 3.0的目标是根据用户特定的搜索模式、偏好和需求对在线检索和在线请求进行调整。Nova Spivack开发的Twine是第一个使用Web 3.0技术的在线服务程序。

Twine能够自动组织信息，从中找出用户的特定兴趣和搜索模式，并在该信息的基础上向用户进行推荐。[11]

7.7.1　博客

博客（blog）（"Weblog"的简称）是指面向普通公众的、经常更新的网络日志或通讯。博客反映了作者对网络、社会或政治问题的哲学思考和观点。有时，博客也只单纯地作为家人、朋友之间沟通交流的渠道。自动化工具使得创建和维护博客变得非常简单，因此即使没有技术背景的人也能建立博客。很多网站如Blogger.com等都为博客提供免费的空间，甚至可以张贴相片。

你也许已经发现网站上的博客是按照特定的主题或组织方式进行划分，并且不断更新最新的资讯和观点。例如，在CNN的网站上，你可以找到拉里·金或者安德森·库珀的博客。博客也正在成为在线出版的主要方式，尤其是政治信息、观点和非主流的新闻报道等，例如HuffingtonPost.com和Slate.com。

术语卡

Web 2.0描述了网络应用程序的发展趋势，与传统网络应用程序相比，其互动性增多。协作或电子协作是Web 2.0技术的关键要素之一。

博客（blog）（"Weblog"的简称）是指面向普通公众的、经常更新的网络日志或通讯。博客反映了作者对网络、社会或政治问题的哲学思考和观点。

7.7.2 维基

维基（wiki）是一种允许用户添加、删除和不时修改内容的网站。其中最著名的例子就是在线百科全书——维基百科。维基的独特性在于信息使用者也能够成为信息的提供者。维基最主要的问题是信息的质量，由于它允许每一个人修改信息的内容，因此会影响信息的准确性。由于曾经出现信息提供者伪造证书的问题，因此维基百科现在通过验证网站信息提供者的证书来保证信息的质量。

维基已经在很多公司流行起来。例如，一名英特尔的员工开发出了英特尔百科，作为公司全球员工分享有关公司历史、项目进展情况等信息的渠道。但是，有些员工并不愿意他们提供的内容被其他人修改。基于这个原因，开发出了"企业维基"，其具有更为严格的安全和访问控制。这些维基网站被用于各种各样的目的，如发布有关产品研发的新闻等。有很多开放源码软件包可用于创建维基网站，例如Media Wiki和TWiki等。很多公司也创建维基网站来向客户提供信息。例如，摩托罗拉公司和T-Mobile公司建立了有关公司产品的维基网站，用于不断更新用户指南。易趣开发了易趣维基，在这里买家和卖家可以分享各种类型的信息。[12]

7.7.3 社交网站

社交网站（social networking）泛指一类网站和服务，用户能够通过它们与朋友、家人和同事进行在线交流，并且结交具有相同兴趣或爱好的人。互联网上存在着100多个社交网站，其中最著名的是Facebook.com和MySpace.com。另外，LinkedIn是一个职业社交网站，在那里你可以进行专业交流，与一大群网络上的专家交换观点和工作机会。现在很多人同时使用LinkedIn和Facebook以保持其职业交流和社会交流的相互独立性。

社交网站也广泛用于商务领域。例如，很多公司使用Twitter跟踪客户对公司产品的看法。如Comcast、戴尔、通用汽车、H&R Block和柯达等公司。[13]很多公司还使用社交网站进行广告宣传，这些网站可能带有公司网站的链接或者具有点击付费广告（PPC）功能。PPC是网站所使用的一种网络广告形式，只在他们的广告被点击后才付费。

正如第1章所提到的，Twitter非常流行，"tweet"一词是指一个不超过140个字符的回复或评论，Twitter邮件所允许的最大长度是140字符。如果你没有完成应做的事情，你可能会听到"给我你的两个tweets"，并以此代替应该给你的两美分。甚至本书也有一个Twitter账户！你可以点击twitter.com/4TRPress_MIS和我们交流。

7.7.4　RSS Feeds

RSS feeds是指使用可扩展标识语言（XML）格式发布网页信息的一种快速、简单的方法。RSS的含义是"真正简易聚合"，是指注册后获取订阅服务，而你所订阅网站的最新信息通过feed阅读器进行传输。信息内容全部放在一个便捷站点上，在该站点你可以阅读"标题"。在RSS feeds服务下，你不需要时刻关注网站内容是否更新。

XML是标准通用标记语言（SGML）的一个子集，是一种创建信息通用格式的灵活方法。不同于HTML标签专注于布局和外观，XML标签体现了所发布和传输内容的类型。尽管HTML也包含一些布局和外观功能，但是这些"表象属性"并不被W3C理事会认同，它认为HTML只能用于通过标注创建的结构性文档中。布局和外观则由CSS（层叠样式表）进行处理。脱离了能理解数据的上下文内容，数据就没有了意义。例如，你看看下面的一组数据："信息系统、史密斯、约翰、357、2009、圣智集团、45.000、02-139-4467-X。"也许根据你所受的教育，你能猜出这组数据是关于一本书的信息，其中给出了书的作者、出版社、价格和ISBN号。但

是，计算机可能会将这组数据翻译为约翰·史密斯在2009年圣智集团主办的一次会议上作了主题为信息系统的演讲，演讲用时357分钟，获得了45欧元的报酬，这笔款项的交易号码为"02-139-4467-X"。

XML根据上下文来定义数据，从而防止出现这类误解，因此你可以使用下面的格式对前面的数据进行处理：

```
<book>
<title>信息系统</title>
<authorlastname>史密斯</authorlastname>
<authorfirstname>约翰</authorfirstname>
<pages>357</pages>
<yearofpub>2009</yearofpub>
<publisher>Cengage</publisher>
<pricein$>45.00</pricein$>
<isbn>02-139-4467-X</isbn>
</book>
```

正如你所看到的，每一个数据块都根据其上下文进行定义并打上标签，这样数据更容易被翻译。尽管HTML和XML都是基于标签的语言，但是它们具有不同的功能。XML旨在提高互通性和提高不同系统之间数据的共享，这也是RSS feeds采用XML格式的原因，由于RSS的建立是基于数据的含义而非数据的格式和布局，因此任何一个系统都能够准确地理解RSS feeds上的数据。

7.7.5 播客

播客（podcast）是一种电子音频文件，如mp3文件，它被发布在网页上以便用户下载到自己的移动设备中（例如iPhone、iPod和Zune等），或者下载到计算机中。用户也可以直接在网上收听，播客有其特定的URL，并且使用XML项目标签进行定义。

播客通常由一个"聚合器"进行收集，例如iTunes或者iPodder。美国国家公共广播电台、经济学人和ESPN是三个播客订阅的例子，播客与普通音频文件的区别在于用户可以订阅播客。每当出现一个新播客时，聚合器会使用URL进行自动收集，并提供给订阅者。订阅者可以将自己的移动设备与播客"同步"，并在任何自己想听的时候听。

这种订阅方式使得播客变得更为有用和流行，并提高了它们的实用性。聚合文件是表现播客有效性的方法之一。企业使用播客来告知人们企业产品和服务的更新、企业组织结构最新趋势和变化，以及合并/收购信息。例如，金融机构提供播客告知客户有关投资战略、市场业绩和交易等信息。当牵涉多媒体信息时，有时也使用影片播客、影像播客或视频播客等术语。

术语卡

播客（podcast）是一种电子音频文件，如mp3文件，它被发布在网页上以便用户下载到自己的移动设备中（例如iPhone、iPod和Zune等），或者下载到计算机中。

7.7.6 第二代互联网

另外一项最新的研究是第二代互联网（internet 2，I2），是由美国200多所大学和企业（包括美国电话电报、IBM、微软和卡西欧系统等）共同参与开发的，用于高等教育和科研领域的先进互联网技术及程序。

I2项目开始于1987年，被规划为一个分散的网络，在该网络中处于同一地理区域的大学可以结成联盟以创建一个本地互联网接入点，即所谓的区域性网络连接节点（gigapop）。gigapop将多个高性能网络连接到一起，它们的主要功能是使用特定的带宽在I2网络内部交换数据。I2项目的一个主要目标是开发出新的程序以提高科研人员的协作能力和进行科学实验的能力。

I2依赖于NSFNET和MCI的超高带宽网络服务（vBNS），vBNS是1995年开始设计的、供科研领域使用的高带宽网络。I2的运行速度可达622Mbps，使用MCI先进的转换和光纤传输技术。下面列举了I2的一些应用：

- **学习网站** 该应用程序组件的目的在于促进教育的简单化，实现远程教育和自我教育。所创建的教学管理系统（IMS）为学生提供了一个能随时随地进行学习的环境。该技术还能让教师访问很多在线课程的教学资料。目前可用的软件有WebEX和Elluminate Live等。

- **数字图书馆** 数字图书馆于20世纪90年代提出，旨在建立一个教育资源如教材和期刊等的电子资料库。当初的目标还包括一些珍本和文档，如死海文书和大宪章等，不过这一目标并没有实现。数字图书馆的最低目标是研究人员不需要离开办公室就可以访问任何他们所需要的东西，包括访问专家以对他们的工作进行指导。例如，设想一下直接跟阿尔伯特·爱因斯坦学习相对论的情形。

- **远程沉浸** 远程沉浸系统允许处于不同地点的人们共享网页上创建的一个虚拟环境。虚拟现实是在教育、科学、制造和协作决策中的重要应用。例如，位于洛杉矶的儿童心脏病专家可以协助位于印度的外科医生，向其解释如何对一名肺动脉和静脉先天异常的婴儿实施置换手术。该心脏病专家可以用虚拟现实环境中虚构出来的婴儿对外科医生进行培训。这一技术还可以用在许多其他的培训设置中，例如扑灭石油钻机火灾、修复复杂的设备，甚至在虚拟教室进行合作教学。英国石油公司和其他石油公司都已使用该技术指导探索性挖掘和进行情况评估，例如对附近地区高压天然气的情况进行评估或者对挖掘过程出水过多的情况进行评估等。在这种情况下，公司建立起自己的远程沉浸中心，并且所有参与者都在同一地点。

- **虚拟实验室** 这是研发的专门用于科学和工程应用的环境，它允许科研小组人员接入I2以完成联合项目，例如大规模模拟和全球数据库等。

产业联系专栏对在搜索技术和网络广告平台处于领导地位的谷歌公司进行了介绍。

术语卡

第二代互联网（Internet 2，I2）是由美国200多所大学和企业共同参与开发的，用于高等教育和科研的先进互联网技术及程序。

区域性网络连接节点（gigapop）是一个本地互联网接入点，它将多个高性能网络连接到一起，它们的主要功能是使用特定的带宽在I2网络内部交换数据。

7.8 小结

本章首先介绍了互联网和万维网，对互联网的发展历史做了简单介绍。接着学习了如何使用导航工具、搜索引擎和目录；回顾了一些应用广泛的网络服务，如电子邮件、新闻组和即时短消息等；并了解了网络程序是如何在一些服务性行业中使用的。本章还阐述了内联网和外联网，及其在企业中的应用。最后，概述了Web2.0和Web3.0的创新和I2程序。

产业联系专栏

谷歌公司

谷歌建立于1998年，它是全世界广泛应用的搜索引擎之一。它主要提供下列产品和服务：

- **搜索** 谷歌提供了20个以上的搜索种类，其中包括网络搜索、博客搜索（通过博客名称、关于某个主题的邮件、具体的时间范围等）、目录（邮件顺序目录、许多曾经在线无法得到的目录）、图像和地图。此项服务中还包含Google地球，这是它最吸引人的功能，即可以把搜索与可视卫星图像、地形图和3D模型相结合。

- **广告** 广告传播程序、关键词广告软件和分析软件都用于在你的网站上播放广告，或者伴随着搜索结果播放广告。例如，利用关键词广告软件，你可以制作广告，并且选择与你公司相关的关键词。当人们使用你的关键词之一在谷歌搜索时，你的广告将会显示在搜索结果的旁边，此时你成为了对你的产品和服务感兴趣的观众。

- **应用程序** 谷歌为账户持有者提供了许多应用程序，如Gmail、Google对话（即时消息和语音通话）、Google群、YouTube、博客、Google结账系统（用于只单独登录Google进行在线购物）和Google文档，Google文档是一个免费的、网络（基于文字的）处理和电子表格程序。

- **企业** 谷歌也为企业提供应用程序，如Google企业地图，它尤其适用于规划企业运营和物流；建筑草图大师是供建筑师、城市规划师、游戏开发者和其他人用于演示文稿和文件的一种3D工具。

• 移动　Google的许多服务和应用程序可以在移动设备上使用，如博客、YouTube和Gmail。你也可以使用短信从Google获得关于各种主题的实时信息，其中包括天气预报、体育成绩和飞行更新。

本信息来自于谷歌公司网站（www.google.com）。欲得到更多信息及更新内容，请登录网站。

关键术语

高级研究规划局网络（advanced research project agency network, ARPANET）

互联网在线聊天（internet relay chat, IRC）

博客（blog）

网络电话（internet telephony）

目录（directories）

第2代互联网（internet2, I2）

讨论组（discussion groups）

内联网（intranet）

域名系统（domain name system, DNS）

导航工具（navigational tools）

外联网（extranet）

新闻组（newsgroup）

区域性网络连接节点（gigapop）

播客（podcast）

超文本链接标示语言（hypertext markup language, HTML）

Rss feeds

超级文本（hypertext）

超级媒体（hypermedia）

搜索引擎（search engines）

社交网站（social networking）

即时通信（instant messaging, IM）

互联网（internet）

互联网骨干网（internet backbone）

统一资源定位器（uniform resource locators, URLs）

Web2.0

维基（wiki）

问题、活动和讨论

1.DNS服务器用于什么目的？

2.电子邮件的两种主要类型是什么？

3.虚拟学习的优势和劣势是什么？

4.说明内联网与互联网的相同之处。

5.外联网可以为企业提供哪些好处？

6.登录网站www.google.com/press/descriptions.html，回答以下问题：

Google提供了什么软件产品？Google在广告市场起到了什么作用？它在移动市场起到了什么作用？Google网络浏览器Chrome的功能有哪些？与其他移动设备操作系统相比，Google Android OS如何？

7.雪佛龙公司的儿童网站是一个具有创新意识的网站。请你登录这个网站，点击"关于"选项，阅读网站的说明。在网页左侧，点击"免费内容"选项，你在这里可以得到什么？你认为这个网站的独特之处是什么？为什么一个石油公司要为儿童建立这样的网站？

8.下列哪个选项不是搜索引擎所具备的功能？

a.检索网页，以便找到新的或已更新的数据

b.检索与特定的关键词相关的网页

c.对搜索词汇进行分类

d.按照某种优先顺序对搜索结果进行排序

9.利用内联网不能进行远程登录。正确与否？

10.Internet2主要用于加工制造和服务公司。正确与否？

案例研究

IBM的内联网

IBM的内联网（w3 On Demand Workplace）在2005年被尼尔森·诺曼集团评选为10个最佳的内联网之

一，尼尔·森·诺曼集团是一家专注于以客户为中心的产品和服务设计的咨询公司。这个内联网具有一致的设计，而且它成功地实现了及时传播员工所需要的信息。IBM的员工还将它作为生产与协作的工具。它的功能主要包括以下几个方面：

- 根据员工的工作、兴趣和他们所描述的要求，为员工提供个性化的新闻。
- 为不同的部门建立特定的门户网站，如销售或财务。
- IBM蓝色网页是根据员工的姓名、职位和技术领域编排的员工手册，有助于员工间的协作。
- 博客中心由员工之间用于交流思想的博客构成，它也提供通过RSS feeds订阅其他人的博客。
- 为有运动障碍、智力障碍和视力障碍的残疾人提供易于使用的设计。

问题

1. 公司想要设计一个与IBM类似的内联网，应该从何做起？
2. 你认为内联网的哪项服务和功能最有用？为什么？
3. 其他公司可以从IBM的内联网学到什么？
4. 设计一个与IBM类似的内联网的困难有哪些？

Chapter8

第**8**章

电子商务

本章将首先论述电子商务和价值链分析，并将电子商务与传统商务进行比较。其次，将介绍电子商务商业模式和电子商务的主要类型。沿着这条线索，你将了解企业对客户型电子商务循环的主要活动是什么、企业对企业型电子商务主要模式，以及移动和语音电子商务。最后，本章将概述电子商务公司的两大支持性技术：电子支付系统和网络营销。

 ## 8.1 电子商务

电子商务和电子商业略有不同。电子商业（E-business）包括一个公司运用计算机和通信技术从事买卖产品和服务的所有活动。从广义上讲，电子商业包括以下几种相关的活动，如在线购物、销售人员自动化、供应链管理、电子采购、电子支付系统、网络广告和订单管理。电子商务（E-commerce）是指通过互联网买卖商品和服务。基于这一定义，电子商务是电子商业的一部分。不过，这两个术语通常可以换用。

电子商业不仅包括以创收为目的的买卖商品和服务的交易，还包括通过下列方式支持创收的交易，如产生对商品和服务的需求、提供销售支持和顾客服务、促进商业伙伴间的交流，以及其他类似的活动。

电子商务是通过在传统商务的基础上增加互联网的应用和网络所提供的灵活性而建立起来的。下面列举了常见的互联网商务应用：

- 买卖产品和服务；

▶ 学习目标

1. 定义电子商务，说明它的优势、劣势和商业模式。
2. 说明电子商务的主要类型。
3. 描述企业对客户型电子商务循环。
4. 概括企业对企业型电子商务的主要类型。
5. 描述移动和语音电子商务。
6. 说明电子商务的两大支持性技术。

术语卡

电子商业（E-business）包括一个公司运用计算机和通信技术从事买卖产品和服务的所有活动。

电子商务（E-commerce）是指通过互联网买卖商品和服务。

- 与其他公司协作；
- 与商业伙伴交流；
- 搜集关于顾客和竞争者的商务情报；

- 向顾客提供服务；
- 提供软件更新和补丁；
- 提供厂家支持；
- 出版和传播信息。

当你学完了整本书，你将体会到这些应用是一个成功的电子商务系统的重要组成部分。

8.1.1　价值链和电子商务

通过价值链分析，可以考察电子商务及其在商业中的作用。迈克尔·波特于1985年引入了价值链这个概念。[1]价值链（value chain）包括一系列旨在通过在生产过程的每个阶段增加产品价值（或成本）来满足企业商业需求的活动。企业中特定的部门负责设计、生产、销售、运输和维护其产品和服务。每项活动都增加了向顾客所出售的产品或服务的价值和成本（见图8-1）。

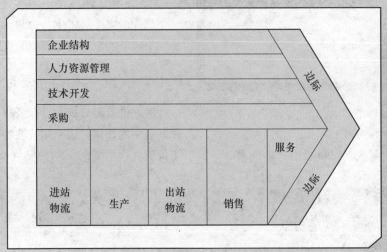

图8-1　迈克尔·波特的价值链

图8-1中，顶层的4个部分（企业基础设备、人力资源管理、技术研发和采购（收集输入））是支持性活动。"边际"表示由支持性和基础性活动（位于底层的部分）所增加的价值。下面对基础性活动进行说明：

- 进货物流　将材料和零部件从供应商和厂家运送到生产或储存设施的活动，其中包括与购买原材料、储存原材料、将原材料转化为成品的相关任务。
- 生产　将原材料加工成产成品和服务。
- 出货物流　从生产线一端到用户或供货中心一端，运送或储存货物。
- 销售　确定客户需求和进行销售的活动。
- 服务　销售产品和服务之后，支持客户的有关活动。

例如，通过与供货商保持较好的关系（通过及时付款、电子订货、诚信等），公司可确保得到及时的送货服务和优质的原材料。相应地，公司通过以低价格向顾客提供高质量的产品，增加顾客所获得的产品价值。如果高质量和低成本是顾客所关心的首要问题，公司就会明确应该关注价值链的哪一个部分（如提供高质量和低价格的产品、保证质量的优质生产、低价销售、保证质量的优质售后服务）。因此，价值链确实有助于理解企业经营的哪些方面可以为顾客增加价值，从而可以对这些方面进行最优化。

例如，某个家具制造企业从一家伐木采运公司购买了原材料（木材），并把这些原材料加工成成品（椅子），然后将这些成品运送到零售商、经销商或顾客所在地，出售这些产品。家具生产商将这些椅子运送到家具商店之后，由于它还提供其他产品和服务，价值链会继续随之发展下去。价值链分析还有助于这个家具制造企业发现生产机会。例如，如果这个企业与一个木材公司建立了伙伴合作关系，可以降低原材料的成本。在任何行业，当一个企业与供应商购买产品和服务时、为增加价值而新增企业职能时、向顾客出售产品和服务时，企业就是价值链的一部分。再如，一个计算机生产厂家可以从不同的厂家购买元件，然后将这些元件组装成PC机。厂家通过对这些部件进行组装，增加了它们的价值，因此PC机的价格要高于所有元件价格的总和。

本章中，电子商务、电子商务的应用及其支持技术，都是运用Porter价值链这一概念的实例。互联网可以增加供货商、经销商和顾客之间交流的速度和准确性。而且，互联网成本低意味着任何规模的企业都可以利用价值链集成，其中价值链集成是指多个公司在共享市场协同工作，规划和管理从生产商到顾客商品流动、服务和信息的过程。这一过程优化了价值链的效率，增加了所有相关企业的竞争优势。

电子商务通过提供降低成本或者改善经营的新方法，能够提高价值链。举例如下：

- 使用电子邮件取代普通邮件来向顾客宣传即将出售的新产品，从而降低成本。
- 通过公司网站向顾客出售产品可以产生新的收益来源，特别是对于居住地远离公司总部或实体店的顾客。
- 提供在线顾客服务使得其产品和服务更加吸引顾客。

正如你在本书中所学到的，许多公司利用网络和电子商务的优势来降低成本、增加收益，以及提高对顾客的服务。例如，戴尔公司通过网络所创造的收益占到公司总收益的一大部分，并且它取消了经营过程的中间商（见专栏8-1）。同样，思科系统公司也通过网络销售网络硬件和软件，并且顾客可以在互联网上使用联合包裹（UPS）和联邦快递跟踪邮包。

专栏8-1 戴尔公司：电子商务在行动

戴尔公司直接向顾客出售计算机、硬件和软件。与其竞争者相比，戴尔公司拥有制造成本低、运输快、更丰富的客户定制产品和服务等优势。它的商业模式包括实时库存系统，该系统通过保持低库存水平和防止出现大量未出售或过期产品占用空间的问题，降低了成本。例如，许多公司的库存时间平均为80天，但是，戴尔公司的目标是库存时间最多不超过11天。

戴尔公司的商业模式还包括生产定制化和依赖于网络的商业运营。例如，戴尔创建了客户定制网页，便于大批量供应商预测产品需求和其他相关信息，这有助于供应商管理他们的生产计划。[2]

8.1.2 电子商务与传统商务的对比

虽然电子商务与传统商务的目标相同，都是销售商品和服务以产生利润，但是二者的运营方式截然不同。在电子商务中，互联网和电信技术起到了重要作用。通常不需要实体店，销售者与购买者也不必见面。然而，目前许多公司将传统商务与电子商务相结合，并且建立某种电子商务市场。这种商务被称做复合型电子商务（click-and-brick e-commerce），在保留实体店优点的基础上，充分利用了与顾客进

行在线合作的优势。例如，顾客可以从公司的网站购买商品，如果他需要退货，可将商品送到实体店。表8-1对电子商务与传统商务进行了比较。

术语卡

复合型电子商务（click-and-brick e-commerce）在保留实体店优点的基础上，充分利用了与顾客进行在线合作的优势。

表8-1　电子商务与传统商务的对比

活　动	传统商务	电子商务
产品信息	广告杂志和传单	网站、在线目录
商务交流	普通邮件和电话	电子邮件
检查产品性能	电话、传真和信件	电子邮件、网站和外联网
收集订单	打印形式	电子邮件、网站
产品承认书	电话和传真	电子邮件、网站和EDI
开具发票	打印形式	网站

8.1.3　电子商务的优点和缺点

各种规模的企业使用互联网和电子商务应用程序都可以获得竞争优势。例如，IBM通过网络与1 200多家供应商建立商业合作，并且使用网络发送购买订单、接收发票、向供应商付款。此外，IBM使用互联网和网络技术运行其交易处理网络。

与传统商务一样，电子商务也有许多优点和缺点。如果电子商务基于健全的商业模式（下一节讨论），其优点将大于缺点。电子商务的优点如下：

- 与供应商、顾客和商业伙伴建立更好的关系；
- 实行"价格透明化"，即所有的市场参与者以相同的价格进行交易；
- 可实现全天候、全球化运营；
- 收集更多关于潜在客户的信息；
- 增加顾客的参与活动（如在公司网站提供客户反馈信息专栏）；
- 改善客户服务；
- 增加购物的灵活性和方便性；
- 增加顾客数量；
- 增加与商业伙伴合作的机会；
- 由于库存需求减少，增加了投资回报；
- 提供个性化服务和产品定制；
- 减少管理和交易成本。

电子商务也存在一些缺点，但是在不远的将来许多缺点都将被消除或减少，如：

- 带宽容量问题（在世界的某些地方）；
- 安全问题；
- 可访问性（并不是每个人都可以上网）；
- 接受性（并不是每个人接受这项技术）。

8.1.4　电子商务商业模式

互联网使得许多企业的生产效率得到提高，但是这些提高必须转化为经济效益。2000～2001年许多网络公司倒闭，表明仅提高生产效率是不够的。那些继续存在的企业拥有合理的商业模式，他们利用这些模式管理企业如何创造利润并保证企业未来维持稳定的经济增长。

为了获得经济效益，电子商务企业将他们的经营集中于价值链的不同部分，正如前面所讨论的那样。例如，为了增加收益，电子商务企业将决定仅销售产品或服务，或者取消连接供应商和顾客的中间商。许多企业对企业（B2B）的商业模式通过互联网运输产品和传递服务，取消了中间商，这样有助于降低价格、提高对顾客的服务。正如你在第1章所了解到的迈克尔·波特差别化战略，这些公司以这种方式将他们自己与竞争者区别开来，可以增加他们的市场共享及顾客忠诚度。

电子商务公司出售的产品可以是传统产品，如书籍和服装；或者数字产品，如歌曲、软件和电子书。同样，电子商务模式也可以是传统的或者"数字的"。普通的电子商务模式通常是对传统商务模式的发展或修改，如广告模式和销售商模式，或者适宜网络实施的新模式，如信息媒介模式（下面将要讨论）。以下所列各项均为电子商务中广泛应用的商业模式：

- 经销商　**经销商模式**（merchant model）通过使用互联网媒介将传统的零售模式转向电子商务领域。在最常见的经销商模式中，电子商务公司使用互联网技术和网络服务，通过网络来销售产品和服务。遵循这种模式的企业通过提供良好的顾客服务和低廉的价格，来建立网络市场。亚马逊就采用了这种模式，而传统企业，如戴尔、思科和惠普也已采用了这种模式，从而取消了中间商，进一步开发了新客户。

- 经纪业务　使用**经纪模式**（brokerage model）让销售者和购买者通过网络进行买卖交易，并且收取交易双方的佣金。在线竞拍网站是这种模式的最好例证，如易趣网。竞拍网站通过出售网络横幅广告可以获得额外的收益。关于经济模式的其他例子还有在线股票经纪人，如TDAmeritrade.com和Schwab.com，他们通过向股票买卖者收取佣金获得收益。

- 广告　**广告模式**（advertising model）是对收音机和电视等传统广告媒体的扩展。雅虎等类的目录可以免费向用户提供信息（类似于收音机和电视）。由于免费信息带来了更多的点击量，因而这些网站可以向在网站上发布横幅广告或者租赁板块的企业收取费用。例如，Google从AdWords中获得收益，AdWords为文本和横幅广告提供点击付费广告和用户行为定位广告。

- 混合型　**混合型模式**（mixed model）获取收益的来源不止一种。例如网络服务提供者，如美国在线时代华纳公司，从广告和访问网络的订阅费中获得收益。竞拍网站可以通过收取买卖双方的佣金和广告获得收益。

术语卡

经销商模式（merchant model）通过使用互联网媒介将传统的零售模式转向电子商务领域。

经纪模式（brokerage model）让销售者和购买者通过网络进行买卖交易，并且收取交易双方的佣金。

广告模式（advertising model）是对如收音机和电视等传统广告媒体的扩展。雅虎之类的目录可以免费向用户提供信息（类似于收音机和电视）。由于免费信息带来了更多的点击量，因而这些网站可以向在网站上发布横幅广告或租赁板块的企业收取费用。

混合型模式（mixed model）获取收益的来源不止一种。

- 信息媒介　使用信息媒介模式（informediary model）的电子商务网站收集关于客户和企业的信息，然后再以营销的目的将这些信息出售给其他企业。例如，Bizrate.com收集关于其他网站运营情况的信息，再将这些信息出售给广告客户。

- 订阅　使用订阅模式（subscription model）的电子商务网站可以向客户出售数字产品或服务。例如，《华尔街日报》和《消费者报告》提供在线订阅，反病毒软件生产厂家使用这种模式发布软件和软件更新程序。

 ## 8.2　电子商务的主要类型

基于电子商务交易的性质，目前使用的电子商务可分为以下几个类型：企业对客户（B2C）、企业对企业（B2B）、客户对客户（C2C）、客户对企业（C2B）和与政府相关的类型。表8-2总结了这些类型，在接下来的各节中将对它们进行详细说明。

表8-2 电子商务的主要类型

	客 户	企 业	政 府
客户	C2C	C2B	C2G
企业	B2C	B2B	B2G
政府	G2C	G2B	G2G

8.2.1 企业对客户电子商务

企业对客户（business-to-consumer，B2C）电子商务企业直接面向顾客进行销售，如亚马逊、Barnesandnoble.com和onsale.com。

> **术语卡**
>
> 使用信息媒介模式（informediary model）的电子商务网站收集关于客户和企业的信息，然后再以营销的目的将这些信息出售给其他企业。
>
> 使用订阅模式（subscription model）的电子商务网站可以向客户出售数字产品或服务。
>
> 企业对客户（business-to-consumer，B2C）电子商务企业直接面向顾客进行销售。

8.2.2 企业对企业电子商务

企业对企业（business-to-business，B2B）电子商务包括企业间的电子交易。电子数据交换和电子资金转账形式的交易已经流行了很多年。

近几年，互联网使B2B交易的数量迅速增长，并且B2B成为发展最快的电子商务。正如第7章所讨论的，由于一些公司依赖于其他公司的供给、设备和服务，外联网有效地应用于B2B公司。一些公司将B2B程序用于购买订单、发票、库存情况、货运物流、贸易合同及其他业务活动中，从而通过加快交易速度、减少错误、取消手工操作，节省了数百万的资金。沃尔玛是B2B电子商务中较大的企业，供应商们如Proctor、amble和强生等，通过电子方式向沃尔玛出售产品，即以电子方式处理所有交易。这些供货商可以检查每个仓库的库存情况，并及时进行补货。

在后面的产业联系中将要讨论，亚马逊和它的商业伙伴出售各种各样的产品和服务，包括书籍、DVD、处方药、服装和家居产品。亚马逊是一个"单一业务型"公司，即它没有实体店。拥有实体店的公司（称为"实体"公司）也通过建立综合网站和虚拟店面进入虚拟市场。沃尔玛、盖普、斯特普尔斯都是以B2C型电子商务运营的公司。对后者而言，电子商务是传统商务的补充。一些专家认为这些公司将比单一业务性公司更加成功，因为它们具备实体店所提供的一些优势，如顾客可以到实体店进行退货。

8.2.3 客户对客户的电子商务

客户对客户（consumer-to-consumer，C2C）电子商务涉及用户间的商务交易，如客户们通过互联网向其他客户进行销售。例如，人们可以使用在线分类广告（如Craigslist.com）或者在线竞拍网站，如易趣网。人们也可以在企业内联网上（第7章中已讨论）为产品和服务做广告，并将它们出售给其他员工。

8.2.4 客户对企业电子商务

客户对企业（consumer-to-business，C2B）电子商务涉及人们向企业销售产品和服务，如创建供企业使用的在线调查服务。另外，人们还可以寻找产品和服务的销售商，如使用Priceline.com制定旅行计划。

8.2.5 政府和非商业电子商务

如今，许多政府和其他非商业机构也使用

电子商务应用程序,其中包括美国国防部、美国国内收入署和美国财政部。这些应用程序在广义上称为电子政务(e-government,e-gov)应用程序,并且分为以下几类:

- 政府对民众(G2C) 报税和付款;填写、提交和下载表格;需求备案;在线选民登记。

- 政府对企业(G2B) 联邦资产销售、执照申请和续期。
- 政府对政府(G2G) 灾难救助和危机应对。
- 政府对员工(G2E) 电子培训。

图8-2展示了USA.gov的主页,它是向用户传播有关政府信息的网站。

图8-2 USA.gov网站主页

大学是使用电子商务应用程序的非商业组织,例如,许多大学使用网络技术开设在线课堂、注册和成绩发布。此外,非营利性、政治和社会组织使用电子商务应用程序从事筹款、政治论坛和采购等活动。

术语卡

企业对企业(business-to-business,B2B)电子商务包括企业间的电子交易。

客户对客户(consumer-to-consumer,C2C)电子商务涉及用户间的商务交易,如客户们通过互联网向其他客户进行销售。

客户对企业(consumer-to-business,C2B)电子商务涉及人们向企业销售产品和服务,如创建供企业使用的在线调查服务。

电子政务(e-government,e-gov)应用程序包括政府对民众、政府对企业、政府对政府、政府对员工。其服务包括报税、在线选民登记、灾难救助及对自己的员工进行培训。

8.2.6 组织或局域网电子商务

组织或局域网电子商务(organizational or intrabusiness e-commerce)是指发生在企业内部的电子商务活动,它们一般通过企业内联网(第7章已讨论)进行。这些活动包括员工间交换商品、服务或信息(如前面讨论的C2C电子商务)。其他方面还包括开展培训计划和提供人力资源服务。其中的一些活动虽然不专门用于购买和销售，但是被认为是波特价值链的支持性活动。例如，人力资源部为公司生产和销售产品提供人员支持。

> **术语卡**
>
> 组织或局域网电子商务（organizational or intrabusiness e-commerce）是指发生在企业内部的电子商务活动，它们一般通过企业内联网进行。这些活动包括员工间交换商品、服务或信息。

8.3　B2C电子商务循环

如图8-3所示，从事B2C电子商务包括5项主要的活动：

- 信息共享　B2C电子商务公司可以使用各种各样的方法与顾客共享信息：公司网站、在线目录、电子邮件、在线广告、视频会议、信息栏和新闻组等。
- 订货　顾客能够使用电子表格或者电子邮件在B2C网站订购产品。
- 支付　顾客可选择各种支付方式，如信用卡、电子支票和电子钱包。电子支付系统将在后面的"电子商务支持技术"中讨论。
- 完成　完成功能负责向顾客运送产品和服务。根据所运输的产品是实体产品（书籍、录像带和CD）还是数字产品（软件、音乐和电子文档），可从多个层面实施这项功能。例如，根据不同的选择，以不同的价格，从空中、海上、陆地运输实体产品。发送数字产品更加直接，通常只需下载即可，但是数字产品一般需要使用数字证书进行核实（第5章中提到）。依据公司是否自己控制其完成性操作，或是将这些工作外包给第三方公司，公司的完成功能也在变化。通常这项功能包括发送地址验证和数字仓库，数字仓库可以将数字产品保存在

存储介质中，直至它们被传输出去。一些第三方公司也可以为电子商务网站控制完成功能。

- 服务和支持　由于电子商务公司不能利用实体店维护现有的客户，因此电子商务中的服务和支持比传统商务更加重要。保持现有客户比吸引新客户所需要的费用低，因此电子商务公司使用一些方法努力提高对顾客的服务和支持，如电子邮件确认、产品更新、在线调查、服务台和安全保证交易。

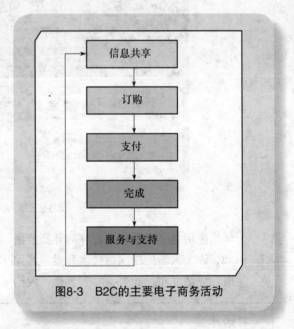

图8-3　B2C的主要电子商务活动

图8-3中所列出的活动与传统商务相同，并且发生的顺序也可能一样，但是电子商务中每一个环节间的转换都要依靠网络技术和互联网。

8.4　再论B2B电子商务

B2B电子商务使用的循环模式与图8-3所示的模式相同，但是B2B还广泛使用其他技术：内联网、外联网、个人虚拟网络、电子数据交换（EDI，第11章中讨论）和电子资金转账（EFT）。B2B电子商务可以缩短运输时间、减少库存、降低价格，并且有助于商务伙

伴间共享相关、准确、及时的信息。最终，改善商业伙伴间供应链的管理。

B2B电子商务取消了许多劳动密集型工作，如人工开发票及跟踪付款，从而降低产品成本、提高准确性。此外，通过在供应链网络中创建直接的在线连接，加强了商业伙伴间信息的流动，也减少了运输时间。换句话说，B2B电子商务使得运输原材料更加快捷，而且能更加迅速地传递与客户需要相关的信息。改善商业伙伴间的通信可以提高综合通信水平，有助于加强企业对库存的管理和控制。

B2B电子商务的主要模式

根据控制市场的主体：销售者、购买者、中间人（第三方），B2B电子商务模式主要可分为三种类型，最终产生了以下市场模式：卖方市场、买方市场和第三方交易市场。第四种模式称为贸易伙伴协议，它为商业伙伴间签署合同及协商提供了方便，并且正在加以推广。下面各节将阐述这些模式。

1. 卖方市场

卖方市场（seller-side marketplace）模式是最为流行的B2B模式。在这种模式中，化学、电子、汽车零部件等专业市场的销售者，共同创建了针对购买者的普通市场——某种"一站式购物"模式。各销售者能够集中其市场资源，从而便于购买者寻找替代货源。

电子采购（e-procurement）是这种模式下最常见的应用程序，它可以使企业员工直接订购和接收来自供货商的物资和服务。通常，公司可提前与供货商协商价格。电子采购使用网络技术可以提高传统采购过程的效率，它能够降低成本、提高采购的及时性、改善供应商和参与企业之间的关系。

电子采购应用程序拥有一定的采购许可规程，它只允许连接公司许可的电子目录，并且员工可以为公司预先商议价格。电子采购的主要目的是阻止从未获公司许可的供应商那里购买产品，并且取消采购活动的处理成本。如果公司违背了这个规程，它可能必须以更高的价格向供应商购买产品，并为此付出高昂的代价。[4]电子采购还可以使顾客享受总额折扣和特殊服务。

电子采购应用程序还能够实现购买和销售活动自动化，从而使公司达到降低成本、提高处理速度的目的。通过使用这些应用程序，公司期望能够高效地控制库存、降低采购费用、加快制造业的生产循环。随着计算机化供应链管理的发展趋势（第11章讨论），电子采购将被纳入标准商业系统。

> **术语卡**
> **卖方市场（seller-side marketplace）**模式是最为流行的B2B模式。在这种模式中，化学、电子、汽车零部件等专业市场的销售者，共同创建了针对购买者的普通市场——某种"一站式购物"模式。
> **电子采购（e-procurement）**可以使企业员工直接订购和接收来自供货商的供应和服务。

专栏8-2 斯伦贝谢公司的电子采购

斯伦贝谢公司是一家油田服务供应商，它开发了一种处理订单的电子采购系统，这种系统可以简化相关的文本工作，如发送审批采购订单、获得主管许可和其他行政工作，从而降低每份订单的成本。这套系统用基于网络的系统取代了集中式电子数据交换采购系统，使得员工们可以直接在工作区与任何许可供应商进行联系。此系统拥有更灵活的简易操作界面，它允许斯伦贝谢公司与更多不同的供应群体进行商业往来。连接系统的互联网既便宜又快捷，该系统的另一个优势是它拥有开放式平台。

电子商务的主要生产厂家和B2B解决方案包括智唯科技、IBM、Oracle公司和SAP。专栏8-2重点描述了斯伦贝谢公司的电子采购应用程序。

2. 买方市场

通用电气、波音公司等大型企业或者由几个大公司构成的财团使用买方市场（buyer-side marketplace）模式。其工作方式是：单个购买者或者购买群体开放电子市场，邀请卖方对买房宣布的产品投标，并且进行询价（RFQs）。使用这种模式，买方可以更加有效地管理采购过程，降低经营成本，实施统一定价。[5]公司正投资于买方市场，旨在建立新的销售渠道，以提高其市场占有率、降低每次销售成本。参与买方市场的销售者应该做到以下几点：

- 处理销售交易；
- 实现订单管理程序自动化；
- 处理售后分析；
- 实现完成功能自动化；
- 提高对购买行为的理解；
- 提供可选择的销售渠道；
- 缩短订单安排和发送时间。

3. 第三方交易市场

第三方交易市场（third-party exchange marketplace）模式不由买方或卖方操纵。相反，它由第三方控制，市场收益来源于为满足买卖双方需求而收取的费用。这些市场通常以垂直方式或者水平方式运营。垂直市场（vertical market）专注于特定的行业或者市场交易。公用事业公司、牛肉和奶制品行业、医疗产品行业都是垂直市场的例子。水平市场（horizontal market）专注于不同行业中特定的功能或者商业过程，以及实现这些功能和过程的自动化。员工的福利管理和媒体购买都属于水平市场。

这种模式为供应商通过在线商铺与买家进行交流提供了直接渠道。这个模式中的互动过程具有以下特征，如产品目录、信息请求（RFI）、回扣和促销、联系经纪人和产品样品请求。专栏8-3描述了第三方交易市场的一个例子。

专栏8-3　worldbid.com：第三方交易市场

worldbid.com（www.worldbid.com）是一种国际化市场，它致力于帮助小型和微型公司在国内和国际间购买和销售产品及服务。它还为全世界的私人和政府企业提供贸易机会和征询方案。

---

4. 贸易伙伴协议

贸易伙伴协议（trading partner agreements）的主要目标是自动化协商过程，执行参与企业间的合同。使用这种模式，商业伙伴可以发送和接受报价、合同和在提供及购买产品和服务时所需要的其他信息。另外，随着电子商业可扩展标记语言（ebXML）的发展，这种模式的应用日益广泛，这里电子商业可扩展标记语言是通过XML实现电子商务数据交换标准化的全球性方案，它包括电子合同和贸易伙伴协议。

使用这种模式能够使顾客通过互联网上传电子文档，过去这些文档是附有签名的打印版文件。1999年的《数字签名法案》赋予数字签名与手写签名相同的法律效力。接受电子贸易协议意味着贸易伙伴将受到协议条款和规定的约束。

使用XML可以通过电子方式传输合同，并且贸易伙伴间的许多程序也可以通过电子方式来完成，其中包括库存情况、航运物流、采购订单、预订系统和电子支付。相对于HTML，XML的主要优势在于能够定义网页中信息的数据类型，网页浏览者可以只选择需要的数据。在特定的情况下，使用XML可以只传输所需要的数据，而不必传输所有的数据，因此使得数据传输变得更加简单；又由于使用XML，在浏览器中只负载必要的数据，使得搜索更加有效，因此它在移动电子商务中的作用尤其突出。这一过程减少了互联网上的流量，并且有助于防止在网络高峰使用时间数据传输发生延迟。

 ## 8.5　移动和语音电子商务

以无线应用协议（WAP）为基础的移动商务（mobile commerce，m-commerce）已经流行了很多年，特别是在欧洲。如今，移动商务使用掌上设备（如智能电话或者掌上电脑）处理商业交易，如在网上经纪公司进行证券交易。支持移动商务应用的技术包括无线广域网

术语卡

通用电气、波音公司等大型企业或者几个大公司构成的财团使用**买方市场**（buyer-side marketplace）模式。其工作方式是：单个购买者或者购买群体开放电子市场，邀请卖方对买房宣布的产品投标，并且进行询价（RFQs）。使用这种模式，买方可以更加有效地管理采购过程，降低经营成本，实施统一定价。

第三方交易市场（third-party exchange marketplace）模式不由买方或卖方操纵。相反，它由第三方控制，市场收益来源于为满足买卖双方需求而收取的费用。这些市场通常以垂直方式或者水平市场方式运营。

垂直市场（vertical market）专注于特定的行业或者市场交易。公用事业公司、牛肉和奶制品行业、医疗产品行业都是垂直市场的例子。

水平市场（horizontal market）专注于不同行业中特定的功能或者商业过程，以及实现这些功能和过程的自动化。

贸易伙伴协议（trading partner agreements）使协商过程自动化，并执行参与企业间的合同。

移动商务（mobile commerce，m-commerce）使用掌上设备（如智能电话或者掌上电脑）处理商业交易。

和3G网（第6章讨论），以及短距离无线通信技术，如Wi-Fi、WiMAX、蓝牙和RFID（第14章讨论）。

许多电信公司提供可上网的手机。可供用户使用的移动电子商务应用程序多种多样，iPhone apps是当下最流行的应用程序，它包括游戏、娱乐项目、新闻和旅行。其中一些应用软件是免费的，而另一些必须通过iTunes购买。

另外，微软拥有无线版本互联网浏览器，称为移动互联网浏览器，并且许多电子商务公司也正在开发当前手机所需要的简单而且

基于文本的用户界面。例如，谷歌为移动互联网用户提供搜索、新闻、地图和邮件功能。MSN Mobile提供专门的浏览器，用于获取电子邮件、新闻、体育活动、娱乐项目、地图和Windows Live 服务，如Hotmail和Windows Live Messenger。其他的移动商务应用包括银行业、交通更新、旅行服务、购物和视频会议。用户对用户移动应用程序也很流行，如共享游戏和图片等。

你也可以使用移动电话访问网站和订购产品。语音识别和文语转换技术在过去的十年中已得到了长足的发展，下面将要阐述的语音电

子商务（voice-based-commerce）正是依托于这两种技术。[6,7]例如，你可以轻松地说出你想访问的网站或者服务的名称，根据产品名称使用语音命令搜索数据库，最终能够找到在价格方面最具竞争力的商家。语音电子商务适用于下列活动：进行证券交易、查询运动成绩、预订电影票、确定餐厅的方位。再如，iPhone 3GS也支持基于语音的Google搜索。

使用电子钱包是处理语音电子商务的一种方法，我们将在下一节"电子商务支持技术"中对它进行介绍。电子钱包除了可以储存财务信息，还可以储存客户地址和驾驶执照号码之类的信息。语音电子商务的安全功能应当包括以下几个方面：

- 通话识别，必须对来自特定移动设备的通话进行分类；
- 语音识别，授权证书必须与特定的语音模式相匹配；
- 向不能使用语音命令改变的网站地址发送信息。

一些语音门户网站已经投入使用，如Nuance.com、InternetSpeech.com和Tellme.com。

你可以浏览这些网站，找到语音电子商务的最新发展情况。

 ## 8.6 电子商务支持技术

许多技术和应用程序支持电子商务活动。下面各节将说明这些支持技术的广泛应用：电子支付系统、网络市场营销、搜索引擎最优化。

8.6.1 电子支付系统

电子支付（electronic payment）是指仅用于电子交换的货币和临时凭证。它通常包括互联网、其他计算机网络和数码储存价值体系的使用。支付卡是电子支付交易中最流行的工具，其中包括信用卡、借记卡、收费卡和智能卡。智能卡（smart card）在欧洲、亚洲和澳大利亚已使用了很多年，并且由于其功能多样化正逐渐为美国人所接受。智能卡大约同信用卡一样大，它含有一个嵌入式微处理器芯片，存储着重要的金融和个人信息。这个芯片可以负载信息，并且定期进行更新。

电子现金（e-cash）是钞票和硬币安全、便捷的替代物，它是信用卡、借记卡和收费卡的补充，使用电子现金增加了便利性，并且可以掌控每天的现金交易。电子现金通常使用智能卡进行操作，并且存储在芯片上的现金数量能够以电子方式进行"变更"。

术语卡

语音电子商务（voice-based-commerce）依赖于语音识别和文语转换技术。

电子支付（electronic payment）是指仅用于电子交换的货币和临时凭证。它包括互联网、其他计算机网络和数码储存价值体系的使用。支付卡是电子支付交易中最流行的工具，其中包括信用卡、借记卡、收费卡和智能卡。

智能卡（smart card）大约同信用卡一样大，其内部含有一个嵌入式微处理器芯片，存储着重要的金融和个人信息。这个芯片可以负载信息，并且定期进行更新。

电子现金（e-cash）是钞票和硬币安全、便捷的替代物，它是信用卡、借记卡和收费卡的补充，使用电子现金增加了便利性，并且可以掌控每天的现金交易。

电子账单（e-check）是纸质账单的电子版本，它为在线交易提供了较高的安全性、快捷性和便利性。许多公用事业公司为顾客的支付提供电子账单，并且大多数银行为在线支付出具电子对账单。当其他的电子支付系统存在风险或者不宜使用时，电子账单是比较好的解决方法。

电子钱包（e-wallet）可应用于大多数手提设备，并且为在线购物提供了安全、方便的编写式工具。正如前面所描述的，它们当中存储着个人和金融信息，如信用卡账号、密码和PIN码。电子钱包可以用于小额支付（稍后在本节讨论），并且它们适合经常在线购物的人使用，因为每次下订单时不必再重复输入个人和金融信息。

你可能比较熟悉贝宝（PayPal），一种流行的、用于许多在线拍卖网站的在线支付系统。拥有有效电子邮件地址的用户可以建立贝宝账户，并且使用信用卡或者银行账户通过贝宝为在线交易进行安全支付。

小额支付（micropayment）用于金额非常小的网上支付。起初，广告客户使用它为每次浏览或点击广告支付费用，支付金额通常为一美分的十分之一。运用传统货币的方法处理分数金额比较困难，而小额支付降低了金融机构处理这些问题的成本。客户应支付的金额在不断累积，直到其数量增加达到足以补偿交易费用为止，然后在用户的账户中扣除相应的金额

提交给银行。当然，使用小额支付系统可以为跟踪和处理交易缴费。然而，为网络相关技术制定标准的万维网联盟（w3C）已经取消了对小额支付的支持，不再为小额支付制定标准。谷歌正在开发在线订购和小额支付系统，它们将帮助在线内容提供商有效地对其所提供的内容进行收费。

8.6.2 网络市场营销

网络市场营销（web marketing）使用网络及其支持技术推销产品和服务。虽然传统的媒体（如收音机和电视）仍然用于市场营销，然而网络可以提供独特的服务，如用于顾客发布问题的信息栏和向顾客发送信息的新闻组。为了更好地理解网络市场营销，我们需要了解以下术语：

- **广告印象** 一个用户浏览一个广告。
- **横幅广告** 通常置于访问频繁的网站，这些广告大约468×60像素，拥有简单的动画。点击横幅广告，可以播放简短的市场信息或者将用户链接到另一个网站。

术语卡

电子账单（e-check）是纸质账单的电子版本，它为在线交易提供了较高的安全性、快捷性和便利性。

电子钱包（e-wallet）可应用于大多数手提设备，并且为在线购物提供了安全、方便的编写式工具。它们存储着个人和金融信息，如信用卡账号、密码和PIN码。

贝宝（PayPal）是一种流行的、用于许多在线拍卖网站的在线支付系统。拥有有效电子邮件地址的用户可以建立贝宝账户，并且使用他们的信用卡或者银行账户通过贝宝为在线交易进行安全支付。

小额支付（micropayment）用于金额非常小的网上支付。起初，广告客户使用它为每次浏览或点击广告支付费用。

网络市场营销（web marketing）使用网络及其支持技术推销产品和服务。

- **点击** 指用户点击URL或者横幅广告的时机、用户链接到其他网站或者看到市场信息的时机，这些都被用户服务器记录下来。对于用户而言，定义"点击"比较简单。但是，由于点击与货币或广

告因素相关，因而"点击"的定义根据下定义的人不同而不同。例如，由于网站所有者（广告客户）向搜索引擎支付每次点击的费用（稍后在列表中讨论）每次用于搜索的关键词引导用户进入特

定的网页。雅虎、微软、谷歌和互动广告局的联营企业已经形成了点击测量工作组，他们试图定义什么是"合法且有效"的点击。

- **每千次访问成本（CPM）** 大多数网络和电子邮件广告根据每千次（"M"代表"mille"即"千"的意思）广告印象成本进行定价。例如，$125CPM是指每一千次广告印象花费125美元。

- **每次点击成本（CPC）** 每次点击广告的成本。例如，$1.25CPC指广告客户每获得一次点击，他就需要向赞助网站支付1.25美元。

- **点击率（CTR）** 用一个广告所获得的点击数量除以所购买的全部显示量计算出这个比值。例如，某广告客户购买了100 000个显示量，并且得到了20 000次点击，则这个CTR就是20%（20 000/100 000＝20%）。

- **cookie** 网站存储到用户硬盘上的信息，以便下次登录网站时使用，如根据名称接受来访者。这些信息也用于记录用户的偏好设定和浏览习惯。

- **命中** 网页的每一个部分（包括文本、图像和互动项目）都看做对服务器的一次命中。依据网页图像的数量、所用浏览器的类型和页面大小，每个网页的命中数量差异较大，因此命中不是测量网络流量的首选单位。

- **中继标记** 这个HTML标记并不影响网页的实现方式，它仅仅提供关于网页的信息，如代表网页内容的关键词、网页设计、网页更新的频率。搜索引擎使用这些信息特别是关键词，来创建目录。

- **网页浏览（PV）** 一个用户浏览一个网页。

- **自动弹出式广告** 打开新的窗口播放广告。

- **隐藏式弹出广告** 隐藏在活动窗口之后，打开新窗口。隐藏式弹出广告不会像自动弹出式广告那样干扰用户。

- **欢迎画面** 当用户首次访问网站时所显示的画面，其设计的目的在于吸引用户的注意力，促使用户浏览网站。例如，欢迎画面既可以显示公司的标识，又可以显示有关浏览网站的请求信息，如安装插件。

- **栏目租赁** 搜索引擎为企业提供出于广告目的而购买的板块。栏目广告较横幅广告具有一定优势，因为栏目广告的位置是固定的，而横幅广告的位置随着对网页的访问而改变。但是，栏目广告的价格比横幅广告高，特别是在如谷歌之类的高流量网站。

智能代理（第13章讨论）和推式技术（第14章讨论）也用做网络市场营销技术。简要地说，智能代理是一种可以用于网络市场营销的人工智能应用程序。例如，产品经纪代理可以向顾客报告新的产品。推式技术是相对于拉式技术的反技术，用户使用这种技术搜索网页寻找（拉）信息。使用推式技术，将信息根据用户事先的请求、兴趣或者规定发送给用户。这种技术还用于发送和更新市场营销信息、产品和价格表以及产品更新。

8.6.3 搜索引擎优化

搜索引擎优化（search engine optimization，SEO）是提高网站交通流量和质量的方法。如果网站在搜索结果中的排名比较靠前，它就可以获得较高的收益。例如，如果你根据关键词"数码照相机"搜索有关购买照相机的信息，搜索引擎会列出上百个或者上千个网站，但是你可能只访问前5个或10个网站，而忽略了其余的网站。

广泛的网络营销活动应该使用各种各样的方法，而SEO是有助于提高营业额的另一种方法。一些公司提供SEO服务。有些网络市场营销需要向搜索引擎上的列表付费，SEO与那些方法不同，它是以自然的（免费的）方式提高网站搜索引擎的性能。正如你在第7章所了解到的，一般的搜索引擎（如谷歌或者Bing）使用爬虫或者蜘蛛寻找网站，然后以网站内容和相关性为基础，为网站编制索引，并对其进行排序。优化网站包括编辑网站内容和HTML编码，以增加它与具体关键词的相关度。SEO包括一些专业技术，使用这些技术可以轻松地让搜索引擎根据关键词寻找网站，以及为网站编制索引。以下列出常见的优化网站的方法：

- 关键词 确定描述网站的最佳关键词，并且在整个网站的内容中持续使用。
- 页面标题 确保页面标题准确反映网站及其内容。
- 入站连接 使用网站的热门关键词对网站发表评论。

产业联系专栏将集中讨论电子商务的领军企业之一的亚马逊。

术语卡

搜索引擎优化（search engine optimization，SEO）是提高网站交通流量和质量的方法。如果网站在搜索结果中的排名比较靠前，它就可以获得较高的收益。

8.7 小结

通过本章的学习，你了解到电子商务在迈克尔·波特的价值链中的作用，将电子商务和传统商务进行对比，了解电子商务的优点和缺点。你还学习了电子商务的主要商业模式及电子商务的主要分类。此外，你考察了在B2C电子商务循环中的重要活动、不同的B2B电子商务企业模式，以及移动电子商务和语音电子商务的应用。最后，你了解了有关电子商务企业的支持技术：电子支付系统和网络市场营销。

产业联系专栏

亚马逊网

亚马逊网作为B2C电子商务的领军企业之一，提供各种产品和服务，其中包括书籍、CD、视频、游戏、免费电子贺卡、在线竞拍和其他购物服务以及合作机会。通过使用顾客账户、购物卡及其一键式功能，亚马逊网使得购物更加方便、快捷，并且它使用电子邮件进行订单确认，通知顾客关于迎合顾客购物习惯的新产品信息。此外，亚马逊网还为顾客创建了开放式论坛，发布顾客的书籍和产品评论，并且允许顾客从一星到五星对产品评定等级。顾客还可以在亚马逊网从事以下活动：

- 搜索书籍、音乐及许多其他产品和服务。
- 浏览用于竞拍的上百个产品类别，从音频图书、爵士乐、视频文件到硬币和邮票。
- 根据以前的购物情况，得到个性化产品推荐。
- 签订电子邮件订阅服务合同，在顾客感兴趣的目录中得到关于新主题的最新评论。
- 创建可保存的愿望列表便于以后查看。
- 搜索关于具体关键词的图书内容，并且查看一些图书中选定的页面。

亚马逊网以其个性化系统而著称，它可用于推荐商品和协同过滤，从而提高对顾客的服务质量（这两个功能将在第11章讨论）。亚马逊网还通过亚马逊zShops与商业伙伴合作，这样其他商家可以通过亚马逊网销售他们的产品。

本信息来自于公司网站（www.amazon.com）及其他宣传材料。欲得到更多信息及更新内容，请登录网站。

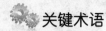 关键术语

广告模式 (advertising model)

信息媒介模式 (informediary model)

企业对企业 (business-to-business, B2B)

经销商模式 (merchant model)

企业对客户 (business-to-consumer, B2C)

微支付 (micropayment)

经纪模式 (brokerage model)

混合型模式 (mixed model)

买方市场 (buyer-side marketplace)

移动商务 (mobile commerce, m-commerce)

复合型电子商务 (click-and-brick e-commerce)

组织或局域网电子商务 (organizational or intrabusiness e-commerce)

客户对企业 (consumer-to-business, C2B)

贝宝 (PayPal)

客户对客户 (consumer-to-consumer, C2C)

搜索引擎优化 (search engine optimization, SEO)

电子商业 (e-business)

卖方市场 (seller-side marketplace)

电子现金 (e-cash)

智能卡 (smart card)

电子账单 (e-check)

订阅模式 (subscription model)

电子商务 (e-commerce)

第三方交易市场 (third-party exchange marketplace)

电子政务 (e-government)

贸易伙伴协议模式 (trading partner agreement model)

电子支付 (electronic payment)

价值链 (value chain)

电子采购 (e-procurement)

垂直式市场 (vertical market)

电子钱包 (e-wallet)

语音电子商务 (voice-based, e-commerce)

水平式市场 (horizontal market)

网络市场营销 (web marketing)

问题、活动和讨论

1.电子商务的9种主要类型是什么?

2.电子商务和电子商业如何影响价值链?

3.电子商业和电子商务的主要企业模式是什么?

4.对于一家家具企业,哪些活动是其出货物流的一部分? 家具企业怎样做可以增加出货物流的作用?

5.访问网站www.paypal.com,说明贝宝系统如何运行。在你的报告中说明贝宝的安全特性,并且列出在线交易的费用。

6.访问网站www.kayak.com,写一份报告回答以下问题: Kayak的用途是什么? 它的企业模式是什么? Kayak如何产生收益?

7.以下哪个选项是电子商务的优点? (不定项选择)

a.提高对顾客的服务

b.改善供应商之间的关系

c.增进企业间的灵活性

d.增加顾客

8.电子采购是哪种B2B电子商务模式的应用?

a.第三方交易市场

b.买方市场

c.卖方市场

d.贸易伙伴协议

9.以下哪种电子政务类别包括如牌照申请和更新这些活动?

a.政府对政府 (G2G)

b.政府对企业 (G2B)

c.政府对民众 (G2C)

d.政府对员工 (G2E)

10.垂直式市场专注于不同行业特定的功能或者商业过程。正确与否?

案例研究

电子商务在在线旅行中的应用

人们使用在线旅行代理（OTA）预订宾馆、机票、游船等。Expedia、Travelocity和Orbitz是三个顶级的在线旅行代理，并且它们通过使用网络功能和技术销售旅行服务，已将传统的旅行代理模式转为互联网模式。OTA被认为是第一代旅行服务。大多数OTA向所提供的服务收取一定的费用，而顾客可得到确定的旅行安排和保障，以防出现航班取消之类的情况。旅行服务提供商，如航空公司、旅馆和汽车租赁公司更希望顾客直接通过他们自己的网站预订服务，因为如果他们加入到OTA中，必须支付很高的费用。如美国捷蓝航空公司和洲际酒店集团都未将其服务纳入OTA。

第二代旅行服务由旅行搜索引擎提供，它使用网络技术帮助顾客快速、有效地制定旅行安排，主要的旅行搜索引擎包括SideStep、Kayak和Mobissimo。顾客可以使用旅行搜索引擎寻找最佳交易，然后点击其链接进入网站，通过这些旅行服务提供商直接预订机票、旅馆和汽车。由于使用这些服务比使用OTA价格便宜，因此顾客可能不得不放弃OTA的便利性。

问题

1. 在线旅行代理（如Orbitz）和旅行搜索引擎（如Mobissimo）之间的区别是什么？

2. 寻找其他不将其服务纳入OTA的旅行提供商的例子。

3. 在旅行服务提供商看来，旅行搜索引擎的优点是什么？

Chapter9

第9章

全球信息系统

你将在本章首先了解到企业实施全球化及采用全球信息系统的原因，包括电子商业的兴起和互联网的发展。全球信息系统是指日益发展的通信和网络技术程序，你将了解到这些系统的要求和构成，以及使用全球信息系统的企业结构类型。我们还将讨论全球信息系统的一个受益者——离岸外包。最后，我们将探讨使用全球信息系统的一些障碍。

 ## 9.1 全球化的原因

全球化经济产生了需要统一性全球服务的顾客，全球市场扩张是发展全球信息系统以处理这些统一性服务的重要因素。为了更好地理解统一性全球服务的需要，请思考下面这个例子：由于意大利拥有优质的皮革及专业的制鞋技术，某鞋业公司在意大利购买皮革，并在意大利将这些皮革制成鞋面部分。接着，由于中国的加工劳动成本低廉，这些鞋面被运送到中国，与鞋底固定，加工成成品。然后，这些成品鞋又被运送到爱尔兰进行检测，因为那里拥有高度集中的高科技设施。最后，这些鞋运输到美国的各个零售商店进行销售。这条完整的物流供应链（从意大利到中国再到爱尔兰）必须受到美国总部的管理和协调。这个例子表明为什么一些企业选择在其他国家进行不同的加工程序，以及确保所有程序协调统一的重要性。

许多企业已经实现了国际化。例如，2008年可口可乐公司在美国以外的国家获得了80%以上的收益。一些大型公司，如宝洁公司、IBM、麦当劳、联合利华、雀巢公司和摩托罗拉公司已经成为全球信息系统的主要用户。由于当今的跨国公司在各种各样的市场和文化背景下运营，因此对顾客、法律、技术问题及当地的商业需求和习俗等因素保持清醒的认识，是全球信息系统获得成功的前提。

机票预订系统被称为第一个大规模的交互式全球系统，现在宾馆、汽车租赁公司和信用卡服务也需要全球数据库为顾客提供效率更高且效果更好的服务。[1]全球化产品是指针对所有市场经过标准化的产品或服务，它们在国际

营销工作中变得越来越重要。另外，生产商可以实施"区域化"运营（即将公司运营迁至其他国家）——由于某些区域可能具有一定的优势。例如，印度尼西亚原材料的价格可能比新加坡便宜，在印度可以得到产品所需的专业技术，而巴西却没有。

客户和产品日益趋于全球化，意味着全球化也已经成为采购和供应链中的重要因素。全球采购促使供应商不仅要考虑到国内的竞争者还要顾及国外的竞争者。而且，因为大型全球性企业可以得到廉价的劳动力，

并且可以在当地和国际间出售产品和提供服务，因此他们能够降低采购、加工和运输成本。[2,3] 专栏9-1重点介绍全球信息系统在罗姆公司的应用。

专栏9-1　罗姆公司的全球信息系统

　　罗姆公司是陶氏化学公司的一部分，它在许多国家拥有生产经营单位。过去，每个国家网站独立运行，并且拥有自己的库存系统。这种体系的主要问题是某个国家网站可能无法向顾客提供他们所需要的产品。例如，如果法国的网站向顾客们发布它推出了某种产品，但是无法轻易地核实仅在20英里之外的德国网站是否也供应这种产品。为了解决这个问题，罗姆公司通过升级订单输入系统和安装全公司的物料管理系统，完善了它的全球信息系统。这些系统与全球需求计划系统紧密连接。罗姆公司现在可以根据顾客需要为他们提供更好的服务，以及快速运送来自其他网站的产品。这些改进使得罗姆公司在全球市场中具有更强的竞争优势[4]。

9.1.1　电子商业：动力

　　电子商业是全球信息系统得以广泛使用的重要因素。正如第8章所述，电子商业既包括支持创收的交易，也包括专注于购买和销售产品的业务。这些创收的交易包括促进对产品和服务的需求、提供销售支持和顾客服务，以及加强商业伙伴间的沟通。一个有效的全球信息系统能够支持所有这些活动。

　　借助网络提供的灵活性，电子商业在传统商业优势和结构的基础之上逐步发展起来。通过由网络生成和传送及时的相关信息，电子商业为从事贸易活动创造了新的机会。例如，由于在商业活动中可以使用在线信息，因此电子商业为不同群体之间进行合作提供了便利条件。跨国公司的不同分支机构可以共享信息以策划新的营销活动；不同的企业可以共同合作设计新的产品或者提供新的服务；企业还可以与客户共享信息，从而改善与客户的关系。

　　互联网可以简化通信，改变企业关系，并且为客户和企业提供新的机会。随着电子商业的不断完善，以及越来越多的企业开展在线业务，顾客能够更加方便地从事比较购物。虽然购买者与销售者之间的直接交流已逐渐加强，但是中间商仍面临着许多新的发展机会。例如，一些企业可以转变成中间商或者经纪人，进行专业市场跟踪、向客户通报特价商品、改变市场条件、找到难以寻找的项目，甚至为客户寻找特殊的产品。

　　显然，互联网是促使电子商业产生的原因。一些小公司发现他们可以同大公司一样开展在线业务，并且使用互联网作为通信媒介或者替代内部网络，从而降低成本。下一节将讨论互联网的发展，它促进了电子商业的增长。

9.1.2　互联网的发展

　　第7章介绍了互联网及其显著的发展，在本节你将更加深入地探究它在全球范围内的发展。在当今世界的许多地方，互联网已成为人们日常生活的一部分。表9-1展示了2000～2008年全世界互联网的发展情况。[5] 如表中所显示的情况，互联网在中东地区的增长比例最高，而在北美最低。图9-1展示了全球互联网用户的数量，这个数字高达到15亿，且亚洲用户最多（超过65 700万）。[5]

表9-1 全球互联网的增长

世界区域	人口（2008年估计）	互联网用户 （人口数量的百分比，%）	2000～2008年 互联网的增长（%）
非洲	975 330 899	5.6	1 100
亚洲	3 780 819 792	17.4	474.9
欧洲	803 903 540	48.9	274.3
中东	196 767 614	23.3	1 296.2
北美洲	337 572 949	74.4	132.5
拉丁美洲/加勒比海	581 249 892	29.9	860.9
大洋洲/澳大利亚	34 384 384	60.4	172.7
全世界	6 710 029 070	23.8	342.2

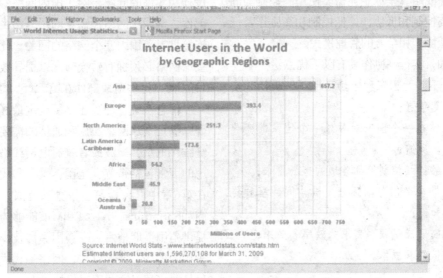

图9-1 全球互联网用户

 ## 9.2 综述全球信息系统

全球信息系统（global information system，GIS）是一种跨越国界的信息系统，它可以促进企业总部与地处其他国家的分公司之间的交流，并且将从普通系统中发现的所有技术和应用程序进行整合，以穿越文化和地理的边界来存储、控制和传输数据。[2]换句话说，GIS可用于管理企业全球运作、支持国际企业的决策制定程序，以及处理在全球运营和制定决策时所发生的复杂变化。

国际企业使用GIS可以加强对其分公司的控制，增进分公司间的协作，并且能够赢得新的全球化市场。[1]GIS的另一项核心功能是进行战略规划。由于分公司间能够更加有效地共享信息，国际企业可以跟踪工作业绩、生产进度、运输备选方案和会计账目。使用GIS跟踪这些信息，能够使管理者在国际范围内统一企业的经营目标。

> **术语卡**
> 全球信息系统（global information system，GIS）是一种跨越国界的信息系统，它可以促进企业总部与地处其他国家的分公司之间的交流，并且将从普通系统中发现的所有技术和应用程序进行整合，以穿越文化和地理边界来存储、控制和传输数据。

GIS还可以从以下两个方面进行定义：控制与协作。控制包括使用管理权力以确保坚持企业的发展目标。协作是指管理企业不同的专业部门中各项活动间相互作用的过程。控制需要集中的数据结构、企业通用的标准化定义、报告的标准格式、在不同情况下的行为规范（如怎样应对顾客的抱怨），以及业绩跟踪系统。协作需要分散的数据结构、部门间的标准化以及与其他部门沟通这些标准的能力、合作系统，以及支持信息交流和社会化的技术，使控制与协作之间在数量上达到权衡需要定义企业的全球战略。全球企业需要使用高控制与高协作、高控制和低协作、低控制和高协作及低控制和低协作相结合的管理模式。[6]

例如，实行高协作具有以下优点：[7]

- 在不同的国家和市场环境下，灵活地应对竞争者；
- 能够在一个国家对另外一个国家的变化做出反馈；
- 能够持续控制世界各地的市场需求；
- 能够在部门与国际分支机构间共享和传送知识；
- 提高了满足顾客需求的效率和效果；
- 降低经营成本。

9.2.1 全球信息系统的构成

虽然依据企业规模和商业需求的不同，各企业的GIS有很大区别，但是大多数GIS都具有以下几个基本组成部分：

- 能够进行全球信息交流的网络，其中包括传输设备和交流媒介；
- 全球数据库；
- 信息共享技术。

国际企业能够将各种各样的技术用于综合的GIS。小公司可以外包公司内部无法提供的专业技术。另一方面，拥有专业资源和技术的大公司能够开发可跨越国界实现共享的客户应用程序。依据对系统的使用，GIS可以由应用于电子邮件、远程数据输入、视频和计算机会议和分散式数据库的网络构成。然而，小公司

可以利用现有的公共网络供应商（如互联网或者增值型网络）进行多国间的沟通。[8]增值型网络是由第三方管理的私人多点网络，企业需要先订购才能使用。它们还提供电子数据交换标准、加密、安全电子邮件、数据同步等其他服务。但是，与互联网相比，增值型网络的应用范围还不够广泛，各种规模的企业一般都使用互联网处理国际业务。无论企业的规模及其所涉及的范围有多大，对整个企业的资源实施全球控制的统一性网络是所有GIS的基础。

信息系统管理员在开发全球化网络时面临设计和实施的问题。除了国内网络的一般组成部件，全球化网络还需要网桥、路由器和可以连接世界范围内几个网络的网关。此外，一个全球网络必须拥有转换节点以引导数据包传向目的地[9]（这些组成部件在第6章已介绍过）。

信息系统管理员还必须确定最好的通信媒介以满足全球网络实施和通信的需要，如光导纤维、卫星、微波或者普通电话线路。需要考虑的因素包括带宽、范围、噪声和成本。我们在第6章中已经学习了带宽和范围。全球供应商如SprintLink、AT&T和MIC能够为商业伙伴提供范围说明信息。噪声因素涉及媒介抗电子干扰的能力。一直以来，网络的构成、安装和租赁费必须与这些因素保持平衡。

另外，信息系统管理员必须选择最好的传输技术以满足全球网络的需要。没有可靠的传输，网络也就失去了存在的价值。现有的传输技术是同步传输、非同步传输、多路复用传输、数字传输（基带）和模拟传输（宽带）。同步传输像电话通信一样，需要连接通信双方；而使用非同步传输不需要连接通信双方，例如发送电子邮件。但是，国际企业所使用的传输技术受到一定的限制，它只能使用其分公司所在国家的基础通信设施所支持的技术。信息系统管理员也必须选择恰当的网络和协议管理网络连接，并且将错误率降至最低。

其次，在确定网络结构时，信息系统管理员必须考虑企业的经营目标。例如，如果企业的国际交流需求仅仅是进行简单的文件共享，

而且反馈时间也并不是关键因素，那么通过增值型网络使用半双向传输（每次向一个方向）可能就足够了。但是，如果除了共享普通的文件和数据库，企业还使用多媒体应用程序，如视频会议或者电子会议系统（EMS），完全双向传输（同时向两个方向）可以更加高效地满足多媒体传输过程的需求。而且，当在发展中国家没有完备的电信基础设施的时候，如非洲、中东和拉丁美洲地区的国家，私人网络或者专用的租用线路可以提供稳定的传输协议。

无论全球数据库是集中式还是分布式，对其进行设计和实施都是对GIS设计技术的挑战，这主要是因为有些人名的姓氏较长或者需要不同的字符集，以及电话号码和邮政编码的格式不同。外汇汇兑也是数据库发展中的一大困难，尽管有些软件可以完成这项任务。例如，SunSystems系统联盟提供了多国汇率计算软件，可以将当地货币转换为美元。你在后面的产业联系中可以看到，SAP（最初称做"系统应用程序和数据处理产品"）也为GIS提供了有价值的特性和功能。正是由于这些困难，拥有使整个组织规范化的全球数据库显得迫在眉睫。

虽然网络的基础设施是建立GIS的必要条件，但是网络的主要要求是进行交流和可能的信息共享。因此，建立了全球网络之后，国际公司必须决定所用信息共享技术的种类，如EMS或者视频会议、小组支持系统、FTP、数据同步化和共享应用程序。

根据这些决定，信息系统管理员应该注意到标准化软件和硬件总是一种理想化形式，并不一定切实可行。例如，硬件似乎很容易在其他国家进行复制，但是将同类的系统运送到其他国家并且进行安装则不易于实施。厂家可能不会为那个国家提供技术支持，或者电气标准可能不同。由于语言、商业方法和跨界数据流（transborder data flow，TDF）等方面的差异，在其他国家使用相同的软件变得越来越复杂，其中TDF限制了采集和传输数据的类型。TDF包括关于隐私保护和数据安全的国家法律

和国际协议。随着国家间的合作与协调不断加强，这些问题越来越容易解决。

9.2.2　全球信息系统的要求

全球信息系统是如何构成的？GIS必须能够支持复杂的全球决策。这种复杂性源于跨国公司（multinational corporations，MNCs）所运营的全球环境。全球环境是指在不同社会力量影响下的各种变化，这些社会力量包括法律（知识产权法、专利和商标法、TDF规则等）、文化（语言、道德问题、宗教信仰）、经济（货币、税务结构、利率、金融和财政政策）和政治（政府类型和稳定性、针对MNCs的政策等）。

术语卡

跨界数据流（transborder data flow，TDF）限定在国外可以获取和传输什么类型的数据。

跨国公司（multinational corporations，MNCs）或企业是指一个公司至少在本国之外的一个国家中拥有资产和业务。这个公司穿越其本国国界运输产品和服务，并且通常接受来自总部的中央管理。

在国际企业规划中，理解全球风险对MNCs运营的特殊性至关重要，其中包括政治风险、国外汇兑风险和市场风险。政治风险通常指由政府动荡所引起的问题，也包括近几年所发生的许多政治暴动。政府动荡会导致货币汇率动荡、政权变更迅速且不可预期，以及其他影响公司运营的问题。例如，虽然在印度和爱尔兰可以利用其成本低和技术先进的优势，但是由于这些国家的局势不稳定，公司考虑到政治风险而不愿在这些国家建立办公室。另外，管理全球运营需要考虑公司总部所在地政府（母公司政府）和子公司所在地政府（东道主政府）之间潜在的利益冲突。

GIS同其他信息系统一样，可以根据影响不同功能的管理水平进行分类：操作性、战术

性和战略性。制定全球化决策异常复杂，这意味着GIS具有区别于国内信息系统要求的功能性要求。此外，战术性和操作性管理间的界限比较模糊。以下各要求中，前四个要求属于操作性要求，而剩下的属于战术性要求：

- 全球数据访问　在线访问世界各地的信息是一个重要要求，这使管理者能从公司总部监控公司的全球运营。理论上，全球网络通过集成音频、数据和视频为全球的子公司提供了实时的通信连接。多个MNCs如惠普公司、通用电气公司、德州仪器和IBM公司，已经建立了连接全世界的公司数据库。

- 统一的全球报告　统一的全球报告是管理国外分公司的重要工具。这些报告应该包括账目和财务数据、生产更新、库存等，并且管理人员根据这些报告能够对所有分公司的财务数据进行比较。由于会计程序和国际监管标准不同，比较结果也有所不同，但是统一的全球报告有助于减少这些差异。

- 总部与分公司之间的交流　为了促进决策和规划过程，GIS应该为MNCs的总部和子公司之间的交流提供有效的方法。

- 短期国外交易风险的管理　当今国际货币系统以自由浮动汇率、管理浮动汇率和固定汇率相结合为特征。货币汇率每日改变，因此MNCs管理者必须减小币值波动对母公司与子公司所在国家的影响。为了控制国外交易的风险，许多公司开发了专家系统和决策支持系统（第12、第13章中讨论）。例如，摩根士丹利的贸易分析和处理系统（TAPS）跟踪金融数据，如债券、股票、利率和外汇汇兑。

- 战略计划支持　支持战略管理过程是GIS的核心部分。战略计划和控制专注于更加有效地对资源进行区域化分配，以及迅速地对环境变化做出反馈，例如不断增加的政治和外汇汇兑风险及全球竞争。

- 冲突和政治风险管理　在MNCs和国内企业进行决策的主要不同之处是MNCs的决定必须考虑跨国公司、国家政府和跨国组织的目标是否相互冲突。MNCs中的冲突管理，特别针对东道主政府和跨国组织进行协调，是决定MNCs能否在全球市场中生存的重要因素。

- 长期国外交易风险管理　当明确制定了全球金融战略，MNCs必须解决几个问题，其中包括长期国外交易风险。例如，企业应该考虑到这些风险：如果日本的产品涌向亚洲市场，并且排挤了许多中国制造的产品，前提是允许日元贬值。

- 全球税务风险管理　设计税务风险管理系统需要详尽的国际金融知识、国际货币系统和国际税法。

9.2.3　全球信息系统的目标

由于各国家在文化、政治、社会和经济基础结构及商业方法中存在较大差异，因此实施GIS会有一定困难。国际政策也可以改变、影响交流和标准化进程。而且，一些人认为不存在真正的全球化企业，更不用说可以它运营的GIS。GIS不能简单地添加到现存的企业中。在增加GIS之前必须要解决以下几个问题：[10, 11]

- 必须确定企业在全球市场中的商业机会。
- 全球信息系统需要大量的资源投入，并且通常在几年前就开始进行，因此决策者必须考证在GIS中的投资。
- 实施GIS比实施国内信息系统更具有挑战性。因此，需要根据技术和业务专长甄选企业中的信息系统操作员。
- 最后，应该认真协调使用GIS的各项工作，帮助员工从惯用的老式系统转移到新系统。

在全球范围内使用信息系统比在一个局部的范围内使用更加困难。本章稍后将对这些困难进行详细讨论，包括基础设施、语言、时区和文化等因素。为了使用GIS解决一些基本问题，管理人员必须首先决定国际公司需要和共享的信息种类。此外，由于顾客需求和偏好的变化及全球竞争的变化，管理者无法假设企业的产品和服务能否继续以同样的方式进行销售。[10]考虑整个企业的运行效率在协调国际商业活动中至关重要，国际公司需要努力改变他们的生产和经营策略以适应全球市场。

根据GIS的功能和用途，可以使用不同的方法对其进行分类。全球市场信息系统、战略智能系统、跨国经营管理支持系统、全球竞争性智能系统都是以不同名称命名的GIS。不管GIS的名称是什么，它必须保证使资源能够穿越国界实现共享。但是从经济角度来看，GIS所要求的复杂性和金融投资可能并不切实可行。专栏9-2着重描述了GIS在Novell公司的使用情况。

专栏9-2 Novell的全球网络运行中心

Novell是拥有100多个全球网点的国际企业，它所经营的网络是全世界最大的多厂商内联网之一（如第7章所讨论的专用内部网络）。为了开发管理故障处理和维护的集中控制点，Novell建立了全球网络管理中心（GNOC），它在美国加利福尼亚州、美国犹他州和荷兰拥有指挥中心。这些指挥中心通过视频电话会议与世界各地的内联网工作站相连接。

GNOC全体员工共同协作帮助每个工作站服务台的工作人员解决网络问题和设备故障，如路由器、防火墙和广域网连接的问题。出现任何问题都会在GNOC发出警报，然后GNOC管理员使用称为Manage Wise的Novell网络和系统管理平台检测和解决这些问题。Novell期望通过使用GNOC能够缩短对事故的反应时间，并且对于一些应用程序，如Group Wise（Novell的电子邮件服务器和组件）、人力资源数据库、生产和库存跟踪系统、金融和财务信息系统及客户支持跟踪系统，可将其系统正常运行的比例提高到99.5%。

9.3 组织结构和全球信息系统

影响MNCs运营的最主要因素是协作，而GIS可以为其提供必要的信息。以下列出四种常见的全球组织类型：

- 多国型；
- 全球型；
- 国际型；
- 跨国型。

正如你在下面各节所看到的，组织结构通常决定了GIS的结构。

9.3.1 多国型结构

在多国型结构（multinational structure）中，如图9-2所示，对生产、销售和市场进行分散式管理，而财务管理这一职责仍由母公司承担。例如，泰科公司就遵循多国型结构。[13]这种结构的焦点集中在当地反应性上（在分公司所在的地方对顾客的需求做出反馈），因此各分公司实施自主经营，但是要定期向母公司汇报情况。例如，雀巢公司在全世界的不同地方共使用了140套财务系统。在这种结构下，分公司不必首先请示母公司就可以做出许多决策，从而减少了子公司与总部间交流的需要。[14]

术语卡

在多国型结构（multinational structure）中，对生产、销售和市场进行分散式管理，而财务管理这一职责仍由母公司承担。

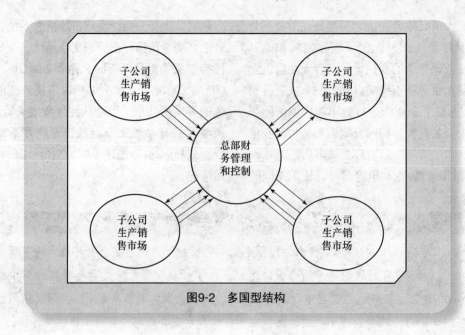

图9-2   多国型结构

当地的硬件和软件生产厂家会影响公司在应用程序方面的选取。可以肯定的是，每个分公司在不同的平台上运营，统一的连接在经济上行不通。但是，除了信息系统之外将其他所有职能分散到各分公司的方法，使MNCs的定义正在发生改变。

9.3.2   全球型结构

遵循全球型结构（global structure）（或者总部驱动型结构）的企业，有时称为"特许商"，掌控着高度集中的信息系统。[1]分公司几乎没有任何自主权，它们不仅在系统的设计和实施方面，而且在所有过程和控制决策中都依赖于总部。因此，需要建立广泛的通信网络管理这种类型的企业，而GIS就适用于这种结构。

> **术语卡**
>
> **全球型结构**（global structure）（或者总部驱动型结构）掌控着高度集中的信息系统。[1]分公司几乎没有任何自主权，它们不仅在系统的设计和实施方面，而且在所有过程和控制决策中都依赖于总部。

不幸的是，由于分公司过分依赖于总部的新产品和新理念，他们难以实现对生产、营销和人力资源这些因素的统一化管理。为了尽可能有效地管理企业，管理系统研发部门开发了双重信息系统。[15]通常在总部所在的国家对产品进行设计、提供资金支持和生产，而分公司则负责在他们所在国家进行销售和市场营销，并且需要使产品能够迎合当地的需求和品味。例如，麦当劳将在印度上市的汉堡变成100%的素食产品，其中包含土豆、豌豆、胡萝卜和一些当地人喜欢的印度调料。

麦当劳、菲尔德夫人饼干和肯德基都是遵循这种结构的公司。[16]通用汽车公司也在这种结构下运营，它使用GIS整合来自于全世界的库存信息。图9-3展示了这种结构，其服务、产品、信息和其他资源采用单向流动模式。

9.3.3   国际型结构

以国际型结构（international structure）运营的公司很像跨国公司，但是其分公司在生产过程和生产决策方面更加依赖于总部。国内出口商是典型的这种结构。各分公司的信息系统员工要定期相互交换，从而促进用于市场营销、财务和生产的应用程序共同发展。这种交

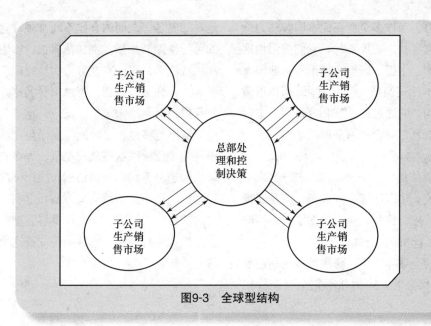

图9-3 全球型结构

换有利于在地理上分散的人员进行协作，而由于国际结构具有协作的本质特征，使用GIS对其进行支持更加切实可行。根据分公司间协作的程度，既可以对其GIS实行集中控制也可以进行分散管理。

图9-4展示了这种结构，它运用双向交流体系。例如，专业信息从总部发送到分公司，财务信息从分公司发送到总部。卡特彼勒公司和其他重型设备制造商通常遵循这种结构。

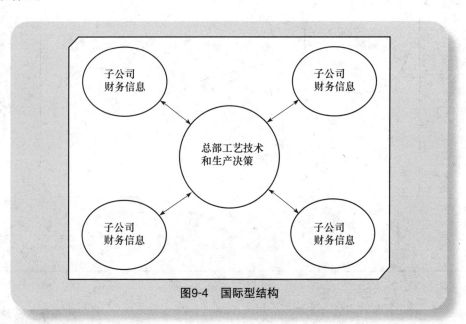

图9-4 国际型结构

9.3.4 跨国型结构

最后，在遵循跨国型结构（transnational structure）的企业中，母公司和所有分公司为了将产品发送到恰当的市场，需共同制定政

策、程序和物流管理方案。这种类型的企业可能拥有几个区域分部，他们之间共享权利和责任，但是一般没有国籍的限定。跨国型企业通常专注于优化供应资源和利用在分公司所在地

可得到的优势。当许多企业在比本国劳动力价格低廉的国家寻找加工设备时，它们就采用这种结构。例如，中国、印度、越南和其他国家的劳动力成本比美国低。另一方面，GIS很适用于这种结构，它通过使总部和分公司间进行合作及共享信息，对企业的全球活动实施统一管理。

在跨国型结构中，需要对GIS实行高水平的标准化和统一化以保证全球效率，但是必须顾及当地的反应。例如，通用数据字典和标准数据库促进了GIS的统一性。

在当今的全球环境下，跨国型结构所需要的合作水平及全世界协调并不完全存在。但是，随着各国之间的合作不断加强，这种结构的可行性逐渐加强。例如花旗银行、索尼公司和福特汽车公司一直在努力实施跨国型结构。事实上，许多公司都已跨越国界共享技术革新并且保持对当地需求做出反应。这些公司将生产分散到更多地方，因此提高了生产成本的效率。为了便于同这些公司竞争，许多企业在全球化的趋势下转向跨国结构。[14]图9-5展示了这种结构，图中显示总部与分公司之间、分公司之间的合作。汇率制度允许世界各地的经销商和经纪人进行合作，它是一种支持这个结构的信息系统。

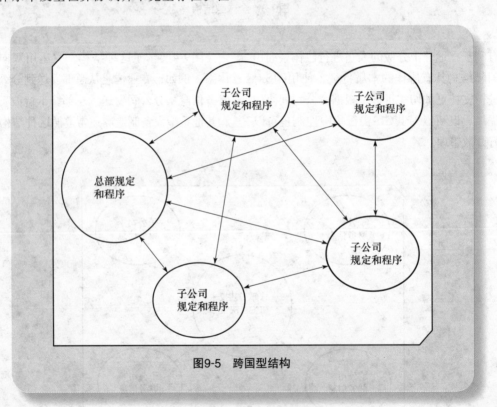

图9-5　跨国型结构

术语卡

以国际型结构（international structure）运营的公司很像跨国公司，但是其分公司在生产过程和生产决策方面更加依赖于总部。

在遵循跨国型结构（transnational structure）的企业中，母公司和所有分公司为了将产品发送到恰当的市场，需共同制定政策、程序和物流管理方案。

9.3.5 全球信息系统支持离岸外包

离岸外包（offshore outsourcing）是可以替代信息系统开发的方法。企业运用这种方法在另一个国家选择外包公司，这个国家可以提供企业需要的服务和产品。最初，离岸外包主要用于加工制造业寻找廉价的劳动力，但是现在它用于许多信息技术工作，如以下方面：

- 医疗诊断；
- 税务筹划；
- 程序设计；
- 开发应用程序；
- 创建网站；
- 服务台/用户支持；
- 质量保证/软件测试。

互联网的广泛应用，提高了通信系统的性能，降低了通信成本；并且由于带宽的增加，离岸外包对所有类型的企业更具吸引力。GIS对离岸外包起到了重要的支持作用，它为所有参与者提供了进行协调开发活动的全球网络，如产品设计和全球市场营销活动。表9-2列出2008年的外包国家和地区排行榜。[17]评定这些国家等级的标准包括语言的熟练程度、当地政府对外包商业的支持度、潜在的劳动力资源、现存的基础设施（公路、铁路服务和机场）以及教育体系的质量。

> **术语卡**
>
> 企业运用**离岸外包**（offshore outsourcing）的方法在另一个国家选择外包公司，这个国家可以提供企业需要的服务和产品。

表9-2 2008年外包国家和地区排行榜

美 洲	亚洲/大洋洲	欧洲、中东和非洲
阿根廷	澳大利亚	捷克共和国
巴西	中国	匈牙利
加拿大	印度	爱尔兰
智利	马来西亚	以色列
哥斯达黎加	新西兰	北爱尔兰
墨西哥	巴基斯坦	波兰
乌拉圭	菲律宾	罗马尼亚
	新加坡	俄罗斯
	斯里兰卡	斯洛伐克
	越南	南非
		西班牙
		土耳其
		乌克兰

9.4 使用全球信息系统的障碍

GIS在这几个方面起到积极的作用：加强全球协作、管理促进全球化因素、通过支持战略性规划保持竞争优势。但是，同任何信息系统项目一样，实施和维护GIS需要克服一些困难。计划使用GIS的公司应该分析这些困难，并且试图解决它们。采取积极主动的措施能够增加成功使用这些技术的机会。以下因素会阻

碍GIS的成功实施，其中一些将在后面的各节详细讨论：[18, 19]

- 标准缺失（也可以包括时区、税收、语言和工作习惯的差异）；
- 文化差异；
- 不同的监管措施；
- 简陋的电信基础设施；
- 缺少技术分析员和程序员。

另外，不愿将信息系统的控制权授予东道主国家为GIS的开发造成更加微妙的障碍。为了在国际范围内达到真正的统一，企业必须使得在其他国家的重要员工拥有一定的权力，并且依靠反馈和信息共享技术以保持全球化的发展前景。

9.4.1 标准缺失

标准可以在两个方面影响GIS的发展。首先，缺少国际标准有碍于开发可跨越国界共享信息的综合系统。电子数据交换、电子邮件和电信标准在世界各地不尽相同，因此考虑到所有系统的标准是不切实际的。虽然开源系统正在不断普及，连接不同系统的技术也可以实现，但是几乎没有企业能够支付得起统一运行不同平台的费用。因此，缺少国际系统开发标准将阻止许多企业使用GIS。

此外，标准过多妨碍反馈当地偏好甚至时间的灵活性。例如，全球生产系统不应该规定所有分公司使用公制的度量系统。它应该具备一定的灵活性，能够允许分公司使用当地的度量系统，而且能够控制从一个系统到另一个的转换。

由于信息系统的员工在国际标准下管理集中式GIS，并且穿越时区共享信息资源，因此他们很难找到恰当的时间使系统进行离线作业，完成文件备份和系统维护任务。[20]保持国际系统开发标准间的平衡是切实需要的，它将有利于系统的整合、模块化及定制，并且使应用程序能反映当地需求。

当考虑所有这些因素时，实现软件共享变得很困难且不切实际。一个公司仅有5%～15%的应用程序在本质上真正实现了全球化。实际上大多数应用程序只在本地使用，不能被统一到GIS的体系结构中。即使对这个软件实现了全球统一，仍可能会产生支持和维护方面的问题。如果网络出现了故障，谁来负责恢复系统的网络连接呢？而且，呼叫服务台的员工与服务台工作人员之间可能语言不通。因此，协调和规划当地需求的变化对于使用GIS至关重要。

9.4.2 文化差异

文化差异包括各个国家不同的价值观、观念和行为之间的差异，它们在使用GIS时起到了重要作用。例如，在一些文化中，使用技术被认为是一种乏味的、低水平的工作，但是在其他文化中，技术知识被看做是社会价值的标志。一些国家仅允许购买本国的硬件和软件用于GIS，而另一些国家在这方面比较开放。

例如，某旅行网站为在最后一分钟预订旅行的顾客提供低价优惠，这种方式在英国运营得很好。但是其他国家却不理解这种做法，如德国，在那里欢迎提前预订，而最后一分钟预订不会得到低价"奖励"。[22]企业可能也需要在其网站上观看变化的内容和图像，例如以某种方式装扮的美女照片可能在西方世界可以接受，而在中东却不行。文化问题最好用教育和培养的方式来解决。

9.4.3 不同的监管措施

不同的监管措施阻碍了统一化进程。这一障碍并不一定与TDF规章有关，它与商业措施和技术应用的规则有关。许多国家也限制进口或使用的硬件和软件的类型，并且通常与企业打交道的厂家可能不会为某些国家提供服务，采用开源系统可以减少部分问题。但是，正如前面所提到的，几乎没有企业能够采用这种系统。

关于GIS内容司法权的问题也很具有挑战

性。ISP、内容提供商、服务器和拥有这些实体的企业可能被分散到世界各地，这些企业在不同的法规和制度下运营。例如，雅虎由于在其拍卖网站上出售纳粹纪念品而被告上法庭，这在法国是非法的。迄今为止，法国和美国法庭仍未达成一致的结论，或者哪个法庭拥有司法权。[23]在涉及网络空间的案件中决定司法权仍具有一定的困难。

在不同的国家，知识产权法的性质及如何实施也不同。软件侵权是所有国家都面临的问题，但是一些国家的侵权比例超过了90%。这一问题导致全世界大约损失400亿美元。[24]其他的法律问题既包括隐私权和网络犯罪法律，也包括审查和政府管理，它们在不同的国家会有很大的不同。

9.4.4 简陋的电信基础设施

正如前面所提到的，在增加GIS之前，国际公司必须考虑到分公司所在国家的电信基础设施。一个企业可能拥有实施全球统一系统的资源和技术，但是却不能改变现存的电信基础设施。而且，电信系统之间的差异为对GIS进行合并增加了困难。例如，当每个国家拥有不同的服务产品、报价表和政策时，实施包含25个国家的GIS价格昂贵且难以处理。

在互联网访问速度缓慢且费用较高的国家，网页中不能大量含有需要较高带宽的图片和动画制作。但是，在一些国家如韩国，那里的高速访问比较普遍，人们期盼建立拥有许多图像功能的高级网站。

甚至当两个国家的电信结构具有可比性时，标准的差异仍然会引发一些问题。例如，

一家在美国和埃及拥有分公司的企业可能面临互联网协议不同、高成本、低速度和在埃及可靠性差的问题。

9.4.5 缺少技术分析员和程序员

拥有实施GIS的技术分析员和有知识的程序员至关重要，特别是在美国和西欧严重短缺合格的信息系统专业人员。当形成统一的团队时，公司必须考虑每种文化的本质和其他国家在技术方面的差异。[20]例如，来自新加坡和韩国的专家拥有良好的职业道德和广泛的技能基础，因此被认为是亚洲最好的顾问。德国人因拥有项目管理技巧而得到认可，日本人因拥有优质的过程控制和全面的质量管理而闻名。理论上，企业应该将来自不同国家的技术人员联合起来形成一支"梦之队"。但是，文化和政治差异影响全球一体化所需要的合作环境。在发展中国家，许多培训和认证程序可由网络提供，可能是缩小这种技术差距的一种方法。

产业联系重点讲述了SAP公司，它是企业计算和GIS的领军企业。

9.5 小结

在本章，你了解到促成全球化趋势的因素、电子商业及互联网在这种趋势中所起到的作用。为了满足这种趋势的需要，GIS日益得到普及，你还学习了GIS的构成、使用它们的要求、它们如何用于各种跨国企业结构，以及GIS的不同应用程序，包括离岸外包。最后，综述了使用GIS的障碍。

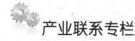 **产业联系专栏**

SAP公司

1972年，5位IBM公司昔日的员工创建了SAP公司，它是商业软件的主要供应商之一。例如，SAP应用程序可用于管理财务、资产、生产经营和人力资源。SAP ERP 7.0的最新版本包括全面的网络功能产品。SAP为客户提供了称为mySAP.com的网站和电子商务应用程序，其中包括客户关系管理（CRM）和供应链管理（SCM）系统。从一开始，SAP产品的设计可支持多种语言和不同的货币，这一点尤其适用于那些全球运营的

公司。另外，SAP还包括对信息系统的全球化功能进行升级的软件，如实施从欧洲货币到欧元的过渡。除了企业资源规划和供应链管理（将在第11章讨论）这两种产品，SAP还提供以下产品：

• SAP供应商关系管理　通过自动化采购流程、管理供应链和创造企业与其供应商之间的合作环境来管理企业与供应商的关系。

• SAP产品生命周期管理（PLM）　包括协调加工流程的服务、依据行业标准和规定确保从开发产品技术原型到生产最终产品的一致性。

本信息来自于公司网站（www.sap.com）及其他宣传材料。欲得到更多信息及更新内容，请登录网站。

关键术语

全球信息系统（global information system, GIS）

全球型结构（global structure）

国际型结构（international structure）

跨国公司（multinational corporations, MNCs）

多国型结构（multinational structure）

离岸外包（offshore outsourcing）

跨界数据流（transborder data flow, TDF）

跨国型结构（transnational structure）

问题、活动和讨论

1. 促成全球化趋势的原因有哪些？

2. 为什么实施GIS比实施国内信息系统更加困难？

3. 在GIS中实施高协作的优势是什么？

4. 什么行业从离岸外包中获益？为什么？

5. 为什么缺少标准是发展GIS的障碍？

6. 为了发展和传送全球信息，惠普公司需要使用专注于同一专业术语的全球信息管理策略。登录www.sdl.com/de/Images/cs_sdl-HP_web_en_tcm17-2450.pdf，学习这个案例，并且写两页纸的报告概括惠普公司使用这个系统能够完成什么工作。

7. 下列哪些选项可能是在其他国家复制硬件的障碍？（不定项选择）

a. TDF规则

b. 不同的电子标准

c. 用于安装的不同商业方法

d. 厂家不在其他国家提供支持

8. 下列那个选项是常见的MNCs结构？（不定项选择）

a. 多国型

b. 个体型

c. 国际型

d. 跨国型

9. 下列哪个选项是设计和使用全球数据库的技术障碍？（不定项选择）

a. 用于名称的不同字符集

b. 用于电话号码和邮政编码的不同格式

c. 不同的程序设计语言

d. 货币转换

10. 使用开源系统能够减少在其他国家的监管措施中因差异而引起的问题。正确与否？

案例研究

IBM的GIS

IBM公司使用GIS，并将许多功能结合到一起，其中包括研究、开发、加工制造、销售和经营管理。这些系统取代了纸质电话簿，并且结合电子签名提高了安全性，它们还允许员工使用无线通信来完成许多工作。系统中增加了全球连接，这样全世界的员工能够共享知识且快速准确地交流多媒体信息。虽然在某些地方上网仍需要使用拨号调制解调器，但是在可能的情况下使用数字连接，IBM全球网络可覆盖超过90个国家和地区。另外，许多应用程序使用分布式处理，从而减少了不必要的数据传输，并且为用户提高了数据传输的质量，将互联网和VOIP用于传真和音频传输以减少越洋电话的成本。[25]

问题

1. 根据这个案例，IBM的全球网络采用了哪种类型的技术？

2. GIS如何在IBM精简运作？

3. 互联网和VOIP如何降低传真和音频传输的成本？

Chapter10

第**10**章

建立成功的信息系统

本章首先介绍了用于开发系统或项目的模型——系统开发生命周期（SDLC）。SDLC通常分为5个阶段，你将学习每个阶段中所涉及的工作。例如，第一阶段规划中通常进行可行性研究，并且成立SDLC特别工作组。接着，你将学习可替代SDLC模型的两种方法：半内包和外包。最后，你将了解系统分析和设计的新趋势，如快速应用开发、极限编程和敏捷软件开发方法。

 ## 10.1　生命周期综述

在信息系统领域，可能引起系统故障的原因包括错过最后期限、未满足用户需求、顾客不满意、缺少上层管理人员的支持和预算超支。使用合理的系统开发方法有助于在设计信息系统时克服这些潜在的故障。设计成功的信息系统需要统一的人员、软件和硬件。为了达到这种统一，设计者要遵守系统开发生命周期（system development life cycle，SDLC），也称为"瀑布模型"。它由一系列明确的、按照一定顺序完成的阶段构成，这种顺序可作为开发系统或项目的架构。图10-1列示了SDLC的各个阶段，本章将对它们进行阐述。在这一模型中，每个阶段的输出（结果）将成为下一个阶段的输入。当采用这一模型时，切记信息系统的主要目标是及时地向正确的决策者传递有用的信息。

目前的系统规划是对所有可能需要实施的系统进行评估。首先对每个系统的要求进行初步分析，并且对每个系统进行可行性研究。然后企业决定哪些系统可以继续"前

▶ |学|习|目|标|

1. 描述开发信息系统的方法——系统开发生命周期（SDLC）。
2. 说明规划阶段所涉及的工作。
3. 说明在需求采集和分析阶段所涉及的工作。
4. 说明设计阶段所涉及的工作。
5. 说明实施阶段所涉及的工作。
6. 说明维护阶段所涉及的工作。
7. 说明系统分析和设计的新趋势，包括快速应用开发、极限编程和敏捷软件开发方法。

系统开发生命周期（system development life cycle，SDLC），也称为"瀑布模型"。它由一系列明确的、按照一定顺序完成的阶段构成，这种顺序可作为开发系统或项目的架构。

进"，进入程序的下一个阶段。

　　信息系统项目通常是对现存系统的一种扩展，或者需要用新技术替代旧技术。不过，有时也需要从头开始设计信息系统，SDLC模型特别适用于这种情形。对于现存的信息系统，

虽然仍可以使用SDLC模型，但它对某些阶段并不适用。另外，在设计信息系统时，预测公司的增长率是非常重要的；否则设计完成后不久，系统就可能会变得效率低下。

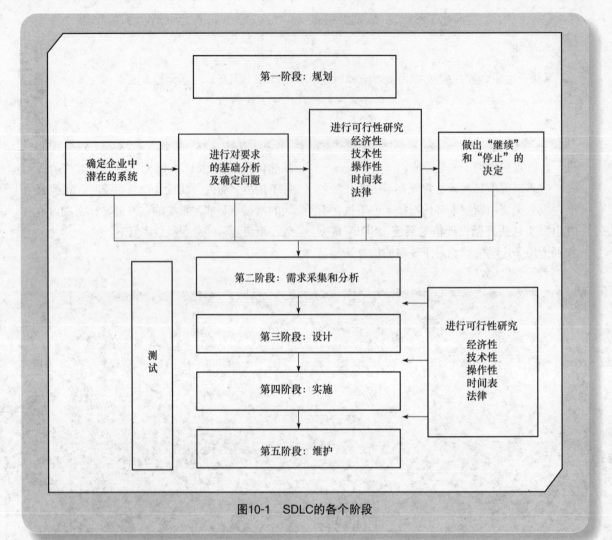

图10-1 SDLC的各个阶段

 10.2 第1阶段：规划

规划阶段（planning phase）是SDLC模型最重要的阶段之一，在这一阶段，系统设计人员必须理解并确定企业所面临的问题，注意不要只关注表面征兆而忽略潜在的问题。这些问题可能发生在企业内部，也可能发生在企业外部，如来自顾客或供应商。例如，发生在企业内部的问题可能是管理人员担心企业在市场中缺少竞争优势，发生在外部的问题可能是供应商发现库存控制程序效率低下。

在明确了问题之后，分析人员或分析团队将依据对以下问题的回答，评估企业或特定用户群体在当前和未来的需求：

- 为什么要开发这个信息系统？
- 谁是系统现在和未来的用户？
- 这是一个新系统还是现存系统的升级或扩展？
- 哪个功能区域（部门）将使用这个系统？

作为此项评估的一部分，分析人员必须考察企业的战略目标，拟议系统怎样能够支持这些目标，哪些因素对拟议系统的成功至关重要，以及评价拟议系统完成的标准。建立评价标准要确保整个SDLC过程的客观性。

另外，分析人员必须获得用户有关信息系统的问题和需求等反馈信息。在这个阶段，他们需要确保用户理解以下四个问题：

- 为什么 为什么设计这个系统？哪些决

定将受到影响？

- 谁 谁将使用这个系统？它将由一个决策者使用还是一群决策者使用？这个问题也与用户的类型有关。例如，市场营销部将使用这个系统吗？生产制造部门也将像信息供应商或客户一样使用这个系统吗？
- 什么时候 这个系统将在什么时候投入使用？在商业过程的什么时候（什么时期）使用这个系统？
- 是什么 这个系统提供了什么类型的功能？将如何使用这些功能？

这个阶段的最后结果将使用户和上层管理人员明确地认识到问题是什么及信息系统将如何解决这个问题。例如，来看一下ABC家具公司是如何对信息系统进行规划以解决库存预测不准确的问题。目前，ABC家具公司从新英格兰木业（NEW）公司购买木材。

- 为什么 ABC家具公司需要一个跟踪库存的信息系统，以生成更准确的产品需求预测，并跟踪从NEW订购木材的要求。显然，更加准确的库存有助于降低库存成本，改善ABC家具公司与NEW和经销商的关系，确保零售商可以买到公司的产品，并使ABC公司的市场形象得到提升。
- 谁 信息系统的主要用户是负责与NEW签订订单的采购小组、负责跟踪库存并且确保满足对成品需求的制造部、接受经销商订单的销售人员和可能接受零售商订单的经销商。
- 什么时候 由于公司的主要竞争者计划在6个月之后开一家新店，因此这个系统必须在接下来的4个月内投入使用。而且，这个系统必须支持加工过程的材料订购阶段、生产规划阶段和运输阶段。它还必须为ABC家具公司未来5个月内的营销活动提供信息，以及支持ABC在新地区的扩张。
- 是什么 在入站方面，系统必须跟踪

即将收到和已收到的货物、原材料的数量、购买原材料的订单，及ABC的所有供应商（包括NEW）提供的原材料的等级。在经营方面，系统必须提供关于下列信息，如所有产品的库存水平、每个生产阶段的工作进程、收到原材料的质量、成品检验质量和不合格产品。在出站方面，系统必须跟踪已发出的订单、未完成的订单和每一个产品的已完成订单，以及每个经销商和零售商所需要的历史订单。

> **术语卡**
>
> 规划阶段（planning phase）是SDLC模型最重要的阶段之一，在这一阶段，系统设计人员必须理解并确定企业所面临的问题，注意不要只关注表面征兆而忽略潜在的问题。

10.2.1 特别工作组的成立

为了确保信息系统的成功，用户必须在规划、需求采集和分析、设计和实施阶段输入相应的信息。为此，成立了特别工作组，它由来自不同部门（包括IT）的代表、系统分析人员、技术顾问和高层管理人员构成。该小组收集用户的反馈信息，并且试图让用户从一开始就参与系统的开发工作。

系统设计人员和分析人员应说明新系统的目标和益处，以便特别工作组知道在用户所输入的信息中寻找什么内容。总体来讲，信息系统拥有两组用户：内部的和外部的，特别工作组从这两组用户中收集反馈信息。内部用户（internal users）是日常使用系统的员工，他们能够提供关于系统优势和劣势的重要反馈信息。外部用户（external users）虽然不是员工，但是他们也使用这个系统，这些用户包括顾客、承包商、供应商和其他商业伙伴。虽然他们一般不是特别工作组的一部分，但是他们的输入信息非常重要。

采用特别工作组设计信息系统类似于使用联合应用程序设计方法。联合应用程序设计（joint application design，JAD）是一项包括用户、上层管理人员和IT专业人士在内的集体活动。它以一个结构化研讨会为中心（称做JAC会议），用户和系统专业人士在这里共同开发应用程序。它包括一份详细的议程表、视觉教具、主持会议的领导者和记录会议陈述的记录员，并产生一个最终文档，其中包括对数据元素、工作流程、显示器、报告和一般系统说明的规定。JAD方法的优势是它融汇了企业中不同职能领域对这个应用程序的不同观点，有助于避免出现所收集到的要求涉及面过于狭窄且仅集中在一个方面的现象。[1]

术语卡

内部用户（internal users） 是日常使用系统的员工，他们能够提供关于系统优势和劣势的重要反馈信息。

外部用户（external users） 虽然不是员工，但是他们也使用这个系统，这些用户包括顾客、承包商、供应商和其他商业伙伴。虽然他们一般不是特别工作组的一部分，但是他们的输入信息非常重要。

联合应用程序设计（joint application design，JAD） 是一项包括用户、上层管理人员和IT专业人士在内的集体活动。它以一个结构化研讨会为中心（称做JAC会议），用户和系统专业人士在这里共同开发应用程序。它包括一份详细的议程表、视觉教具、主持会议的领导者和记录会议陈述的记录员，并产生一个最终文档，其中包括对数据元素、工作流程、显示器、报告和一般系统说明的规定。

10.2.2 可行性研究

可行性是衡量信息系统对于企业的有益性和实用性程度的尺度，在整个SDLC过程中可以不间断地对它进行评估。上层管理者经常会由于一些原因而对信息系统感到失望，如信息系统无益于企业的战略目标、收益不足、系统用户和设计者之间交流甚少、设计者很少考虑用户的喜好和工作习惯。如果关注于这些因素，进行细致的可行性研究能够有助于减轻管理者投资信息系统的负面情绪。[2]

在规划阶段，分析人员调查了拟议解决方案的可行性，并且确定如何以最好的方式向管理层提出得到资金的解决办法。用于达到这个目的的工具是可行性研究（feasibility study），它一般包括5个主要方面：经济性、技术性、操作性、时间表及合法性，我们将在下面各节对其进行讨论。专栏10-1讲述了一个需要可行性研究的实例。

1. 经济可行性

经济可行性（economic feasibility）评估系统的成本和收益。简单地说，如果实施一个系统产生250 000美元的净利润，而这个系统的成本是500 000美元，那么从经济角度来讲这个系统不可行。为了进行经济可行性研究，系统分析团队必须明确拟议系统的所有成本和收益（有形的或无形的）。团队还必须意识到与信息系统相关的机会成本。机会成本能估计出当你没有系统或缺少某项功能时将损失的收益。例如，如果你的竞争者拥有网站而你没有，即使你真的不需要它，缺少网站会为你带来什么样的损失呢？如果你们没有网站，你可能会失去哪些市场份额呢？

为了评价经济可行性，团队计算了实际开发和运行系统的成本，并与预计的系统财务收益进行比较。开发成本包括以下几个方面：

- 硬件和软件；

专栏10-1 可行项目的失败

西捷航空公司是位于加拿大卡尔加里的折扣航空公司，它于2007年6月宣布停止开发新的预订系统AiRES，虽然此时已在这个项目投入了3 000万美元。这个问题并不是由负责开发系统的Travelport公司导致的，只是西捷发展迅速且超过了预期的计划，而最初对预订系统的计划中并没有提出解决快速发展的方案。管理人员想要增加一些功能，如与国际运输公司合作的能力，但是原计划中所设计的系统仅适用于小型折扣航空公司，而非大型国际航空公司。西捷公司终止了国内150名IT专业人士和约50名国外顾问的工作。这个例子说明在项目的整个生命周期需要进行可行性研究。如果西捷公司将这个项目继续进行下去，其损失有可能超过3 000万美元。[3]

- 软件租赁或者许可证；
- 用于程序设计、测试和原型制造的计算机时间；
- 用于监控设备和软件的维护费用；
- 人员成本，如顾问、系统分析人员、网络专业人士、程序员、数据录入员、计算机操作员、秘书和技术人员的薪金；
- 补给和其他装备；
- 培训能够使用系统的员工。

虽然一些厂家和供应商能够提供投资系统的成本，但是团队通常还要对运行系统的操作成本进行估算。这些成本可以是固定的也可以是变化的（根据使用比例）。在列出成本清单之后，团队还需制定预算报告。许多预算没有为开发成本留出充足的资金，尤其是对技术专家（程序员、设计员和管理者），由于这一原因，许多信息系统项目要重新做预算。

信息系统的规模和复杂性可以在分析和设计阶段之后进行改变，因此团队应谨记一开始可行的信息系统项目可能在后来变得不可行。将可行性检查点合并到SDLC是确保系统成功的好方法。如果需要，可以在可行性检查点取消或修改项目。

为了完成经济可行性研究，团队必须确定信息系统的收益，包括有形收益和无形收益两个方面。根据每月或每年所积累的资金，可以确定有形收益的数量，如企业聘请3名员工而非5名来操作新系统，或者新系统促进了利润增长。真正的难题在于如何准确地评估无形成本和收益，将这些因素与现实的货币价值联系起来比较困难。

术语卡

可行性研究（feasibility study）分析所推荐解决方案的可行性，并且确定如何以最好的方式向管理层提出得到资金的解决办法。它一般包括5个主要方面：经济性、技术性、操作性、时间表及合法性。

经济可行性（economic feasibility）评估系统的成本和收益。

无形收益很难根据耗费的金钱计算出来，但是如果不对它进行起码的确定，就不能对许多项目进行验证。一些无形收益的例子包括提高员工的工作积极性、提升顾客的满意度、更加有效地利用人力资源、增加商业运营的灵活性和加强交流。例如，通过保持现有的销售总额并将其增加10%以提高净利润，可以实现对客户服务的量化。还可以研究其他方法来衡量无形收益，如通过员工按时到岗和加班的比例考察员工的敬业程度。顾客的满意度虽然是无形的，但是可以使用满意度调查进行统计，并且利用互联网使得这一方法变得更加简便。

收集到关于成本和收益的信息之后，团队可以进行成本有效性分析。今天一美元的价值高于从现在起一年之后一美元的价值，这一概念正是成本有效性分析的基础。如果这个系统没有产生足够的投资回报，最好将资金投入到其他方面。最常用的分析方法是投资回收率、净现值（NPV）、投资回报和内部收益率。这项工作的最终结果是成本收益分析（CBA）报告，它用于向上层管理人员推荐这个系统。虽然这份报告的格式可以变化，但是一般应该包括以下几个部分：执行摘要、简介、范围和目的、分析方法、建议、理由、执行计划、总结和附录项，且附录项中可以包括支持文档。一些有用的支持文档包括组织结构图、工作流程计划、平面图、统计资料、项目序列图和时间表或里程碑图。

2. 技术可行性

技术可行性（technical feasibility）与用于系统的技术有关。团队需要评估支持新系统的技术是否可已得到或者是否可以实现。例如，现在全功能的声控监测系统在技术上不可行。但是，鉴于技术发展的步伐，许多问题最终都将会解决。缺少技术可行性也可能源于企业缺少专业人士、时间和实施新系统的人员。这个问题也称为"缺少组织准备"。在这种情况下，企业可以先采取措施解决其弱点，然后再关注新系统。广泛的开展技术培训也可以解决这个问题。

3. 操作可行性

操作可行性（operational feasibility）是衡量在企业中实行拟议解决方法的效果和国内外顾客对其反映程度的尺度。需要回答的主要问题是"这个信息系统值得实施吗？"为了评估操作可行性，团队应解决下列问题：

- 系统正在进行它应该做的工作吗？例如，由于ABC公司的信息系统能够更加准

确地跟踪库存情况，它是否将减少对原材料的订购？
- 信息系统会被使用吗？
- 有来自用户的阻力吗？
- 上层管理者支持信息系统吗？
- 拟议的信息系统对企业有益吗？
- 拟议的信息系统会对顾客（国内和国外的）产生积极的影响吗？

4. 时间表可行性

时间表可行性（schedule feasibility）关系到新系统能否按时完成。例如，由于一场灾难破坏了现有网络，某企业急需一套无线网络。但是，如果新系统不能及时交付，对顾客所造成的损失将迫使企业停业。在这种情况下，根据时间表拟议的系统不可行。在信息系统领域中重新制作时间表是很常见的情况，不过一般设计者通过使用项目管理工具，可以尽量减少这种情况的发生。

术语卡

技术可行性（technical feasibility）与用于系统的技术相关。团队需要评估支持系统的技术是否可行或者可以实现。

操作可行性（operational feasibility）是衡量在企业中实行拟议解决方法的效果和国内外顾客对其反映程度的尺度。

时间表可行性（schedule feasibility）关系到新系统能否按时完成。

---

5. 法律可行性

法律可行性（legal feasibility）关系到法律问题，并且一般需要解决下列问题：

- 这套系统是否触犯了使用该系统的国家的法律？
- 使用该系统是否存在任何政治影响？
- 在拟议的系统和法律要求之间是否存在冲突？例如，这套系统是否考虑到信息隐私法案？

10.3 第2阶段：需求采集和分析

在需求采集和分析阶段（requirements gathering and analysis phase）中，分析人员确定问题，并且制定解决问题的备选方案。在这个阶段中，团队试图理解对于系统的需求，分析这些需求以明确现有系统或程序中存在的主要问题，通过设计新的系统找到解决问题的方法。

这个阶段的第一步是采集需求。这一步需要利用这样几项技术，如访谈、调查、观察和本章开始所论述的JAD方法。其目的是要找到用户想做什么、怎么做，他们在工作时将面临什么问题，新系统将如何解决这些问题，用户对新系统的期待是什么，做出的决定是什么，做决定所需要的数据是什么，数据从何而来，如何显示数据，需要运用什么工具检测用户做决定所使用的数据。所有这些信息将被记录下来，团队将使用这些信息确定新系统应该做什么（过程分析）以及完成这一过程需要什么数据（数据分析）。

运用在需求采集中收集到的信息，团队可以明确以下主要问题：确定项目的规模，其中包括它应该做什么及不应该做什么，并创建一个称为"系统说明"的文档。然后，将这份文档发送给所有的关键用户和特别工作小组的成员审批。这份文档的创建意味着分析阶段的结束和设计阶段的开始。

分析和设计信息系统有两种主要的方法：结构系统分析和设计（SSAD）方法及面向对象的方法（第3章讨论面向对象的数据库时介绍过面向对象的方法）。网络和Java（面向对象的语言）的兴起为产生这种区别于SSAD的方法起到巨大的推动作用。为了理解这两种方法的不同之处，首先应认识到任何系统都有三个部分：程序、数据和用户界面。一般在分析阶段是从程序和数据的角度对要求进行分析。SSAD方法独立地处理程序和数据，它是一种要求在设计开始之前就完成分析的连续的方法。面向对象的方法将程序和数据分析相结合，分析与设计之间的界限非常模糊，以至于在这种方法中分析与设计可以看成一个阶段，而并非是两个截然不同的阶段，正如图10-1中所展示的那样。

这两种方法使用不同的工具创建分析模式。表10-1列举了一些在SSAD方法中使用的工具。

> **术语卡**
>
> **法律可行性**（legal feasibility）关系到法律问题，其中包括政治影响及满足信息隐私法案的要求。
>
> **在需求采集和分析阶段**（requirements gathering and analysis phase）中，分析人员确定问题并且制定解决问题的备选方案。

表10-1 在SSAD分析模式中所使用的工具

建模工具	分析内容	用途
数据流程图（DFD）	程序分析和设计	有助于将复杂的程序划分成更加简单、更加易于管理及更易理解的子程序。表明每个程序所需要的数据如何在程序间流动，以及什么数据存储在系统之中。它还有助于确定系统的规模
流程图	程序分析	图解一个程序中的逻辑步骤，但是并未展示数据元素及其联系。它可以对DFD进行补充，并且帮助分析人员理解和记录程序的工作方式
环境图	程序分析和设计	以更加普通的方式展示程序，有助于向高层管理人员和特别工作组演示程序是如何工作的
概念数据模型（如实体关系模型）	数据分析	通过确定数据元素及展示它们之间的关系，帮助分析人员理解系统必须满足的数据要求

图10-2展示了ABC公司库存管理系统的数据流程图,图10-3展示了它的环境图。

注意,在图10-2中各程序均表示为圆形。与系统相互影响但并不是其中一部分的部门被当做"外部实体",表示为黑色矩形。数据存储设备(数据库、文件系统甚至文件柜)表示为灰色矩形。

在图10-3中,DFD简化成环境图,也称为"0级图"。环境图中的每个程序被分解成一个称为"一级"的单独的图。

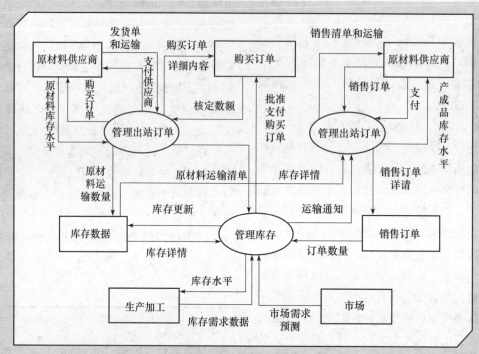

图10-2 ABC公司库存管理系统的数据流程图

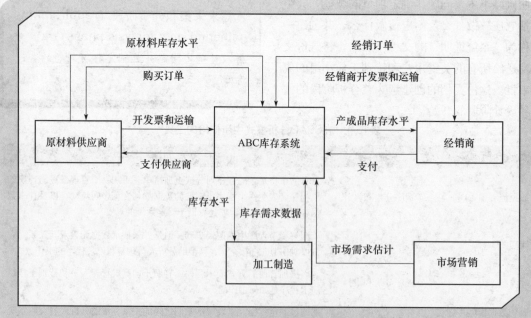

图10-3 ABC公司库存管理系统的环境图

这两种建模工具展示了程序和外部实体之间的数据流，DFD也展示了程序与数据存储设备之间的数据流。由于这些都是普通的数据流，因此它们没有展示特殊的数据元素。例如，图10-2中展示了采购订单，而不是构成订单的所有数据项，如订单数量、订单日期、项目编码和项目数量。

在分析阶段所创建的模型构成了设计说明书。在同用户确认了说明书之后，分析人员开始进行系统设计。

10.4 第3阶段：设计

在设计阶段（design phase），分析人员选择最实际的解决方案，并且为企业提供最高的收益。在这个阶段中，将为拟议方案的详细资料列出提纲，并且这个阶段的输出结果是对系统实施做出准确说明的文档，其中包括文件和数据库、表格和报告、文档编制、程序、硬件和软件、网络部件和一般系统的详细说明。CASE工具（在下节讨论）有助于对项目进行分析和设计，特别是针对大型项目。

设计阶段包括三个部分：概念设计、逻辑设计和物理设计。概念设计是对系统进行概述，不包括选取硬件和软件设备。通过在逻辑设计中标出硬件和软件，概念设计会更加具体，如指定Linux服务器、Windows客户端、面向对象的程序设计语言和相关的数据库管理系统。这些选择通常需要改变概念设计以适合所选择的平台和程序设计语言。最后，需要针对具体的平台进行物理设计，如选择运行Ubuntu Linux操作系统的戴尔服务器，运行Windows7和IE浏览器的戴尔平台，以Java作为程序设计语言、以SQL服务器2008作为关系数据库管理系统。

10.4.1 计算机辅助系统工程

系统分析人员使用计算机辅助系统工程（computer-aided systems engineering，CASE）

工具可使部分应用程序开发过程自动完成。由于这些工具可以使部分设计过程自动完成，它们特别适用于调查和分析大规模的项目。分析师可以使用它们修改或更新一些设计版本以努力选取最佳的版本。CASE工具通过帮助分析师完成下列工作来支持设计阶段：

- 保持模型间相互统一。
- 提供关于模型的说明和注解。
- 确保依据具体的规定创建模型。
- 创建一个单独的仓库以容纳与单个系统相关的所有模型，这样可以保证分析和设计说明的一致性。
- 跟踪和管理设计的变化。
- 创建多个设计版本。

术语卡

在设计阶段（design phase），分析人员选择最实际的解决方案，并且为企业提供最高的收益。在这个阶段中，将为拟议方案的详细资料列出提纲，并且这个阶段的输出结果是对系统实施做出准确说明的文档，其中包括文件和数据库、表格和报告、文档编制、程序、硬件和软件、网络部件和一般系统的详细说明。

系统分析人员使用计算机辅助系统工程（computer-aided systems engineering，CASE）工具可使部分应用程序开发过程自动完成。由于这些工具可以使部分设计过程自动完成，它们特别适用于调查和分析大规模的项目。

CASE工具类似于设计师和工程师所使用的计算机辅助设计（CAD）工具。依据产品的不同，它们的功能也可以发生改变，但是总的来说包括以下几个方面：

- 图形工具 解释系统运行，如数据流程图；
- 字典工具 详细记录系统运行；

- 原型化工具 设计输入和输出格式、表格和显示器；
- 编码发生器 尽量减少或取消编程工作；
- 项目管理工具 掌控系统时间表和预算。

目前可用的CASE工具包括CA, inc.Efwin process Modeler、Oracle Designer和可见系统分析师。CASE工具通常包括下列产品：

- 说明书文档；
- 分析的文档编制，包括模型和注释；
- 包含相关文档编制的设计说明；
- 以概念设计为基础的逻辑和物理设计文档；
- 可以纳入系统的编码模块。

10.4.2 原型化

由于首先建立一个小型工作模型比建立整个系统更加容易且更加便宜，因此原型化（prototyping）在物理科学中已经流行了很多年。通过测试原型可以检查潜在的问题和设计方案。

由于需求可能会快速改变，以及缺少对系统的详细说明的问题，因此在设计信息系统时原型化受到推崇。通常原型的规模虽然小，但它足以说明系统的优势，并且用户可根据它提出反馈信息。原型化也是将信息系统投入运行的最快方法。原型通常涉及以下几个方面：

- 收集系统要求 在规划阶段，设计原型并且将它展示给用户是收集额外信息和细化对于所推荐系统要求的一个好方法。
- 帮助确定系统要求 如果用户不能确定他们所需信息系统的类型，原型可作为演示系统功能的有用工具，然后再征求用户意见。
- 确定系统的技术可行性 如果一个系统在技术上不可行或者看上去不可行，可以使用原型向用户表明它能够完成特殊的任务。这种类型的样机称为**概念证明型原型**（proof-of-concept prototype）。

- 向用户和管理人员推销拟议系统 有时通过展示原型的一些功能及演示它如何使企业获得收益，向用户和管理人员销售拟议系统。这种类型的原型称为**销售原型**（selling prototype）。

原型化分为4步：[4]
1. 确定初始要求；
2. 开发原型；
3. 检查和评估原型；
4. 修改原型。

确定初始需求包括用户和设计人员一致认为原型化是最适宜解决问题的方法。在达成共识之后，用户和设计人员共同努力收集关于样机组成部件以及这些部件之间的联系等信息。团队可以在以下方法中选择一种用于构造样机：使用国外的厂家；使用软件包或者第4代程序设计语言；使用高级程序设计语言从头开始开发原型。

> **术语卡**
>
> 在**原型化**（prototyping）中，原型的规模虽然小，但它足以说明系统的优势，并且用户可对其提出反馈信息。
>
> **概念证明型原型**（proof-of-concept prototype）向用户展示如何完成一个在技术上不可行的特殊任务。
>
> **销售原型**（selling prototype）通过展示它的一些功能，向用户和管理人员销售拟议系统。

在原型化的过程中，一些突发问题只能由用户和上层管理人员解决，因此让用户和上层管理人员参与构建是很有必要的。例如，通常向系统提供资金的问题必须由上层管理人员解决，而缺少详细说明的问题更适合由用户来解决。另外，在这个阶段，用户和上层管理人员将了解更多关于信息系统可以解决的问题，用户和设计师团队能够了解很多有关企业的决策。

在原型化之后，用户开始试用原型并对其性能进行评估。根据试用的结果，用户将做出相应的决定：修改原型、取消信息系统项目、开发新的原型、依据原型建立完整的系统。不论决定如何，原型已为用户和设计师团队提供了有用的信息。就此可以更好地确定问题，并且可以更加明确地理解系统的运行。

1.原型化工具

许多工具可用于构造系统原型。一些广泛使用的工具包括电子表格软件包（如微软Excel）数据库管理软件包（如微软Access）。另外，Visual Basic常用于为程序所需要的逻辑进行编码。CASE工具和第三代、第四代程序设计语言也可用于快速原型化。此外，用于用户界面设计的原型工具包括GUI-Magnet和DexoDesign。

2.原型化的优点和缺点

正如前面所提到的，原型化具备一些独特的优势：

- 原型为调查问题难以明确且和信息难以收集的环境提供了方法。
- 用户参与了系统原型的开发，因此可以减少培养信息系统用户的需求。
- 由于建立一个模型比建立整个系统要便宜，因此原型化可降低成本。如果用户和上层管理人员认为不应该开发这个系统，企业不会损失为建立完整系统而投入的所有资金。
- 由于用户参与了原型化，因而增加了系统成功的机会。
- 原型比完整的系统更容易进行修改。
- 用户和设计人员可以参考多个版本的系统，从而完善原型的文档编制。
- 当系统的潜在用户看到实体模型后，总会对它提出疑问、发表观点、指出缺点和优点等，因此原型增进了用户、上层管理人员和信息系统员工间的交流。

虽然原型化具有很多优点，但它仍存在一些不足之处：

- 原型化可能需要用户和上层管理人员提供更多的支持和帮助，甚至超过他们的意愿。
- 原型可能不能反映出系统最终实际的运行情况，从而使人们受到误导。
- 原型化可能会导致分析人员和设计人员放弃进行全面的测试和文档编制工作。如果原型工作正常，团队可能认为最终的系统也能正常工作，并且这种臆断很可能造成误导。

 ## 10.5 第4阶段：实施

在实施阶段（implementation phase），解决方案发生了从理论到实践的转变，团队安装系统并且为系统调配组件。在实施阶段需要完成各种工作，其中包括下列各项：

- 获取新设备；
- 雇佣新员工；
- 培训员工；
- 规划和设计系统的物理布局；
- 编码；
- 测试；
- 设计安全措施和保护措施；
- 创建灾难恢复计划。

> **术语卡**
>
> 在**实施阶段**（implementation phase），解决方案发生了从理论到实践的转变，团队安装系统并且为系统调配组件。

当准备改变一个信息系统时，设计人员可选择以下方式：

- 平行转换 在**平行转换**（parallel conversion）中新旧系统在短时间内同时运行，以确保新系统正常工作。但是这个方法成本较高，并且仅在运行系统已经就绪的情况下才能使用。

- 逐步引入逐步淘汰式转换 在**逐步引入逐步淘汰式转换**（phased-in-phased-out）中，当新系统的各模块完成转换，旧系统中的相应部分退出运行。这一过程将持续到整个系统能够投入使用为止。虽然这个方法不适用于所有情况，但是在会计和金融领域比较有效。
- 插入（直接接入）转换 在**插入（直接接入）转换**（plunge（direct cutover）conversion）中终止旧系统，实施新系统。一旦新系统出现问题，这种方法会面临一定的风险，但是由于新、旧系统不同时运行，企业可以节省成本。
- 引导式转换 在**引导式转换**（pilot conversion）中，分析人员仅在企业有限的区域内引进系统，如一个部门或处所。如果这个系统能够正常工作，就会在企业的其他部门分阶段或一次性地实施系统。

10.5.1 投标申请书

投标申请书（request for proposal，RFP）是包含详细说明的书面文件，用于厂家为设备、产品或者服务申请投标。投标申请书通常在实施阶段进行准备，并且它包含所推荐信息系统的功能、技术和业务要求等详细信息。起草一份RFP需要花费6～12月的时间，但是使用软件、互联网和其他在线工具可以减少所花费的时间和费用。

这一过程的重要决策是比较来自单个和多个厂家的投标。利用单个厂家提供信息系统的所有组件比较方便，但是这个厂家可能并不具备有关信息系统运行的所有领域的专业知识。

RFP的主要优点是所有厂家得到的信息和要求相同，因此对于投标的评价更加公平。而且，所有的厂家提交投标的最后期限相同，因此没有一个厂家拥有以较多时间准备申请的优势。RFP也有助于缩短可能中标的厂家的名单。

RFP的主要缺点在于撰写和评估申请的时间过长。随着信息技术的迅速发展，漫长的时间规定使得RFP缺乏吸引力。许多厂家不愿为信息系统而等待6～12个月。图10-4展示了一份RFP的主要构成。通过在business-in-a-box、TEC和Klariti上进行搜索，你可以找到免费的RFP模板。

术语卡

在**平行转化**（parallel conversion）中新旧系统在短时间内同时运行，以确保新系统正常工作。

在**逐步引入逐步淘汰式转换**（phased-in-phased-out）中，当新系统的各模块完成转换，旧系统中的相应部分退出运行。这一过程将持续到整个系统能够投入使用为止。

在**插入（直接接入）转换**（plunge（direct cutover）conversion）中终止旧系统，实施新系统。

在**引导式转换**（pilot conversion）中，分析人员仅在企业有限的区域内引进系统，如一个部门或处所。如果这个系统能够正常工作，就会分阶段或一次性在企业的剩余部门实施系统。

投标申请书（request for proposal，RFP）是包含详细说明的书面文件，用于厂家为设备、产品或者服务申请投标。

由于一般需要尽快完成信息系统项目，缩短撰写和评估申请所需要的时间是很有必要的。一种可以替代RFP的申请是**请求信息**（request for information，RFI），它是收集厂家信息的筛选文档，可以缩小可能中标的厂家的列表。通过关注对选取厂家至关重要的项目要求，RFI有助于管理对厂家的选择。但是RFI具有一定的局限性，由于它仅限于从候选厂家的列表中挑选3个或4个参与最终角逐的厂家，因此它不适用于复杂的项目。

10.5.2 备选实施方法

有时，SDLC方法称为内包（insourcing），即一个企业的团队在国内开发系统。然而，另外两个用于开发信息系统的方法是半内包和外包，将在下面各节中进行讨论。

1. 半内包

不断增加的对及时信息的需求，给信息系统团队施加了压力，而这支团队因维护和修改现存系统已不堪重负。在许多企业中，维持现有系统运行的工作占用了许多可用的计算机资源和人员，可用于开发新系统的资源所剩无几。因此导致不能对用户的需求给予反馈，这种情况增加了员工的不满情绪，并且造成在管理良好或欠佳的公司内，系统开发订单大量积压的现象。因此近几年，越来越多的终端用户已经开始在没有信息系统团队的帮助或者在其非正式帮助下，研发自己的信息系统。这些用户虽然可能不知道如何撰写程序编码，但是一般具备使用现成软件的技能，如使用电子表格和数据库软件包制作用户定制的应用程序。[5, 6]这种趋势称为半内包（self-sourcing）（或者终端用户开发），它的产生源于待开发的信息系统大量积压、企业能够得到便宜的硬件和软件，以及企业对及时信息的依赖性不断增长。

在开发工具的帮助下，如查询语言、报告生成器和第四代程序设计语言，半内包已成为信息系统资源中的一个重要部分。它还有益于创建独一无二的应用程序和报告。半内包能够有助于减少所积压的开发信息系统的订单，并且提高了对用户信息反馈的灵活性。然而，订单积压只是冰山一角。当积压订单的列表很长时，终端用户往往不再对他们所需要的许多应用程序提出新的请求，因为他们相信这些请求将会使那份列表变得更长。未要求的应用程序列表通常比积压订单的列表还长，人们将它称做"无形的"积压订单。

1. 介绍
ABC公司的背景和企业背景

2. 系统要求

a. 待解决的问题

b. 基础分析的详细内容

c. 获取的重要信息

3. 其他信息

a. 可利用的硬件

b. 优先使用的软件

c. 其他现存的系统和统一要求

d. 对将要获得的收益的理解

e. 业务了解的必要性（对于与ABC公司合作的投标人）

f. 技术和技术诀窍的必要性

4. 项目时间限制

5. 联系信息和提交程序

图10-4 ABC公司库存管理系统的RFP的主要构成

术语卡

请求信息（request for information, RFI）是收集厂家信息的筛选文档，并且可以缩小可能中标的厂家的列表。通过关注对选取厂家至关重要的项目要求，RFI有助于管理对厂家的选择。

内包（insourcing）指企业团队在国内开发系统。

半内包（self-sourcing）是指越来越多的终端用户已经开始在没有信息系统团队的帮助或者在其非正式帮助下，研发自己的信息系统。这些用户虽然可能不知道如何撰写程序编码，但是一般具备使用现成软件的技能，如使用电子表格和数据库软件包制作用户定制的应用程序。

虽然半内包能够解决许多当前存在的问题，但管理人员担心终端用户缺少恰当的系统分析和设计背景，并放宽系统开发的标准。半内包的其他缺点体现在以下几个方面：

- 可能误用计算资源;
- 缺乏关键数据的获取;
- 缺少对终端用户所开发的应用程序和系统进行文件编制;
- 保护终端用户所开发的应用程序和系统的安全措施不完备;
- 终端用户所开发的应用程序可能无法达到信息系统标准的要求;
- 缺少上层管理人员的支持;
- 缺乏对未来用户的培训。

半内包使得终端用户有能力在短时间内建立他们自己的应用程序,并且可以创建、访问和修改数据。但是,如果企业不采取控制和保护措施,这种能力将遭到破坏。例如,必须控制终端用户对计算资源的访问,从而防止干扰企业信息处理功能的效率。

为了阻止未建立在健全的系统开发原则基础上的信息系统和应用程序的扩散,企业应为终端用户制定指导原则,并且建立评估、批准或否决以及优先发展项目的标准。标准可以包括所询问的问题,如"现存的应用程序能够生成推荐报告吗?"或者"开发单个的应用程序能够满足多个用户的需求吗?"。

为了防止终端用户开发基本上与现有程序功能相同的应用程序,有必要对现有的应用程序进行归类和编制目录,应用程序过剩会造成一定的损失。另外,应加强数据管理以确保信息的完整性和可靠性。如果无法排除不安全因素,应尽量减少创建私人资料。有时,由于数据处理效率的问题,系统会产生冗余数据,但是仍应对它实施严密监控。由于使用不同数据的终端用户在不断增加,因此这项工作的难度越来越大。控制公司数据库中无效和不一致的数据扩散的最好方法是控制数据流动,如采用数据库管理员建立的严格的数据输入程序。

2. 外包

外包(outsourcing)是指企业聘请了专门提供开发服务的外国厂家和顾问。这种方法可以节省额外聘请工作人员的费用,并且满足了更加及时地开发信息系统项目的需求。

一些提供外包服务的公司包括IBM全球服务、埃森哲公司、印孚瑟斯技术和计算机科学公司。

外包公司可选择下列方式,使用SDLC方法开发所要求的系统:

- 在岸外包 企业在本国选取一家外包公司。
- 近岸外包 企业在邻近国家选取一家外包公司,如美国企业可以选取加拿大和墨西哥的公司。
- 离岸外包 企业在世界的任何部分都可以选取外包公司(通常在远离邻国的国家),只要它能提供所需要的服务。

虽然外包有许多优点,如成本低、更快地构建信息系统、让组织更灵活地专注于其核心功能和其他项目,但是它仍然存在不足之处。主要包括以下几点:

- 控制力弱 依赖外包企业控制信息系统的功能可能导致不能充分地满足企业的信息要求。
- 依赖性 如果企业过分依赖外包公司,外包公司财务状况或者管理结构的改变会对企业的信息系统产生重要的影响。
- 战略信息的脆弱性 由于外包涉及第三方,增加了将机密信息泄露给竞争者的风险。

> **术语卡**
>
> 外包(outsourcing)是指企业聘请了专门提供开发服务的外国厂家和顾问。

 ### 10.6 第5阶段:维护

在维护阶段(maintenance phase),信息系统正在运行,对系统的优化和修改工作已经进入开发和测试阶段,并且已经对硬件和软件的组成部件进行了增添或者替换。维护团队对系统的工作状态进行评估，并且采取措施保持系统的正常运行。作为本阶段的一部分，维护团队不仅收集性能数据，而且通过与用户、顾客和其他受到新系统影响的人进行交谈，收集关于系统是否实现其目标的信息。如果没有实现系统的目标，团队必须采取恰当的行动。建立支持用户的服务台是这个阶段的另一项重要任务。由于SDLC方法具有可不断发展的本质特征，如果团队发现系统不能正常工作，维护工作将使这个周期在规划阶段重新开始。

10.7　系统设计和分析的新趋势

SDLC模型可能不适用于以下情形：
- 缺少详细说明，没有明确解释所调查的问题。
- 不能完全确定输入输出过程。
- 这个问题是"特别的"，即它是一个不可能再发生的一次性问题。
- 用户的需求不断地改变，即系统在达到用户的要求之前必须经历几次变革。在这种情形下，SDLC模型只能够在短时间内执行，而不适宜长期应用。

针对这些情况，将在下面各节讨论其他更加适用的方法。

10.7.1　快速应用开发

快速应用开发（rapid application development，RAD）侧重于用户的参与和用户与设计人员之间的不断配合。它将规划和分析阶段合并成一个阶段，并开发了系统原型。RAD使用反复性过程（也称为"增量式开发"），当需要时，它将依据用户的反馈信息重复进行设计、开发和测试步骤。在开发出最初的原型之后对软件库进行审查，从库中选取可重复使用的部件组装成原型并且进行测试。在这些步骤之后，剩余的阶段类似于SDLC方法。RAD的一个缺点是它所关注的问题有局限，这可能影响系统未来的发展。另外，由于建立这些应用程序的速度较快，因此其性能可能也会受到影响。

10.7.2　极限编程

极限编程（extreme programming，XP）是开发软件应用程序和信息系统工程的最新方法。Kent Beck在致力于克莱斯勒综合补偿制度的研究期间，创造了这种可以建立特定目标并且及时使其实现的方法。XP将一个设计项目分成几个子程序，只有在当前的阶段完成之后，研发者才会继续进行下一个阶段。分析人员在索引卡上写下理想中的系统应具备的功能，也称为"故事"。这些卡片中包括开发这些功能的时间和所需的全部工作，然后企业根据目前的需要决定应该实现哪些功能及按怎样的顺序实现它们，[7]以逐步推进的方式对整个项目的每一个子程序进行研发。它就像是一个拼图游戏：开始，当那些小图片分开的时候，它们毫无意义；而把它们组合到一起，就会呈现出一张完整的图片。XP方法能够尽早地将系统发送给用户，然后按照用户的建议做出更改。在XP环境中，来自两个不同团队的程序员通常使用相同的编码（常指"共享一个键盘"）。这种做法也称为结对编程（pair programming），即两个程序员在同一个工作室参加同一个项目的开发工作。每个程序员从事另一个人尚未进行的工作。以这种方式工作，他们可以在研发工作中检查并且纠正设计程序的错误，这样做比等到完成整个程序再改正错误更快捷。此方法的另一个优势是有利于程序员在编码研发期间进行交流。

这种方法是对传统软件开发方法的重要超越，如SDLC一样，它将研发项目看成一个整体。XP使用渐进式步骤，通过解决以前没有被检查出来的重要问题来提高系统的性能。SDLC是一次性完成整个系统的开发，而XP则逐步地、分阶段地完成系统开发。同RAD一样，XP也使用软件库，以找到可重复使用的

术语卡

在维护阶段（maintenance phase），信息系统正在运行，对系统的优化和修改工作已经进入开发和测试阶段，并且已经对硬件和软件的组成部分进行了增添或者替换。

快速应用开发（rapid application development，RAD）侧重于用户的参与和用户与设计师之间的不断配合。它将规划和分析阶段合并成一个阶段，并开发了系统样机。RAD使用反复性过程（也称为"增量式开发"），当需要时，它将依据用户的反馈信息重复进行设计、开发和测试步骤。

极限编程（extreme programming，XP）将一个设计项目分成几个子程序，只有在当前的阶段完成之后，研发者才会继续进行下一个阶段，以逐步推进的方式对整个项目的每一个子程序进行研发。

组件组成新系统。IBM、克莱斯勒汽车公司和微软公司等已经成功地使用了这种方法。XP具有以下重要特征：

- 顾客和用户满意度高；
- 操作简单；
- 实施增量式开发过程；
- 反映需求和技术的改变；
- 团队合作；
- 参与者之间可进行不断地交流；
- 快速反馈用户。

专栏10-2着重讲述了Sabre控股公司和其他公司使用XP的情况。

专栏10-2　极限编程的使用

Sabre控股公司已经采用了许多XP工作原理，其中包括让程序员共享一个键盘。使用XP方法提高了Sabre公司的软件性能，并且减少了错误的数量。根据可持续发展计算机协会的统计，美国公司每年因有缺陷的软件所导致的损失超过1000亿，并且由此产生的计算机故障时间占到45%。IBM公司也使用XP，它目前还正在引进更小版本的XP，并从一开始就请顾客参与测试阶段的工作。[7]

10.7.3　敏捷开发方法

敏捷开发方法（agile methodology）类似于XP，也专注于渐进式的开发过程和及时发送工作软件。但是，它不以编程为重点，而更关注于限制程序的规模。敏捷开发方法专注于为系统设置最少的要求，并将它们转化为工作产品。敏捷联盟企业已经制定了这种方法的指导原则，这一原则强调编程人员与业务专家之间的协作、最好是面对面的交流和团队工作。这种渐进式方法的目标包括应对不断变化的需求，而不是一成不变的计划和研发工作，以及高质量的软件。敏捷开发方法还力争快速发布软件以更好地满足顾客的需求。

敏捷联盟还撰写了软件开发宣言，其中包括以下准则及其他内容：

- 尽早且不断地发布有价值的软件以满足顾客的需求是我们最热衷的事业。
- 欢迎不断变化的要求，甚至在研发的最后阶段。
- 商界人士和研发者在整个项目研发期间必须全程合作。

- 在激励机制下进行项目开发。为员工提供积极的工作环境和他们需要的支持，相信他们能够胜任工作。
- 不断追求技术的精益求精以加强敏捷性。
- 每隔一定的时间，团队应仔细思考如何使

效率更高，并对其工作进行适当的调整。

专栏10-3讲述了英国电信公司和电信集团使用敏捷开发方法的情况。产业联系着重讲述了CA，Inc.公司，该公司提供多种系统开发工具。

术语卡

结对编程（pair programming） 是指两个程序员在同一个工作室参加同一个项目的开发工作。每个程序员从事另一个人尚未进行的工作。

敏捷开发方法（agile methodology） 类似于XP，也专注于渐进式的开发过程和及时发送工作软件。但是，它不以编程为重点，而更关注于限制程序的规模。

专栏10-3　敏捷开发方法的使用

英国电信集团在2005年开始淘汰UNIX电话通信监控系统，并将其替换为基于网络的系统。新系统的目标是允许管理者迅速转换系统以平衡网络交通。英国电信集团已经发现敏捷开发方法有益于新系统的转换。它不仅可以缩短开发过程，而且使研发者能更好地理解用户的需要。这一方法最吸引人的部分是它可以在90天内完成项目开发，而过去开发新系统大约要花费3倍的时间。[9]

 ## 10.8　小结

本章首先解释了系统开发生命周期（SDLC），它包括5个阶段：规划、需求采集和分析、设计、实施和维护。其次，讨论了能使SDLC中的一些活动实现自动化的CASE工具，以及使用投标申请书筛选厂家。接着，

我们还学习了两种开发信息系统的备选方法：半内包和外包。最后，概述了开发系统的最新趋势，如快速应用开发、极限编程和敏捷开发方法。

 ### 产业联系专栏

CA公司

CA公司（最初的计算机国际联合公司）为企业IT管理提供了几项产品和服务，它们包括管理信息系统、网络、安全平台、存储器、应用程序和数据库。公司提供各种硬件、软件和服务，既包括企业IT管理工具和业务处理方法，也包括家庭和家庭办公所使用的工具。CA公司提供以下类别的产品和服务：应用程序开发和数据库、应用性能管理、数据库管理、基础设施和操作管理、大型主机应用程序、项目、资产组合和财务管理、安全管理、服务管理，以及存储和恢复管理。

CA提供Rewin过程建模，这是一种用于各种系统分析和设计活动的CASE工具。它有助于分析人员运用多种输入、程序和输出构建复杂的系统，创建工作流程和数据流建模，如DFD。Rewin也能够用于创建数据库以及设计、共享和循环使用物理和逻辑模型。

本信息来自于公司网站（www.ca.com）及其他宣传材料。欲得到更多信息及更新内容，请登录网站。

关键术语

敏捷开发方法（agile methodology）

平行转化（parallel conversion）

计算机辅助系统工程（computer-aided systems engineering, CASE）

逐步引入逐步淘汰式转换（phased-in-phased-out）

设计阶段（design phase）

引导式转换（pilot conversion）

经济可行性（economic feasibility）

规划阶段（planning phase）

外部用户（external users）

插入（直接接入）转换（plunge（direct cutover）conversion）

极限编程（extreme programming, XP）

概念证明型样机（proof-of-concept prototype）

可行性研究（feasibility study）

原型化（prototyping）

实施阶段（implementation phase）

快速应用开发（rapid application development, RAD）

内包（insourcing）

投标申请书（request for proposal, RFP）

内部用户（internal users）

请求信息（request for information, RFI）

联合应用程序设计（joint application design, JAD）

需求采集和分析阶段（requirements-gathering and analysis phase）

法律可行性（legal feasibility）

时间表可行性（schedule feasibility）

维护阶段（maintenance phase）

半内包（self-sourcing）

操作可行性（operational feasibility）

销售原型（selling prototype）

外包（outsourcing）

结对编程（pair programming）

系统开发生命周期（system development life cycle, SDLC）

技术可行性（technical feasibility）

 问题、活动和讨论

1.系统开发生命周期（SDLC）的阶段是什么？

2.可行性研究的目标是什么？

3.信息系统的无形成本是什么？有形成本是什么？

4.什么是CASE工具？为什么说它们有用？

5.推崇或否决每种转换方法的理由是什么？

6.外包对于建立信息系统的优点和缺点是什么？

7.某大学的校长需要征集关于建立学生信息系统的建议，此系统可用于跟踪每个专业学生的数量、报告人口统计数据（如年龄、国际和性别）和生成基于一些参数的分析报告。作为系统开发的一部分，决定谁应该参加这个工作组、原型应该展示什么特点，以及如何估算系统的成本和收益。

8.投标申请书不能减少参与筛选的后备厂家，但是的确可以保证公正的投标评估。正确与否？

9.下列哪个选项不是可行性所包含的方面？

a.经济型

b.技术型

c.操作型

d.资源型

10.下列哪个选项不是发生在分析阶段的活动？

a.进行会谈

b.发出调查表

c.编码操作程序

d.进行统计抽样

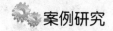 **案例研究**

拉脱维亚SEB的系统开发

斯安银行（SEB）是北欧最大的银行集团之一，在多个国家实行跨国经营，包括德国、波兰和俄罗斯。过去，公司已做出的决策通过循环纸质文件上报以待批准，重要的文件存储在只有某些决策者才能使用的系统中，因此员工一般难以访问到他们需要的信息。这种情况对工作所造成的延误和阻碍影响了顾客服务的速度和效果。为了解决这些问题，拉脱维亚SEB选择了IBM Lotus Domino管理与合作平台。安装了这个系统之后，Exigen（IBM的商业伙伴）和拉脱维亚SEB的IT团队开始与用户合作收集要求，且实现了过程自动化，提高了工作效率。现在Lotus系统可以通过所有决策者都可以使用的网络界面提供集中的信息访问。

问题

1.Lotus平台使什么过程实现了自动化及简化增效？

2.新网络界面的益处有哪些？

3.本章中所讨论的哪种开发方法最适宜拉脱维亚SEB？

Chapter11
第11章

企业系统概述

企业系统（enterprise system）是指涉及企业所有职能领域，用以支持整个企业制定决策的一种应用程序。例如，企业资源规划系统用于在企业制造、生产、营销和人力资源间合理协调经营、资源和决策等活动。正如你在前几章所学到的，很多企业使用内联网和门户网站来促进企业各部门之间的信息沟通，以及提高整个企业的效率。企业系统是另一种随时向企业决策者提供重要信息的方法。

本章，你将学习有关供应链管理、客户关系管理、知识管理系统和企业资源规划系统的知识。在介绍每一种企业系统时，我们都将回顾系统的目标、所使用的信息技术以及适用的领域。

1. 论述企业系统的目的。
2. 说明如何使用供应链管理。
3. 概述供应链管理的变化。
4. 介绍客户关系管理。
5. 论述客户关系管理系统。
6. 阐述如何使用个性化技术提高客户服务水平。
7. 论述企业资源规划系统。

11.1 供应链管理

供应链（supply chain）是一种将企业、供应商、运输公司，以及向客户提供货物和服务的代理商整合在一起的网络。如图11-1所示，在制造企业的供应链中，原材料从供应商流向制造商（在那里它们被生产为产成品）、分销商，最后到消费者手中。服务性行业和制造行业内都存在供应链，但是在不同的行业和企业中供应链有着很大的不同。在制造企业中，供应链的主要环节是供应商、制造商、分销中心和客户。在服务行业中，如房地产、旅游业、临时工和广告行业等，供应链的主要环节是供应商（服务提供者）、分销中心（如旅行社）和客户。

供应链管理（supply chain management，SCM）是指为了改进送货和服务环节，企业与供应商及供应链中的其他

术语卡

企业系统（enterprise system）是指涉及企业所有职能领域，用以支持整个企业制定决策的一种应用程序。

供应链（supply chain）是一种将企业、供应商、运输公司，以及向客户提供货物和服务的代理商整合在一起的网络。

参与者协同工作的过程。供应链管理协调具有如下功能：

- 购买原材料（例如包括服务企业的资源和信息）；

- 原材料经过中间环节转化成产品或服务；
- 将产成品或服务运送给客户。

在制造企业中，供应链管理系统中的信息在下面各领域间流动：

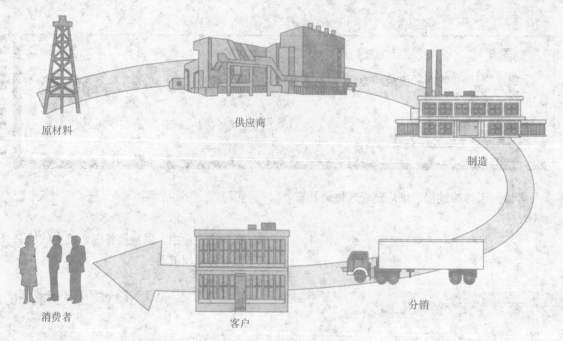

图11-1　供应链的结构

- **产品流**　该领域的管理活动主要是跟踪货物从供应商到客户的流动过程，产品流包括客户服务和支持工作。
- **信息流**　该领域的管理活动是对订单的发送和送货状态的更新进行监督，信息流包括整个订单处理周期。
- **资金流**　该领域的管理活动包括制定信用条件、付款时间、寄售和所有权协议等。

作为对制造过程进行监督的一部分，供应链管理系统必须对所有领域的信息流进行管理，例如，对库存和送货进行管理。制造业供应链管理的四个关键性决策是：

- **地理位置**　制造车间应当建在什么地方？
- **库存**　什么时候发出订单？订货量应为多少？
- **生产**　应生产什么产品？应生产多少产品？
- **运输**　哪一种运输系统能减少送货环节的成本和支出。

对于那些没有能力自行开发供应链系统的企业来说，像SAP、甲骨文、JDA软件、Ariba和Manhattan Associates等多家供应商都能提供供应链管理功能的综合性解决方案；另外，托管服务现在也适用于供应链管理系统，这一趋势被称为"软件即服务"（SaaS，将在第14章讨论）。专栏11-1介绍了戴尔公司的供应链。

专栏11-1　戴尔公司的供应链

戴尔公司将其供应链从"推式"生产过程调整为"拉式"生产过程，从而使公司获得了竞争优势（推和拉技术将在第14章介绍）。这一战略也称为"按订单生产（BTO）"。公司的主要销售渠道是向客户进行直销，以减少制造商和客户之间的多余环节。客户通过电话或在戴尔公司的网站上发出订单。戴尔公司根据客户的特定要求组装电脑，并将电脑直接运送给客户。采用这一模式，戴尔公司由于减少了中间环节和缩短送货时间而减低了成本，并且提高了客户的满意度。使用该模式，戴尔公司只需要在手中保留最基本的存货数量，从而减低了存货总成本。

供应链管理技术

在实施供应链管理系统中，信息技术和互联网发挥着重要作用。下面几节将对这些技术进行介绍。

1. 电子数据交换

电子数据交换（electronic data interchange，EDI）使商业伙伴能够发送和接收有关商业交易的信息。很多公司使用EDI来代替打印、邮寄和传真纸质文件。通过使用互联网和成熟的网络协议进行电子信息交换，公司能够提高供应链环节的效率和效力。EDI提高了以下各环节中信息传输的准确性：

- 交易确认；
- 财务报告；
- 发票及付款处理；
- 订单状态；
- 采购；
- 送货和收货；
- 库存管理和销售预测。

另外，将互联网和网络协议引入EDI降低了文件传输的成本。这一模式称为"基于网络的EDI"或"开放式EDI"。该模式还具有平台独立和易于使用的优点，但是与传统的使用专有协议和网络的EDI相比，通过互联网进行传输确实存在更多的安全风险。

不过，使用EDI也存在着一些缺点。例如，EDI采用X.25标准。某一EDI提供者建立一个EDI网络（作为虚拟专用网络）并组织了网络报名。只有当加入EDI网络的公司越多，EDI的优势才能显现出来，因为当参与者的数量很少时，平摊到每一位参与者身上的成本将很高。由于这一原因，大公司坚持让他们的供应商和分销商加入同一个EDI网络，这对于小供应商和分销商来说却负担不起。随着XML的出现，企业可以使用互联网和开放式EDI来实现传统EDI的功能，因此传统的EDI不再流行。

术语卡

供应链管理（supply chain management，SCM）是指为了改进送货和服务环节，企业与供应商及供应链中的其他参与者协同工作的过程。

电子数据交换（electronic data interchange，EDI）使商业伙伴能够发送和接收有关商业交易的信息。

---

2. 基于互联网的供应链管理

基于互联网的供应链管理促进了整个供应链的信息共享，有助于降低信息传输的成本，提高客户服务水平。例如，很多公司使用销售终端（POS）系统扫描所售出的产品并实时收集该数据。这一信息帮助企业决定对什么产品再订货以补充库存，并通过互联网将这一信息发送给供应商，从而使他们的生产与销售保持同步。基于互联网的供应链管理能促进以下供应链管理行为：

- 采购/购买 产品和服务的在线购买和支付，价格和条件协议的谈判和再谈判，使用请求采购战略。
- 库存管理 提供实时产品信息，快速有效地补充产品，跟踪缺货品种。
- 运输 客户使用互联网获取装运和送货信息。
- 订单处理 检查下订单的情况和订单状态，改进订单处理的速度和质量，向客户提供退货和缺货产品信息。
- 客户服务 对客户投诉做出反馈，发出通知（例如产品召回），提供全天候客户服务。
- 生产调度 根据生产厂家和供应商合理

调整适时（JIT）库存计划，在公司和生产厂家及供应商之间协调生产进度，进行客户需求分析。

3. 电子市场

电子市场（e-marketplace）是一个第三方交流平台（B2B商务模式），它给买家和卖家提供了一个有效地进行在线交流和交易的平台。电子市场通过提高供应链的效率和效力，帮助企业保持竞争优势，具体体现在以下几个方面：

- 为买家和卖家建立新的贸易关系创造了机会。
- 向所有参与者提供了一个获取价格、实用性和库存水平等信息的独立平台。
- 解决了国际贸易中的时间约束问题，并使得全天候开展业务成为可能。
- 在独立的平台上便于比较价格和产品，而不用与每一位卖家进行联系。
- 与传统的销售渠道相比，大大降低了营销成本。

电子分销商是电子市场的常见例子。电子分销商是一个由第三方拥有和运营的市场，提供了产品的电子目录。例如，电子市场可以提供各种软件和硬件产品的目录，这样一来网络管理员就可以预订企业网络所需的所有设备和程序，而不需要从几个不同的运营商那里购买元件了。电子分销商提供的另一个常见服务是维护、维修和运行（MRO）服务，某一公司购买的MRO包中可能包含来自不同供应商的服务，但是电子分销商将这些服务整合到一个包中提供给客户。这种打包方式是横向市场的一个例子，横向市场主要致力于整合涉及众多供应商的业务流程或功能。电子分销商能够以较低的成本快速运送所选择的不同产品和服务，有助于公司减少检索商品的时间和费用。

正如在第8章学习的，除了横向市场以外，第三方交流平台还能将买家和卖家集合到纵向市场中。买家能够收集有关产品和卖家的信息，卖家有机会接触到潜在的买家。第三方交流平台有PowerSource Online、Foodtrader.com和Farms.com等。

4. 在线拍卖

当市场上没有商品和服务的固定价格时，拍卖有助于决定这些商品和服务的价格。在线拍卖（online auction）是一个简单的却具有革命性意义的商业理念。通过使用互联网，在线拍卖使全世界的客户都可以参与到传统拍卖之中，并且其所销售的商品和服务的数量远高于传统拍卖方式。在线拍卖建立在第8章所介绍的经纪业务模式的基础上，并将买家和卖家带入虚拟市场之中。通常，主持拍卖的企业收取交易服务费用。在线拍卖在销售过多的存货时尤其具有成本效益。一些公司使用逆向拍卖（reverse auctions）方式，邀请卖家对产品和服务进行竞价。换句话说，就是只有一个买家但有很多个卖家，是一种多对一的关系。买家可以从中选择服务或产品出价最低的卖家。

5. 协同规划、预测和补货

协同规划、预测和补货（collaborative，forecasting and replenishment，CPFR）是指通过销售终端（POS）数据共享和联合规划（见图11-2）来协调供应链各成员间的工作。也就是说，销售终端系统收集的任何数据都会在供应链各成员间进行分享，这有助于调整生产和根据库存需求制定计划。CPFR的目标是提高运行效率和管理库存。例如，在供应链各成员之间信息共享的结构化流程之下，零售商可以将客户需求或销售预测数据与制造商的订单预测数据进行比较。如果预测数据之间存在差异，成员们可以聚到一起，决定正确的订单数量。改进供应链性能的一个主要障碍是公司并不非常了解客户的需求是什么、什么情况将会导致零售商和制造商的销售损失和库存积压。CPFR有利于降低供应链所有成员的交易成本、库存成本和物流成本。

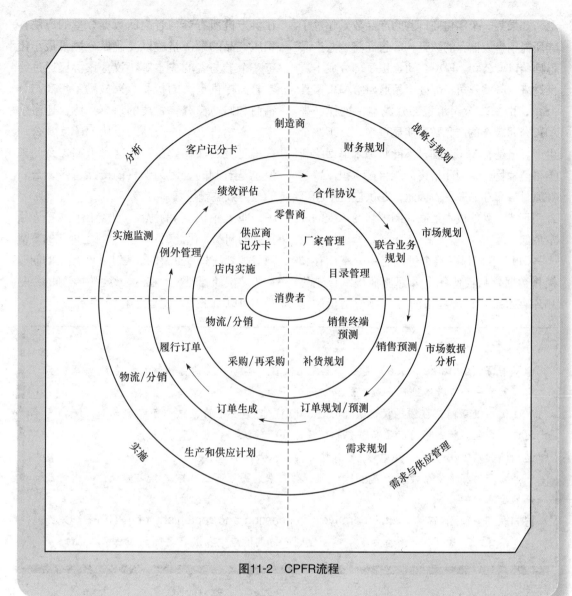

图11-2 CPFR流程

　　供应链的协调非常困难。要理解这些问题，回顾一下第10章讲到的ABC家具公司的例子。如前所述，ABC家具公司从新英格兰木材厂购买木材，从佛蒙特五金公司购买五金产品（如螺母、螺栓等）。ABC家具公司还使用了分销商，家具分销公司（FDC）来向零售商运送产成品。因此，ABC家具公司的供应链包括了被称为供应链"上游"的新英格兰木材厂和佛蒙特五金公司，以及处于供应链"下游"的FDC公司、零售商和客户。

　　在该供应链中，只有零售商能准确知道已出售家具的数量和库存家具的数量，但是没有适当协议的话，绝大多数零售商是不会分享这一信息的。分销商FDC公司只知道零售商为补充库存而预订的家具数量，但这并不是实际售出的数量，因此FDC公司向ABC家具公司发出的订单是建立在对零售商订单数量预测的基础上；而ABC家具公司并不知道FDC公司现有库存的准确数量，只知道FDC公司所下订单的数量，因此ABC家具公司从新西兰木材厂和佛蒙特五金公司订货的数量是建立在对分销商数据预测的基础上。

如果某一个零售商订购的产品数量超过了其所能销售或储存的数量，零售商将这些产品退回给FDC公司，FDC公司承担了部分成本。反过来，FDC公司将部分产品退回给ABC家具公司，由ABC公司承担部分成本。这样一来ABC公司库存的产品数量明显过多，必须减少生产。但是，ABC公司却不能将原木退回给新英格兰木材厂，因此最终只能自己承担保留超额原材料库存的开支。因此，在供应链中ABC公司可能承受的成本最高，而零售商承受的成本最低。

CPFR能确保在整个供应链中分享库存和销售数据，从而使每个人都能准确掌握销售和库存水平。该流程中的协作环节是指制定在供应链所有参与者之间数据分享的方法、积压产品的解决措施以及确保分摊或最小化每一个参与者的成本等协议。该协议通过给零售商提供更大的折扣，来鼓励零售商与分销商和制造商分享重要的信息。协议还激励零售商销售更多的产品以便从ABC家具公司获得更大的杠杆效益，而这对于ABC公司来说也是有利的，因为销售的产品越多，公司的最终效益就越好。

即使有了适当的协议，仍会出现一些无法预知的问题，因此对这些"意料之外"的事情做好规划是非常重要的。解决不可预见的问题称为"例外管理"，在这一过程中学到的经验教训可以用于未来规划之中。

术语卡

电子市场（e-marketplace）是一个第三方交流平台（B2B商务模式），它给买家和卖家提供了一个有效地进行在线交流和交易的平台。

通过使用互联网，**在线拍卖**（online auction）使全世界的客户都可以参与到传统拍卖之中，并且其所销售的商品和服务的数量远高于传统拍卖方式。

逆向拍卖（reverse auctions）是指邀请卖家对产品和服务进行竞价。也就是说，只有一个买家但有很多个卖家，是一种多对一的关系。买家可以从中选择服务或产品出价最低的卖家。

协同规划、预测和补货（collaborative, forecasting and replenishment, CPFR）是指通过销售终端（POS）数据共享和联合规划来协调供应链各成员之间的工作。

11.2　客户关系管理

客户关系管理（customer relationship management，CRM）是指公司用于跟踪和管理公司与客户间联系的一系列进程。客户关系管理系统的主要目标是改善对客户的服务，并使用客户的交流信息锁定目标市场。企业知道保持和维护现有的客户要比开发新的客户便宜得多，而一个有效的客户关系管理系统则有助于实现这一目标。

CRM系统中的营销战略重点关注于与客户而非交易建立长期联系。这些战略包括确定细分客户、改善服务和产品以满足客户需求、确定公司利润（和忠诚度）最高的客户。为了运用这些战略，CRM系统帮助公司更好地利用数据、信息和知识来了解客户。[1]CRM系统为销售人员和客户服务代表收集客户之间的沟通信息，从而使他们能更有效率和效力地开展工作。这些信息包括客户的喜好、背景、收入、性别和教育程度等。

客户关系管理不仅仅是跟踪和组织与客户的交流，它给企业提供了更加完整的客户图像。CRM系统包括根据客户数据进行复杂分析的工具，如第3章介绍的数据仓库和数据挖掘工具。采用这些系统，企业可以将客户交易数据与人口学数据及其他外部数据进行整合，从而更好地了解客户的行为。根据这一分析，企业可以更好地向客户推荐产品和解决客户问题，从而提高客户的满意度和回头率。另外，企业可以根据客户对企业的价值对客户进行分类，并进行相应的管理。

零售商店向客户提供带有折扣优惠的会员卡就是CRM系统使用交易数据的一个例子。例如，知道某一客户在上周购买了4加仑的牛奶并没有给零售商店提供多少信息，但是使用会员卡，零售商店可以跟踪特定用户的消费信息。当客户申请会员卡时，他们必须提供人口学信息，如姓名、年龄、婚姻状况和地址等信息。因此，零售商店还可以收集到如"詹姆斯·史密斯、35岁、已婚、居住在邮编为11223的地区、上周购买了4加仑牛奶"等的数据，而不是只知道"49号顾客"上周购买了4加仑的牛奶。根据这一信息，零售商店能够猜测出詹姆斯·史密斯已有孩子（或者显然没有乳糖不耐症）。另外，如果詹姆斯·史密斯上周没有同时购买麦片粥的话，该商店可以推测出他在其他商店购买了麦片粥（因为根据詹姆斯·史密斯购买了4加仑牛奶和他有孩子的估计，很可能他的孩子还在吃麦片粥）。因此，商店决定向詹姆斯·史密斯赠送麦片粥的折扣优惠券，这被称为"交叉销售"，即让客户购买额外的商品。商店也许还向詹姆斯·史密斯赠送了更昂贵的牛奶品牌的优惠券，以期望詹姆斯·史密斯家会觉得自己更喜欢该品牌的牛奶。这一行为称为"升档销售"。

企业还可以从外部机构购买关于你的公开或半私人的数据，如你是否拥有自己的房屋、房屋的价值以及按揭还款额或租金等数据。这些数据给企业提供了更多可用于分析的信息。

使用CRM系统，企业可以进行以下工作：[2]

- 提供符合客户需求的服务和产品；
- 通过多种渠道向客户提供更好的服务（传统渠道和互联网）；
- 促进产品的交叉销售和升档销售，以增加来自于现有客户的收益；
- 通过向销售人员提供客户的背景数据，帮助销售人员更快地完成交易；
- 维持现有客户，吸引新的客户。

本书所介绍的几个IT工具都可用于改进客户服务。例如，电子邮件、互联网、门户网站和自动化电话中心等都在CRM系统中发挥着重要作用。电子商务网站使用电子邮件来确认所购买的产品、确认装运协议和发送新产品与服务的通知。门户网站和外联网（如FedEx.com）允许客户执行诸如查看送货状态和安排包裹的整理等任务。数据库系统、数据仓库和数据挖掘工具可以有效地跟踪和分析客户的购买模式，这有助于企业满足客户的需求。CRM系统包括以下活动：

- 销售自动化；
- 订单处理；
- 营销自动化；
- 客户支持；
- 知识管理；
- 个性化技术。

这些活动由CRM软件执行，CRM软件将在下一节详细介绍。专栏11-2介绍了CRM系统在现实生活中的应用。

专栏11-2　CRM的应用

时代华纳有线电视业务组采用Salesforce.com的客户关系管理系统来分析公司的业务数据、提高预测的准确性、促进问题的解决以及监督销售和业务活动。该系统的一些重要功能包括用于显示关键业务变化的电子仪表板、"向下钻取"信息的功能、员工和客户都可以使用的一个基于网络的知识库，以及销售人员用于沟通的网络日志。总的来说，该系统使生产率提高了10%，缩短了执行业务流程所需的时间，例如将完成调查的时间从7天缩短到了2天。[3]

11.2.1　CRM程序

通常，CRM程序可以选择下面两种方法之一进行开发：预制式客户关系管理或基于网络的客户关系管理。已建立有IT基础设施的企业通常选择预制式客户关系管理，它的开发与其他IT系统的开发相类似。使用基于网络的客户关系管理，公司通过网络接口访问程序而不在自己的电脑上运行程序，并将使用CRM软件当做一项服务（SaaS）来支付，这类似于网络托管服务。SaaS供应商也负责解决技术问题（SaaS将在第14章进行更为详细的介绍）。建立CRM系统可以选择以下几种软件包，如Amdocs CRM、Optima Technologies ExSellence、Infor CRM、SAP mySAP、Oracle PeopleSoft CRM以及Oracle Siebel等。尽管这些软件包在功能上有所不同，但是它们都具有以下功能：

- 销售人员自动化　该功能可以自动执行如存货控制、订单处理、跟踪客户互动，以及分析销售预测和业绩等任务。销售人员自动化还包括用于收集、存储和管理销售联系人和潜在客户的联系人管理功能。
- 电子客户关系管理和基于网络的客户关系管理　该功能允许基于网络的客户互动，并用于电子邮件、通话记录、网站分析和营销活动管理的自动化。公司使用营销活动管理功能定制市场营销活动，如根据南加利福尼亚客户或者根据18~35岁年龄段客户的需求制定市场营销活动。
- 调查管理　该功能自动进行电子调查、民意测验和问卷调查，这有助于收集有关客户喜好的信息。
- 自动化客户服务　该功能用于电话中心和服务台，有时也能自动回复客户的查询。

11.2.2　个性化技术

个性化（personalization）是指企业满足客户需求、建立客户联系，以及通过开发能更好地满足客户喜好的产品和服务来增加利润的过程。个性化不仅包括客户的需求，还包括客户与企业之间的互动。你可能对那些根据客户兴趣和喜好调整内容的网站非常熟悉。例如，亚马逊根据你过去的浏览记录和购买习惯，向你推荐你可能感兴趣的产品。

定制化（customization）与个性化有所不同，它允许客户修改公司提供的标准产品，例如每一次打开网页浏览器时，你可以选择不同的主页进行显示。例如，当你注册进入雅虎之后，你可以选择你喜欢的布局、内容和颜色来调整首页。在零售业中，你也可以找到很多定制化的例子，例如在Build-A-Bear工作坊，孩子们可以设计自己的泰迪熊，又如耐克公司通过让客户选择款式和颜色来设计自己的鞋子。[4]

术语卡

个性化（personalization） 是指企业满足客户需求、建立客户联系，以及通过开发能更好地满足客户喜好的产品和服务来增加利润的过程。个性化不仅包括客户的需求，还包括客户与企业之间的互动。

定制化（customization） 与个性化有所不同，它允许客户修改公司提供的标准产品，例如每一次打开网页浏览器时，你可以选择不同的主页进行显示。

由于个性化和定制化有助于公司更好地满足客户的喜好和需求，客户经常能感受到一个更加高效的购物过程，因而在购买同样的产品或服务时不太愿意更换公司。但是，使用个性化需要收集大量关于消费者喜好和购买模式的信息，而有些客户在回答有关自己喜好的长篇调查时没有耐心。另外，收集这些信息可能会触犯客户的隐私感。例如，那些掌握病人处方历史信息的药店可能会担心这些信息被误用，并很可能影响到他们的保险总额。为了消除这些担心，公司的网站上应包含明确的隐私政策，说明个人信息是如何进行收集和使用的。

亚马逊以使用个性化技术向客户推荐产品和服务而知名。你可能对紧随着"购买了该商品的顾客还购买了"这句话之后的推荐列表非常熟悉。亚马逊的推荐系统由一个包含客户历史购买记录和推荐算法的巨大的数据库组成。当客户登录亚马逊时，推荐系统首先检查该客户及同类客户的购买历史。使用这一信息，根据客户的购买历史和其他具有相同购买历史的客户的选择，生成推荐商品列表。另外，亚马逊给客户提供了一个评价推荐的机会。客户购买的商品越多，进行的评价越多，就越能更好地向客户推荐符合其需求的商品。[5]

还有很多公司使用个性化技术来提高客户服务水平。例如，如果你从Nordstrom.com上购买了一套衣服，该网站可能还会向你推荐与衣服进行搭配的鞋子或领带，或者推荐相似款式的衣服。如果你从Apple iTunes上购买了一首歌曲，该网站可能还会推荐与你相类似的听众所购买的其他歌曲。

谷歌公司也向谷歌账户持有人提供个性化的服务。用户可以获得按照其搜索历史重新进行排序的个性化的搜索结果。例如，谷歌公司的产品经理Avni Shah解释说如果某一用户的搜索历史中有"钓鱼"一词，接着搜索了"低音"一词，那么在搜索结果中所列示的网站很大可能是关于鱼而不是关于乐器的。谷歌还提供书签功能，使用户保存有用的搜索结果以备今后使用。不同于雅虎的MyWeb功能保存的是网页中的文本，谷歌的书签功能是简单地将网站链接保存下来。

要开发一个个性化系统，必须使用一些IT工具，如互联网、数据库、数据仓库/数据集市、数据挖掘工具、移动网络和协作过滤等工具。**协作过滤（collaborative filtering，CF）** 是使用来自多个业务伙伴和数据源的输入量，来检索特定的信息或模型。它将具有相同兴趣的人群划分成一组，并根据该组中成员已购买的产品和未购买的产品等情况推荐产品和服务。CF在产品种类单一的情况下运转良好，如书本、计算机等。CF的一个缺点是它需要大量的样本用户和信息以维持良好的运转。另外，它在跨越不相关的品种进行推荐的情况下并不起作用，例如预测喜欢某类CD的客户可能也会喜欢某一特定计算机。

CF在个性化系统中的一个应用是根据其他类似的客户自动预测出客户的喜好和兴趣。例如，根据某一用户对多部电影的评级以及数据库中存储的其他用户的评级等信息，CF系统能够预测出该用户尚未进行评级的电影。你可能在Netflix.com网站列示出你可能会喜好的其他电影时看到了CF功能的使用。最近Netflix公司向在比赛中设计出最佳算法从而显著提高影片推荐准确性的团队颁发了100万美元的奖金。像亚马逊、巴诺以及Half.eBay.com等其他的一些网站使用CF系统来提高客户服务水平。

术语卡

协作过滤 （collaborative filtering，CF）
是使用来自多个业务伙伴和数据源的输入
量，来检索特定的信息或模型。它将具有
相同兴趣的人群划分成一组，并根据该组
中成员已购买的产品和未购买的产品等情
况推荐产品和服务。

11.3 知识管理

知识管理 （knowledge management，
KM） 是指通过发现、存储和传播"技能"即
如何完成任务的方法，以改进CRM系统（和
很多其他的系统）的一种技术。知识可以分为
显性知识（正式的、书面的知识）和隐性知识
（个人的或非正式的知识）。知识是一种财
富，应当在整个企业内共享以形成商务智能和
保持企业在市场中竞争优势。因此，知识管理
吸收了企业学习和企业文化的思想，以及将隐
性知识转换为显性知识、在企业内部建立知识
共享文化、消除知识共享障碍等的最佳经验。
在这一方面，知识管理与信息管理有着很多共
同的目标，但是知识管理的范围更广泛，因为
信息管理只关注于显性知识。

知识不仅仅指信息和数据，也包括了环
境。显性知识，如实现销售的过程，可以在数
据仓库中获得和分享。专业销售人员可以将
他们实现销售的方法记录下来，这一文件可以
用来培训新的销售人员或者那些无法完成销售
的人员。但是，隐性知识的获取并不容易，某
个人从经验中所获得的知识可能会因为其所使
用的场所即环境不同而有所变化。一般来说，
收集这些信息的最好方法是员工间的交流，例
如，就有关他如何解决困难等特定的问题采访
员工。由于交流是管理隐性知识的关键因素，
因此知识管理系统应当鼓励企业员工之间进行
开放的沟通和思想的交流，这些交流一般可以
通过电子邮件、即时消息、公司内部维基、视

频会议，以及WebEx等一些用于创建虚拟企业
环境的工具来进行。

通过保存从专家那里获得的知识，可以在
公司内部创建知识仓库以备需要时使用。其中
最常见的例子是建立有关客户常见问题及其解
决方案的知识库。戴尔电脑公司使用了这种知
识库，因此当客户打电话咨询有关自己电脑的
问题时，解决该问题的步骤被记录下来并能实
时访问，从而缩短了客户响应时间。

知识库还可以用于新产品的开发之中。公
司可以将过去同类开发中获得的经验、测试中
出现的错误等保存下来，帮助公司加快交付时
间表和避免同样问题的出现。知识库的这一作
用在开发软件产品和服务时非常有用。

公司的员工可能不太愿意分享他们的经
验，因为他们认为这会降低自己在公司中的价
值。为了鼓励员工分享自己的知识，公司必须
对此进行奖励。知识管理系统能够跟踪员工参
与知识分享交流的次数以及由此带来的性能改
进的情况。这些信息可以用于奖励那些分享了
隐性知识的员工。奖励系统也可以用于分享显
性知识，例如，通过跟踪员工对公司内部维基
的贡献次数等。

术语卡

知识管理 （knowledge management，
KM） 吸收了企业学习和企业文化的思
想，以及将隐性知识转换为显性知识、在
企业内部建立知识共享文化、消除知识共
享障碍等的最佳经验。

一个简单的知识管理系统可能还包括使用
群件软件（将在第12章介绍），如IBM Lotus
Notes或Microsoft Sharepoint Server等，以在企
业内部创建、管理和分发文件。这些文件包括
前面已介绍过的信息种类，如客户服务代表工
作流程纲要或者过去开发工作的报告等。知
识管理系统还包括其他的一些工具和技术，如
DBMS、数据挖掘工具、决策支持系统（将在

第12章介绍）等。知识管理在成功的CRM系统中起着关键性的作用，因为它能帮助企业用自己的知识财富来提高客户服务水平和生产效率、降低成本、创造更多的利润。知识管理系统可以帮助企业完成以下工作：[8]

- 通过鼓励思想的自由交流，促进了创新；
- 通过缩短响应时间，提高了客户服务水平；
- 通过缩减产品和服务的交货时间，增加了收入；
- 通过奖励员工的知识，提高了员工留任率。

 ## 11.4 企业资源规划

企业资源规划（enterprise resource planning，ERP）是指收集和处理数据，管理和合理配置整个企业资源、信息及功能的一体化系统。一个典型的ERP系统包括很多组件，如硬件、软件、程序，以及来自所有业务领域的输入量等。为了将整个企业的信息整合到一起，大多数ERP系统使用一个统一的数据库来存储企业各个业务部门的数据（见图11-3）。

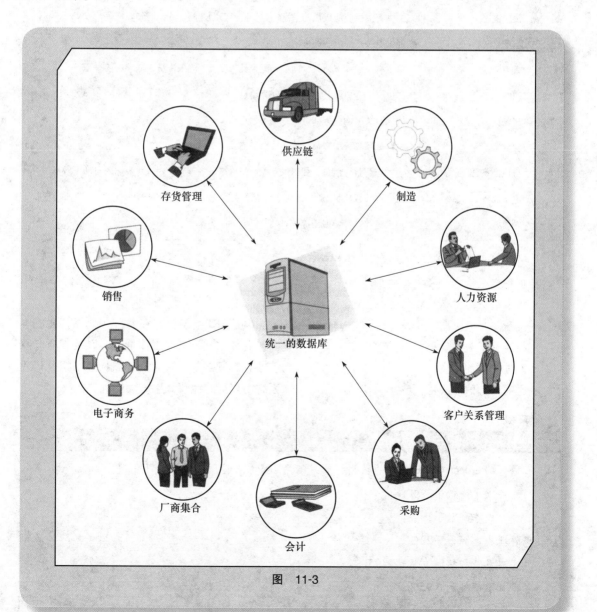

图 11-3

表11-1概括了这些组件的功能。

表11-1　ERP系统的组件

组　件	功　能
统一的数据库	收集和分享其他功能所需的内部和外部相关信息
库存管理	提供库存状态信息和进行库存预测
供应链	提供有关供应链成员的信息，如供应商、制造商、分销商和客户等
生产	提供有关产品成本和价格的信息
人力资源	提供有关职务申请人、调度和配置员工以及预测未来员工需求的信息
CRM	提供有关客户及其需求和喜好等信息
采购	提供有关采购业务如电子采购等信息
会计	跟踪如预算分配和债权债务等财务信息
供应商整合	为供应商整合信息，如提供有关产品价格、规范和实用性等数据的自动下载
电子商务	提供有关订单状态的B2C信息与有关供应商和业务伙伴的B2B信息
销售	提供有关销售和促销等信息

一个设计良好的ERP系统能提供以下优势：

- 提高整合信息的实用性及及时性；
- 提高数据的准确性和缩短响应时间；
- 提高客户满意度；
- 提高员工满意度；
- 改进规划和调度；
- 提高信息的可靠性；
- 降低存货成本；
- 降低劳动力成本；
- 缩短订单完成的时间。

但是ERP系统也存在着一些缺点，如成本高、安装困难、培训工作量大，以及与原有系统的兼容问题等。专栏11-3概括了可以从ERP系统中获得的经营效率方面的优势。

大多数ERP系统都可以按功能模块获得，因此企业可以只购买自己所需的模块，今后需要时再扩充。具有模块化组件是ERP系统成功的主要因素，因为这一功能降低了企业的成本。超过40家供应商，如SAP、甲骨文、赛捷集团和微软等公司，都能够提供具有不同功能的ERP软件。如果一家公司决定使用全功能ERP系统，那么该公司可以使用第10章介绍的软件开发生命周期（SDLC）模型。

下面的专栏11-4介绍了ERP系统在实际生活中的应用。

专栏11-4　全球化ERP系统的应用

捷普电子公司是全球五大电子制造服务供应商之一。公司的主要业务是生产网络接口卡，其在三大洲拥有9家生产工厂。为了生成有关公司总体业绩的报告，捷普公司需要整合来自所有分厂的信息。为此捷普公司联手IBM业务咨询服务，将公司所有分厂的网站转移到一个全球化ERP系统之中，从而使公司能够更容易地访问来自所有分厂的信息。该系统将信息整合和报告生成所需的时间缩减了60%，此外还降低了公司总成本，并且能更加方便地在公司所有分厂之间分享资源，从而简化了生产经营过程。

产业联系介绍了企业系统领域的领导者Salesforce.com公司。

11.5　小结

本章首先学习了企业系统的作用，了解了供应链管理是如何提高企业的效率和效力的。介绍了如电子数据交换、基于网络的SCM、在线拍卖、电子市场，以及协同规划、预测和补货等SCM系统中所使用的技术。接着学习了客户关系管理系统，以及学习了如何使用个性化和定制化技术改善客户服务水平。最后学习了知识管理系统和企业资源规划系统的使用。

产业联系专栏

Salesforce.com公司

Salesforce.com公司是CRM服务行业的领导者，公司提供按照企业需求定制的企业应用程序。公司的部分产品和服务如下所示：

• CRM程序　包括用于销售人员自动化、销售管理和交易管理的CRM云程序平台和CRM云程序基础设施等产品。

• 销售分析　销售云程序能帮助管理层发现哪一位销售人员完成的交易最多及其花费的时间。定制的电子仪表板能提供对实时信息的即时访问，允许对销售、市场、服务和其他部门的关键因素进行监控，以及对来自不同数据源的数据进行综合分析。

• 服务与支持　服务云程序提供客户主页、电话中心和知识库等功能。根据来自这些功能的信息，用户能够分析哪一位客户发出了请求，得到回应的时间是多久，从而检查员工的业绩，并找出哪一位客户代表处理的客户请求最多。

• 销售自动化　包括Google Adwords、活动管理、市场分析和销售仪表板。用户可以跟踪从发现销售机会到完成销售各环节中的多渠道营销活动。

• Force.com Builder 允许开发人员开发可以

本信息来自于公司网站（www.salesforce.com）及其他宣传材料。欲得到更多信息及更新的内容，请访问公司网站。

集成到Salesforce.com程序中并由其控制的附加应用程序。

关键术语

协作过滤（collaborative filtering, CF）

企业系统（enterprise system）

协同规划、预测和补货（collaborative planning, forecasting and replenishment, CPFR）

知识管理（knowledge management, KM）

在线拍卖（online auction）

客户关系管理（customer relationship management, CRM）

个性化（personalization）

定制化（customization）

逆向拍卖（reverse auctions）

供应链（supply chain）

电子数据交换（electronic data interchange, EDI）

电子市场（e-marketplace）

供应链管理（supply chain management, SCM）

企业资源规划（enterprise resource planning, ERP）

问题、活动和讨论

1.什么是企业系统？

2.什么是供应链管理？

3.CPFR在供应链管理中的功能是什么？

4.ERP系统有哪些缺点？

5.在SCM中"拉"和"推"技术之间有什么区别？阐述它们在库存管理中的影响。

6.在互联网上进行检索，找出两家给中小型企业提供ERP软件的供应商。每一家供应商提供的组件有哪些？以及这些组件可以具有哪些ERP功能？

7.就知识管理如何提供客户服务水平写一份两页纸的报告，其中要包括可以促进知识管理的IT技术。

8.在企业中，下列哪一项是常见的技能种类？（不定项选择）

a.显性知识

b.共享的知识

c.隐藏的知识

d.隐性知识

9.亚马逊所推荐的产品目录是下列哪种技术的应用？

a.定制化

b.ERP系统

c.CPFR

d.个性化

10.知识管理比信息管理所包含的范围要窄。这个论述正确与否？

案例研究

ERP在约翰霍普金斯机构的应用

约翰霍普金斯机构（JHI）雇佣有45 000多名全职员工，其包括约翰霍普金斯医疗和卫生系统、约翰霍普金斯大学与其他几所医院和研究所。为了提高数据质量和报告系统，JHI决定用一个中央ERP系统来代替几个不能完全融合的业务程序。使用这些不同的程序很难获得有关JHI经营和业绩的总体看法。

JHI在使用ERP系统时面临了很多技术难题。为了克服这些技术难题，JHI选择了以IBM Power 570服务器作为硬件平台的BearingPoint's SAP应用程序。JHI还决定使用服务器集群来提高系统的容错性，并安装了SAN以提高ERP系统的性能。现在该ERP系统提供了一个收集整个机构信息的集中化方法。

问题

1. JHI使用ERP系统的主要原因是什么？

2. JHI所采用的ERP系统是如何帮助其解决技术难题的？

3. JHI的ERP系统实现了什么目标？

Chapter12

第**12**章

管理支持系统

本章将首先概述决策的类型和决策过程的各个阶段。接着，将介绍决策支持系统（DDS）及其组件和功能，并说明决策支持系统在企业中的贡献。另外，本章还将介绍其他用于决策制定的管理支持系统：主管信息系统（EIS）、群体支持系统（GSS）和地理信息系统（GISs）。最后，本章将简要地介绍管理支持系统的设计。

 ## 12.1 企业决策的类型

在一个典型的企业中，决策通常可以归为下列三种类型之一：

- **结构化决策** 结构化决策（structured decisions）或程序性工作，可以实现自动化，因为有着定义明确的标准操作程序存在于该种决策之中。结构性工作的例子有记录保存、工资表和简单的库存问题等。信息技术是制定结构化决策的重要支持工具。
- **半结构化决策** 半结构化决策（semistructured decisions）并不能由标准操作程序进行非常明确的定义，但是其得益于信息检索、各种分析模型和信息系统技术，也包含着结构化的一面。例如，在计算每个部门可用资金比例时，编制预算就具有结构化的方面。半结构化决策常用于销售预测、预算编制、资本收购分析和计算机配置等方面。
- **非结构化决策** 非结构化决策（unstructured decisions）是独特的、典型的一次性决策，没有任何标准操作程序适用于它们。在这一类决策中，决

▶ 学习目标

1. 明确决策的类型，明确一个典型企业中决策过程的各个阶段。
2. 论述决策支持系统。
3. 阐述主管信息系统在决策制定中的重要性。
4. 论述群体支持系统，包括群件和电子会议系统。
5. 概述地理信息系统的使用。
6. 阐述管理支持系统的设计。

策者的直觉发挥着最为重要的作用，而信息技术只提供很少的支持。涉及非结构化决策的工作包括研发、招聘和解聘以及新产品介绍等。

半结构化和非结构化决策具有挑战性，因为它们涉及多重标准，并且用户经常不得不在相互冲突的目标中做出选择。例如，经理可能希望提高员工工资以鼓舞士气和提高员工的留

术语卡

结构化决策（structured decisions）或程序性工作，可以实现自动化，因为有着定义明确的标准操作程序存在于该种决策之中。

半结构化决策（semistructured decisions）得益于信息检索、各种分析模型和信息系统技术，也包含着结构化的一面。

任率，但是企业又要求他降低生产总成本。这两个目标就存在着冲突，至少在短期之内有冲突。人工智能程序（将在第13章介绍）可能在未来能帮助处理定性化决策。图12-1列示了企业的组织层级（即操作层、战术层和战略层）及决策类型。

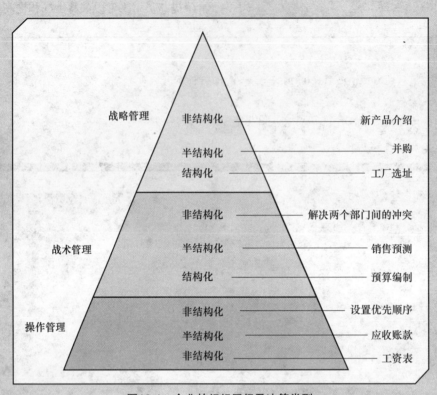

图12-1　企业的组织层级及决策类型

为了支持决策的某些方面和类型，开发出了不同类型的信息系统。这些系统统称为**管理支持系统**（management support systems，MSS），正如本章将讨论的，每一类系统都是根据特定的目的和目标设计的。

术语卡

非结构化决策（unstructured decisions）是独特的、典型的一次性决策，没有任何标准操作程序适用于它们。

管理支持系统（management support systems，MSS）是为了支持决策的某些方面和类型，而开发出来的不同类型的信息系统。每一类系统都是根据特定的目的和目标设计的。

在情报阶段（intelligence phase），决策者（例如营销经理）对企业环境进行审视以找出需要制定决策的情况。从各种渠道收集数据（内部和外部）并处理。根据这些信息，决策者可以找出解决问题的方法。

决策过程的各个阶段

1978年诺贝尔经济学奖得主赫伯特·西蒙将决策划分为三个阶段：情报阶段、设计阶段和选择阶段。[1]还可以加入第四个阶段，即实施阶段。接下来对这四个阶段进行介绍。

1. 情报阶段

在情报分析阶段（intelligence phase），决策者（例如营销经理）对企业环境进行审视以找出需要制定决策的情况。从各种渠道收集数据（内部和外部）并处理。根据这些信息，决策者可以找出解决问题的方法。这一阶段包括三个部分：第一，明确现实情况是什么，也就是说确定真正能够帮助明确问题的是什么；第二，通过收集相关的数据和信息，更好地理解问题；第三，收集明确解决问题的方案所需的数据和信息。

例如，某企业注意到过去六个月企业的销售总额一直在下降。为了查明下降的原因，企业可以从客户、市场和竞争对手那里收集数据。数据经过处理之后，通过分析能够提出可能的补救措施。信息技术尤其是数据库管理系统，有助于进行这类分析。另外，很多第三方供应商，例如尼尔森和道琼斯公司，都专门从事于市场、竞争对手和总体经济情况等数据的收集。这些公司所收集的信息可以支持决策的情报阶段。

2. 设计阶段

在设计阶段（design phase），决策者的目标是明确决策的标准，拟订符合标准的方案，并确定标准与方案间的关系。例如，销售下降问题的标准可能仅仅是增加销售。为了使标准更加具体，可以将其表述为"在未来三个月内每个月的销售额增长3%"。接着，可以拟订如下解决方案：

- 向目标市场调派更多的销售人员；
- 对现有销售人员进行再培训和激励；
- 对现有销售人员进行再分配；
- 调整现有产品，以适应消费者不断变化的口味和需求；
- 设计新的广告活动；
- 将现有的广告重新分配给其他媒体。

确定方案与标准之间的关系包括理解每一种方案是如何影响标准的。例如，增加销售人员是如何提高销售额的？要实现销售增加3%需要增加多少销售人员？一般来说，信息技术并不太支持这一决策阶段，但是本章稍后将介绍的群体支持系统和电子会议系统会对这一阶段有所帮助。同样，专家系统（第13章将涉及）也有助于拟订方案。

3. 选择阶段

选择阶段（choice phase）通常是直截了当。从实际方案出发，最好和最有效率的行动方案就是选择。它首先分析每一种方案及其与标准之间的关系，以确定其是否可行。例如，每增加一位销售人员，希望销售额增加多少？该结果是否具有经济效益？经过仔细的分析之后，选择阶段以决策者推荐出最佳方案结束。对于销售下降问题，企业决定使用第一种方案，向目标市场调派更多的销售人员。决策支持系统（DSS）在这一阶段尤为有用。DSS将在本章稍后进行介绍，但是这类系统能对可能的方案进行分类，从而为企业选择出最佳方案。通常，它们包括一些用于计算成本效益比及其他比率的工具。例如，某企业试图从三大运输系统中选择一种用于将本企业的产品送往零售网点。DSS能够对成本因素进行评估，并明确哪一种运输系统能使成本最小而利润最大。通常，信息技术在情报和选择阶段比在设计阶段更为有用。

> **术语卡**
>
> 在**设计阶段**（design phase），决策者的目标是明确决策的标准，拟订符合标准的方案，并确定标准与方案间的关系。
>
> 在**选择阶段**（choice phase），决策者选出最好和最有效率的行动方案。

4. 实施阶段

在实施阶段（implementation phase），企业制定出实施选择阶段所选方案的计划，并获取资源以实施计划。换句话说，就是将思想转化为行动。信息技术，尤其是DSS，在这一阶段也非常有用。DSS可以对方案实施的效果进行跟踪评估。在前面所讲的选择运输系统的例子中，DSS可能会发现企业所选系统的实施情况并不如预想的好，并提出相应的替代方案。

12.2　决策支持系统

就本书的目的而言，决策支持系统（decision support system，DSS）是指一个交互性信息系统，它包括有硬件、软件、数据和模型（数学的和统计学的），主要设计用于辅助企业的决策者，其着重于半结构化和非结构化工作。DSS应能满足以下要求：

- 是交互性的；
- 除了硬件和软件外，还包括人力因素；
- 使用内部和外部数据；
- 包括数学和统计学模型；

- 能支持企业各组织层级的决策者；
- 重点关注半结构化和非结构化工作。

> **术语卡**
>
> **在实施阶段**（implementation phase），企业制定出实施选择阶段所选方案的计划，并获取资源以实施计划。
>
> **决策支持系统**（decision support system，DSS）是指一个交互性信息系统，它包括有硬件、软件、数据和模型（数学的和统计学的），主要设计用于辅助企业的决策者。它的三个主要组件是数据库、模型库和用户界面。

12.2.1　决策支持系统的组件

如图12-2所示，DSS包括三个主要组件：数据库、模型库和用户界面。另外，第四个组件即DSS引擎，负责管理和协调这三个重要组件。数据库组件包括内部数据和外部数据以及用于创建、修正和维护数据库的数据库管理系统（DBMS），该组件能够让DSS执行数据分析操作。

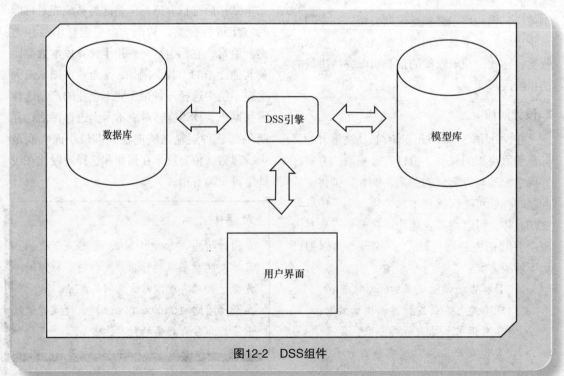

图12-2　DSS组件

模型库（model base）组件包括数学和统计学模型，它与数据库一起，使DSS能够分析信息。模型库管理系统（MBMS）执行的任务与DBMS相类似，包括访问、维护和更新模型库中的模型等。例如，MBMS可能包含着执行"假设分析"的工具，从而使预测模型能够生成显示某些因素变化时，预测结果变化情况的报告。

最后，用户界面组件是用户用来访问决策支持系统的工具。例如，当用户查询数据库或模型库以获取决策帮助时，将会使用到它。从用户的观点来看，用户界面是决策支持系统最终使用的部分，应当尽可能的灵活和用户友好。因为大多数决策支持系统的用户是计算机知识很少的高级管理人员，所有用户友好是这些系统最基本的要求。[2]

12.2.2　决策支持系统的功能

决策支持系统包括以下几种决策支持功能：

- 假设分析　这类分析显示了某一变量变化时的影响情况。假设分析能够解答以下的一些问题：如果劳动力成本增长4%，产品的最终成本将会受到什么样的影响？如果广告预算增长2%，会对销售总额产生什么样的影响？

- 目标寻觅　这一功能是假设分析的反向过程。例如，你也许想知道要获得200 000美元的利润，产品的价格应定为多少，或者要使销售总额达到50 000 000美元，广告支出应为多少。

- 敏感性分析　这类分析能让你用不同的变量进行分析。例如，确定在盈利状态下能够支付的原材料的最高成本，或者确定利率要下降多少，你才能按月供700美元的水平购买一套100 000美元的房屋。

- 异常报告分析　该功能主要监控既定范围之外的变量的表现，例如，找出销售总额最高的地区或者预算超支的生产中心。

一个典型的决策支持系统具有更多功能，如图形分析、预测、仿真模拟、统计分析和建模分析等。

12.2.3　DSS环境中的角色

要设计、实施和使用决策支持系统，必然会涉及一些群体或角色。这些角色如下：用户、管理设计者、技术设计者和模型建造者。[2]

用户是最为重要的角色，因为他们是决策支持系统的使用者，因此，系统的成功取决于它对用户需求的满足程度。除了人以外，用户还包括部门或组织单位。

管理设计者（managerial designer）负责确定设计和使用决策支持系统中的管理问题。这些问题不涉及系统的技术方面，它们只与管理的目标和需求相关。管理设计者明确提出数据的要求、所需要的模型、使用这些模型的方法，以及用户想用何种方式查看结果（图形、文本等）。这一角色通常负责解决如下问题：

- 应收集哪些类型的数据，以及从什么渠道获取数据？
- 所收集的数据应是什么时期的？
- 如何组织这些数据？
- 如何更新这些数据？
- 汇总数据（总价）和分类数据（分项）之间的平衡关系是什么？

术语卡

模型库（model base） 组件包括数学和统计学模型，它与数据库一起，使DSS能够分析信息。

管理设计者（managerial designer） 负责确定设计和使用决策支持系统中的管理问题。这些问题不涉及系统的技术方面，它们只与管理的目标和需求相关。

技术设计者（technical designer）专注于如何实施决策支持系统，通常负责解决如下问题：

- 如何存储数据（集中化、分散化或分布式）？
- 应使用哪种文件结构类型（顺序的、随机的或索引顺序的）？
- 应使用哪种用户访问类型？菜单驱动，如QBE？或者命令行，如SQL？
- 所要求的响应时间类型是什么？
- 应安装哪些类型的安全措施？

技术设计者可能是一位计算机专家或者是一位来自公司外部的顾问，并且能使用商业化的决策支持系统软件包或能够从头开始编写系统代码。

模型建立者（model builder）是用户与设计者之间的联络员。例如，在设计阶段，模型建立者向管理设计者或技术设计者解释用户的需求。接着，在实施阶段，向用户等解释回归分析的结果，阐述模型所依据的基本假设、局限性及其作用。模型建立者负责提供有关模型的用途、模型所接受的输入数据类型、解释模型输出值的方法，以及创建和使用模型的假设等信息。通常，由管理设计者提出模型应当做什么的要求，由技术设计者负责模型的实施，而对模型的具体说明则来自模型建立者。模型建立者还可以提出新的或不同的决策支持系统程序。

术语卡

技术设计者（technical designer）专注于如何实施决策支持系统，通常负责解决数据存储、文件结构、用户访问、响应时间和安全措施等问题。

模型建立者（model builder）是用户与设计者之间的联络员。他负责提供有关模型的用途、模型所接受的输入数据类型、解释模型输出值的方法，以及创建和使用模型的假设等信息。

12.2.4 决策支持系统的成本与效益

部分决策支持系统可以用企业现有的资源进行开发，从而降低成本，但是更多的则要求有新的硬件和软件。在决定这项投资之前，企业应当衡量使用决策支持系统的成本与效益。然而，成本和效益很难进行评估，因为这些系统关注的是效果而非效率。另外，决策支持系统有利于改进决策，但并不是一定会改进。例如，你如何对促进了交流和加了快问题的解决进行价值评估？

前麻省理工学院教授Peter G.Keen就企业如何使用决策支持系统进行了一项有趣的研究，结果显示建立决策支持系统的决定是基于价值而非成本的。他将决策支持系统的效益概括如下：[3]

- 增加了已测试替代方案的数量；
- 对突发情况的快速响应；
- 做出独一无二的决策的能力；
- 新的见解和学习；
- 提高了对经营的控制，如控制生产成本；
- 由于能够在短时间内做出更好的决策和分析多种情况（假设分析），从而节约了成本；
- 更好的决策；
- 更有效率的团队工作；
- 节约了时间；
- 更好地使用数据资源。

正如该研究所表明的，大多数效益是无形的且很难评估。但是，它们可以在一定程度上进行量化，尽管量化的结果会随着执行计算的人的不同而有所变化。例如，通过对某一管理人员查找决策支持系统能够立即提供的信息所浪费的2个小时时间进行评估，你可以量化出所节约时间的效益。当然你可能也注意到，不需要花费如此多时间的管理人员更加积极，且更富有成效。但是，要量化这些结果非常困难——或者至少需要进行更多的工作，例如进行访问或者调查。

促进管理层和员工的交流和互动的效益也

许是最难进行量化的，但它也是最重要的因素之一。[4]决策支持系统能够并且正在促使决策者审视自己、自己的工作、自己花费时间的方式。因此，促进交流和加快学习是决策支持系统的主要目标之一。

如果员工认为决策支持系统有益于他们的工作，那么就可以说决策支持系统达到了目标。例如，使用财务决策支持系统来分析不同情况的投资组合经理，一定会发现该系统能够很容易地分析多个变量，如分析利率和经济预测等，而这种简易性非常有用。管理人员能够对这些变量取不同的值，以找出哪一变量的影响最大，哪种资产组合的利润最高。另外，某些决策支持系统的结果是节约了文书成本，其他的决策支持系统则改善了决策过程。

 ## 12.3　主管信息系统

主管信息系统（executive information system，EIS）是决策支持系统的一个分支，它是一种交互式信息系统，使管理者能很容易地获取内部和外部数据，EIS通常包括"向下钻取"功能（在第3章介绍过）与用于检测和分析信息的数字仪表板（有些专家将经理支持系统和经理管理系统新增为EIS的变量，因此在本书中术语EIS包括所有这些变量）。

操作的简易性对EIS的成功起着非常重要的作用。因为大多数主管信息系统的用户并不是计算机专家，因此系统的简化是至关重要的，并且EIS的设计者在开发用户界面时，应重点关注操作的简易性。通常，EIS使用的是图形用户界面，但是增加一些如多媒体、虚拟现实，以及音频输入和输出等功能，将会提高系统操作的简易性。

在一个有效的主管信息系统中，另一个非常重要的因素是能够获取内部和外部数据，从而使管理者能够发现趋势、做出预测和开展不同类型的分析。要使主管信息系统具有实用性，它还应当能收集与企业的"关键制胜因

素"，即决定企业成败的因素相关的数据。在银行，利率被认为是一个关键制胜因素；对于汽车制造商而言，经销商的位置可能是关键制胜因素。设计一个主管信息系统，应使其能够提供与企业关键制胜因素相关的信息。

大多数主管信息系统都包括一个数字仪表板（digital dashboard），它将来自不同渠道的信息进行整合，并按照一个统一的、易于理解的格式进行呈报，通常为表格或图形。数字仪表板提供了信息的实时说明，帮助决策者确定趋势和发现问题。很多数字仪表板是基于网络的，例如Microsoft SharePoint中包含的数字仪表板。图12-3展示了一个数字仪表板的例子。

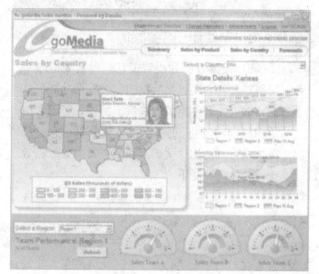

图12-3　数字仪表板

下面列示出了主管信息系统的一些重要特征：[5]

- 专门用于满足管理层的信息需求；
- 能够提取、精简、过滤和跟踪关键数据；
- 以图形、表格和文本等形式提供信息；
- 包括有用于汇总和组织数据的统计分析技术；
- 能够在平台和数据格式多种多样的范围内检索数据；
- 包括定制化程序开发工具；
- 支持电子沟通，如电子邮件和视频会议。

术语卡

主管信息系统（executive information system, EIS），是决策支持系统的一个分支，它是一种交互式信息系统，使管理者能很容易地获取内部和外部数据，EIS通常包括"向下钻取"功能与用于检测和分析信息的数字仪表板。

数字仪表板（digital dashboard）将来自不同渠道的信息进行整合，并按照一个统一的、易于理解的格式进行呈报，通常为表格或图形。它提供了信息的实时说明，帮助决策者确定趋势和发现问题。

12.3.1　使用EIS的原因

EIS使得分析和决策工具等财富变得唾手可得，并且它还包括数据的图形显示功能，从而帮助管理者制定关键决策。另外，管理者使用EIS能与其他人更快更便捷地分享信息。管理人员可以使用这些工具提高决策的效率和效力，具体表现如下：

- 由于EIS能够快速、便捷地访问相关信息，从而提高了管理者的工作效率。
- 由于EIS能将信息转换成其他格式，如条形图或图形，从而帮助管理者分析不同的业务情况，并确定某一特定因素对企业的影响。
- EIS能够发现趋势并汇报例外情况。例如，管理人员可以使用EIS收集有关制造工厂的利润和生产成本等数据，并确定关闭该工厂是否比继续维持工厂的生产更具效益。

12.3.2　避免设计和使用EIS的失败

与其他管理支持系统一样，有效地设计和实施EIS也要求有高层管理人员的支持、用户的参与和正确的技术。下面列示出了会导致EIS设计失败的因素：[6]

- 企业文化还没有形成，企业反对该项目，或者认为该项目并不重要；
- 管理人员没有兴趣或者对该项目并不投入；
- 没有明确界定目标和信息需求，或者系统没有满足目标；
- 系统目标与企业的关键制胜因素无关；
- 项目成本不合理；
- 程序开发占用时间过多，或者系统过于复杂；
- 供应商的支持已中断。

另外，导致EIS使用失败的因素如下：[7]

- **管理者本身**　现在的部分高级管理人员错过了计算机革命，并且在使用计算机时可能会觉得不舒服。继续教育和提高计算机意识将有助于解决这一问题。
- **管理者的工作性质**　管理者繁忙的工作日程和频繁的出差，使得很难对他们进行长期培训，也不允许他们不间断地使用系统，而且还经常会妨碍管理者对EIS的日常使用。
- **EIS所提供信息的性质**　由于缺乏对高级管理人员工作的认识，有些EIS没有包含高级管理人员所需要的信息。设计者在设计系统之前，必须明确管理人员所需要的信息类型。

12.3.3　EIS软件包和工具

通常，EIS的设计包含有两个或三个组件：一个用于管理数据访问的管理模块、一个用于开发者配置数据映射和屏幕排序的开发模块，以及一个用于操作系统的运行时间模块。有时也将管理和开发模块组合成一个模块。部分EIS软件包提供一个数据存储系统和一些简单的软件包数据，并将其路由到一个数据库中，通常是在局域网中。大多数EIS软件包带有图形用户界面（GUI）。图12-4列示了EIS软件包中的商务智能界面（SAS软件研究有限公司）。

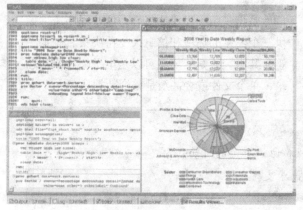

图12-4 商务智能界面

通常，管理人员执行的六大任务，即跟踪业绩、标记例外情况、排名、比较、确定趋势，以及调查/探索等，EIS都能提供有效的帮助。大多数EIS软件包都提供执行这些任务的工具，例如，按照报表或表格格式显示汇总数据，并对屏幕进行排序以制作幻灯片。对例外情况或变量进行报告是另一项非常有用的技术，管理人员使用它来标记反常的或超出正常边界的数据。反常和定期事件都可以被确定为视觉线索触发器，或者激活智能代理以执行特定任务的触发器。智能代理（将在第13章介绍）是指执行重复性任务的"聪明"程序，可以对它进行编程，从而使其能够根据特定条件制定决策。现在广泛使用的EIS软件包有SAS商务智能软件、Monarch DataWatch公司和Congon PowerPlay等。

12.4 群体支持系统

在如今的商务环境中，决策者通常是在团队中工作的，因此你可能经常听到"团队计算"和"协同计算"等术语的使用。所有主要的软件供应商都在竞争打入这一市场，或者提高自己在这一高速增长的市场中的份额。在这种协同环境下，对群体支持系统（group support system，GSS）的需求也不断增加，群体支持系统旨在协助决策者在团队中进行工作。DSS的设计通常是由一个特定的决策者使用，而GSS的设计通常是由多个决策者使用。这些系统使用计算机和通信技术来制定、处理和落实决策工作，并可以将其看成是一种帮助克服群体互动局限性的干预技术。GSS的干预功能减少了沟通障碍，并将秩序和效率引入到了从来不具备系统性和效率的环境中，如团体会议和头脑风暴会议等。GSS在人类调解员的帮助下，通过明确小组讨论的重点、最大限度减少政治活动和重点关注关键事务等，改进了决策的制定。群体支持系统的成功取决于下列因素：

- GSS的水平和复杂程度应当与群体规模和任务范围向匹配。
- 提供管理层的支持（尤其在CEO层次上），该管理层愿意在企业里"率先"使用GSS。

术语卡

群体支持系统（group support system，GSS）协助决策者在团队中进行工作。这些系统使用计算机和通信技术来制定、处理和落实决策工作，也可以将其看做是一种帮助克服群体互动局限性的干预技术。

群体支持系统的相关技术，如电子会议系统（EMS）、群件、计算机传媒通信（CMC）、计算机支持的协同工作（CSCM）和电子协作等，并不被认为是全功能的群体支持系统，因为它们不包括决策工具。但是它们相对便宜，并且包含有可以进行有效团队管理的沟通和问题解决机制。[8, 9]

GSS在需要从几个决策者那里获得结论的群体工作中非常有用，如委员会、评审小组、董事会会议、工作队和决策会议等。它们也可以用于确定新工厂的位置、介绍新产品或推广活动、参与国际竞标、头脑风暴备选方案，以及其他工作中。除了具有DSS的所有功能外，GSS还包括沟通功能，从而使处于不同地点的决策者仍然可以一起参与决策过程。

12.4.1 群件

群件（groupware）的目标在于协助团队沟通、协作和协调自己的活动。它更倾向于团队工作而非决策支持。就本书的目的而言，群件是指一系列程序的集合，这些程序通过提供一个共享的环境和信息来支持决策者制定决策。其中，共享的环境可以是电子邮件、备忘录、单个文件或者甚至是整个数据库。

术语卡

群件（groupware）能协助团队沟通、协作和协调自己的活动。它是一系列程序的集合，这些程序通过提供一个共享的环境和信息来支持决策者制定决策。

群件是一种软件，它能帮助一组决策者使用同一个应用程序工作，而不用考虑他们的位置。群件工具包括电子邮件、聊天程序、视频会议和数据库共享等。IBM Lotus Notes、Microsoft SharePoint和Novell GroupWise是最常见的群件软件。群件的部分功能如下所示：

- 视频和音频会议；
- 自动化的记事簿；
- 头脑风暴法；
- 数据库访问。
- 电子邮件；
- 在线聊天；
- 调度；
- 待办事项列表；
- 工作流程自动化。

第6章所讨论的局域网、广域网和城域网，是群件的网络基础。尽管电子邮件与群件并不相同，但它提供了群件的主要功能：通过网络传输文本信息。接下来的专栏12-1介绍了群件在普华永道公司的实际应用。

专栏12-1　群件提供了竞争优势

普华永道公司（前身为普华公司）是全球最大的会计与咨询公司之一，公司使用IBM Lotus Notes软件，赢得了一份百万美元的咨询合同。普华永道公司在周四被邀请提交一份竞标方案，而竞标的截止日期为下周一。公司研究竞标方案的四名主管人员位于三个不同的州，而主要的竞争对手却已经就竞标方案研究了几个星期。在IBM Lotus Notes软件的帮助下，四名主管能够召开在线会议对竞标进行讨论。另外，将与竞标有关的信息从多个数据库中提取出来存放到Lotus Notes中，其中还包括那些具有专业知识对确定最终方案有帮助的员工的简历。在Lotus Notes通信功能的帮助下，主管人员在整个周末对多个竞标草案进行了审核，并于周一提交了最终的竞标方案。普华永道公司赢得了竞标，而它的竞争对手甚至没有赶上最后期限。[10]

互联网已经成为群件的重要组成部分。基于网络的GSS的最大优势在于可以使用开放的网络标准，这意味着GSS可以在各种操作系统或工作站上运行。其最显著的劣势在于速度受限（因为互联网通常比公司的专用网络要慢）和安全问题。基于网络的GSS工具主要有Microsoft SharePoint Server（参见专栏12-2）和IBM Lotus Domino。其他用于电子协作的软件是电子会议系统，如Microsoft LiveMeeting、Metastorm和IBM FileNet等。

专栏12-2　Microsoft Office SharePoint Server：一种新型群件

　　Microsoft Office SharePoint Server 2007是Microsoft Office 2007套件的组成部分，主要用于提高协作、提供内容管理功能、执行业务流程和提供对实现组织目标所必需的信息的访问。你可以创建支持内容发布、内容管理、记录管理和商务智能需求的SharePoint网站，也可以对人员、文档和数据进行检索，并访问和分析大量的商业数据。SharePoint Server 2007提供了一个独立的、一体化的平台，在那里员工可以与团队的其他成员进行合作、寻找组织资源、检索专业知识和信息、管理内容和工作流程，并使用他们所找到的信息制定出更好的决策。

12.4.2　电子会议系统

　　电子会议系统（electronic meeting systems）能使处于不同地点的决策者共同参与到团队的决策过程之中。它们包括了以下内容：

- 实时计算机会议允许一群人通过他们的工作站进行互动交流，分享文件，如文档和图片。这种会议通常包含一个音频链接但是不具备视频功能。
- 视频电话会议是最接近于面对面会议方式，它需要特殊设备，有时还需要有受过培训的操作人员。电视摄像机用于传输会议现场的图像和声音，它比电话会议更为有效，但是也更为昂贵。视频电话会议的主要缺点是与会者不能分享文本和图片。
- 桌面会议结合了视频电话会议和实时计算机会议的优点。使用这些系统，与会者可以打开多个视频窗口。它们在工作站中还安装有会议界面，因此对员工来说更容易使用。

术语卡

电子会议系统（electronic meeting systems）能使处于不同地点的决策者共同参与到团队的决策过程之中。

12.4.3　群体支持系统的优缺点

　　GSS的优点概括如下：

- 由于决策者不再需要频繁出差，也不用支付机票、酒店和餐饮的费用，从而降低了成本和压力。
- 由于决策者不需要远距离出差，因此他们有更多的时间相互交流和解决问题。
- 在GSS会议中，羞怯不再像面对面会议中那样成为一个主要问题。
- 促进了合作，从而提高了决策者的工作效率。

　　但是，群体支持系统也存在着一些缺点：

- 人与人之间缺乏接触　在GSS会议中，手势、握手、眼神交流，以及其他非语言暗示有可能会丢失，从而阻碍了会议的有效性。但是，虚拟现实技术（将在第14章讨论）的新发展有可能解决这一难题。
- 不必要的会议　由于安排GSS会议非常简单，因此存在着安排过多不必要的会议的倾向。
- 安全问题　GSS会议与其他的数据通信系统有着相同的安全问题，因此，也存在着企业的秘密信息落入非法人员手中的可能性。对参与GSS会议和传输数据采取严格的安全措施是非常必要的。
- 由于群体支持系统包含很多功能，因此其实施成本非常高。

12.5 地理信息系统

管理人员经常需要回答以下的问题：

- 新商店应建在什么位置，以吸引最多的客户？
- 新机场应建在什么地方，从而使其对环境的影响降至最低？
- 送货车辆应采用什么路线，以减少驾驶时间？
- 应当如何分配执法资源？

一个设计完善的地理信息系统（geographic information system，GIS）可以回答这些乃至更多的问题。该系统获取、存储、处理和显示地理信息或者地理方面的信息，例如在地图上显示所有的城市路灯的位置。GIS使用空间和非空间数据，以及特殊技术来存储复杂地理目标的坐标，包括网络线（马路、河流、街道）和报告区（邮政编码、市、县、州）。大多数GIS还能将地图上的分析结果进行叠加。

术语卡

地理信息系统（geographic information system，GIS）获取、存储、处理和显示地理信息或者地理方面的信息，例如在地图上显示所有的城市路灯的位置。

通常，GIS使用三种地理目标：

- 点 是指地图上线的交点，如机场或餐馆的位置。
- 线 通常是指地图上的一系列的点（例如，一条街道或河流）。
- 面 通常是指地图的某一部分，例如一个特定的邮编地区或者一个大的旅游景点。

数字地图和面向空间数据库是GIS的两个重要组件。例如，假设你想在俄勒冈州波兰特市的西南部开一家新店，你可能会想知道有多少人生活在规划区的步行范围之内。使用GIS，你可以从美国地图开始，反复对其进行放大，直到你得到一张街道级地图为止。你可以在地图上将规划的商店位置标注出来，并以它为中心划一个圆圈以表示合理的步行范围。接着，你可以索取一份生活在圆圈范围内且满足特定要求，如收入水平、年龄、婚姻状况等的每一个人的美国人口普查汇总数据。GIS能够提供各种信息，帮助你瞄准特定客户。

GIS可以执行下列任务：

- 数字化地图。
- 使用点、线和多边形连接空间属性，例如在地图上画出制造工厂的建筑面积。
- 将地图和数据库数据结合起来进行查询。

GIS中的查询语言能够支持复杂的查询操作，具体如下：

- 列示出居住在列克星敦34号街拐角处的超级杂货店周围5英里范围内的消费者。数据库无法回答这个问题，因为它无法确定商店的纬度/经度坐标、以指定的地点为中心计算距离、确定该圆圈范围内所有的邮政编码，最终找出居住在这些邮编地区的消费者。
- 列示出那些每天驱车上下班往返时都会路过列克星敦34号街十字路口的消费者。数据库同样不能处理这类查询。在本例中，GIS绘制出消费者的家和工作地点的位置，并找出所有可能的路线。接着，GIS通过挑出那些经过指定路口开车线路最短的消费者，从而缩减了消费者的名单。

具有分析功能的GIS通过对空间数据进行解释来评估决策的影响。建模工具和统计功能用于预测结果，包括趋势分析和仿真模拟。很多GIS提供多窗口视图，从而使你能够同时查看绘制出的地图区域和与其相关的非空间数据，并且还可以用不同颜色的点、线和多边形来表示非空间属性。缩放功能常用于查看详细程度不同的地理区域，地图叠加功能在查看指定区域的诸如天然气管道、公立学校或快餐店时非常有用。缓冲功能用于创建标针地图，其将符合特定标准的位置突显出来，例如根据人口密度确定新店的位置。图12-5中的例子来自美国环境系统研究所（ESRI）的产品，该研究所是GIS软件的一个主要供应商。访问www.esri.com网站，可以查看不同类型的地图。

图12-5　幼儿看护中心的位置：标针地图的举例

从谷歌地图上查找行车路线是GIS的一个常见例子——一个你可能经常使用的例子。谷歌地图是一种交互式GIS，它首先确定出发地和目的地之间的线路，将这些线路叠加到地图上，标注出邻近地区地标建筑的位置，并估算出行车距离和行车时间。谷歌地图还可以被当做决策支持系统，因为你可以通过拖动不同的点来修改路线，还可以就替代方案进行假设分析（例如用普通公路替代高速公路），包括估算行车时间以帮助你确定最佳线路。谷歌地图拥有用户友好界面，它帮助你将线路形象化，并且在你做出决策之后，你还可以将行车线路和地图打印出来。

GIS的应用

GIS能从大量的资源中整合和分析空间数据。尽管GIS主要应用于政府部门和公共事业公司，但是现在越来越多的公司开始使用它们，尤其是营销、制造、保险和房地产等公司。无论GIS被划分为哪一类，大多数的应用都要求GIS能够将数据转换成信息、将数据与地图相结合、开展不同种类的分析。GIS的应用可以划分为以下几类：

- **教育规划**　GIS用于分析信息，以根据人口变化数据调整学区边界，以及确定建立新学校的位置。
- **城市规划**　GIS用于多种用途，例如跟踪公交系统乘客人数的变化，以及分析人口数据以确定新的选区。
- **政府**　GIS用于提高效率和在预算紧张的情况下，充分利用人力和设备资源。市、县管理人员还依靠GIS将人员和设备调派到犯罪和失火地点，以及维护犯罪统计数据。
- **保险**　GIS用于将社区范围、街道地址和邮政编码等数据与检索功能相结合，以找出有关潜在危险的信息，例如自然灾害、自动评级变量和犯罪率指标等。这些信息一部分来自于联邦和州政府机构。[11, 12]
- **营销**　GIS用于找出前在客户最为集中的地区，显示根据地理范围计算的销售统计数据，评估人口和生活方式数据以确定新的市场，将新产品定位于特定人群，分析与新店地点相关的市场份额和人口增长数据，根据地理位置评估公司的市场地位。[13, 14] 例如，百事可乐公司使用GIS来确定新开的必胜客和塔可钟店的最佳位置。

- **房地产** 房地产机构利用人口普查数据、多份列表文件、抵押贷款信息和购买者概况等汇总资料，使用GIS来找出符合购买者喜好和价格范围的房产。GIS还可以通过对整个城市进行调查以确定具有可比性的街区和平均售价，从而帮助估算房屋的销售价格。GIS可以用于评价目的以确定国家、地区之间的关系，当地经济发展趋势和当地房地产的需求情况。[15, 16]

- **交通和物流** GIS用于车队管理、对送货地区进行编码、创建街道网络以预测行驶时间，以及开发用于线路和送货调度的地图。[17]

专栏12-3介绍了如何使用GIS来监控和降低疾病的传播。

专栏12-3 使用GIS来抗击疾病

全世界的公共卫生官员和政府机构都使用GIS、人口信息、遥感数据，甚至谷歌地图等来帮助抗击禽流感、疟疾、H1N1（猪流感）、SARS和其他的疾病。使用GIS，卫生官员能够绘制出流行病的传播区域，并在流行病到达之前确定高危人群的位置，从而降低死亡率，并通过跟踪其来源减少传染病的传播。GIS在以下工作中也非常有用：[18, 19]

- 为水源性疾病查找出受污染的水源；
- 在地图上标出疾病的确诊和疑似病例的位置；
- 确定人们要前往到达的医疗中心的距离，以及公共交通是否可用；
- 监测病毒爆发期间的病毒变异和它们的位置，并帮助尽早发现受感染的人群和动物；
- 确定疾病的地理分布；
- 规划和确定干预措施；
- 规划将医疗人员、设备和物资等送往偏远地区的线路；
- 找出最近的医疗机构。

12.6 设计管理支持系统的指南

在设计任何一个管理支持系统之前，首先要明确定义系统的目标，接着可以选择第10章讨论过的系统开发工具进行设计。由于管理支持系统的目标与其他信息系统有所不同，其设计中要注意的重要因素概括如下：

- **从高层获得支持** 必须获得高层的支持和同意，离开高层管理人员的全力支持，系统失败的概率非常高。

- **明确界定目标和效益** 由于MSS的很多效益是无形的，因此这一步非常具有挑战性。成本通常用美元衡量，而效益却是定性化的。设计团队应当花费时间明确所有的成本和效益，以向高层管理人员呈现一份令人信服的方案。当效益是无形的时候，如提高客户服务水平等，设计团队应将该效益与一个可测量的因素联系起来，如增长的销售额。

- **明确管理人员的信息需求** 审视管理人员的决策流程，以找出他们所制定的是哪种决策（如结构化的、半结构化的，还是非结构化的）并确定管理人员制定这些决策时所需要的信息类型。

- **保持沟通渠道的畅通** 这是确保关键决策人员能够参与MSS设计的关键因素。

- **隐藏系统的复杂性，并保持界面的简单** 向管理人员解释系统时，应避免使用技术术语，因为如果管理人员觉得系统过于技术化时，也许会失去兴趣。例如，管理人员对平台和软件的选择并不感兴趣。他们主要关注的是以尽可能简单的方法获得自己所需的信息。另外，系统应该易于学习，管理人员只需很少的时间甚至不经培训就可以掌握。对大多数管理人员来说，操作界面就是系统，因此，操作界面的易用性是系统成功的关键因素。

- **保持"外观和感觉"的一致性** 设计者应在窗口、菜单和对话框中使用标准的布局、格式和颜色，以保持系统的一致性和操作的简易性。这样，例如学习过系统数据库部分的用户可以毫不困难地转换到报告生成部分，因为界面是熟悉的。你可以在Microsoft Office中看到这一要素，Office软件具有相同的特征，例如在它的所有程序中都有格式工具栏。因此，熟悉Word程序的用户能够很快地学会如何使用Excel程序，因为界面非常类似。

- **设计一个灵活的系统** 由于技术的不断发展和商业环境的瞬息万变，几乎一个管理支持系统的所有方面（包括用户界面），都会随着时间的变化而变化。一个灵活的系统能够很快地吸收这些变化。

- **确保响应时间快** MSS设计者必须定期监控系统的响应时间，因为管理人员无法忍受响应时间过慢。另外，当某一系统功能需要占用几秒钟时，确保在屏幕上显示系统正在处理请求的信息。使用进度条也有助于减少挫折感。

产业联系介绍了决策支持系统行业的领导者SAS公司所提供的软件和服务。

 ## 12.7 小结

本章首先介绍了在一个典型企业里决策的类型和决策的各个阶段。回顾了决策支持系统的组件及其功能、关键角色、成本与效益。另外，还介绍了主管信息系统的使用和影响其成功的因素，以及群体支持系统的优缺点。最后，介绍了地理信息系统的功能和可能的用途，回顾了设计管理支持系统的指导方针。

 ### 产业联系专栏

SAS公司

SAS公司成立于20世纪70年代初期，成立之初旨在分析农业研究数据，最终发展成为一个生产能执行综合分析并生成商务智能信息以满足各种决策需求的软件的供应商。SAS公司所提供的部分产品和方案如下所示：

- SAS Business Intelligence 分析过去的数据以对未来做出预测。它提供了报告、查询、分析、OLAP和综合分析等功能。

- Data Integration 给企业提供了一个以较低的成本快速响应数据集成要求的灵活可靠的方法。

- SAS Analytics 为建模分析提供了一个一体化的环境，包括数据挖掘、文本挖掘、预测、优化和仿真模拟。该产品包括多种用于收集、分类、分析和解释数据的技术和步骤，从而揭示出模式和关系以帮助制定决策。

本信息来自SAS公司的网站及其他宣传材料。欲了解更多信息及最新内容，请登录www.sas.com。

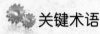 关键术语

选择阶段（choice phase）

地理信息系统（geographic information systems, GISs）

模型库（model base）

决策支持系统（decision support systems, DSS）

设计阶段（design phase）

群体支持系统（group support systems, GSS）

模型建立者（model builder）

半结构化决策（semistructured decisions）

数字仪表板（digital dashboard）

群件（groupware）

结构化决策（structured decisions）

电子会议系统（electronic meeting systems, EMSs）

实施阶段（implementation phase）

技术设计者（technical designer）

情报阶段（intelligence phase）

非结构化决策（unstructured decisions）

主管信息系统（executive information systems, EIS）

管理设计者（managerial designer）

 问题、活动和讨论

1.在一个企业中，有哪三种决策类型？

2.决策过程的四个阶段是哪些？

3.DSS的主要组件是什么？

4.EIS的主要功能有哪些？

5.如何区别DSS和EIS？

6.检索互联网以学习更多有关空间数据的知识，写一份两页纸的报告，报告中要阐述空间数据的特点，并说明它是如何增加GIS复杂性的。

7.下列哪些是DSS的组件？（可以不定项选择）

a.数据库

b.模型库

c.用户界面

d.分析库

8.下列哪些因素会导致一个失败的EIS？（可以不定项选择）

a.系统的目标过于简单

b.企业文化没有形成

c.成本不合理

d.系统无法实现目标

9.下列对DSS的描述中，哪一项是错误的？

a.DSS不是交互式的

b.DSS需要硬件

c.DSS能帮助企业所有层次的决策者

d.DSS着重于半结构化和非结构化决策

10.MSS的"外观和感觉"因素应包含很多变量以保持管理人员的兴趣。这个论述正确与否？

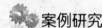 案例研究

五十铃澳大利亚有限公司的协作系统

五十铃澳大利亚有限公司（IAL）主要负责五十铃卡车在澳大利亚的营销及分销。IAL在仅有65名员工的情况下，依靠自己的全国经销商网络来维持公司的市场地位。过去，公司所有的信息都是手工分发给经销商，这种方法成本高、耗时长，且容易出错。IAL选择IBM WebSphere Portal和Workplace Web Content

Management软件作为公司的网络门户和内容管理系统，以替代现有的手工系统。使用这一系统，员工可以自行发布信息，并且使用系统的即时消息功能，员工之间可以相互合作以制定出决策。自2006年实施该系统以来，IAL已经实现了主要成本的节约、出错率的降低，以及更为迅速有效的沟通。随着系统的维基功能的使用，员工间的协作和知识共享也不断得到提高。

问题

1. 什么因素促使IAL使用协作技术？
2. 协作技术在IAL的应用有哪些？
3. IAL是如何使用维基技术的？

Chapter13
第13章
智能信息系统

本章主要介绍智能信息系统，首先将介绍人工智能（AI）技术及其在决策中的应用；并简要介绍最早的人工智能应用之一——机器人技术。接着，本章将介绍专家系统及其组件，以及专家系统的使用。讨论基于案例的推理和智能代理这两个人工智能应用技术。最后，本章将介绍模糊逻辑、人工神经网络、遗传算法和自然语言处理系统，以及将人工智能技术融入决策支持系统的优点。

 ## 13.1 人工智能概述

人工智能（artifical intelligence，AI）是由各种试图模拟和复制人类的思想、语言、感觉和推理等思维活动的相关技术组成。AI技术将计算机应用于那些需要知识、感觉、推理、理解和认知能力的领域中。[1]为了实现这些功能，计算机必须能够做到以下几点：

- 了解常识；
- 了解事实和处理定性数据；
- 处理异常和中断情况；
- 理解事实之间的关系；
- 用人类语言与人类交流；
- 能够根据以前的经验处理新情况。

信息系统关注的是数据的存储、检索和使用，而AI技术关注的是知识和事实的产生和显示。正如你学过的，在信息系统领域，程序员和系统分析员通过设计出能够提供及时、相关、准确和综合信息的系统，来帮助决策者制定

▶ 学习目标

1. 明确人工智能的定义，并阐述这些技术是如何支持决策制定的。
2. 阐述专家系统及其应用和组件。
3. 介绍基于案例的推理。
4. 概括智能代理的种类，并说明如何使用它们。
5. 介绍模糊逻辑及其应用。
6. 阐述人工神经网络。
7. 阐述遗传算法的使用。
8. 阐述自然语言处理及其优缺点。
9. 概述将人工智能技术融入决策支持系统的优点。

术语卡

人工智能（artifical intelligence，AI）是由各种试图模拟和复制人类的思想、语言、感觉和推理等思维活动的相关技术组成。AI技术将计算机应用于那些需要知识、感觉、推理、理解和认知能力的领域中。

决策。在AI领域，知识工程师试图找出"经验法则"，从而使计算机能够执行通常由人类完成的任务。AI领域所使用的规则来自各个领域的专家组，如数学、心理学、经济学、人类学、医学、工程学和物理学等。AI包括本章将讨论的几个相关的技术，如机器人技术、专家系统、模糊逻辑系统、智能代理、人工神经网络、遗传算法和自然语言处理。

尽管这些程序和技术未必能提供真正的人类智能，但是与传统的信息系统相比，它们肯定具有更高的智能性。多年来，由于人们一直在努力缩小AI与人类智慧之间的差距，现在这些系统的功能已经得到了改善。接下来的一节将讨论AI技术在决策过程中的使用。

13.1.1 AI技术对决策的支持

如你所知，信息技术用于支持决策的多个阶段。人工智能技术的最新成就预示着决策支持在新领域的发展。表13-1列示了人工智能相关技术在一些企业的应用。[2, 3, 4]

表13-1 AI技术的应用

领　域	企业举例	应　用
能源	Arco & Tenneco	使用神经网络来帮助确定油气储量
政府	美国国税局	测试软件以查看纳税申报和发现欺诈行为
人员服务	加州默塞德县	使用专家系统来决定是否给申请人提供社会福利
市场营销	《明镜》周刊	使用神经网络从一长串名单中找出最可能的购买者
电信	英国电信集团	将启发式搜索用于调度程序之中，使其能为20 000多名工程师提供工作日程安排
交通	美国航空公司	使用专家系统来安排飞机的日常维护
库存/预测	现代汽车	使用神经网络和专家系统使送货时间缩短了20%，存货周转率从3增长到3.4
库存/预测	四海电子	使用神经网络和专家系统使现有库存减少了15%，从而每年为公司节省1.8亿美元
库存/预测	Reynolds Aluminum	使用神经网络和专家系统使预测误差降低了2%，为公司减少了100万英镑的库存
库存/预测	联合利华	使用神经网络和专家系统使预测误差的产生从40%下降到25%，为公司节约了几百万美元

决策者将信息技术用于以下各类决策分析：[5]

- 是什么　"是什么"分析常用于事务处理系统和管理信息系统。例如，你输入某位客户的账号，系统将显示出该客户的当前余额。但是，这些系统缺乏报告实时信息和预测未来的能力。例如，由会计信息系统生成的反映上个季度业绩的报告主要由过去的事件组成，因此，决策者无法更多地使用这些信息。

- 假设　"假设"分析主要用于决策支持系统。决策者使用这类分析来监测一个或多个变量发生变化时的影响。该功能适用于电子表格程序，如Microsoft Excel等。

除了这些分析类型之外，决策者还经常需要回答以下关于信息的问题：为什么？这意味着什么？应该做些什么？应该什么时候做？AI技术拥有帮助决策者解答这些问题的潜力。

13.1.2 机器人技术

机器人（robots）和机器人技术是AI最为成功的应用。你可能非常熟悉工厂里使用的或者新闻里所见到的机器人。这些机器人虽然还远没有达到智能化，但是它们一直在不断地得到改进。这些机器人能够很好地完成简单重复的工作，并能将工人从枯燥或危险的工作中解脱出来。目前，机器人主要作为计算机集成制造的一部分在日本和美国的流水线上使用，此外，它们也用于军事、航空航天和医疗行业，以及执行诸如给员工发送邮件等服务。

> **术语卡**
>
> 机器人（robots）和机器人技术是AI最为成功的应用。这些机器人能够很好地完成简单重复的工作，并能将工人从枯燥或危险的工作中解脱出来。

工业机器人的成本从100 000美元到250 000美元或更多。通常，工业机器人的机动性受到一定限制。例如，它们可能只有一个固定的手臂，用于将目标从一个地点移动到另一个地点。一些机器人具有有限的视线范围，只要这些目标与其他物品是分开的，机器人可以将目标定位并挑选出来。机器人的操作由计算机程序控制，这些程序包括了诸如机器人何时到达及到达多远的距离、去往或转向哪个方位、什么时候抓住对象，以及使用多大的力量等命令。用于控制机器人的程序语言主要有可变汇编语言（VAL）、功能机器人技术（FROB）和制造语言（AML）。这些语言通常是专有的，即它们的所有权属于某一机器人制造商。

本田公司的ASIMO是最为先进和流行的机器人之一。ASIMO采用了本田的智能技术，使其能够和其他机器人一起协同工作。它能够识别活动的物体、声音、手势、多种环境、不同的面孔和姿势。ASIMO还可以通过预测对方的运动，在后退、向右转或继续前进之间做出选择。它还能够在电池的剩余电量低于规定水平时自动进行充电。

最近，个人机器人引起了大量的关注。这类机器人具有有限的机动性、有限的视觉范围以及部分语言功能。目前，个人机器人主要作为执行实用功能的机器人雏形来使用，例如帮助老人、把早餐送到你的桌子上、帮你做饭、开门，以及拿托盘和饮料等。这类机器人包括Twendy-One机器人、Motoman机器人和ApriAttenda机器人等。

与人类相比，机器人在工作场所中具有一些独特的优势：

- 它们不会与同事相爱、不会感到受到侮辱，或者请病假；
- 它们具有连贯性；
- 它们能够在对人有害的环境中使用，例如使用放射性物质等；
- 它们不会针对竞争对手进行间谍活动、不会要求加薪，或者争取更长的休息时间。

专家系统和自然语言处理等AI相关技术的发展，将会对机器人行业的发展产生影响。例如，自然语言处理将使人们更容易用人类语言与机器人进行沟通。

13.2 专家系统

专家系统（expert systems）是20世纪60年代以来，最为成功的AI相关技术之一。它们通过模仿人类在某一领域的专业知识，解决既定范围内的问题。就本书的宗旨而言，专家系统由各种能够模仿人类在特定领域内思维活动的程序组成，其中人类专家已在这些特定的领域取得了成功。第一个专家系统被称为DENDRAL，它是20世纪60年代中期在斯坦福大学开发的，主要用于测定分子的化学结构。专家系统要获得成功，必须将其应用到人类专家已经从事过的活动之中。例如医疗、地质、教育和石油勘探等工作。PortBlue（PortBlue公司）是专家系统的一个实例，它可以应用到各种财务活动之中，如审核复杂的财务结构、外汇交易风险管理等。COGITO（主要由意大利开发的专家系统）用于监测消费者在博客、评论部分、留言板和网络文章中发表的观点。它也用于搜索引擎之中，以便更好地理解消费者的查询。[6]

术语卡

专家系统（expert systems）能模仿人类在某一领域的专业知识，解决既定范围内的问题。

知识获取工具（knowledge acquisition facility）是指一种采用手工或自动化方式获取和吸收新的规则和事实，从而使专家系统能够得到改进的软件包。

知识库（knowledge base）与数据库相类似，但是它除了能存储事实和数字之外，还可以记录与事实相关的规则和说明。

决策支持系统使用数据、模型和明确的算法来生成信息，而专家系统则使用启发式数据。启发包括常识、经验法则、受过教育的猜测和直觉判断等，使用启发式数据能鼓励人们使用从经验中获得的知识来解决或描述问题。也就是说，启发式数据不是正规的知识，但是它不用遵循严格的算法就能找出解决问题的办法。

13.2.1　专家系统的组件

一个典型的专家系统包括图13-1所示的各种组件，接下来将逐一解释：

- **知识获取工具**　知识获取工具（knowledge acquisition facility）是指一种采用手工或自动化方式获取和吸收新的规则和事实，从而使专家系统能够得到改进的软件包。该组件与知识库管理系统（将在稍后介绍）一起确保了知识库尽可能保持最新。

- **知识库**　知识库（knowledge base）与数据库相类似，但是它除了能存储事实和数字之外，还可以记录与事实相关的规则和说明。例如，财务专家系统的知识库可以记录构成流动资产的所有数字，如现金、银行存款和应收账款等。它还可以记录下流动资产可以在1年内转换为现金的事实。教学环境下的专家系统包括所有有关研究生的情况，如GMAT成绩和平均成绩等，以及确定研究生招录的规则，如GMAT成绩必须在650及以上且平均成绩在3.4及以上。要成为一个真正的专家系统，知识库组件必须

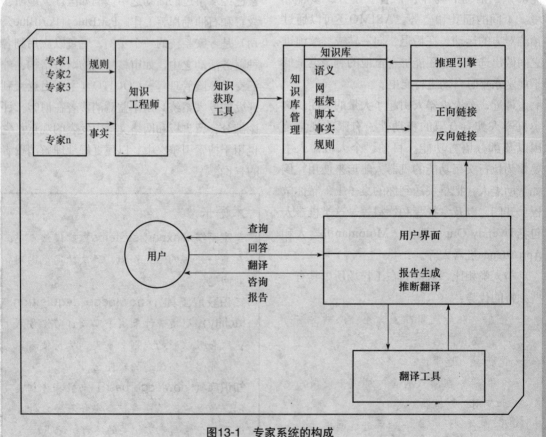

图13-1　专家系统的构成

包括以下三种知识。

- **事实性知识** 由各种与某一特定的行为、学科或问题相关联的事实组成。例如，与肾病相关的事实包括肾脏的大小、血液中某些酶的水平、疼痛持续的时间和位置等。

- **启发式知识** 由各种与某一问题或行为相关联的规则组成。例如，表明病人患有肾病的一般规则包括病人背部左上方或右上方剧烈疼痛、肌酐和血尿素氮水平很高等。

- **元知识** 能促使专家系统从经验中获取知识，并审核和提取有关的事实来确定方案的路径。元知识是有关认知的知识。例如，了解专家系统如何制定决策被看做是元知识。尽管这类知识目前还无法应用于专家系统，但是将神经网络融入专家系统是实现使用元知识目标的一种可能的方法。

- **知识库管理系统** 知识库管理系统（knowledge base management system，KBMS）与DBMS相似，用来确保知识库随着事实、数字和规则的变化而不断更新。

- **用户界面** 用户界面与决策支持系统的对话管理组件相同。它提供了对专家系统的用户友好访问。尽管GUIs已对该组件进行了改进，但是AI技术的目标之一是为用户界面提供一种自然语言（将在本章稍后介绍）。

- **解释工具** 解释工具（explanation facility）执行的任务与人类专家相似，用于向最终用户解释推荐方案是如何推导出来的。例如，在贷款评估专家系统中，解释工具说明了为什么批准或拒绝某一申请人。又如，在医疗专家系统中，该组件解释了为什么系统会诊断出病人患有肾结石。

- **推理引擎** 推理引擎（inference engine）与决策支持系统的模型库组件相似（第12章讨论过）。推理引擎通过使用不同的技术，如正向和反向链接（将在接下来的段落讨论），控制一系列的规则。一些推理引擎从一个包含着若干行条件和规则的事实矩阵中开始运行，这个矩阵就像一张决策表。在这种情况下，推理引擎逐个地对规则进行评估，最后给出建议。一些推理引擎还可以从实践中学习。

术语卡

知识库管理系统（knowledge base management system，KBMS）与DBMS相似，用来确保知识库随着事实、数字和规则的变化而不断更新。

解释工具（explanation facility）执行的任务与人类专家相似，用于向最终用户解释推荐方案是如何推导出来的。

在**正向链接**（forward chaining）中，专家系统执行一系列成对的"如果—则—否则"条件。系统首先评估"如果"条件，接着执行相应的"则"行动。例如，如果温度低于80°，并且草有3英寸长，则割草，否则再等等。在医疗诊断专家系统中，系统可以采用以下步骤评估一个病例：

- 如果病人的体温超过38.5℃；
- 如果病人头疼；
- 则病人非常可能（95%）得了流感，否则查找其他疾病。

在**反向链接**（backward chaining）中，专家系统首先从目标开始，接着到"则"部分，最后推导出正确的解决方案。换句话说，也就是为了实现目标，必须满足什么条件？为了理解这两个技术之间的区别，我们来看看下面的例子。在一个给投资者提供金融投资建议的专家系统中，系统可能会使用正向链接询问50个问题，以确定在五个投资项目——石油天然气、债券、普通股、公共事业和交通中，哪一个项目对准投资者来说更为合适。[7]

术语卡

推理引擎（inference engine）与决策支持系统的模型库组件相似。推理引擎通过使用不同的技术（如正向和反向链接）控制了一系列的规则。

正向链接（forward chaining）执行一系列成对的"如果—则—否则"条件。

反向链接（backward chaining）首先从目标开始，接着到"则"部分，最后推导出正确的解决方案。

另外，每一个投资者所适用的所得税税率不同，并且每一个投资方案所提供的避税项目也不相同。在正向链接中，系统在给出最终推荐方案之前，会评估所有的如果—则条件。在反向链接中，系统可能先从投资者指定的公共事业项目开始，测试所有的如果条件以审核投资者是否能够胜任该投资项目。在某些情况下，反向链接技术更为迅速，因为它不需要考虑无关规则，但是系统所推荐的方案可能不是最优方案。

其他技术也可以用于表示专家系统知识库中的知识，例如，语义（联想）网络代表了链接和节点等信息，框架按照层级顺序存储条件或对象，脚本描述了一系列的事件。例如，就孩子的生日聚会来说，事件主要是购买蛋糕、邀请朋友、摆放蛋糕、点蜡烛等。用于生成采购订单的脚本可能包括确定订货数量、确定供应商并收集数据、生成采购订单并将其发送给供应商、更新应付账款、通知收货部门订单已经发出等事件。

13.2.2　专家系统的应用

很多公司都致力于研发专家系统，目前这些系统主要在以下领域使用：

- 航空工业　美国航空公司开发出用于管理乘客交易的专家系统。
- 法医实验室工作　专家系统用于决策来自犯罪现场的DNA样本，并快速准确地生成结果。它们有助于减少实验室积压的工作，并将数据快速输入国家犯罪数据库中。[8]
- 银行及金融　摩根大通公司开发出了外汇交易专家系统，用以评估历史趋势、新事件、买入和卖出因素。
- 教育　亚利桑那州立大学开发出了用于教授和评估学生数学能力的专家系统。
- 食品工业　金宝汤公司开发出了用以获取公司高度专业化的老员工所掌握的有关工厂经营和杀菌技术等专业知识的专家系统。
- 人员管理　IBM公司开发的专家系统用于协助培训技术人员，从而减少了培训时间。
- 安保　加拿大信托银行（现为道明加拿大信托银行的一部分）开发出了用于跟踪信用卡持卡人购买趋势和报告信用卡异常活动等例外事件的专家系统。
- 美国政府　开发出了用于监测核电站和协助国税局、移民局、美国邮政服务公司、交通部、能源部和国防部等部门制定决策的专家系统。
- 农业　国家农业推广管理研究所开发出了用于诊断水稻作物病虫害并给出预防措施的专家系统。

专栏13-1介绍了专家系统在盗窃和犯罪侦查中的实际应用。该系统减少了操作的时间和费用。

13.2.3　使用专家系统的标准

如果存在以下一种或多种情况时，应当使用专家系统：

- 需要大量的人类专家，但是没有一个专家能调查问题的所有方面。专家系统能够更容易地将不同专家的经验和知识统一起来。
- 知识可以表示为规则或启发式，或者无

专栏13-1　专家系统在巴尔的摩县警察局的使用

巴尔的摩县开发出了用于侦查盗窃犯罪的专家系统，该系统能分析有关盗窃地点的信息，并确定可能的犯罪嫌疑人。输入该系统的数据包括已知窃贼的信息、300件已解决盗窃案件的记录，以及3 000件未解决案件的记录等。接着开发人员访问了18名侦探以收集有关当地盗窃案件的知识。侦探们可以输入有关盗窃案件的简介，如邻居的特征、被盗财产的种类，以及罪犯进入现场所用方法的类型等，从而得到有关可能的犯罪嫌疑人的信息。现在该系统也在美国其他的警察局中开始使用。[10]

法使用一个定义完好的算法。

- 某一决策或任务已被人类专家成功地执行了，而专家系统能够模仿该人类专家。
- 某一决策或任务要求具有一致性和标准化。由于计算机在执行标准化程序时更为准确，因此专家系统在这种情况下更适合于人类。
- 涉及的学科领域有限，因为当被调查的问题所涉及的范围较窄时，专家系统的表现会更好。
- 决策或任务涉及很多的规则（通常在100～10 000之间）并且逻辑复杂。
- 企业的专家人数较少，或者重要的专家退休了。专家系统可以获取已退休老员工所掌握的知识和专业技术。

13.2.4　不使用专家系统的标准

下列情况不适用专家系统：

- 包含的规则过少（少于10个），让人类专家来解决这些问题更有效率。
- 包含的规则过多（通常多于10 000个），因为处理速度会降至无法接受的水平。
- 涉及结构良好的数字问题（如工资单的处理），因为标准化的事务处理方法能够更快、更经济地解决这些问题。
- 问题所涉及的领域过广过浅，即它们所涉及的范围很广，但是所包含的规则很

少。专家系统在深而窄的领域中表现得更好。

- 专家之间存在很多分歧。
- 人类专家能更好地解决问题，如需要使用人类的味觉和嗅觉等五种感觉的问题。例如，人类专家能更好地解决选择香料的问题。

13.2.5　专家系统的优点

使用专家系统来代替人类进行某些工作，具有以下优势：

- 专家系统永远也不会觉得心烦意乱、健忘或者劳累，因此特别适用于那些人类员工可能会觉得枯燥、单调的工作中。
- 专家系统可以复制和保存那些稀缺专家的专业知识，并能将很多专家的专业知识整合到一起。
- 专家系统能够保存那些将要退休和离开企业的员工的专业知识。
- 专家系统可以保持决策制定的一致性，并提供非专业人员的决策能力。

 ### 13.3　基于案例的推理

专家系统通过测试一系列的"如果—则—否则"规则来解决问题，而基于案例的推理（case-based reasoning，CBR）则是一种将新的案例（问题）与以前已解决的案例相匹配，并将解决方案存储在数据库中的问题解决技

术。数据库中的每一个案例都根据一个用来识别该案例的文字说明和关键字存储起来。如果数据库中已存的案例没有与新的案例完全匹配的，系统会向用户询问更多的说明或信息。在找到相匹配的案例后，CBR系统给出问题的解决方案；如果即使在提供了更多的信息后，仍然找不到相匹配的案例，那么就必须让人类专家来解决这个问题，并将这个新案例及其解决方案添加到数据库中。

惠普公司使用CBR系统来帮助公司的打印机用户，CBR系统充当着服务台操作员的角色。用户在过去数年里的投诉和困难被当做案例和解决方案存储于数据库中，这些信息用于帮助那些很可能与以前的用户碰到相同问题的新用户。从长期来看，这些系统能够提高客户服务水平，并且由于减少服务台员工的数量，从而节约资金。

另外一个例子是，一些银行使用CBR系统，利用过去客户存储在系统数据库中的参数来评估客户的贷款资格。这些参数包括总收入、家属人数、总资产、资产净值，以及贷款总额。数据库还将每一位申请人的最终结果（接受或拒绝）储存起来。当新客户申请贷款时，CBR系统将该申请人与以前的申请人进行比对，并给出反馈意见；并且该申请人及其申请结果也会成为数据库的一部分，以备将来使用。

13.4　智能代理

智能代理（intelligent agents）或机器人都是AI的一种应用，现在逐步流行起来，尤其是在电子商务领域。智能代理由各种能够进行推理和遵循基于规则的程序的软件组成。一个复杂的智能代理系统具有以下重要特征：[11]

- 适应性　能够从以往的知识中汲取经验，并超越前面给出的信息。也就是说，系统能够做出判断。
- 自主性　能够以最少的投入进行运作。

系统能够对环境刺激做出反应，不需要用户的指示就能够做出决策，并且如果需要的话，还会采取先发制人的行动。

- 协作行为　能够与其他代理软件一起工作和合作，以实现共同的目标。
- 拟人化界面　能够用更加自然的语言与人类进行交流。
- 机动性　能够用最少的人为干预，从一个平台转入另一个平台。
- 反应性　能够筛选出需要引起关注和采取行动的问题或情况。具有该功能的智能代理通常能够对环境刺激做出反应。

目前，大多数智能代理都无法达到这些功能要求，但是预计在不久的将来这种情况将会得到改善。网络营销是目前已有的智能代理技术的一个重要应用。智能代理能够收集有关客户的信息，如已购买的产品、人口信息、明示或暗示的喜好等。电子商务网站则使用这些信息更好地向客户推销它们的产品和服务。另一种被称为产品经纪的代理，能够提醒客户注意新的产品和服务。亚马逊就成功地使用了这种代理软件。

智能代理还用于智能或互动式目录中，这类目录被称为"虚拟目录"。虚拟目录能根据客户以前的经历和喜好显示产品简介。现在，斯坦福大学的信息技术中心（CIT）正与IBM公司和惠普公司一起合作研发智能目录。CIT项目的目标包括目录的动态创建和更新、通过内容而不是链接导航来检索目录的能力、能够让用户从多个目录中找到符合自己需求的项目的交叉引用功能。

目前能够使用的智能代理或机器人种类如下所示（将在下面的章节讨论）：

- 购物和信息代理；
- 个人代理；
- 数据挖掘代理；
- 监测和监视代理。

你可以在BotSpot.com网站上查找其他常见的智能代理类型。

13.4.1 购物和信息代理

　　购物和信息代理（shopping and information agents）能够帮助用户浏览网页上的大量信息，并且在查找信息方面能提供更好的结果。这些代理软件浏览网页的速度比人类快得多，并能收集更为连贯和详细的信息。它们能够用做搜索引擎、网站提示器或个人上网助手。PriceSan是一个商业购物代理网站，它能找出许多产品的最低价格，并列示出所有具有竞争性的价格。BestBookBuys.com是代理软件的另一个范例，使用该代理软件，你可以通过标题、作者或ISBN号来确定一本书，接着代理软件会找出所有出售该图书的网上书店，并按照价格从低到高的顺序列出名单。www.mysimon.com是另一个可以使用的比较购物代理网站。

　　Usenet和newsgroup代理软件具有用于查找信息的排序和过滤功能。例如DogPlie通过使用多种搜索引擎如谷歌、雅虎、Lycos和Excite等来搜索网页，从而为用户找出有用的信息。DogPile能够删除重复的结果，并对结果进行分析，从而按照相关性的高低对结果进行排序。

13.4.2 个人代理

　　个人代理（personal agents）用于为用户执行特定的任务，如记住用于填写网页表单的信息，或者在输入前几个字符后自动填充整个电子邮件地址。例如，电子邮件个人代理软件通常能够执行以下任务：

- 生成自动回复信息；
- 转发收到的邮件；
- 根据收到邮件的内容，创建电子邮件的回复信息。

13.4.3 数据挖掘代理

　　数据挖掘代理（data-mining agents）与数据仓库一起运作，它能探测出趋势的变化，发现新的信息以及数据项目之间并不明显的关系。例如，大众汽车公司将数据挖掘代理用做市场条件变化的早期预警系统。比如，数据挖掘代理能够检测出某个将导致经济条件恶化的问题，该问题会致使客户推迟付款。及早获知这一信息能够帮助决策者制定出解决方案，从而使该问题的负面影响降至最低。

术语卡

数据挖掘代理（data-mining agents）与数据仓库一起运作，它能探测出趋势的变化，发现新的信息以及数据项目之间并不明显的关系。

监测和监视代理（monitoring and surveillance agents）通常用于跟踪和报告计算机设备和网络系统的情况，以预测系统崩溃或出现故障的可能时间。

模糊逻辑（fuzzy logic）使人类词汇与计算机词汇之间能够平稳、逐渐地过渡，并且使用隶属度来处理语意词的变化。

13.4.4 监测和监视代理

监测和监视代理（monitoring and surveillance agents）通常用于跟踪和报告计算机设备和网络系统的情况，以预测系统崩溃或出现故障的可能时间。例如，美国宇航局喷气动力实验室使用库存监测代理，通过对设备进行规划和调度来削减成本。[12]

 ### 13.5　模糊逻辑

你是否曾经做过一份问卷调查，该问卷询问了一些含糊不清的问题，却希望你回答"是"或者"否"？尽管你试图使用诸如"通常"、"有时"、"只有"或者类似的文字，但是你知道用来分析调查结果的软件只能处理明确的是或否的回答，不能处理其他的答案。不过，随着模糊逻辑的发展，在调查问卷或其他调查工具中将有可能出现各种各样的回答。模糊逻辑（fuzzy logic）能够使人类词汇与计算机词汇之间实现平稳、逐渐的过渡，并使用隶属度来处理语意词的变化。例如，在加热水的时候，当温度从50℃变到75℃的时候，你可能会说水变暖了。那么当水温达到85℃的时候又会怎样呢？你可能形容水变得更暖了。但是达到什么点时，你会形容水热了呢？形容不同

的温暖程度，并给它们指定相应温暖类别的隶属度，涉及大量的模糊性描述。

模糊逻辑的开发旨在帮助计算机模拟一般情况下的模糊性和不确定性。Lotfi A.Zadeh通过使用"模糊集合"这一数学方法来处理不确定的或主观的信息，在20世纪60年代中期创立了模糊逻辑理论。[10]模糊逻辑使计算机能够用近似于人类的方式进行推理，并使计算机有可能使用近似和模糊的数据得出清楚明确的答案。

模糊逻辑的运行以元素在集合（对象集合）中所属隶属度为基础。例如，4英尺、5英尺、6英尺等高度可以组成一个人口高度集合。模糊集合的值介于0和1之间，说明了一个元素属于某一集合的程度。隶属度为0，元素完全不属于该集合；隶属度为1，元素完全属于该集合。

在传统集合（有时称为"明确"集合）中，隶属度按照非黑即白的方式进行定义，没有"灰色"区域。例如，如果某一门课的成绩在90%或以上时才表示"及格"，那么得89.99%不会把你划入明确集合的"及格"区域。因此，即使你得了89.99，你这门课仍然是不及格。在这个例子中，两个成绩值之间的区别非常的小（0.01），但却代表了及格与不及格的差别。换句话说，一个微小的差异有着巨大的影响，但这种情况不会发生在模糊逻辑环境中。为了帮助你更好地理解隶属度函数，图13-2显示了一个传统集合的例子，在这个例子中，84.9°表示水是温的，而85.1°则表示水热了。这种温度的微小变化会引起系统巨大的反应。

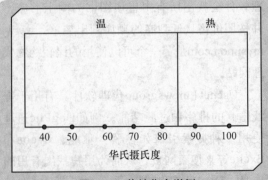

图13-2　传统集合举例

图13-3显示了用模糊逻辑思想表示的同一个集合。例如，80°在模糊集合"温"中的隶属度为30%，在模糊集合"热"中的隶属度为40%。所有从40°到100°的温度组成了隶属度集合。

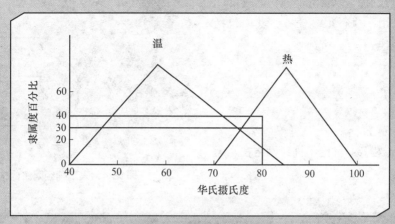

图13-3　模糊系统中的隶属度

模糊逻辑的应用

模糊逻辑已被用于搜索引擎、芯片设计、数据库管理系统、软件开发等多个领域。[14]你可能比较熟悉模糊逻辑在以下领域中的应用：

- 干燥机根据负荷大小、面料类型和热空气的流量等信息来调整干燥的时间和条件；
- 根据使用模式设置启动和制冷时间的冰箱；
- 控制水温变化的淋浴系统；
- 电视机根据观众在房间的位置来调整屏幕每一帧的色彩和纹理，并固定音量大小；
- 能够消除画面震动（常见于便携式摄像机），并自动调整焦距和闪光的摄像机。

13.6　人工神经网络

人工神经网络（artificial neural networks，ANN）是指能够进行学习并能够执行如下象棋、识别人脸和目标的形状、过滤垃圾邮件等传统计算机难以执行的任务的网络。与专家系统相同的是，ANN也用于处理非结构化问题，即数据很模糊并涉及不确定性。与专家系统不同的是，ANN不能为它所找到的方案提供解释说明，因为ANN使用模型代替了专家系统所用的"如果—则—否则"规则。

ANN根据输入值和输出值来创建模型。例如，在贷款申请问题中，输入数据包括收入、资产、家庭人数、工作经历及居民身份等。输出数据为接受或拒绝贷款申请。在处理了众多贷款申请后，ANN能够创建一个用于判断是否接受贷款申请的模型。

> **术语卡**
>
> **人工神经网络**（artificial neural networks，ANN）是指能够学习并能够执行如下象棋、识别人脸和目标的形状、过滤垃圾邮件等传统计算机难以执行的任务的网络。

如图13-4所示，ANN具有输出层、输入层，以及进行学习的中间（隐藏）层。如果你使用ANN来审核银行贷款，中间层通过使用过去的数据（来自决策结果已知的旧贷款申请）进行训练，这些数据包括已接受和拒绝的申请。根据输入到输入层的数据模式，如申请者的信息、贷款金额、信用评级等，以及输出层的结果（接受或拒绝决定），赋予中间层节点不同的权重。这些权重决定了节点如何对一组新的输入数据做出反应，以及如何根据自己所学的知识模仿决策。每一个ANN都必须进行训练，并且当企业政策发生变化时，神经网络需要重新进行训练，以便它能模仿新政策。

ANN可以用于执行很多任务，其中包括以下方面：

- 破产预测；
- 信用评级；
- 油气勘探；
- 目标市场营销。

接下来的专栏13-2讨论了神经网络在实际生活中的应用。

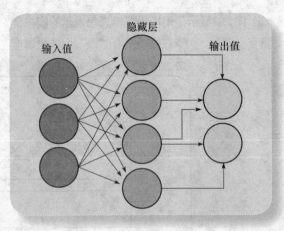

图13-4　人工神经网络的构造

专栏13-2　神经网络的应用

通过使用神经网络，很多公司可以根据客户过去的消费记录、交易数量和收入等信息，对客户的购物行为做出预测。一些银行使用神经网络来划分客户的等级，如划分为A级、B级、C级等。这些等级依据客户的交易给银行带来利润的多少来判断客户的价值。根据这一评级结果，银行决定是否调整费用，如客户空头支票的费用。[15]

Visa国际以神经网络为基础开发出了一种信用授权系统，以减少信用卡诈骗犯罪。该系统通过使用一个能提醒商店潜在可疑交易的预警系统，使欺诈性交易减少了40%之多。该系统在商店处理客户的信用卡时，能够检测诈骗模式以及持卡人的行为，并在几秒钟内给出潜在诈骗行为的评级，从而帮助商店决定是否接受该信用卡。[16]

 ## 13.7　遗传算法

尽管遗传算法还没有被广泛接受，但是遗传算法（genetic algorithms，GA）已经越来越多地被看做是AI的一种。它们主要用于为优化和检索问题寻找解决方案的技术中。John Holland于20世纪40年代在麻省理工大学提出了遗传算法，该术语是指基于达尔文的自然选择和适者生存理论的计算机系统中的自适应程序。[17]

遗传算法主要用于那些需要处理很多变量输入的优化问题之中，例如喷气式发动机设计、投资组合设计和网络设计等。它们可以找出能产生最理想输出值的输入组合，如利润最高的股票投资组合或成本最低的网络配置。遗传算法能够在没有任何关于正确方案假设的情况下，对综合性问题进行检测。在GA系统中，需要使用下列技术：

- 选择或适者生存　对更好的结果给予优先权或更高的权重。
- 交叉　将不同结果中好的部分结合起来，以得到一个更好的结果。
- 变异　试图对不同的输入值随机进行组合，并对结果进行评估。

遗传算法已用于神经网络和模糊逻辑系统之中，以解决调度、引擎设计、市场营销及其他的问题。例如，对接算法使用具有遗传算法的神经网络和模糊函数，来寻找机器人绕过障碍物和墙壁到达停靠站所能采用的最短和最佳的线路。[18]另外，通用电气和伦斯勒理工学院的研究人员使用GA设计喷气式发动机涡轮的时间只是手工设计模型时间的四分之一。遗传算法将设计改进了50%，并且在涉及众多变量时的适用性比专家系统要好。

GeneHunter和NeuroDimension等遗传算法还在一些兼具AI技术的混合型产品中使用。

你可以在*http：//brainz.org/*网站上找到更多有关遗传算法在机器人技术、通信、电脑游戏及其他领域使用的信息。

 ## 13.8 自然语言处理

尽管人们在不断地努力使信息系统更具用户友好性，但是它们仍然需要有一定程度的计算机知识和技术。正如第2章提到的，自然语言处理（natural language processing，NLP）的开发旨在让用户能够用自己的语言与计算机进行交流。尽管如菜单和图标等GUI元素，已经用来帮助解决人与计算机之间的沟通问题，但是GUI仍涉及一些培训，这使其使用变得麻烦，并且它还经常因为操作系统或应用程序的不同而不同。NLP系统提供了一个"问题—答案"模式，这使得系统的使用变得更加自然和简单，它们在数据库中尤为有用。表13-2列出了一些目前可用的NLP系统。

表13-2　NLP系统

NLP系统	功　能
DragonBusiness，DragonLaw，DragonMed和DragonPro（Nuance通信公司）	商业数据检索、合法文件处理、医疗和急诊程序，以及专业听写系统等
AT&T Natural Voice	根据计算机可读文本创建演讲
e-Speaking Software	Windows计算机的语音控制

在编写本书时，这些产品还不能够进行类似于人类之间的那种对话。人类语言的规模和复杂性使NLP系统的开发非常困难。但是，NLP系统在不断取得进步，并且现在已经有了可用于执行接线服务、股票和债券交易、电话银行等任务的NLP系统。

NLP系统一般可分为以下几种类型：[19]

- 数据库界面；
- 计算机翻译，如将法语翻译成英语；
- 用于归纳大量文本的文本扫描和智能索引程序；
- 为标准化文档的自动生成创建文本；
- 用于与计算机进行语音交流的语音系统。

NLP系统通常进行两类活动。第一类是交流：将人类语言作为输入值，执行相应的命令，生成需要的结果。第二类是获取知识：使用计算机阅读大量的文章，充分理解文章中的信息以概括出重要的知识点，并存储这些信息，从而使系统能够对与该内容有关的查询做出响应。

> **术语卡**
>
> **遗传算法**（genetic algorithms，GAs）主要用于为优化和检索问题寻找解决方案的技术中。
>
> **自然语言处理**（natural language processing，NLP）的开发旨在让用户能够用自己的语言与计算机进行交流。

 ## 13.9 将AI技术融入决策支持系统

专家系统、自然语言处理、人工神经网络等AI相关技术能改进决策支持系统（DSS）的质量。它们能在DSS中增加解释功能（通过与专家系统相结合）和学习功能（通过与ANN相结合），以及创建一个更易于使用的用户界面（通过与NLP系统相结合）。这些系统有时被称为一体化决策支持系统（IDSS），并且它们形成了一个更为有效和强大的DSS。[20]AI技术尤其是专家系统和自然语言处理，能够与DSS的数据库、模型库和用户界面等组件相结合。

专家系统与DSS数据库组件相结合的优势如下所示：[21]

- 在传统DBMS中增加了演绎推理功能；
- 提高了访问速度；
- 改进了数据库的创建和维护；
- 增加了处理不确定性和模糊逻辑的能力；
- 使用启发式搜索算法简化了查询操作。

同样，你也可以将AI技术与DSS的模型库组件相结合。例如，增加专家系统能够对模型库的结果提供理由和说明，将启发式加入模型库的分析功能中，使得模糊集合纳入创建模型的过程中，减少模型计算数据的时间和成本，以及为问题选择出最佳模型。[21]

另外，将专家系统功能与用户界面组件相结合，能够提高DSS的质量和用户友好性。这种结合能增加解释等功能（用更多非技术性语言解释各种反应）。同样，通过将NLP与用户界面组件相结合，使用户界面更容易使用，尤其是对那些不是很精通计算机的决策者，从而提高用户界面的有效性。

产业联系对Alyuda研究公司进行了介绍，Alyuda公司是神经网络和企业与个人用交易软件的顶尖开发公司。

13.10　小结

本章首先学习了有关智能信息系统的知识，包括如何使用AI技术支持决策过程。接着学习了专家系统，该系统能够模仿人类的专业知识解决既定范围内的问题，专家系统包括了知识获取工具、知识库（在知识库管理系统之中）、用户界面、解释工具和推理引擎等。另一种用于解决问题的系统采用了基于案例的推理技术，一种将新案例（问题）与以前已解决的案例相匹配，并将解决方案存储在数据库中的技术。并学习了人工智能技术的另外一种应用——智能代理（机器人），智能代理可以用于购物、信息收集和数据挖掘等多种目的。模糊逻辑和遗传算法是另外两种用于制定决策和解决问题的技术。另外，本章还将自然语言处理作为一种能使用户与计算机之间的交流更为容易的智能信息系统进行了探讨。最后，本章简要介绍了将AI技术融入决策支持系统的优势。

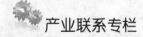

Alyuda研究公司

Alyuda研究公司是神经网络和企业与个人用交易软件的主要开发者。公司的产品和服务主要包括以下几种：

- Tradecision，提供能帮助投资者和经纪人制定更好决策的工具，例如先进的图表和自动交易工具。包括用于创建模型、战略、预警和指标的模块和用于管理仿真和数据分析的模块。

- Scorto Credit Decision，为信用评分模型的开发提供了多种方法，例如决策树、神经网络和模糊逻辑，以及用于贷款组合分析的软件。

- NeuroIntelligence，该神经网络程序用于帮助专家解决实际问题，它可以用于分析和处理数据集；寻找最佳的神经网络结构；训练、测试和优化神经网络；并把该神经网络应用于新的数据集。

本信息来自于公司网站（www.alyuda.com）及其他宣传材料。欲得到更多信息及更新的内容，请访问公司网站。

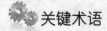

人工智能（artificial intelligence, AI）

推理引擎（inference engine）

人工神经网络（artificial neural network,

ANN）

智能代理（intelligent agents）

反向链接（backward chaining）

知识获取工具（knowledge acquisition facility）

知识库（knowledge base）

基于案例的推理（case-based reasoning, CBR）

数据挖掘代理（data-mining agents）

专家系统（expert system）

知识库管理系统（knowledge base management system, KBMS）

监测和监视代理（monitoring and surveillance agents）

解释工具（explanation facility）

正向链接（forward chaining）

自然语言处理（natural language processing, NLP）

个人代理（personal agents）

模糊逻辑（fuzzy logic）

机器人（robots）

遗传算法（genetic algorithms, GA）

购物和信息代理（shipping and information agents）

问题、活动和讨论

1.什么是人工智能？为什么人工智能在信息系统中非常有用？

2.什么是专家系统？

3.专家系统的组件有哪些？

4.什么是智能代理？

5.就专家系统在医疗领域的应用写一份两页纸的报告（提示：斯坦福大学开发的、用于治疗血液感染的MYCIN就是其中的一个例子）。

6.就基于案例的推理在商务领域的应用写一份两页纸的报告。你是否认为CBR是用于决策的宝贵工具？为什么？

7.文本扫描和索引不是NLP的功能？正确与否？

8.基于案例的推理是使用下列哪种技术来解决问题的？

a.展望未来

b.使用如果—则—否则规则

c.分析过去已解决的问题

d.以上都不是

9.一个复杂的智能代理包括下列哪些功能？（可以不定项选择）

a.适用性

b.自治

c.协作行为

d.以上都是

10.下列哪一项不在遗传算法中使用？

a.乘法

b.选择

c.交叉

d.变异

案例研究

智能代理的应用

本案例介绍了智能代理在实际中的应用。美国国防部高级研究计划局（DARPA）为了跟上科学和技术的新发展，以及提出解决目前软件问题的新方法，与斯坦福大学签订了一份开发会学习的个性化助手（PAL）项目的合同。PAL将包含真正的智能代理功能，例如适用性和协作行为。[22]PAL与会学习和组织的认知型助手（CALO）项目的细节和功能并不对公众开放，因为它们只用于军事领域。但是，现在已经有了源于该项目的商业衍生产品。Siri公司计划推出基于CALO开发思想上的消费者私人助理产品。[23]这些思想主要用于旅游行业，为商务旅行者收集在线旅行服务，包括车票购买、机场停车、汽车租赁和餐饮预订等服务。例如，假设你正在出差，发现你的飞机晚点了，你可以使用该系统重新预订你的晚餐，并给你的客人发送电子邮件，告知他们这一变化情况。

问题

1.开发PLA和CALO项目的目的是什么？

2.Siri公司打算如何使用CALO项目的某些功能？

3.开发CALO项目的思想还有哪些潜在应用？

Chapter14

第**14**章

新的趋势、技术和应用

本章将首先讨论软件和服务经销的新趋势，包括拉式和推式技术以及将软件作为服务提供（SaaS）的应用服务提供商。还将学习虚拟现实系统的组成和应用，如洞穴式自动虚拟环境（CAVE），并了解虚拟世界是如何成为沟通和合作的新平台。接着，在讨论互联网的最新趋势，如网格计算、效用计算和云计算之前，本章将介绍射频识别（RFID）技术及其应用。最后，本章将简要介绍纳米技术的使用以及该技术的未来应用。

 ## 14.1 软件和服务经销的新趋势

软件和服务经销的最新趋势包括拉式和推式技术以及应用服务提供商，不过拉式技术在互联网诞生伊始就出现了。接下来的章节将对这些技术进行介绍。

14.1.1 拉式和推式技术

采用拉式技术（pull technology）时，用户在获取信息之前要先阐述需求，例如在网络浏览器中输入URL以进入某一特定的网站。但是，对于销售特定的产品和服务及提供定制化信息来说，拉式技术无法完全满足需求。例如，人们很少会索取营销信息。采用推式技术（push technology）或网络广播，网络服务器会向注册了这一服务的用户发送信息，而不是等待用户提出信息发送的请求。很多网络浏览器都支持网络广播，也可以从供应商那里购买（将在本节稍后讨论）。采用推式技术，你所喜爱的网页内容能够实时更新，并发送到你的电脑桌面。推式技术

1. 概述软件和服务经销的新趋势。
2. 描述虚拟现实系统的组成及其应用。
3. 论述射频识别的应用。
4. 概述生物识别技术的新应用。
5. 阐述互联网的最新趋势，包括无线技术、网格计算和云计算等。
6. 论述纳米技术的应用。

在B2C和B2B营销中也非常有效。例如，某汽车制造商可以向其所有的经销商实时发送有关汽车的新型号、价格、功能和其他相关信息的最新消息。网络管理员还可以使用推式技术自动在员工的工作站上下载反病毒软件的更新。

推式技术会在设定的时间间隔或发生新事件时自动向用户发送消息。例如，你可能经常看到诸如"Adobe Flash已出现升级版。你是否愿意安装？"等提示。在本例中，升级产品一出现，供应商（Adobe）就马上把该产品推到你面前，这就是事件触发推动。当然，这个例

> **术语卡**
>
> 采用拉式技术（pull technology）时，用户在获取信息之前要先阐述需求，例如在网络浏览器中输入URL以进入某一特定的网站。
>
> 采用推式技术（push technology）或网络广播，网络服务器会向注册了这一服务的用户发送信息，而不是等待用户提出信息发送的请求。

子假设你已经下载了一个较早的Adobe Flash版本，这样一来，你就注册了推式升级。同样的流程也可以用于新闻和电影发行等内容的更新中。在用户注册时，用户指定了自己想看的内容（体育、股市、政治等），并且同意网站"推送"内容。用户还可以指定多久推送一次这些内容。例如，假设你订阅了一项在线新闻服务，并说明你对中国最新的经济新闻比较感兴趣，那么该在线服务一旦得到这些新闻，就会立即将它们发送给你。你不需要再做任何额外的努力。

下面是推式技术应用的几个例子：

- 移动通信研究公司（RIM）提供了一种新型的黑莓手机推式API（应用编程界面），它能帮助开发人员将实时内容推送到黑莓智能手机上。这使得开发人员能够将内容及警告推送给黑莓智能手机用户，包括新闻、天气、金融、医疗和游戏等。
- AT&T公司的Microsoft Direct Push是推式技术的另外一个例子。它能让移动专业人员在出差时也能查看Microsoft Outlook中的信息。Microsoft Direct Push能够使Windows Mobile智能手机中的电子邮件、日历、联系人和任务保持完全无线同步，从而使用户的工作更有效率。通过Microsoft Office Outlook Mobile界面，用户可以快速接收和回复电子邮件。

14.1.2　应用服务提供商

你已在第7章学习了有关ISP的知识，ISP提供对互联网的有偿访问。最近一种称为应用服务提供商（application service providers，ASPs）的模式，提供对软件或服务的有偿访问。软件即服务（software as a service，SaaS）或按需定制软件，是ASP向用户有偿发送软件的一种模式，所发送的软件可以短期使用也可以长期使用。采用这种发送模式，用户不需要关心软件版本的更新和兼容性问题，因

为ASP提供最新的软件版本。用户还可以在ASP的服务器上存储所有的应用程序数据，从而使软件和数据可以便携。这种灵活性对于那些需要在不同地方出差或工作的人来说非常方便，但是这也带来了隐私和安全问题。在ASP的服务器而非用户自己的工作站上存储数据可能会使这些数据更容易暴露给窃贼或更容易被攻击者破坏。

这里给出了SaaS如何运作的一个简单例子：假设你想编辑一个文档（如chapter 14.doc），为了完成这项工作，你需要有文字处理软件。采用SaaS模式，你不需要在自己的计算机上安装该软件。你只需要在SaaS提供商的网站上访问它就可以了。你可以在提供商的服务器上运行该软件（并且不会占用你的计算资源）或者在自己的计算机上运行该软件。chapter 14.doc文件的位置并不重要。你利用提供商的SaaS服务来编辑这一存储在你硬盘（或任意存放位置，如闪存）中的文档。由于文字处理程序并没有安装在你的计算机上，因此当你下一次登录提供商的SaaS网站访问该文字处理程序时，你有可能获得该文字处理程序的最新版本。SaaS只提供软件，不提供数据和文件存储或者硬件资源，如处理器和内存等。

> **术语卡**
>
> **应用服务提供商**（application service providers，ASPs）提供对软件或服务的有偿访问。
>
> **软件即服务**（software as a service，SaaS）或按需定制软件，是ASPs向用户有偿发送软件的一种模式，所发送的软件可以短期使用也可以长期使用。

SaaS模式可以采取多种形式，比如：

- 提供通用软件服务，如办公套装软件包；
- 提供特定的服务，如信用卡处理；
- 为纵向市场提供服务，如为医生、会计师和律师等提供软件方案。

一般来说，外包的优势如价格更低和信息传输速度更快等，也同样适用于ASP模式。不过，ASP还具有以下一些独特的优势：

- 用户不需要关心软件是否是最新的。
- 信息系统工作人员可以腾出时间关注那些对企业来说更为重要的战略程序，如客户关系管理和财务信息系统等。
- 由于软件开发成本可以由多个客户分担，因此供应商可以吸纳部分软件开发费用，开发出更为先进的软件。
- 软件可以根据用户的需求不断进行更新。
- ASP合同确保了一定程度的技术支持。
- 企业的软件成本可以减为每月的预算费用。

ASP的缺点如下：

- 一般来说，用户必须接受ASP所提供的应用程序，而这些程序并不是根据用户的需求定制的。
- 由于企业对软件开发的控制很少，因此存在程序无法完全满足企业需求的风险。
- 与客户的其他程序和系统整合到一起具有挑战性。

谷歌、NetSuite公司和Salesforce.com是三家提供SaaS服务的公司。Google Apps是谷歌公司推出的一种含有多种谷歌产品的服务。它拥有多个与传统办公套件具有相同功能的网络应用程序，如Gmail、Google Calendar、Talk、Docs和网站。Google Apps的标准版是免费的。另外，Basecamp和Mint.com公司也提供SaaS服务。Basecamp是一种基于网络的项目协作工具，它允许用户分享文件、满足进度要求、分派任务和接收反馈。Mint.com是一个免费的基于网络的私人理财管理服务。人力资源程序也常常使用SaaS模式，并且像Workday等供应商已经将SaaS用于ERP系统中。

🌀 14.2 虚拟现实

虚拟现实（virtual reality，VR）的目标是创造一种环境，使用户可以像在现实世界里那样进行互动和参与。虚拟现实的开拓者和VPL Research公司的创立者Jaron Lanier首先提出了"虚拟现实"这一术语。VR技术使用计算机生成的三维立体图像，来创建一种如同在现实环境中进行互动的假象。可以将VR技术与立体声和触觉相结合，给用户提供一种沉浸在三维现实世界的"感觉"。日常的物理世界被称为"信息环境"。

> **术语卡**
>
> 虚拟现实（virtual reality，VR）使用计算机生成的三维立体图像，来创建一种如同在现实环境中进行互动的假象。

在VR技术之前，都是在二维计算机环境中观察三维物体，即使是最好的绘图程序也是用二维环境来显示三维物体的。VR技术增加了第三维，从而使用户能够使用以前不可能使用的方式与物体进行互动。著名的VR技术先驱Thomas Furness论述道："沉浸在虚拟现实世界分析信息与用图纸、数字和文本分析同一信息的区别，就是在水族馆里观赏鱼和戴上潜水设备潜入水里与它们在一起的区别。"[1]

虚拟现实技术源于20世纪60年代美国军方的飞行模拟，不过这些VR系统与现在的系统相比要简陋得多。在20世纪90年代，日本松下公司建立了虚拟厨房，使客户能够更换装置和设备，并在计算机上修改设计，然后再在厨房内模拟走动。这样客户的喜好就能变成厨房的最终设计蓝图。这是第一个用于普通公共用途而非游戏的VR系统。

在你学习接下来的章节之前，了解一下下面的术语将会很有帮助：

- 仿真性 给虚拟环境中的物体模拟出纹理和阴影，使其具有三维外观效果。
- 交互性 用户能够作用于VR环境中的物体，例如使用数据手套抬起和移动物体。

- 沉浸性 这一技术使用特殊的硬件和软件（如将在本节稍后介绍的CAVE），给用户提供一种身临其境的感觉，并将VR环境与其周围的现实世界阻隔开来，以便用户能够将他们的注意力集中在虚拟环境中。该功能首先用于美国空军训练战斗机飞行员。

- 临场感 该功能给用户一种身处另外一个地方的感觉，即使其地理位置相距甚远，用户仍然能够操纵物体，就好像他们真的在那里一样。临场感系统需要使用"虚拟现实系统的构成"一节所讨论的各种复杂的硬件设备。

- 全身沉浸 该技术将互动环境与照相机、监视器及其他设备结合起来，使用户能够自由移动。

- 网络通信 该技术允许用户连接虚拟世界，以便位于不同地点的用户能够相互交流和在同一时间操纵同一个世界。

14.2.1 虚拟环境的类型

虚拟现实存在着两种主要的用户环境：自我中心型和外向型。在自我中心型环境（egocentric environment）下，用户完全沉浸在VR世界中。头盔式显示器（HMD）是这一环境中最常用的一种技术，虚拟视网膜显示器（VRD）是另外一种使用激光的技术。图14-1列举了其中的一种设备，该设备我们将在下一节进行讨论。

> **术语卡**
>
> 在自我中心型环境（egocentric environment）下，用户完全沉浸在VR世界中。
> 外向型环境（exocentric environment）也称为"窗口视图"，数据仍然采用3D显示，但是用户只能在屏幕上观看图像，而不能像在自我中心型环境中那样，与这些物体进行互动。

外向型环境（exocentric environment）也称为"窗口视图"，数据仍然采用3D显示，但是用户只能在屏幕上观看图像，而不能像在自我中心型环境中那样，与这些物体进行互动。3D制图是该环境中主要使用的一种技术。

14.2.2 虚拟现实系统的组成

下面列示了VR系统的主要组件：

- 视觉和听觉系统 这些组件用于帮助用户去看和听虚拟世界。前面所提到的HMD包括两个很小的电视屏幕，每只眼睛前一个，它们与放大镜镜头一起生成画面。头盔顶部的传感装置决定了用户头部的方向和位置。然后信息被传送到计算机，计算机生成两个图像以便两只眼睛所看到的画面具有微小差异，就像是用肉眼观看世界一样。HMD还能将立体声集成到VR环境中，从而使环境更为真实。使用VRD，一个携带有图像的超低功率激光束被投射到用户眼睛的后方。与使用HMD一样，用户可以随意转动自己的头部，也不会丢失图像。

图14-1 自我中心型虚拟现实技术

- 手动控制导航　数据手套是最为常用的一种设备（见图14-2）。使用它，用户可以指向、"抓住"和操纵物体，并能体验到有限的触觉感受，例如确定物体的形状、大小、硬度或柔软度等。数据手套也可以当做输入设备使用，就像鼠标一样。

例如，用户可以使用装有软件的数据手套来打开对话框或下拉菜单。数据手套上覆盖有光学传感器，它将信息发送给计算机，计算机据此重建用户的运动图像。在虚拟世界里数据手套代替了用户的手，复制了用户的手部动作。

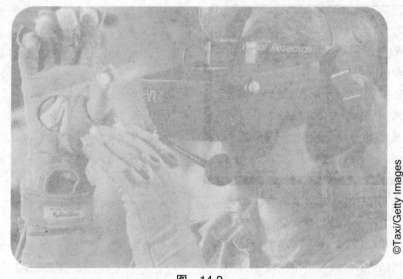

图　14-2

- 中央协调处理器和软件系统　由于该组件能实时生成和操纵高品质的图像，因此它需要一个高速处理器。为了实时显示图像，必须快速提供三维图形图像，并且屏幕的刷新率也必须非常快。
- 助步器　该输入设备捕捉和记录用户在行走或转向不同方位时的脚部运动。

14.2.3　CAVE

　　洞穴式自动虚拟环境（cave automatic virtual environment，CAVE）是一种虚拟的环境，它由以背投屏幕作为墙壁的立方体空间组成。CAVE是全息设备，这些设备能够创建、捕捉和显示真正3D形式的图像（见图14-3）。人们可以在

图14-3　CAVE举例

其他地方进入CAVE，而不论他们的地理位置有多远。在不同CAVE的人们也可以进行互动。高速数码照相机捕捉某一用户的仪表和动作，接着重构这些图像，并将这些图像发送给在其他CAVE的用户。这样，人们可以进行对话，就好像他们都在同一个房间一样。

> **术语卡**
>
> 洞穴式自动虚拟环境（cave automatic virtual environment, CAVE）是一种虚拟的环境，它由以背投屏幕作为墙壁的立方形空间组成。CAVE是全息设备，这些设备能够创建、捕捉和显示真正3D形式的图像。

CAVE可以用于很多领域的研究，如考古学、建筑学、工程学、地质学和物理学等。一些工程公司使用CAVE来改进产品的设计和开发。例如采用CAVE，公司不用投资于有形的设备和布局，就能够创建和测试产品雏形、开发用户界面、模拟工厂的布局和流水线。包括布朗大学、伊利诺伊大学香槟分校、杜克大学在内的很多大学，都将CAVE用于地质研究、建筑学和解剖学的学习。

14.2.4 虚拟现实的应用

VR系统已在军事飞行模拟、医疗"无血"手术和娱乐行业中使用。随着VR系统的进一步发展，未来VR系统将会在信息系统的用户界面中使用。你可能已在《少数派报告》这部电影中看到过这方面的例子，影片中汤姆·克鲁斯使用三维用户界面来检查犯罪报告中的文档、图片和声音等文件。现在这种技术已经出现，并且已在很多实际生活领域中使用。

VR系统还可以在许多其他的业务领域中使用。例如，当公司想要开设分厂时，可以使用VR系统来进行选址。集成有VR功能的仿真模型能够让用户在备选地点进行虚拟考察，与使用地图和图纸相比，这可能是一种更为真实的观察。下面列举了目前VR系统的一些应用：

- 残疾人使用　虚拟现实有助于扩展残疾人的能力。例如，四肢瘫痪者可以使用HMD获得一个他们周围环境的360°景象，或者患有脑瘫的人可以在虚拟环境中学习如何使用使用电动轮椅。[2]

- 建筑设计　建筑师和工程师使用VR系统来绘制图纸和创建模型，并向用户进行展示。用VR系统可以建立某一设计的多种版本，从而向用户展示修改不同因素的效果。建筑师和工程师还可以安全地对各种条件进行测试如风切变等，并节省使用实体材料的支出。

- 教育　VR系统可用于教育类游戏和模拟中，例如用于教授数学技巧的虚拟"闪存卡"。将视觉、声音和触觉融入到游戏中可以帮助改进学习过程。例如，在世界地理这门课中，可以将VR地球与触摸技术结合起来使用，从而在学生点击某个国家时，显示出该国家的各种信息，如语言、人口和政治体制等。

- 飞行模拟　飞行模拟已在商业航空公司和军方使用了很多年。飞行模拟用于培训飞行员使用新设备或处理异常飞行情况。在VR环境中进行训练比使用实体设备进行训练要更加安全和低廉。

VR系统还可以用于视频会议和群体决策系统中。现行使用电视屏幕的技术不能完全反映他人实际表达的感受，并且人们也不能握手或者进行有效的眼神交流。VR系统通过给予与会者同在一个房间的印象，能够克服这些阻碍，并使实现真正的互动变得更为可能。使用数据手套，人们甚至可以握手尽管他们可能相距千里之遥。这种场景听起来有点像科学幻想，但是这种技术确已存在。它赋予美国电话电报公司老口号"触手可及"一个新的含义。

14.2.5 使用VR系统的阻碍

使用VR技术的一个主要障碍是没有足够的光纤电缆来执行在VR环境中重建会议所需的数据传输任务。由于人们处于不同的地理位置，因此高速传输功能对于与会者进行实时交流来说必不可少。没有了它们，每一次你想在VR环境中活动时都必须等上几秒钟，这将使你感到非常沮丧。

- VR环境与真实环境间的冲突 用户无法区分现实与虚拟世界的可能性是一种潜在的危险，尤其是一旦人们认为自己在虚拟世界所做的事情在现实世界也可以接受。在那些允许用户折磨或杀死他人的电脑游戏中，这种危险更加令人担心。
- HMD的机动性及其他问题 在现行技术下，当用户戴上HMD时被拴在了一个狭小的范围内，用户不摘下头套就无法转去执行虚拟世界之外的任务。另外，HMD的刷新率仍然不够快，因此戴上HMD后会产生一定程度的视觉失真。
- 声音表现 在三维环境中表现需要移动的声音如飞机飞过等，是非常困难的。创建静止的声音很容易，但是采用现有技术来表现物体移远或移近时声音变大或变小的效果则非常困难。

- 额外的计算能力 VR系统需要大量的内存和很高的速度来操纵大型图形文件和提供给予真实世界印象所需的实时反应。持续和快速地绘制和刷新框架需要内存高、速度快的计算机。

随着技术的快速发展，这些问题会在不久的将来得到解决，VR系统的应用范围也将更加广阔。

14.2.6 虚拟世界

虚拟世界（virtual world）是一种用户通过头像进行互动的仿真环境。头像（avatar）是虚拟世界中一个人的二维或三维图像表示，主要在聊天室和在线游戏中使用（见图14-4）。Gartner集团预测到2011年将有80%的活跃互联网用户在虚拟世界里进行互动。[3]

> **术语卡**
>
> **虚拟世界**（virtual world）是一种用户通过头像进行互动的仿真环境。
> **头像**（avatar）是虚拟世界中一个人的二维或三维图像表示，主要用于聊天室和在线游戏中。

图14-4 Second Life中的头像

用户可以在这个模拟世界里操纵物体，并体验到有限的临场感，即让他们有一种身处另外一个地方的感觉。用户之间的交流可以采用文本、图标和声音等形式。另外，你可以在Second Life（林登实验室开发的一种虚拟世界平台）上购物，那里有粉丝网站、博客、论坛、新闻网站和分类广告。目前，虚拟世界主要用于游戏、社交网络和娱乐。不过，现在它们已开始在商业和教育中使用。例如，IBM公司使用虚拟世界进行用户培训。其他公司使用虚拟世界开展很多业务活动，如营销和销售、产品开发、招聘和小组会议等。比如，诺斯罗普格曼公司使用Second Life来展示样品、进行模拟，以及在现实世界可能存在危险、昂贵或不可行的情形下对员工进行培训。国家海洋和大气局也把Second Life用做接触新客户的营销平台。[4]

下面列示了一些广泛使用的虚拟世界产品：

- Active Worlds（三维虚拟现实平台）；
- Club Penguin（在线游戏）；
- EGO（社交网络游戏）；
- Entropia Universe（多人虚拟世界）；
- Habbo（社交网站）；
- Runescape（多人角色扮演游戏）；
- Second Life（虚拟世界平台）。

接下来的专栏14-1介绍了虚拟世界在现实中的应用。

专栏14-1   虚拟世界的应用

Second Life是林登实验室开发的一种虚拟世界平台。到2003年，已有来自全世界几百万的用户（包括业余爱好者、特殊利益团体、教育机构、媒体公司和跨国公司等）加入到这个平台，将它用做一种新的沟通与协作的途径。

一些公司使用Second Life来建立或提高自己的形象、生成销售线索、提高销售额。另外一些公司将Second Life用于教育培训、研发和市场测试。Second Life是开发用于培训或组织会议及展示设备的VR系统的廉价替代方案。Second Life也给予公司"接触"国际客户，向他们展示公司产品和提供演示的机会。例如，Coldwell Banker房地产公司在Second Life购买虚拟房产作为房产经纪人的办公室，以实现接触新客户和帮助客户了解房屋买卖的目的。这些用头像表示的经纪人可以回答有关现实世界交易的问题。[5]

虚拟世界对公司来说还有其他的好处。例如，一些专家认为团队在虚拟世界里的表现要好于在面对面会议和电话会议中的表现。[6]另外，公司可以在开始生产之前，使用虚拟世界来发布有关产品的消息（也可以展示尚未完成的设计），并从潜在用户那里得到反馈。例如，喜达屋酒店使用Second Life来测试房间的新设计，普林斯顿大学将Second Life用做团队在不同的地方开展项目的协作工具。[7]

14.3   射频识别简介

射频识别（radio frequency identification，RFID）标签是一种小型电子设备，它由一个小芯片和一个天线组成（见图14-5）。射频识别标签所执行的任务与条形码、通用产品代码（UPCs）以及信用卡和借记卡磁条相同：为携带RFID标签的卡片或产品提供唯一的识别标记。

术语卡

射频识别（radio frequency identification，RFID）标签是一种小型电子设备，它由一个小芯片和一个天线组成。该设备为携带RFID标签的卡片或产品提供唯一的识别标记。

图14-5 RFID标签

RFID设备与条形码或其他系统的不同之处在于，读取标签时不必与扫描仪接触。图14-6展示了一个RFID识别器。由于其安有内置天线，因此它们可以在20英尺的距离内进行读取。RFI标签的这一优点及其不断下降的价格使得该设备在零售业和其他行业内越来越受欢迎。

RFID标签有两种：无源标签和有源标签。无源RFID标签没有内部供电设备，因此体积非常小。通常，它们吸收来自接受设备的信号，将该信号转换成能量，并使用该能量对接受设备做出响应。无源标签一般比有源标签的持续性更久，最好的无源标签其电池寿命大概有10年。有源RFID标签拥有内部电池，通常比无源标签更为可靠，并且能够在更广阔的范围内发送信号。这些标签也可以内置于贴纸中或皮肤（人或动物）下面。

尽管RFID有很多优点，但是其仍然存在着一些技术难题以及隐私和安全问题。例如，来自多个识别器的信号可能会重叠，RFID信号可能会被堵塞或中断，并且这类标签很难去除。隐私和安全问题主要包括产品离开商店之后仍能读取标签的内容、在客户不知道的情况下读取标签，以及标签上独特的序列号与信用卡号码相连接等。

图14-6 RFID识别器举例

RFID的应用

RFID 设备已在很多公共和私人企业中使用，例如，沃尔玛、美国国防部、丰田及Gap 公司等。表14-1将RFID分为五大种类[8]，并列出了它们的常见应用。

表14-1　RFID的应用

种类	举例
跟踪和识别	铁路车辆和集装箱、牲畜和宠物、供应链管理（跟踪商品从制造商到零售商再到客户的过程）、存货控制、零售结算和POS系统、回收和废物处理
支付和储值系统	电子收费系统、非接触式信用卡（无须刷卡）、地铁和公交通行证、赌场令牌和演唱会门票
访问控制	大楼门禁卡、滑雪升降梯通行证、演唱会门票和汽车点火系统
防伪	赌场令牌、高面额纸币、奢侈品和处方药
医疗保健	追踪医疗器械和患者（尤其是新生儿和患有老年痴呆症的病人）、流程控制和监测病人数据

 ## 14.4　再论生物识别技术

第5章将生物识别技术作为一种互联网安全措施进行了介绍。由于2001年9月11日之后这些措施已被广泛使用，因此本章将进一步探讨这一话题。生物识别技术已经在取证及其相关的执法工作中得到广泛使用，例如刑事鉴定、监狱安全和机场安检等。由于生物识别技术能够提供其他安全措施无法提供的高准确性，因此它们也有可能在很多民用领域中使用。生物识别技术现已在电子商务和电话银行中使用，例如，将声音合成器和用户的声音作为生物识别元件对远程用户进行鉴别。

下面列举了生物识别技术目前和未来的一些应用：

- 自动取款机（ATM）、信用卡和借记卡 即使用户忘记了密码，如果他们存储了自己的生物属性的话，用户仍然可以使用自己的卡片。生物识别技术也使自动取款机和信用卡/借记卡更为安全，因为如果它们丢失或被偷的话，别人也无法使用。

- 网络和计算机登录安全 像用户名和密码等安全措施可能被复制或被盗，而生物安全测试则不会这样。例如，已有中

等价位的指纹识别器可以使用。

- 网页安全 生物识别措施可以在网页上附加一个安全层，以阻止攻击和消除或减少污损（一种电子涂鸦）。例如，股票交易网站有可能要求客户使用指纹识别器登录。

- 选举 例如，生物识别技术可以确保选民不会重复投票，有助于确保互联网投票的认证目的。

- 员工打卡机 生物识别技术可以唯一标识公司的每一名员工，并确认员工签到和离开的时间。这项技术还可以防止同事为他人签到。

- 机场安检和快速办理登机手续 以色列机场在很多年前就将该技术用于这一目的。特拉维夫的本古里安国际机场拥有一个基于智能卡技术的飞行常客快速登机系统，该智能卡存储有用户的掌形信息。使用这一系统，旅行者可以在20秒内通过登机口。[9]

- 护照和高度安全的政府身份证 生物认证护照或身份证绝不会被非法人员复制或使用。德国24岁以上的市民可以申请电子护照，该护照包含一个存储有数码照片和指纹的芯片。其他可以添加的生物识别技术还有虹膜识别等。

- 体育赛事　德国是在2004年希腊雅典奥运会中使用生物识别技术的国家之一。NEC公司开发了一种包含运动员指纹的身份证，用于安全访问控制。
- 移动电话和智能卡　生物识别技术可用于阻止对移动电话和智能卡的非法访问，并且如果它们丢失或被盗，还可以阻止他人使用。

 ## 14.5　互联网的发展趋势

接下来的部分将讨论互联网技术的最新趋势，其中许多技术已在很多公司使用，例如无线技术和网格计算。其他的技术如全球微波互连接入和云计算等，虽然出现较晚，但是吸引了很多的关注。

14.5.1　Wi-Fi

无线保真（wireless fidelity，Wi-Fi）是一种基于电气和电子工程师协会（IEEE）802.11a、802.11b、802.11g和802.11n标准的宽带无线技术。通过采用无线电波形式，信息可以在较短的距离内传输，通常室内是120英尺（32米），户外是300英尺（95米）。你可以使用Wi-Fi将计算机、移动电话和智能卡、MP3播放器、掌上电脑和游戏机连入互联网。一些餐厅、咖啡厅和大学校园能提供Wi-Fi接入，称为"热点"。Wi-Fi连接很容易建立，数据传输速率快，并具有移动性和灵活性。但是，Wi-Fi连接容易受到其他设备的干扰和拦截，这增加了安全隐患。另外，缺乏对高质量流媒体的支持。

> **术语卡**
>
> **无线保真**（wireless fidelity，Wi-Fi）是一种基于电气和电子工程师协会（IEEE）802.11a、802.11b、802.11g和802.11n标准的宽带无线技术。通过采用无线电波形式，信息可以在较短的距离内传输，通常室内是120英尺（32米），户外是300英尺（95米）。
>
> **全球微波互连接入**（world wide interoperability for microwave access，WiMAX）是一种基于IEEE802.16标准的宽带无线技术。它设计用于无线城域网（MANs，在第6章讨论过），通常对于固定站点的覆盖范围为30英里（50公里），对于移动站点的覆盖范围为3～10英里（5～14公里）。
>
> **蓝牙**（bluetooth）是一种可以用于创建个人区域网络（PAN）的技术，是一种用于在短距离内（通常在30英尺内）为固定和移动设备传输数据的无线技术。

14.5.2　WiMAX

全球微波互连接入（world wide interoperability for microwave access，WiMAX）是一种基于IEEE802.16标准的宽带无线技术。它设计用于无线城域网（MANs，在第6章讨论过），通常对于固定站点的覆盖范围为30英里（50公里），对于移动站点的覆盖范围为3～10英里（5～14公里）。与Wi-Fi相比，理论上WiMAX的数据传输速率更快，覆盖范围更远。它能够（也是理论上）达到40Mbps的速度（但是在现实世界中，它

要比这个速度慢）。另外，WiMAX速度快且易于安装，并允许设备使用相同的频率进行通信。一个站点可以服务几百名用户。

WiMAX的缺点是易于受到其他无线设备的干扰、成本高、受天气情况的干扰大（例如下雨）。这一技术还需要有很多的电脑，并且当用户之间共享带宽时，传输速度将会下降。

14.5.3　蓝牙

蓝牙（bluetooth）是一种可以用于创建个

人区域网络（PAN）的无线技术，用于在短距离内（通常在30英尺内）为固定和移动设备传输数据。蓝牙技术规范是由蓝牙特别兴趣小组（SIG）开发和授权的。蓝牙使用移动耳机，其作为一种能更为安全地在驾驶时接打电话的方法已变得越来越流行。蓝牙使用一种称为"调频扩频（FHSS）"的无线电技术。它将数据分割成不同的块，并且如果需要的话能使用不同的频率传输这些块。蓝牙也用于连接计算机、全球定位系统（GPS）、移动电话、笔记本电脑、打印机和数码相机等设备。不同于红外线装置，蓝牙没有视线的限制。但是蓝牙的数据传输速率有限（只有1Mbps），并且同其他无线设备一样，也存在着易于受到拦截的安全问题。不过蓝牙2.1能支持3Mbps的理论速度，蓝牙3.0能支持24Mbps的理论速度。

蓝牙也在以下领域使用：

- 用于视频游戏机的无线控制器，如任天堂和索尼PlayStation。
- 公司可以向具有蓝牙功能的设备发送简短的广告，例如餐厅可以向在餐厅附近的设备发送特别晚餐的公告。

- 像鼠标、键盘、打印机或扫描仪等无线设备可以通过蓝牙进行连接。
- 蓝牙可以用于邻近电脑的无线网络连接。
- 用于蓝牙和对象交换（OBEX）技术可以在设备之间无线传输联系人信息、待办事项清单、约会和提醒等信息。OBEX是一种用于传输二进制数据的通信协议。

14.5.4 网格计算

一般来说，网格计算（grid computing）是指把所有的计算机连接起来，将它们的处理能力结合起来以解决特定的问题（见图14-7）。采用这种结构，用户可以利用其他计算机的资源，来解决单个计算机无法解决的大型复杂的计算问题，如电路分析或机械设计等。网格中的每一个参与者称为"节点"。成本节约是网格计算的一个主要优势，因为公司不需要购买额外的设备。另外，超负荷节点上的处理任务可以切换到其他空闲的服务器甚至桌面系统中处理。网格计算现已在生物信息学、石油天然气钻探和财务程序中使用。

网格计算的其他优点如下所示：

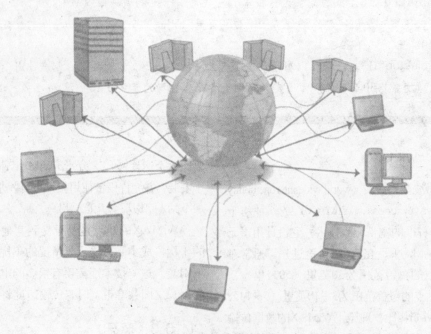

图14-7 网格计算的结构

- 提高了可靠性 如果网格中的某一个节点损坏了，其他节点可以接管它。
- 并行处理性质 可以并行处理复杂的任务，从而提高了性能。换句话说，一个大型复杂的任务可以分割成若干个小型任务，从而在多个节点上同时进行处理。
- 可扩展性 如果需要的话，可以在不影响网络运行的情况下，增加更多的节点以获得额外的计算能力；还可以通过分割网格和分阶段升级，实现对升级的管理。

但是，网格计算也存在着一些缺点。由于一些程序无法在节点之间传播，因此它们不适合进行网格计算，同时那些一个单独站点无法提供所需扩展内存的程序也不能在网格中使用。另外，获取许可协议具有挑战性，并且在多个不同的网域中进行同步运行非常困难，这需要复杂的网络管理工具。最后，一些公司不愿意分享资源，即使这样做对他们也有利。

14.5.5 效用（按需）计算

效用（按需）计算（utility（on-demand）computing）与SaaS模式类似，提供按需定制的IT服务。用户根据需要支付计算或储备资源的费用，就像是根据效用支付。方便和成本节约是效用计算的两个主要优势，但是这种服务

> **术语卡**
>
> **网格计算**（grid computing）是指把所有的计算机连接起来，将它们的处理能力结合起来以解决特定的问题。采用这种结构，用户可以利用其他计算机的资源，来解决单个计算机无法解决的大型复杂的计算问题。
>
> **效用（按需）计算**（utility（on-demand）computing）与SaaS模式类似，提供按需定制的IT服务。用户根据需要支付计算或储备资源的费用，就像是根据效用支付。

在隐私和安全方面也存在着缺陷。由于该服务位于企业之外，因此数据的丢失和损坏是需要关注的问题。

效用计算可以和前面所学的SaaS模式一起使用。回到编辑Word文档的例子，假设Chapter 14.doc文件由于包含许多图片，因此该文档非常大。你发现由于你的计算机CPU很老且内存不足，因此在处理该文件时运行速度很慢。采用效用计算，你可以向供应商申请增加计算能力和内存。这就像是只在你需要的时期，租赁一台功能更强的计算机。因此将效用计算和SaaS相比，效用计算处理的是CPU处理器和内存等硬件设备而非软件。

效用计算已在那些需要运行复杂的程序，但又没有足够资源的大学和研究中心使用，例如，NASA提供其超级计算机的有偿租用，这既确保了超级计算机的使用，又增加了NASA的收入。其他企业，如太阳微系统公司和IBM公司，则提供存储器和虚拟服务器等服务。一些公司提供虚拟数据中心服务，以帮助用户将内存、存储器和计算能力集成到一起。如Liquid computing公司的LiquidIQ。其他的供应商包括Enki、Joyent、Layered Technologies等公司。

14.5.6 云计算

云计算（cloud computing）是一种将SaaS模式、Web 2.0、网格计算和效用计算等许多最新的技术整合到一起的平台，从而通过互联网能够向用户提供大量的资源。业务程序通

> **术语卡**
>
> **云计算**（cloud computing）是一种将SaaS模式、Web 2.0、网格计算和效用计算等许多最新的技术整合到一起的平台，从而通过互联网能够向用户提供大量的资源。业务程序通过网页浏览器进行访问，而数据则存储在提供商的服务器上。

过网页浏览器进行访问，而数据则存储在提供商的服务器上。[10]另外，云提供商如亚马逊网等，创建了一种能够帮助用户注册其所需的SaaS、效用计算、网格技术和其他服务的环境，并帮助用户将这些服务整合到一起。

回到编辑Chapter 14.doc文件的例子，假设你使用iPhone来代替计算机工作。显然，你的iPhone并没有足够的空间来存储如此庞大的一个文件，并且它并没有安装必要的计算功能或Word程序。采用云计算，你可以在提供商的SaaS网站上注册Word程序，将文档存储在供应商所提供的外部存储器上，并在供应商所提供的多处理器系统上运行该文档。你甚至可以从云计算中的其他计算机那里获得额外的内存，云提供商则帮你整合所有这些任务。你的iPhone只是在你编辑文档时用来阅读该文档的设备，并且由于iPhone是移动设备，因此你可以在任何地方进行你的工作。换句话说，这些

文档、软件和计算资源就像是无论你走到哪里都围绕在你周围的云一样，可以随时使用。

通常，云计算包括基础设施即服务（IaaS）、平台即服务（PaaS）和软件即服务（SaaS）等组件。

云计算具有分布式计算的很多优点和缺点。在这一平台下，用户可以索取服务、程序和存储器。对于中小型企业来说，这意味着他们不需要投资大量的设备来和大企业竞争效率，并能将注意力集中在自己的产品和服务上。云计算服务通常是有偿的，不过也有一些是免费的。Google Apps，包括Gmail、Google Talk和Google Docs等组件，提供了一些通过网络浏览器访问的常用程序，软件和数据存储在Google服务器而非用户计算机上。其个人使用的标准版是免费的。[11]接下来的专栏14-2介绍了亚马逊的云计算服务。

专栏14-2　云计算的应用

亚马逊网的创始人杰夫·贝佐斯说：“你不能自己形成电力。那为什么要形成自己的计算能力呢？”[12]亚马逊已经建立一个无论企业在哪里都可以使用的计算平台。该平台按需提供存储和处理能力，而公司只需为自己使用的资源付钱。通过使用这一服务，公司不需要再为那些可能很快就会过时的技术进行投资。[13]

2007年2月推出的Google Apps是一款与微软办公套件相竞争的产品，现在已有很多公司使用，包括亚利桑那州立大学和西北大学等高校。[14]其他提供云计算服务的供应商还包括IBM和Salesforce.com等公司。

14.6　纳米技术

纳米技术（nanotechnology）将各种涉及纳米级材料的结构和组成的技术结合到一起。1纳米是1米的十亿分之一（10^{-9}）。为了更好地理解这一度量单位，来看一看下面这些类比：[15]

- 大约人头发厚度的十万分之一；
- 大约与一个DNA分子一样宽；
- 一个氢原子直径的10倍；

- 每秒钟你指甲能长多长；
- 圣安德烈亚斯断层在半秒钟内能滑动多远；
- 土豆片包装袋上金属薄膜厚度的十分之一。

纳米技术在很多领域内取得了令人激动的发展。例如，科学家们正在研制能够进行动脉疏通、检测和杀死癌细胞、污水处理等工作的微型设备，还在研发能够使计算机速度更快、

体积更小、内存更高的纳米技术。但是，目前纳米技术的成本非常高，这限制了它在很多领域的应用。未来的研发将主要关注于其成本的降低。

在信息系统领域，现行的那些用于制造晶体管和其他元件的技术，在未来10年内将会达到自身微型化的极限，因此必须开发包括纳米技术在内的新技术。[16]纳米技术还可以在以下领域发挥作用：

- 能源（减少能源消耗、提高能源市场的效率、更为环保的能源系统等）；
- 信息和通信（容量更高更快的存储设备、更快更便宜的计算机、低能耗的显示器等）；
- 重工业（航天、建筑、炼油厂、汽车制造等）。

一些包含纳米技术的消费品已在市场上销售。它们使用所谓的"纳米材料"。纳米材料已添加于网球、高尔夫球及网球球拍等运动用品中，以增加这些用品的耐用性和提高它们的反应能力，例如，添加了纳米材料的网球其弹力更好。纳米材料还作为眼镜的涂料使用，以提高眼镜的舒适性和耐用性；用于服装和鞋子中，以减少细菌的生长和提高耐污染性。[17]另

外，IBM公司开发了STM技术，该技术能够绘制影子图像，能将纳米材料层添加在硬盘磁头和磁盘涂料中。STM技术还可以改善电子电路和数据存储设备。[15]

产业联系专栏介绍了Mechdyne公司以及该公司的虚拟现实产品。

术语卡

纳米技术（nanotechnology）将各种涉及纳米级材料的结构和组成的技术结合到一起。

14.7 小结

本章学习了有关发布软件和技术服务的新趋势，如软件即服务（SaaS）。还学习了虚拟现实技术令人激动的发展，如将CAVE和虚拟世界用于通信和协作。并简要介绍了RFID技术作为一种新的趋势是如何用于网络连接的，其中包括Wi-Fi、WiMAX和蓝牙技术等。最后，学习了网格计算、效用计算和云计算的用途，以及纳米技术的未来发展趋势。

产业联系专栏

Mechdyne公司

Mechdyne公司开发了第一个带有背投屏幕的商业CAVE系统，公司提供各种VR硬件、软件及服务，具体如下：

- CAVELib，一种用于编辑用户界面的应用程序，其拥有用于创建交互式3D程序的工具。

- Trackd，用于沉浸式显示器行业的改良型VR软件，能够整合来自各种设备的输入值。

- Conduit for Google Earth Pro，包括能产生高度真实感受的立体观察等功能，以模拟现实生活环境和实时变化，从而在用户浏览虚拟环境时能模拟真实世界的感觉。

本信息来自于公司网站（www.mechdyne.com）及其他宣传材料。欲得到更多信息及更新的内容，请访问公司网站。

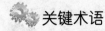 **关键术语**

应用服务提供商（application service providers, ASPs）

推式技术（push technology）

头像（avatar）

射频识别（radio-frequency identification, RFID）

蓝牙（bluetooth）

软件即服务（software as a service, SaaS）

洞穴式自动虚拟环境（cave automatic virtual environment, CAVE）

效用计算（utility (on-demand) computing）

云计算（cloud computing）

虚拟现实（virtual reality, VR）

自我中心型环境（egocentric environment）

虚拟世界（virtual world）

外向型环境（exocentric environment）

无线保真（wireless fidelity, Wi-Fi）

网格计算（grid computing）

纳米技术（nanotechnology）

全球微波互连接入（world wide interoperability for microwave access, WiMAX）

拉式技术（pull technology）

 问题、活动和讨论

1. 解释拉式和推式技术的区别。

2. 什么是软件即服务（SaaS）？它和ASP有什么不同？

3. 虚拟现实系统的主要组件是什么？

4. RFID存在的主要问题是什么？

5. 解释Wi-Fi和WiWAX的区别。

6. Second Life是一个流行的虚拟世界。访问http：//secondlife.com网站，回答下面的问题：

- 你如何创建头像？
- 你如何联系他人？
- 什么是虚拟大陆？
- 在市场上有哪些选择？

7. 在www.businessweek.com和 http：//computer.howstuffworks.com/网站上阅读有关谷歌云计算方面的文章。写一份有关云计算中隐私和安全问题的一页纸的报告。

8. 下列哪些选项是VR环境的主要类型？（不定项选择）

a. 自我中心型

b. 头像

c. 外向型

d. 沉浸式

9. 下列哪项技术可用于创建个人区域网络？

a. Wi-Fi

b. 蓝牙

c. WiMAX

d. 云计算

10. 下列哪一项涉及将所有计算机连接到一起，整合它们的计算能力以解决某一特殊的问题？

a. 网格计算

b. 云计算

c. WiMAX

d. 效用计算

 案例研究

用于边境安全管理的生物识别技术

自2001年9月11日以后，美国的边境安全问题变得越来越重要，其中技术发挥着越来越重要的作用。需要克服的一个主要障碍是在加强安保的同时，继续开展业务。例如，人们仍然需要搭乘飞机旅行和运输货物，因此，必须在安全和开放性之间取得平衡，以避免影响经济。

为了改善使馆之间的沟通和减少人们在多个国家申请护照的时间，一些欧洲国家开发出了基于生物识别的安全系统。当一个人申请护照时，将使用指纹来核实他或她是否在另一个国家申请过护照或者使用了不同的名字申请护照。该系统还可以在边境口岸使用，将指纹与中央数据库的数据进行对比。对于这一系统来说，指纹是生物识别技术的最佳选择，因为指纹具有准确性、便捷性和低廉性。用于其他系统的生物识别技术包括声音和面部识别、笔迹和掌形等。每一种措施具有不同的特征，使其能够适用于不同的情况。英国政府与IBM公司共同开发了另一个称为Semaphore项目，以加强英国的边境控制。[18]

问题

1. 本案例所讨论的系统使用了哪些类型的生物识别措施?
2. 除了指纹外，还有哪些生物识别措施可用于边境安全?
3. 在边境控制中提高生物识别安全措施的主要问题是什么?

Chapter 1

1　Lemos, Robert. "Gov't charges alleged TJX credit-card thieves." Security-Focus, August 5, 2008, www.securityfocus.com/news/11530.

2　O'Leary, Meghan. "Putting Hertz Executives in the Driver's Seat." CIO, February 1990, pp. 62–69.

3　Bidgoli, Hossein. *Handbook of Management Information Systems: A Managerial Perspective.* Academic Press, Inc., 1999.

4　Bednarz, Ann. "The Home Depot's latest project: XML, Web services." NetworkWorld, January 21, 2002, www.networkworld.com/news/2002/129295_01-21-2002.html.

5　Songini, Marc L. "Home Depot kicks off big data warehouse effort." Computerworld, Inc., September 30, 2002, www.computerworld.com/action/article.do?command=viewArticleBasic&articleId=74751.

6　"Operational Technology." UPS Pressroom, www.pressroom.ups.com/mediakits/etech/technology/0,1370,00.html.

7　"UPS Changes the Delivery Game with New Intercept Service." UPS Pressroom, March 26, 2007, www.pressroom.ups.com/mediakits/pressrelease/0,2300,4877,00.html.

8　Porter, Michael. "How Competitive Forces Shape Strategy." *Harvard Business Review* 57, March-April 1979.

9　Kotler, Philip and Gary Armstrong. *Principles of Marketing*, 12th ed. Prentice Hall, 2007.

10　Cole, William. "I Robot." Boeing Frontiers, December 2005, www.boeing.com/news/frontiers/archive/2005/december/ts_sf09.html.

11　"Charles Schwab Corporation Takes Stock in High-Tech Innovations." The Siemon Company, www.siemon.com/us/company/case_studies/schwabstock.asp.

12　"Householding the Schwab Way." Innovative Systems, Inc., www.innovativesystems.com/success/charles_schwab.php.

13　Babcock, Charles. "FedEx Locks in Customers by Tying Shipping Data to Back-Office Apps." *InformationWeek*, September 12, 2006, www.informationweek.com/news/management/showArticle.jhtml?articleID=192700339.

14　Gage, Deborah. "FedEx: Personal Touch." Baseline, January 13, 2005, www.baselinemag.com/c/a/Projects-Supply-Chain/FedEx-Personal-Touch/.

Chapter 2

1　"IBM's 'Millipede' Project Demonstrates Trillion-Bit Data Storage Density." IBM, June 11, 2002, http://domino.research.ibm.com/comm/pr.nsf/pages/news.20020611_millipede.html.

2　Shankland, Stephen. "IBM details Blue Gene supercomputer." CNET News, May 8, 2003, http://news.cnet.com/2100-1008_3-1000421.html.

3　Google Docs Tour, www.google.com/google-d-s/tour1.html.

4　Kirk, Jeremy. "Security analyst spots three flaws in Google Docs." IT World, March 27, 2009, www.itworld.com/saas/65211/security-analyst-spots-three-flaws-google-docs.

Chapter 3

1　Smalltree, Hannah. "Business intelligence case study: Gartner lauds police for crime-fighting BI," *Data Management*, April 5, 2007, http://searchdatamanagement.techtarget.com/news/article/0,289142,sid91_gci1250435,00.htm.

2　Kim, S.H., B. Yu, and J. Chang, "Zoned-Partitioning of Tree-Like Access Methods," *Journal of Information Systems* 33: 3, 2008, pp. 315–331.

3　Storey, V.C. and R.C. Goldstein. "Knowledge-Based Approaches to Database Design," *MIS Quarterly*, March 1993, pp. 25–32.

4　Rauch-Hindin, Wendy. "True Distributed DBMSs Presage Big Dividends," *Mini-Micro Systems*, May 1987, pp. 65–73.

5　Brueggen, Dave and Sooun Lee. "Distributed Data Base Systems: Accessing Data More Efficiently," *Information Systems Management*, Spring 1995, pp. 15–20.

6　Moad, Jeff. "What IBM Says About Client/Server," *Datamation*, February 1991, pp. 53–58.

7　Inmon, William H. *Building the Data Warehouse*, 4th ed. New York: Wiley, 2005.

8　Thomas, Troy D. "An IBM solution for: KeyCorp," *Information Management Magazine*, January 1, 2000, www.information-management.com/issues/20000101/1775-1.html.

9　Tremblay, M.C. et al. "Doing more with more information: Changing healthcare planning with OLAP tools," *Decision Support Systems* 43:4, 2007, pp. 1305–1320.

10　IBM, "Case study: Blue Mountain," November 24, 2008, www-01.ibm.com/software/success/cssdb.nsf/CS/LWIS-7LPTPY?OpenDocument&Site=cognos&cty=en_us.

Chapter 4

1　Steinhauer, Jennifer. "Verdict in MySpace Suicide Case," *New York Times*, November 26, 2008, www.nytimes.com/2008/11/27/us/27myspace.html.

2　Zetter, Kim. "Judge Acquits Lori Drew in Cyberbullying Case, Overrules Jury," *Wired*, July 2, 2009, http://www.wired.com/threatlevel/2009/07/drew_court/.

3　"A MySpace Photo Costs a Student a Teaching Certificate," *Chronicle of Higher Education*, April 27, 2007, http://chronicle.com/wiredcampus/index.php?id=2029.

4　The Office of the Privacy Commissioner, "Online Privacy Tools," www.privacy.gov.au/internet/tools/#disc.

5　Internet 2008 in numbers, http://royal.pingdom.com/2009/01/22/internet-2008-in-numbers/.

6　Chattopadhyay, Dhiman. "Where ethics rule; A global ranking of the world's most ethical companies could be a source of worry for Asian firms," *Business Today*, March 8, 2009.

7　Kallman, Ernest A. and John P. Grillo. *Ethical Decision Making and Information Technology*, San Francisco: McGraw-Hill, 1993.

8　"What is Intellectual Property?," World Intellectual Property Organization, www.wipo.int/about-ip/en/.

9　"What Is Copyright Protection?," www.whatiscopyright.org, updated March 4, 2007.

10　Jones & Askew, LLP. "Patent Protection for E-Commerce Business Models," 1999, www.versaggi.net/ecommerce/articles/e-business-models/patnets-for-models.pdf.

11　Tetzeli, Rick. "Getting Your Company's Internet Strategy Right," *Fortune*, March 18, 1996, pp. 72–78.

12　"Verizon Wins $33 Million in Suit Over Domain Names," Bloomberg News, December 24, 2008, www.nytimes.com/2008/12/25/technology/companies/25verizon.html.

13　Milone Jr., Michael N. and Judy Salpeter. "Technology and Equity Issues," *Technology & Learning*, January 1996, pp. 39–47.

14　Harvey, David A. "Health and Safety First," *Byte*, October 1991, pp. 119–128.

15　Klein, Mark M. "The Virtue of Being a Virtual Corporation," *Best Review*, October 1994, pp. 88–94.

16　Becker, David. "When games stop being fun," CNET News, April 12, 2002, http://news.cnet.com/2100-1040-881673.html.

17　Behar, Richard. "Never Heard of Acxiom…?," *Fortune*, February 23, 2004, http://money.cnn.com/magazines/fortune/fortune_archive/2004/02/23/362182/index.htm.

关键术语

计算机知识 (computer literacy) 是指掌握生产力软件,如文字处理、电子表格、数据库管理系统以及简报软件等的使用技能,拥有软件、硬件、互联网、协作工具和技术的基本知识。

信息知识 (information literacy) 是指理解信息在产生和使用商务智能中的作用。商务智能不仅仅指信息。

商务智能 (business intelligence, BI) 提供有关企业生产经营和企业环境的历史的、现在的和未来的信息,并帮助企业获得市场竞争优势。

事务处理系统 (transaction processing systems, TPS) 主要用于收集和处理数据。使用事务处理系统的主要目的是为了降低成本。

管理信息系统 (management information systems, MIS) 是指将硬件技术、软件技术、数据、程序和人力因素等有机结合,从而为决策制定提供及时、完整、相关、准确和有用的信息。

数据 (data) 由原始事件构成,是信息系统的一个构成要素。

数据库 (database) 是存储在一系列整合文件中的所有相关数据的集合。

信息系统中的程序 (process) 要素为制定决策提供最为有用的信息类型,包括事务处理报告和决策分析模型。

信息 (information) 由程序已分析过的事件构成,是信息系统的输出量。

信息技术 (information technologies) 用以支持信息系统的运作,主要包括网联网、计算机网络、数据库系统、电子收银系统和射频识别条码等技术。

波特五力模型 (five forces model) 是用来分析企业、企业市场地位以及企业如何利用信息技术来提高竞争力的模型。"五力"包括:消费者的议价能力、供应商的议价能力、替代品的威胁、潜在竞争者的威胁以及现存竞争者的竞争。

学习目标

1. 论述计算机和信息系统的常用用途。

企业使用计算机和信息系统来降低成本,并在市场上获取竞争优势。

作为一名未来的"知识工作者"即每天使用信息技术完成工作任务的人,无论你将来从事什么职业,计算机和信息系统都能帮你提高工作效率和生产率。

2. 说明计算机知识和信息知识的区别。

在21世纪,知识工作者要想在就业市场上具有竞争力,必须掌握两类知识:计算机知识和信息知识。计算机知识是指掌握生产力软件,如文字处理、电子表格、数据库管理系统以及简报软件等的使用技能,拥有软件、硬件、互联网、协作工具和技术的基本知识。另一方面,信息知识是指理解信息在产生和使用商务智能中的作用。

3. 明确事务处理系统和管理信息系统的定义。

过去60年里,事务处理系统 (TPS) 已经在程序性工作中得到广泛应用,如会议记录、简单的文档处理、存货控制等。事务处理系统主要用于收集和处理数据,其目的是为了降低成本。

管理信息系统 (MIS) 是指将硬件技术、软件技术、数据、程序和人因素等有机结合,从而为决策制定提供及时、完整、相关、准确和有用的信息。

设计一个管理信息系统,首要任务是明确系统的目标。其次,必须收集和分析数据。最后,必须以有效的形式提供信息,以便制定决策。

4. 阐述管理信息系统的四个主要构成要素。

除了硬件、软件和人力因素外,信息系统还包括四个主要要素:数据、数据库、程序和信息。

5. 论述数据和信息的区别。

　　信息系统的数据要素被认为是系统的输入量。信息系统应当收集来自内部和外部的各种数据。

　　数据由原始事件构成，本身难以用于决策制定中。信息是信息系统的输出量，由程序已分析过的事件构成，因此其在决策制定中更为有用。

6. 说明信息系统在企业职能部门的重要性及其应用。

　　信息在任何企业都是第二重要的资源（仅次于人力要素）。及时、相关和准确的信息是提高企业市场竞争地位和管理企业人力、设备、原材料、资金等"4M"资源的关键因素。

　　为了管理这些资源，开发出了各类不同的信息系统。尽管所有的信息系统都包含前面图1-3所示的四个构成要素，但是这些系统所收集的数据类型和所采用的分析方法是不同的。

　　主要的职能信息系统包括：HRIS、LIS、MFIS、FIS和MKIS。

7. 论述如何使用信息技术来获得竞争优势。

　　及时、相关和准确的信息是提高企业市场竞争地位和管理企业人力、设备、原材料、资金等"4M"资源的关键因素。

　　在市场竞争中制胜的三种战略包括：
- 总成本领先战略
- 差别化战略
- 专一化战略

信息系统能够帮助企业降低产品和服务的成本，并能用于差别化战略和专一化战略之中。

信息系统有助于制定下限和上限战略。

8. 阐述五力模型及获取竞争优势的战略。

　　迈克尔·波特教授创建的波特五力模型用以分析企业、企业的市场定位以及企业如何利用信息技术提高竞争力。波特五力是指：
- 消费者的议价能力
- 供应商的议价能力
- 替代品的威胁
- 潜在竞争者的威胁
- 现存竞争者的竞争

9. 概括信息系统的未来发展。
- 硬件和软件成本将会继续降低，因此未来信息的处理将会相对便宜。成本的节约将使所有企业都能使用信息系统，不论其规模大小和财务实力。
- 人工智能和相关技术将会继续改进和深入。
- 随着学习的不断深入，计算机知识将得到提高。
- 互联网兼容性问题将更为可控。
- 个人电脑的功能和质量将进一步得到改善，并且会更为廉价。
- 计算机犯罪将更加复杂，保护个人身份信息将更加困难。

关键术语

　　计算机（computer）是指一种把数据作为输入量，根据预设的指令自动对数据进行处理，最终输出信息的设备。

　　中央处理器（central processing unit，CPU）是计算机的核心。它由两部分组成：运算器（arithmetic logic unit，ALU）和控制器（control unit）。

　　运算器执行算术运算（+、-、*、/）和逻辑或关系运算（>、<、=），如数据的比较等。

　　控制器告诉计算机该做什么，例如指示计算机从哪一台设备读取输出值或向哪一台设备发送输出值。

　　总线（bus）是指将各种设备与计算机相连接的线路集合，分为并行总线、串行总线、内（局域）总线或外总线。

　　磁盘驱动器（disk drive）是用于记录、存储和提取信息的计算机外围设备。

　　CPU外壳（CPU case）（也称做计算机外壳或机箱）是将计算机主要元件封装在一起的设备。

　　主板（motherboard）是计算机的主要电路板，包括多个用于连接外部设备的连接器。另外，主板上还安装有CPU、基本输入输出系统（BIOS）、内存、存储器、串行和并行端口、扩充插槽，以及所有标准外围设备如显示器、磁盘驱动器和键盘等的控制器。

　　输入设备（input devices）将数据和信息输入计算机，包括键盘、鼠标等。

　　输出设备（output devices）能将计算机里的信息呈现出来。其输出的形式可以是视频、音频、数字信号。输出设备主要包括打印机、显示器和绘图仪。

　　内存储器（main memory）存放当前的数据和信息，通常是非永久性的，当计算机电源被切断时，内存中储存的内容将会丢失。内存储器对计算机的性能有着重要影响。

　　外部存储器（secondary memory）具有永久性，能够在计算机关闭时或在程序运行过程中保存数据。外部存储器还起着档案存储器的作用。

　　随机存取存储器（random access memory，RAM）是非永久性存储器，可以进行数据的读取与写入，也称做"可读可写存储器"。

　　缓存（cache RAM）位于处理器中。由于从RAM存储器中存取信息需要几个脉冲周期（几纳秒），使用缓存来存放当前使用最频繁的信息，这样处理器就不必花费时间等待信息的传递。

　　只读存储器（read-only memory，ROM）是永久性存储器，不能进行数据的写入。

　　磁盘（magnetic disk）由聚酯薄膜或金属材料制成，用于进行随机存取操作。换句话说，可以随意存取数据，而不用考虑其原先的顺序。

　　磁带（magnetic tape）由塑胶材料制成，看起来像一个盒式录音带，并按顺序存储数据。

　　光盘（optical discs）使用激光束来存取数据。光学技术能存储大量的数据，并且持久性好，主要包括只读光盘（CD-ROMs）、单写多读光盘（WORM disc）、数字视频光盘（DVD）。

　　独立冗余磁盘阵列系统（redundant array of independent disks system，RAID system）是指一系列磁盘驱动器的集合，用于提高计算机的容错性和功能，尤其是在大型网络系统中。

　　存储区域网（storage area network，SAN）是一个由硬件和软件组成的专用高速网络，用于连接和管理共享存储设备，如磁盘阵列、磁带库和光学存储器等。

　　网络附加存储（network-attached storage，NAS）本质上是一种网络连接计算机，专用于向其他网络设备提供基于文件的数据存储服务。NAS上的软件能够执行数据存储、获取文件、文件和存储管理等功能。

　　服务器（server）是指用来管理网络资源和为网络提供服务的计算机和各种软件。

　　操作系统（operating system，OS）是指控制和管理计算机硬件和软件的一系列程序。操作系统提供了一个人机交互界面，并且通过帮助用户共享计算机资源和替用户完成重复性工作，提高了计算机的效率。

　　应用软件（application software）既可以是商业软件，也可以是自主研发的。个人电脑安装应用软件后可以执行各种各样的任务。

　　机器语言（machine language）是第一代计算机语言，它由一串0和1的代码组成以表示各种数据和指令。机器语言依赖于具体的计算机，因此在某一台计算机上编写的代码无法适用于其他计算机。

　　汇编语言（assembly language）是第二代计算机语言，是比机器语言更高一级的计算机语言，但是其也依赖于具体的计算机。汇编语言使用一些简短的代码或助记符来表示数据或指令。

　　高级语言（high-level languages）不再依赖于具体的计算机，属于第三代计算机语言。有多种高级语言可供选择，每一种都设计用于特定的目的。

　　第四代语言（fourth-generation languages，4GLs）使用宏代码能代替若干行编程语句。其命令强大且容易学习，特别适用于没有计算机基础的人。

　　第五代语言（fifth-generation languages，5GLs）也被称为自然语言处理（NLP），对于那些计算机知识很少的人来说是最为理想的计算机语言。第五代语言设计目的在于促进人与计算机之间的自然交流。

1. 明确计算机系统的定义，说明其构成。

计算机是指一种把数据作为输入量，根据预设的指令自动对数据进行处理，最终输出信息的设备。指令也称做"程序"，采用计算机所能理解的语言进行编写，用以完成某项特定任务的步进式指引。

一个计算机系统由硬件和软件两部分组成。硬件是指各种物理装置，如键盘、显示器、处理器芯片等。软件是指各种由计算机语言编写的程序。

2. 介绍计算机硬件和软件的发展历程。

60多年来，计算机硬件有很多重大的发展变化。为了更好地理解这些发展变化，常常将计算机划分成若干"代"，以标志计算机技术的突破性进展。

3. 说明突显计算机计算能力的要素。

计算机在以下三个方面显示出了其远超人类的能力：速度、精确性、存储和检索能力。

4. 概述二进制系统及数据表示形式。

键盘上的每一个字符、数字或符号在计算机内部都用一个二进制数值来表示。二进制系统由0和1组成，其中1代表"开始"，0代表"结束"，有点类似于电灯开关。

在计算机和互联网之间传输信息时，计算机和通信系统使用数据编码来表示和传输数据。

主要的三种编码方式是：ASCII、扩展ASCII、Unicode。

5. 介绍主要的计算机操作。

计算机能够执行三个基本操作：算术运算、逻辑运算、存储和检索操作。所有其他的操作都是将其中一个或几个操作相结合来完成的。

计算机可以进行加、减、乘、除和求幂运算。计算机还能够执行关系运算。

计算机还能够在一个非常小的空间里存储大量的数据，并能迅速找到存放某一特定项目的准确位置。

6. 论述输入设备、输出设备和存储器的种类。

输入设备将数据和信息输入计算机，主要包括：键盘、鼠标、触摸屏、光笔、轨迹球、数据输入板、条码阅读器、光学字符阅读器、磁墨水字符识别和光学标识识别。

很多输出设备在大型计算机和微型计算机上都能通用。输出设备包括软拷贝（等离子显示器和液晶显示器（LCD））和硬拷贝（打印机）。

存储器包括内存储器和外存储器。

7. 说明如何对计算机进行分类。

人们依据计算机的成本、存储器数量、运行速度和复杂性，对计算机进行分类。

根据这些标准，计算机可分为：小型笔记本电脑、笔记本电脑、个人电脑、小型计算机、大型计算机或超级计算机

8. 论述两类种主要的软件。

软件是指操控一个计算机系统的所有程序的集合。

软件主要包括两大类：系统软件和应用软件。

系统软件由操作系统（OS）控制。OS主要有：Microsoft Windows、Mac OS、Linux。

应用软件用于在个人电脑上执行各种各样的任务，主要包括文字处理程序、电子表格软件、数据库软件、演示软件、图形软件等。应用软件的例子有Microsoft Office、Open Office和Corel。

9. 列出各代计算机语言。

计算机语言经历了四个发展阶段，现在处于第五代语言开发阶段。
- 第一代：机器语言
- 第二代：汇编语言
- 第三代：高级语言
- 第四代：第四代语言
- 第五代：自然语言处理

关键术语

数据库（database）是一组相关数据的集合，这些数据既可以是存储在一个中心位置，也可以存储在不同地方。

数据层次（data hierarchy）是指数据的结构和组织，主要包括字段、记录和文件。

数据库管理系统（database management system，DBMS）是一种用于创建、存储、维护和访问数据库文件的软件。数据库管理系统确保了更有效地使用数据库。

顺序文件结构（sequential file structure）中，文件中的记录按照序号或者顺序，尤其是按照它们的输入顺序进行组织和处理。

随机访问文件结构（random access file structure）中，可以按照任何顺序访问记录，而不必考虑其在存储介质中的物理位置。在每天或者每周都要处理少量记录时，这种访问方法速度更快，效率更高。

索引顺序访问方法（indexed sequential access method，ISAM）中，可以按照顺序的或随机的方法访问记录，这取决于访问的数量。数量少时采用随机访问方法，数量多时采用顺序访问方法。

物理视图（physical view）是指如何在存储介质中存储和检索数据，如硬盘、磁带或光盘等。

逻辑视图（logical view）是指如何将信息呈现给用户，以及如何组织和检索信息。

数据模型（data model）决定了数据的创建、显示、组织和维护。它通常包括数据结构、操作和完整性规则三个要素。

层次模型（hierarchical model）中，记录之间的关系形成了一个树状结构（层次）。记录称为节点，记录之间的关系称为分支。位于顶部的节点称为根，所有其他的节点（称为子）都有同一个父母。具有相同父母的节点称为双胞胎或者兄弟姐妹。

网络模型（network model）类似于层次模型，但其记录的组织方式不同。不同于层次模型，网络模型中的每一条记录可以拥有多个父母和子记录。

关系模型（relational model）是一个由行数据和列数据组成的二维表。行是记录（也称为"元组"），列是字段（也称为"属性"）。

数据字典（data dictionary）用于存储定义，如字段的数据类型、字段的默认值，以及每个字段中数据的验证规则等。

主关键字（primary key）用于唯一标识关系数据库中的每一条记录。如学生学号、社会安全号码、账号和发票号码等。

外关键字（foreign key）是指某关系表中与其他表的主关键字相匹配的字段，可用于交叉引用表格。

标准化（normalization）消除了数据库中的冗余数据，提高了数据库的效率，并且确保只把相关联的数据存储在表中。

结构化查询语言（structured query language，SQL）是标准的第四代查询语言，很多数据库管理软件包都使用该语言，例如Oracle 11g和Microsoft SQL Server。SQL这两个数据库都是由几个关键字组成以确定所要执行的任务。

实例查询（query by example，QBE）通过构建由查询模板组成的命令语句，从数据库中检索数据。在目前的图形数据库中，你只需要点击鼠标选择查询模板，而无须再去记忆那些关键字了，这与SQL数据库的操作类似。你可以在QBE模板中使用AND，OR和NOT等运算符，对查询进行微调。

数据管理用于给某一操作员授权以执行某些功能，通常包括新建、阅读、更新和删除（CRUD）。

数据库管理员（DBA）是在大型企业中设立，负责设计和建立数据库、制定安全措施、开发恢复程序、评估数据库性能、增加和微调数据库功能等工作。

数据驱动网站（data-driven web site）充当数据库的接口，为用户检索数据并允许用户向数据库输入数据。

分布式数据库将数据存储在位于企业不同地点的多个服务器中。

分片（fragmentation）方法解决了在多个站点之间划分表的问题，主要包括三种方法：水平、垂直、混合。

分布式数据库管理系统的复制（replication）方法，是指每个站点存储一份企业数据库中数据的复本。

分布式数据库管理系统的分配（allocation）方法将分片和复制相结合，每个站点只存储使用最频繁的数据。

在客户机/服务器数据库（client/server database）中，用户的工作站（客户机）与局域网（LAN）

相连接，以共享同一台服务器所提供的服务。

在**面向对象数据库**（object-oriented databases）中，数据及其之间的关系被包含在一个对象中，对象包括属性值和针对对象数据所能使用的方法。

将对象按照它们的属性和方法划分为一类称为**封装**（encapsulatin），其含义是将相关的项目划分为一个单元。封装有助于处理更为复杂的数据类型，如图形、图像。

继承性（inheritance）是指通过在属性值中输入新的数据能更快更容易地创建新对象。

数据仓库（data warehouse）是来自各种资源的数据的集合，用于支持决策程序和生成商务智能。

提取、转换和加载（ETL）描述了数据仓库中数据的处理过程，包括从外部数据源提取数据，将数据转换成符合操作要求的格式，并将其加载到最终目标（数据库或数据仓库）。

联机分析处理（online analytical processing，OLAP）能够生成商务智能。它使用多种信息资源，提供多维度分析，如以时间、产品和地理位置为基础观测数据。

数据挖掘分析（data-mining analysis）用于找出数据间的模式和相互关系。

数据集市（data mart）通常在单个部门或职能领域中使用，是数据仓库的缩小版。

学习目标

1. 明确数据库和数据库管理系统的定义。

数据库是信息系统中的关键要素，因为要进行任何类型的分析都必须以数据库所提供的数据为基础。为了确保更有效地使用数据库，使用了数据库管理系统对数据库进行管理。

用户发出请求，数据库管理系统查询数据库，并将信息反馈给用户。

在数据库中，使用顺序的、随机的或者索引顺序的方法访问文件。

2. 阐述逻辑数据库设计和关系数据库模型。

数据库设计的第一步是明确数据模型（包括思考数据的结构、操作和完整性规则）。

考虑你想采用哪种视图方式：物理视图或逻辑视图。

设计数据库时，可以使用的数据模型有很多种（如面向对象模型、层次模型和网络模型），最为常见的是关系模型。

3. 明确数据库管理系统的主要构成要素。

数据库管理系统软件主要有以下几个组件。

- 数据库引擎：数据库引擎是数据库管理软件的核心，负责存储、处理和检索数据。
- 数据定义：用于创建和维护数据字典，并定义数据库的文件结构。
- 数据操作：用于在数据库中增加、删除、修改和检索记录。
- 应用程序生成：用于设计数据库使用程序。
- 数据管理：用于执行备份、恢复、安全和变更管理等任务，也用于决定CRUD。

4. 概述数据库设计和应用的最新趋势。

数据库设计和应用的最新趋势包括数据驱动网站、自然语言处理、分布式数据库、客户机/服务器数据库，以及面向对象数据库。除此之外，人工智能和自然语言处理的发展也将对数据库的设计和应用生产影响，例如改进用户界面。

5. 说明数据仓库的构成要素及其功能。

数据仓库能够支持决策程序和生成商务智能。

数据仓库中的数据通常具有以下特征：面向对象的、集成的、时变的、汇总数据和目的。

6. 描述数据集市的功能。

数据集市通常在单个部门或职能领域中使用，是数据仓库的缩小版。尽管数据集市相对较小，但数据仓库所能进行的分析它都可以进行。数据集市具有以下优势：快速访问、加快反应时间、更为低廉、易于创建和锁定用户需求。

关键术语

信息记录程序（cookies）是一些小文本文件，它们既可以以特殊的ID标签嵌入到网页浏览器上，也可以保存在用户的硬盘上。

间谍软件（spyware）是一种在用户浏览网页时秘密地收集用户信息的软件。

广告软件（adware）也是一种间谍软件，它依据用户的网络浏览模式，通过在网络浏览器上播放广告，（未经用户同意）收集用户的信息。

网络钓鱼软件（phishing）通过表面上看来正规的渠道（如银行和大学），向用户发送欺骗性的电子邮件。这种软件通常诱导邮件的接收者登录错误的网站，企图骗取用户的个人信息，如银行账号或社保账号。

按键记录器（keylogger）以一种软件或硬件的形式安装在计算机上，监控和记录计算机操作者的键盘输入情况。

许可使用协议（acceptable use policies）具体说明了使用该网络应遵守的法律条例和道德规范，以及违反协议的后果。

垃圾邮件（spamming）是以做广告为目的而不请自来的电子邮件。

记录指令文件（log files）是由网络服务软件生成的记录用户网上行为的软件。

知识产权（intellectual property）是保护由某一个人或组织所创作的智力劳动成果的法律武器，这些智力创造包括版权、商标权、商业机密和专利权。

域名抢注（cybersquatting）是指通过注册、出售或使用网络域名，利用他人的商标来获取利润。

信息技术和互联网造就了一条数字鸿沟（digital divide）。许多人仍然买不起计算机，并且教育也受到了数字鸿沟的影响。

虚拟组织（virtual organization）是由一些独立的公司、原料供应商、顾客和生产商，通过信息技术联成的网络组织，以达到共享技术、分摊成本以及满足彼此市场需求的目的。

学习目标

1. 描述计算机犯罪所采用的信息技术。

有些人滥用信息技术侵犯用户的隐私权，甚至从事计算机犯罪。

- 信息记录程序
- 间谍软件和广告软件
- 网络钓鱼软件
- 按键记录器
- 数据盗窃和电子欺骗
- 计算机犯罪和欺诈

你可以在计算机上安装可以定时更新的操作系统，使用杀毒软件和电子邮件的保密功能，尽量减少甚至阻止计算机犯罪带来的风险。

2. 复习涉及个人隐私的问题及保护个人隐私的方法。

虽然信息技术有许多优点，但是它也引起了人们在工作中对个人隐私的担忧。一些公司的老板可以在招聘过程中查看社交网站，他们还可以监控员工的行动，如工作的准确性和离开计算机的时间。

私人信息都被存储在信息库中，如果误用了那些极其敏感的信息（如医疗记录），很可能会使某些人失去得到就业、健康保险以及住房的机会。

在对教育、财务、政府以及其他机构的信息进行交换的基础上，数据库中的信息能相互交叉匹配，生成人们的档案资料，甚至可以预测人们今后的行为。这些信息也通常用于直销和检测潜在的债务者或债权者的信用度。

目前，相关法律调整了收集和使用个人或公司信息的规范，但是就其使用范围来讲仍存有局限性，并且在内容上还存在着一些漏洞。

为了更好地理解涉及网络的有关法律及个人隐私问题，应注意以下三个重要的概念：许可使用协议、责任条款、认可协议。

3. 说明电子邮件、数据收集和信息审查制度对个人隐私的影响。

虽然E-mail已被广泛应用，但它也存在着严峻的隐私问题，其中包括发送垃圾邮件和可轻易访问他人邮件。

常用于收集信息的两项技术是记录指令文件和信息记录程序。有时用户故意提供不正确的信息。如果网络收集到的信息不正确，那么网络系统就会对用户做出错误的描述。因此，使用和说明通过网络收集的数据必须要谨慎。

4. 讨论关于信息技术的伦理道德问题。

道德和道德决策与人或组织之间相处的道德准则有关。实质上，道德是指做正确的事情，并且它的含义因文化的差异而不同，甚至因人而异。虽然通常我们依据法律能够明确判断什么合法或者什么不合法，但是却很难在合乎道德与不合乎道德之间划清界限。

计算机犯罪、诈骗、身份盗用和知识产权的侵犯等现象层出不穷。许多专家认为通过更新和强化道德法规来加强对员工的管理能够减少他们的不道德行为。许多协会也着实增强了其成员使用信息系统和技术的道德责任感，并且改进了对成员所要求的道德规范。

网上可以提供两类信息：公众的和个人的。公众信息由一个组织或公共机构发布，可以因公共政策原因而被审查。个人信息由个人上传，由于受到言论自由的保护，可以不接受审查。

许多家长担心他们的孩子在上网时接触到不健康的事物，而CyberPatrol等程序可以阻止孩子们登录某些网站。

5. 阐述知识产权法规及侵权问题。

知识产权分为两大类：工业产权（发明创造、商标、图文标识等）和具有版权的资料（文学和艺术作品）。版权法也保护在线资料，包括网页、HTML协议和计算机艺术作品，只要是可以打印或存储到硬盘上的内容均在保护之列。版权法赋予作者特有的权利，这意味着其他人未经允许不得复制、传播或使用其作品。

其他的知识产权保护包括商标权、专利权、软件盗版和域名抢注。

6. 说明信息技术对组织的作用，其中包括数字鸿沟、电子出版物及信息技术对工作场所和工作人员健康的影响。

信息技术对工作性质的改变产生了直接的影响。远程办公和虚拟工作使一些人在家就可以完成工作任务。利用电子通信技术，工作人员可以与总部之间收发数据，企业能够在最大范围内充分利用有效的人力资源。

信息技术还正在创建虚拟组织，它是由一些独立的公司、原料供应商、顾客和生产商构成的网络。这个网络通过信息技术相互连接，并且可以共享技术、分摊成本。

人体工程学专家认为使用设计较好的办公家具，配上可伸缩或无线的键盘、合适的灯光，为视力有问题的员工配备特制的显示器等，可以缓解许多与健康有关的问题。

关键术语

保密性（confidentiality）是指系统禁止向未经授权访问系统的任何人公开信息。

完整性（intergrity）确保组织中信息资源的正确性。

有效性（availability）确保计算机和网络正常运行，并且保证已授权的用户可以访问其所需要的信息。

容错系统（fault-tolerant systems）是指在系统出现故障时，将硬件与软件设备相结合，以确保系统的有效性。

病毒（virus）由具体的时间或事件所触发，并能自我复制的程序代码构成。

蠕虫（worm）可以通过网络从一个计算机传播到另一个计算机，但是它通常不会破坏数据。蠕虫与病毒不同，它是独立的程序，它不需要依附一个宿主程序就可以自行传播。

木马程序（trojan program）包含企图破坏计算机，网络和网站的代码，通常隐藏在普通的程序之中。

逻辑炸弹（logic bomb）是一种用来释放病毒、蠕虫和其他破坏性代码的木马程序。逻辑炸弹在某一特定时间或者由某个事件触发，比如用户按Enter键，或运行某个特定的程序。

后门程序（backdoor）（也称为"系统陷阱"）是一种由设计者或程序员装入计算机系统的例行程序，它能让设计者或程序员绕过系统保护设置，偷偷潜入系统访问程序或文件。

混合威胁（blended threat）是一种安全威胁，它结合了计算机病毒、蠕虫和其他恶意代码的特征，这些恶意代码攻击公共或私人网络所发现的漏洞。

拒绝服务型攻击（denial-of-service（DoS）attack）使用服务请求堵塞网络和服务器，阻止合法用户访问系统。

在安全的环境下，社会工程学（social engineering）指使用"人际沟通技巧"（如装出友好、善意的神态，做一名好的倾听者）欺骗他人泄露其私人信息。

生物识别安全措施（biometric security measures）是指使用生理要素来强化保安措施。这些要素是一个人所特有的，并且无法被盗取、丢失、复制，或传递给他人。

回拨调制解调器（callback modem）首先让用户退出系统（当用户试图连接网络之后），然后再让他用预先设定的号码重新登录系统，并且通过这种方式检测用户的访问是否正当。

防火墙（firewall）是一种硬件和软件的结合体，它在个人网络和外部计算机或网络（包括互联网）之间担当过滤器和屏障的作用。网络管理员制定访问规则，并对任何其他的数据传输进行拦截。

侵入检查系统（intrusion detection system，IDS）可以防御来自内部和外部的访问。它们通常被置于防火墙之前，并能够确认攻击的特征、跟踪模式，向网络管理员发出警报，并且使路由器终止与可疑资源的连接。

物理安全措施（physical security measures）主要用于控制对计算机和网络的访问，包括计算机保护装置和防止计算机被盗的外部设备。

访问控制（access controls）用于防御对系统的非法访问，从而保护数据的完整性。

虚拟个人网络（virtual private network，VPN）为个人网络传送消息和数据提供了一条互联网的隧道。

数据加密（data encryption）是指把称为"明码文本"的数据转换为其他人读不懂的所谓"密码文本"的乱码形式。

安全套接字层协议（secure sockets layer，SSL）是一种常用的加密协议，可以控制在互联网上传输信息的安全性。

传输层安全协议（transport layer security，TLS）是一种加密协议，确保使用公共网络（如互联网）传输数据的安全性和完整性。

非对称加密（asymmetric encryption）使用两个密钥：一个是众所周知的公共密钥，另一个是只有接收者知道的私人的或保密的密钥。

对称加密（symmetric encryption）（也称做"密钥加密"）是指加密和解密信息使用相同的密钥。

企业可持续性计划（business continuity planning）概括了在发生自然灾害或受到网络攻击时，保持组织正常运行的规程。

1. 描述关于计算机和网络安全的基础防御措施。

综合安全系统包括硬件、软件、程序和工作人员，这些因素可以共同保护信息资源，阻止黑客和非法入侵者。计算机和网络安全包括以下三个重要内容：保密性、完整性和有效性。

在设计综合安全系统时，首先要设计容错系统，它将硬件与软件设备相结合以提高系统可靠性。

2. 说明主要的安全威胁。

根据威胁是蓄意的还是无意的（如自然灾害、某用户意外删除数据和结构失效），可以将威胁分为蓄意威胁和无意威胁两类。蓄意威胁包括：

- 病毒
- 蠕虫
- 木马程序
- 逻辑炸弹
- 后门程序
- 混合威胁（如通过木马程序传播蠕虫）
- 恶意程序
- 拒绝服务型攻击
- 社会工程

无意威胁包括：

- 自然灾害
- 某用户意外删除数据
- 结构失效

3. 描述安全和执法措施。

除了安全地存储数据和备份数据，组织还可以采取许多其他的方法防御威胁。一套综合安全系统应包括以下几个方面：

- 生物识别安全措施
- 非生物识别安全措施
- 物理安全措施
- 访问控制
- 虚拟私人网络
- 数据加密
- 电子商务处理安全措施
- 计算机安全应急响应小组

4. 概述包括企业可持续性计划在内的综合安全系统的指导原则。

企业的员工是保证任何系统安全的重要因素。

发展综合安全计划需要关注与用户相关的安全问题，如张贴安全法规、立刻废除已被解雇的员工的授权，以及程序和技术上的问题，如审查日志、确保更新防火保护系统、安装防火墙和入侵检测系统。

为了减少自然灾害或者网络攻击和入侵的影响，制定灾害恢复计划是非常重要的。这个计划应该包括企业可持续性计划，企业可持续性计划概括了保持企业正常运行的规程。

关键术语

数据通信 （date communication） 是指数据从一个位置到另一个位置的电子传输。

带宽 （bandwidth） 是指在一段特定的时间内所传输数据的数量。

衰减 （attenuation） 是指在一个信号中能量的损失。

在宽带 （broadband） 数据传递中，能同时发送多层数据以提高数据传递速率。

窄带 （narrowband） 是一种语音级别传输媒介。

数据传递协议 （protocol） 是控制数据通信的规则。

调制解调器 （modem） 是连接用户和互联网的设备。

数字用户线路 （digital subscriber line，DSL） 是一种常见的使用普通电话线进行的高速传输服务。

通信媒介 （communication media） 是连接发送者和接收者的设备。

传导型媒介 （conducted media） 提供了传输信号的物理路径。

辐射型媒介 （radiated media） 使用天线传递数据。

在集中处理 （centralized processing） 系统中，所有的处理工作都在一台中央计算机中完成。

在非集中处理 （decentralized processing） 中，每个用户、部门或分公司（有时称为"组织单位"）都使用自己的计算机来完成处理任务。

分布处理 （distributed processing） 采用集中控制和非集中操作方式。

开放系统互连模型 （open systems interconnection （OSI） model） 具有七层体系结构，用于确定数据如何在网络中进行传输。

网络接口卡 （network interface card，NIC） 使计算机能够通过网络进行通信。

局域网 （local area network，LAN） 用于连接工作站和与其相邻近的外围设备。

广域网 （wide area network，WAN） 能够覆盖多个城市、地区，甚至国家。

城域网 （metropolitan area network，MAN） 用于处理一个城市中多个企业的数据通信。

网络拓扑 （network topology） 是指网络的物理布局。

星形拓扑 （star topology） 一般由中央计算机和一系列网络节点构成。

在环形拓扑 （ring topology） 中，每个计算机管理各自的网络连接。

总线拓扑 （bus topology） 连接沿着网段的节点。

分层拓扑 （hierarchical topology） 按照不同的处理能力将计算机组合在不同的组织层次。

控制器 （controller） 控制从计算机到外部设备的数据传输，反之亦成立。

多路复用器 （multiplexer） 是一种允许几个节点共享一条通信路径的硬件设备。

在网状拓扑 （mesh topology） 中，每个节点都与其他各个节点连接。

传输控制协议/互联网协议 （transmission control protocol/internet protocol，TCP/IP） 是具有相互操作性的通信协议的行业标准套装。

数据包 （packet） 是通过网络在计算机之间进行传输的二进制数字的集合。

路由 （routing） 是指决定采用哪条路径传输数据的过程。

路由表 （routing table） 用于决定传输数据包的最佳路径。

在集中式路由 （centralized routing） 中，一个节点负责为所有的数据包选择路径。

分布式路由 （distributed routing） 依靠每个节点自行计算出自己的最佳路径。

路由器 （router） 是一种网络连接设备，它用于连接网络系统及控制网络系统之间的通信流量。

静态路由器 （static router） 需要路由管理器向它提供关于哪个地址在哪个网络的信息。

动态路由器 （dynamic router） 能够建立确定每个网络地址的路由表。

在客户机/服务器模式 （client/server model） 下，软件在本地计算机运行，并且与远程服务器进行通信，发出信息和服务请求。

在双层结构 （two-tier architecture） 中，客户端直接与服务器通信。

N层结构 （n-tier architecture） 将应用处理放置在中间层服务器。

无线网络 （wireless network） 是指一种用无线技术代替有线技术的网络。

移动网络 （mobile network） 是以无线电频率 （RF） 运行的网络。

吞吐量 （throughput） 是指在规定的时间内传输或处理数据的数量。

学习目标

1. 描述数据通信系统的主要用途。

　　数据通信是指数据从一个位置到另一个位置的电子传输。数据通信程序可以提高决策者的工作效率和效果。

2. 说明数据通信系统的主要组成部件。

　　一个标准的数据通信系统包括以下几个组成部件：

- 发送和接收设备；
- 调制解调器或路由器；
- 通信媒介（途径）。

3. 描述处理结构的主要类型。

　　数据通信系统可用于不同的结构之中，其中包括：集中式、非集中式和分布式处理系统。

4. 说明网络的三种类型。

　　网络主要有三种类型：局域网、广域网和城域网。

5. 描述主要的网络拓扑。

　　五种常用的拓扑结构是星形、环形、总线形、分层和网状拓扑。

6. 解释重要的网络概念，如宽带、路由、路由器和客户机/服务器模式。

　　协议是电子设备交换信息时所遵循的方法和规则。传输控制协议/互联网协议（TCP/IP）是通信协议的行业标准套件。

　　决定采用哪条路径传输数据的过程是路由。

　　在客户机/服务器模式下，软件在本地计算机（客户端）运行，并且与远程服务器进行通信，发出信息和服务请求。

7. 描述无线、移动技术和网络。

　　无线网络是指一种用无线技术代替有线技术的网络。移动网络是以无线电频率（RF）运行的网络。

8. 概括会聚现象及其在商业和个人领域中的应用。

　　在数据通信中，会聚是指将音频、视频和数据进行整合，以便使用多媒体信息进行决策。

关键术语

互联网（internet）是全世界百万台计算机和所有规模的网络所构成的一个集合。

高级研究规划局网络（advanced research project agency network，ARPANET）是于1969年由美国国防部建立的项目，它是互联网的起源。

互联网骨干网（internet backbone）是用光导纤维电缆连接的基础网络，它可以支持非常高的带宽。

利用超级媒体（hypermedia），文档可以嵌入式引用音频、文本、图像、视频和其他文档。

超级文本（hypertext）由用户可以点击跟踪特殊线索（主题）的链接构成。

域名系统（DNS）协议用于将域名转换为IP地址。

统一资源定位器（uniform resource locators，URLs）也称为通用资源定位器，可以确定网页。

超文本链接标示语言（hypertext markup language，HTML）是一种用于设计网页的语言。

导航工具（navigation tools）用于在网站间旅行，或者"漫游"互联网。

目录（directories）是文档中基于关键词的信息索引。

搜索引擎（search engine）是一个信息系统，如Google.com或者Ask.com，它能够让用户以使用检索词搜索信息的方式在网络中检索数据。

目录（directories）用于对信息进行分类管理。

讨论组（discussion groups）一般用于人们针对某个具体的主题交流观点和思想，这些主题通常都与技术或者学术问题有关。

新闻组（newsgroups）可以针对任意主题而创建，它们允许抱有娱乐或商业目的人加入其中。

互联网在线聊天（IRC）使用户能够在聊天室与在其他地方的人即时交流文本信息。

即时通信（instant messaging，IM）是一种通过互联网在"私人聊天室"与其他人进行通信的服务。

网络电话（internet telephony）使用互联网进行口语对话交流。

网际网路语音（voice over internet protocol，VoIP）是用于网络电话的协议。

内联网（intranet）是一个在企业内部使用互联网协议和技术的网络，它主要用于收集、整理和传播支持公司活动的有用信息。

外联网（extranet）是一个安全的网络，它使用互联网和网络技术连接商业伙伴的内联网。

Web 2.0描述了网络应用程序的发展趋势，与传统网络应用程序相比，其互动性增多。

博客（blog）是指面向普通公众的、经常更新的网络日志或通讯。

维基（wiki）是一种允许用户添加、删除和不时修改内容的网站。

社交网站（social networking）泛指允许用户与朋友、家人和同事进行在线交流的网站和服务。

RSS Feeds（really simple syndication，feeds）是指使用可扩展标识语言（XML）格式发布网页信息的一种快速、简单的方法。

播客（poscast）是一种电子音频文件（如mp3），它被发布在网页上以供用户下载到自己的移动设备中。

第二代互联网（internet 2，I2）是由美国200多所大学和企业共同参与开发的，用于高等教育和科研的先进互联网技术及程序。

区域性网络连接节点（gigapops）是一个本地互联网接入点。

学习目标

1. 描述互联网和万维网的构成方式。

互联网骨干网是用光导纤维电缆连接的基础网络，它可以支持非常高的带宽。

1989年，万维网将图形界面引入主要基于文本的互联网，从而改变了互联网。

当从一个网络向另一个网络传输信息的时候，域名会被域名系统（DNS）协议转换为IP地址。统一资源定位器也称为通用资源定位器，其中的域名可确定网页。

用于连接网络（包括互联网）的方法有很多种，其中包括拨号、电缆调制解调器和数字订购线路

（DSL）。

2. 讨论导航工具、搜索引擎和目录。

导航工具用于在网站间旅行，或者"漫游"互联网。

搜索引擎为你提供了一种在互联网上寻找信息和资源的简单方法，即只需输入与你感兴趣的主题相关的关键词即可。

目录是文档中基于关键词的信息索引，它有助于搜索引擎能够找到你所查询的信息。一些网站如雅虎，也使用目录对信息内容进行分类。

3. 描述常用的互联网服务。

通过互联网可以得到许多服务，其中大多数服务都是由应用层的TCP协议套装操作的。这些服务包括：

- 电子邮件
- 新闻组和讨论组
- 互联网在线聊天和即时通信
- 网络电话

4. 总结网络应用程序的广泛应用。

一些服务行业利用互联网和它所支持的技术，以更具竞争性的价格和更高的便利性，为广大顾客提供服务和产品。

5. 说明内联网的用途。

内联网是一个在企业内部使用互联网协议和技术的网络，它主要用于收集、整理和传播支持公司活动的有用信息。

6. 说明外联网的用途。

外联网是一个安全的网络，它使用互联网的技术连接商业伙伴的内联网，因此外联网使得企业之间或者顾客之间可以进行交流。

7. 概括Web 2.0和Web 3.0的发展趋势。

Web 2.0描述了网络程序的发展趋势，与传统网络程序相比，其互动性增多。这些应用程序包括博客、维基、社交网站、RSS和播客。

第二代互联网（I2）是由美国200多所大学和企业共同参与开发的，用于高等教育和科研领域的先进互联网技术及程序。

尽管对于到底什么是Web 3.0以及它何时能够普及，并没有一个广泛认同的观点，但是绝大多数专家认为Web 3.0提供了检索网上信息的环境。

天键术语

电子商业 (e-business) 涉及一个公司运用计算机和通信技术从事买卖产品和服务的所有活动。

电子商务 (e-commerce) 是指通过互联网买卖商品和服务。

价值链 (value chain) 包括一系列旨在通过在生产过程的每个阶段增加产品价值 (或成本) 来满足企业商业需求的活动。

复合型电子商务 (click-and-brick e-commerce) 将传统商务和电子商务相结合。

销售商模式 (merchant model) 通过使用互联网媒介将传统的零售模式转向电子商务领域。

使用经纪模式 (brokerage model)，让销售者和购买者通过网络进行买卖交易，并且收取交易双方的佣金。

广告模式 (advertising model) 是对如收音机和电视等传统广告媒体的扩展。

混合型模式 (mixed model) 获取收益的来源不止一种。

使用信息媒介模式 (informediary model) 的电子商务网站收集关于客户和企业的信息，然后再以营销的目的将这些信息出售给其他企业。

使用订阅模式 (subscription model) 的电子商务网站可以向客户出售数字产品或服务。

企业对客户 (business-to-consumer，B2C)：电子商务企业直接面向顾客进行销售。

企业对企业 (business-to-business，B2B)：电子商务包括企业间的电子交易。

客户对客户 (consumer-to-consumer，C2C)：电子商务涉及用户间的商务交易。

客户对企业 (consumer-to-business，C2B)：电子商务涉及人们向企业销售产品和服务。

电子政务 (e-government，e-gov)：应用程序包括政府对民众、政府对企业、政府对政府、政府对员工。

组织或局域网电子商务 (organizational or intrabusiness e-commerce) 是指发生在企业内部的电子商务活动，它们一般通过企业内联网进行。

在卖方市场 (seller-side marketplace) 模式中，专业市场的销售者共同形成了针对购买者的普通市场。

电子采购 (e-procurement) 可以使企业员工直接订购和接收来自供货商的供应和服务。

在买方市场 (buyer-side marketplace) 模式中，单个一个购买者或者购买群体开放电子市场，邀请卖方对买房宣布的产品投标，并且请求报价 (RFQ)。

第三方交易市场 (third-party exchange marketplace) 模式由第三方控制，市场收益来源于为满足买卖双方需求而收取的费用。

垂直市场 (vertical market) 专注于特定的行业或者市场交易。

水平市场 (horizontal market) 专注于不同行业中特定的功能或者商业过程。

贸易伙伴协议 (trading partner agreement) 使协商过程自动化，并执行参与企业间的合同。

移动商务 (mobile commerce，m-commerce) 使用掌上设备如智能电话或者掌上电脑，处理商业交易。

语音电子商务 (voice-based-commerce) 依赖于声音识别和文语转换技术。

电子支付 (electronic payment) 是指仅用于电子交换的货币和临时凭证。

智能卡 (smart card) 大约同信用卡一样大，其内部含有一个嵌入式微处理器芯片，存储着重要的金融和个人信息。

电子现金 (e-cash) 是钞票和硬币安全、便捷的替代物。

电子账单 (e-check) 是纸质账单的电子版本。

电子钱包 (e-wallet) 为在线购物提供了安全、方便的编写式工具。

贝宝 (PayPal) 是一种流行的、用于许多在线拍卖网站的在线支付系统。

小额支付 (micropayment) 用于金额非常小的网上支付。

网络市场营销 (web marketing) 使用网络及其支持技术推销产品和服务。

搜索引擎优化 (search engine optimization，SEO) 是提高网站交通流量和质量的方法。

1. 定义电子商务，说明它的优势、劣势和商业模式。

电子商务是指通过互联网买卖商品和服务。凭借对互联网的应用和网络所提供的灵活性，电子商务在传统商务的基础上建立起来。通过价值链分析，可以考察电子商务及其在商业中的作用。

如果电子商务基于健全的商业模式（下一节讨论），其优点将大于缺点。

电子商务中应用最广泛的商业模式有：

- 经销商
- 经纪业务
- 广告
- 混合型
- 信息媒介
- 订阅

2. 说明电子商务的主要类型。

电子商务的主要类型有：

- 企业对客户（B2C）：企业直接面向顾客进行销售。
- 企业对企业（B2B）：企业间的电子交易。
- 客户对客户（C2C）：用户间的商业交易。
- 客户对企业（C2B）：人们向企业出售产品和服务。
- 电子政务：政府和其他非商业机构使用电子商务应用程序。
- 组织或局域网电子商务：发生在企业内部的电子商务活动。

3. 描述企业对客户型电子商务循环。

从事B2C电子商务包括5项主要的活动：

- 信息共享
- 订货
- 支付
- 完成
- 服务与支持

4. 概括企业对企业电子商务的主要类型。

根据控制市场的主体：销售者、购买者还是中间人（第三方），B2B电子商务模式主要分为三种类型，最终产生了以下市场模式：卖方市场、买方市场和第三方交易市场。

5. 描述移动和语音电子商务。

移动商务使用掌上设备如智能电话或者掌上电脑，处理商业交易，如在网上经纪公司进行证券交易。许多电信公司提供可上网的手机，可供用户使用的移动电子商务应用程序也是多种多样。

你也可以使用移动电话访问网站和订购产品。声音识别和文语转换技术在过去的十年中已得到了长足的发展。

6. 说明电子商务的两大支持性技术。

许多技术和应用程序支持电子商务活动。下面各节将说明这些支持技术的广泛应用：电子支付系统、网络市场营销、搜索引擎最优化。

电子支付系统包括智能卡、电子现金、电子账单、电子钱包、贝宝和微支付系统。

网络市场营销使用网络及其支持技术推销产品和服务。

搜索引擎优化是提高网站交通流量和质量的方法。

关键术语

全球信息系统（global information system，GIS）是一种跨越国界的信息系统，它可以促进企业总部与地处其他国家的分公司的交流，并且将从普通系统中发现的所有技术和应用程序进行整合，以穿越文化和地理边界来存储、控制和传输数据。

跨界数据流（transborder data flow，TDF）限定在国外可以获取和传输什么类型的数据。

跨国公司（multinational corporations，MNC）或企业是指一个公司至少在本国之外的一个国家中拥有资产和业务。这个公司穿越其本国国界运输产品和服务，并且通常接受来自总部的中央管理。

在多国型结构（multinational structure）中，对生产、销售和市场进行分散式管理，而财务管理这一职责仍由母公司承担。

全球型结构（global structure）（或者总部驱动型结构）掌控着高度集中的信息系统。[1]分公司几乎没有任何自主权，它们不仅在系统的设计和实施方面，而且在所有过程和控制决策中都依赖于总部。

以国际型结构（international structure）运营的公司很像跨国公司，但是其分公司在生产过程和生产决策方面更加依赖于总部。

在遵循跨国型结构（transnational structure）的企业中，母公司和所有分公司为了将产品发送到恰当的市场，共同制定政策、程序和物流管理方案。

企业运用离岸外包（offshore outsourcing）的方法在另一个国家选择外包公司，这个国家可以提供企业需要的服务和产品。

学习目标

1. 讨论企业全球化及使用全球信息系统的原因，其中包括电子商业的兴起和互联网的发展。

全球化经济产生了需要统一性全球服务的顾客，并且全球市场扩张是发展中的全球信息系统管理这些统一性服务的重要因素。许多企业已经实现了国际化。例如，2008年可口可乐公司在美国以外的国家获得了80%以上的收益。机票预订系统被称为第一个大规模的交互式全球系统，并且现在宾馆、汽车租赁公司和信用卡服务也需要全球数据库为顾客提供效率更高且效果更好的服务。

电子商业是全球信息系统得以广泛应用的重要因素。互联网可以简化通信，改变企业关系，并且为客户和企业提供新的机会。在当今世界的许多地方，互联网已成为人们日常生活的一部分。互联网在中东部的增长比例最高，而在北美最低。全球互联网用户的数量高达15亿，且亚洲用户最多。

2. 说明全球信息系统以及它们的要求和构成。

全球信息系统是一种跨越国界的信息系统，它可以促进企业总部与地处其他国家的分公司的交流，并且将从普通系统中发现的所有技术和应用程序进行整合，以穿越文化和地理边界来存储、控制和传输数据。

虽然依据企业规模和商业需求的不同，各企业的GIS有很大区别，但是大多数GIS都具有以下几个基本组成部分：

- 能够进行全球信息交流的网络，其中包括传输设备和交流媒介。
- 全球数据库。
- 信息共享技术。

GIS必须能够支持复杂的全球决策。这种复杂性源于跨国公司（MNC）所运营的全球环境。GIS同其他信息系统一样，可以根据影响不同功能的管理水平进行分类：操作性、战术性和战略性。制定全球化决策异常复杂，这意味着GIS具有区别于国内信息系统要求的功能性要求。

根据GIS的功能和用途，可以使用不同的方法对其进行分类。全球市场信息系统、战略智能系统、跨国经营管理支持系统、全球竞争性智能系统都是以不同名称命名的GIS。

3. 说明使用全球信息系统的企业结构类型。

影响MNC运营的最主要因素是协作，并且全球信息系统可以为其提供必要的信息。以下列出四种常见的全球组织类型：

- 多国型
- 全球型
- 国际型
- 跨国型

在多国型结构中，对生产、销售和市场进行分散式管理，而财务管理这一职责仍由母公司承担。遵循全球型结构的企业掌控着高度集中的信息系统，分公司几乎没有任何自主权，它们不仅在系统的设计和实施方面，而且在所有过程和控制决策中都依赖于总部。以国际型结构运营的公司很像跨国公司，但是其分公司在生产过程和生产决策方面更加依赖于总部。在遵循跨国型结构的企业中，母公司和所有分公司为了将产品发送到恰当的市场，共同制定政策、程序和物流管理方案。

离岸外包是可以替代信息系统开发的方法。企业运用这种方法在另一个国家选择外包公司，这个国家可以提供企业需要的服务和产品。

4. 讨论使用全球信息系统的障碍。

以下因素会阻碍GIS的成功实施：

- 标准缺失（也可以包括时区、税收、语言和工作习惯的差异）
- 文化差异
- 不同的监管措施
- 简陋的电信基础设施
- 缺少技术分析员和程序员

关键术语

系统开发生命周期（system development life cycle，SDLC）由一系列明确的、按照一定顺序完成的阶段构成，这种顺序可作为开发系统或项目的架构。

在规划阶段（planning phase）系统设计员必须理解并确定企业面临的问题。

内部用户（internal users）是日常使用系统的员工。

外部用户（external users）包括顾客、承包商、供应商和其他商业伙伴。

联合应用程序设计（joint application design，JAD）以一个结构化研讨会为中心（称做JAC会议），用户和系统专业人士在这里共同开发应用程序。

可行性研究（feasibility study）分析拟议解决方案的可行性，并且确定如何以最好的方式向管理层提出解决办法。

经济可行性（economic feasibility）评估系统的成本和有益性。

技术可行性（technical feasibility）与用于系统的技术相关。

操作可行性（operational feasibility）是衡量在企业中实行拟议解决方法的效果和国内外顾客对其反映程度的尺度。

时间表可行性（schedule feasibility）关系到新系统能否按时完成。

法律可行性（legal feasibility）关系到法律问题。

在需求采集和分析阶段（requirements-gathering and analysis phase）中，分析人员确定问题并且制定解决问题的备选方案。

在设计阶段（design phase），分析人员选择最现实的解决方案，并且为企业提供最高的收益。

计算机辅助系统工程（computer-aided systems engineering，CASE）工具可使部分应用程序开发过程自动完成。

在原型化（prototyping）中，开发出小型版本的系统。

概念证明型原型（proof-of-concept prototype）向用户展示如何完成一个在技术上不可行的特殊任务。

销售原型（selling prototype）用于向用户和管理人员销售所推荐的系统。

在实施阶段（implementation phase）期间，解决方案发生了从理论到实践的转变。

在平行转换（parallel conversion）中，新旧系统在短时间内同时运行。

在逐步引入逐步淘汰式转换（phased-in-phased-out）中，当新系统的每个模块完成转换，旧系统中的相应部分退出运行。

在插入（直接接入）转换（plunge（direct cutover）conversion）中，终止旧系统，实施新系统。

在引导式转换（pilot conversion）中，分析员仅在企业有限的区域内引进系统。

投标申请书（request for proposal，RFP）是包含详细说明的书面文件，用于厂家为设备、供给或者服务申请投标。

请求信息（request for information，RFI）是收集厂家信息的筛选文档，并且可以缩小可能中标的厂家的列表。

内包（insourcing）指企业团队在国内开发系统。

半内包（self-sourcing）是指越来越多的终端用户已经开始在没有信息系统团队的帮助或者在其非正式帮助下，研发自己的信息系统。

外包（outsourcing）是指企业聘请了专门提供开发服务的外国厂家和顾问。

在维护阶段（maintenance phase），信息系统正在运行，对系统的优化和修改工作已经进入开发和测试阶段，并且已经对硬件和软件的组成部件进行了增添或者替换。

快速应用开发（rapid application development，RAD）侧重于用户的参与和用户与设计师之间的不断配合。

极限编程（extreme programming，XP）将一个设计项目分成几个子程序，并且直到当前的阶段完成之后，研发者才会继续进行下一个阶段。

结对编程（pair programming）是指两个程序员在同一个工作室参加同一个项目的开发工作。

敏捷开发方法（agile methodology）专注于渐进式的开发过程和工作软件的及时发送。

1. 描述开发信息系统的方法——系统开发生命周期（SDLC）。

　　系统开发生命周期（SDLC）由一系列明确的、按照一定顺序完成的阶段构成，每个阶段的输出（结果）将成为下一个阶段的输入。

　　SDLC的五个阶段是：

- 规划
- 要求采集和分析
- 设计
- 实施
- 维护

2. 说明规划阶段所涉及的工作。

　　在规划阶段期间，系统设计员必须理解并确定企业面临的问题。在确定了问题之后，一名分析人员或分析团队将评估对当前和未来的需求。

　　可行性是衡量一个信息系统对于企业的有益性和实用性程度的尺度，在整个SDLC过程中可以不间断地对其进行评估。用于达到这个目的的方法是可行性研究，它一般包括五个主要方面：经济性、技术性、操作性、时间表及合法性。

3. 说明在需求采集和分析阶段所涉及的工作。

　　在需求采集和分析阶段中，分析人员确定问题并且制定解决问题的备选方案。团队试图理解对系统的要求，分析这些要求并且寻找解决问题的方法。

4. 说明设计阶段所涉及的工作。

　　在设计阶段，分析人员选择最现实的解决方案，并且为企业提供最高的收益。这个阶段的输出结果是含有对系统实施做出准确说明的文档。

　　由于设计信息系统时需求可以快速改变，并且缺少对系统的详细说明也是设计中的瓶颈，因此样机制作受到推崇，通常分为四步。

5. 说明实施阶段所涉及的工作。

　　在实施阶段期间，解决方案发生了从理论到实践的转变，团队安装系统并且为系统调配组件。

6. 说明维护阶段所涉及的工作。

　　在维护阶段，维护团队对系统的工作状态进行评估，并且采取措施保持系统正常运行。

7. 说明在系统分析和设计中的新趋势，包括快速应用程序开发、极限编程和敏捷软件开发方法。

　　SDLC并不适合所有的系统开发工作，其他可替代SDLC的方法包括：

- 快速应用开发（RAD）
- 极限编程（XP）
- 敏捷开发方法

关键术语

企业系统（enterprise system）是一种涉及企业所有职能领域，用以支持整个企业制定决策的应用程序。

供应链（supply chain）是一种将企业、供应商、运输公司以及向客户提供货物和服务的代理商整合在一起的网络。

供应链管理（supply chain management，SCM）是指为了改进送货和服务环节，企业与供应商及供应链中的其他参与者协同工作的过程。

电子数据交换（electronic data interchange，EDI）使商业伙伴能够发送和接收有关商业交易的信息。

电子市场（e-marketplace）是一个第三方交流平台（B2B商务模式），它给买家和卖家提供了一个有效地进行在线交流和交易的平台。

通过使用互联网，在线拍卖（online auction）使全世界的客户都可以参与到传统拍卖之中，并且其所销售的商品和服务的数量远高于传统拍卖方式。

逆向拍卖（reverse auctions）是指邀请卖家对产品和服务进行竞价。也就是说，只有一个买家但有很多个卖家，即多对一的关系。买家可以从中选择服务或产品出价最低的卖家。

协同规划、预测和补货（collaborative，forecasting and replenishment，CPFR）是指通过销售终端（POS）数据共享和联合规划来协调供应链各成员之间的工作。

客户关系管理（customer relationship management，CRM）由各种用于跟踪和管理公司与客户之间联系的程序组成。它改善了公司对客户的服务，并使用客户的交流信息进行目标市场营销。

协作过滤（collaborative filtering，CF）是使用来自多个业务伙伴和数据源的输入量，来检索特定的信息或模型。它将具有相同兴趣的人群划分成一组，并根据该组成员已购买的产品和未购买的产品等情况来推荐产品和服务。

知识管理（knowledge management，KM）吸收了企业学习和企业文化的思想，以及吸取了将隐性知识转换为显性知识、在企业内部建立知识共享文化、消除知识共享障碍的最佳经验。

个性化（personalization）是指企业通过满足客户需求、建立客户联系，以及通过开发能更好地满足客户喜好的产品和服务来增加利润的过程。个性化不仅包括客户的需求，还包括客户与企业之间的互动。

定制化（customization）与个性化有所不同，它允许客户修改公司提供的标准产品，例如每一次打开网页浏览器时，你可以选择不同的主页进行显示。

协作过滤（collaborative filtering，CF）是使用来自多个业务伙伴和数据源的输入量，来检索特定的信息或模型。它将具有相同兴趣的人群划分成一组，并根据该组成员已购买的产品和未购买的产品等情况来推荐产品和服务。

企业资源规划（enterprise resource planning，ERP）是指收集和处理数据、管理和合理配置整个企业资源、信息及功能的一体化系统。

学习目标

1. 论述企业系统的目的。

　　企业系统是一种涉及企业所有职能领域、用以支持整个企业制定决策的应用程序。

2. 阐述如何使用供应链管理。

　　供应链是一种将企业、供应商、运输公司，以及为客户提供货物和服务的代理商整合在一起的网络。

　　服务性行业和制造行业内都存在供应链，但是在不同的行业和企业中供应链的复杂程度有着很大的不同。

供应链管理（supply chain management，SCM）是指为了改进送货和服务环节，企业与供应商及供应链中的其他参与者协同工作的过程。SCM系统协调了以下功能：

- 购买原材料（如包括服务性企业的资源和信息）；
- 原材料经过中间环节转化成产成品或服务；
- 将产成品或服务运送给客户。

3. 概述供应链管理的变化。

下面这些工具有助于克服与SCM相关的一些挑战：

电子数据交换（EDI）使商业伙伴能够发送和接收有关商业交易的信息。

电子市场是一个第三方交流平台（B2B商务模式），它给买家和卖家提供了一个有效进行在线交流和交易的平台。

在线拍卖使全世界的客户都可以参与到传统拍卖之中，并且其所销售的商品和服务的数量远高于传统拍卖方式。

协同规划、预测和补货（CPFR）通过销售终端（POS）数据共享和联合规划来协调供应链各成员之间的工作。CPFR能确保在整个供应链中分享库存和销售数据。

4. 介绍客户关系管理。

客户关系管理（CRM）由各种用于跟踪和管理公司与客户之间联系的程序组成。客户关系管理系统的主要目的是改善对客户的服务，并使用客户的交流信息来进行目标市场营销。

CRM给企业提供了更加完整的客户图像。通常，CRM程序可以采用以下两种方法之一进行开发：预制式CRM或基于网络的CRM。

5. 论述客户关系管理系统。

知识管理是指通过发现、存储和传播"技能"即如何完成任务的方法，来改进CRM系统（和很多其他的系统）的一种技术。

6. 阐述如何使用个性化技术提高客户服务水平。

个性化是指企业通过满足客户需求、建立客户联系，以及通过开发能更好地满足客户喜好的产品和服务来增加利润的过程。

定制化与个性化有所不同，它允许客户修改公司提供的标准产品，例如每一次打开网页浏览器时，你可以选择不同的主页进行显示。

7. 论述企业资源规划系统。

企业资源规划是指收集和处理数据，管理和合理配置整个企业资源、信息及功能的一体化系统。一个设计良好的ERP系统能够提供很多优点。SAP、甲骨文、赛捷集团和微软等40多家供应商能够提供具有不同功能的ERP软件。

关键术语

结构化决策 (structured decisions) 或程序性工作，由于存在着定义明确的标准操作程序可用于该种决策，因此可以实现自动化处理。

半结构化决策 (semistructured decisions) 得益于信息检索、各种分析模型和信息系统技术，也包含着结构化的一面。

非结构化决策 (unstructured decisions) 是独特的、典型的一次性决策，没有任何标准操作程序适用于它们。

管理支持系统 (management support systems, MSSs) 是为了支持决策的不同方面和类型，而开发出来的不同类型的信息系统。每一类系统都是根据特定的目的和目标设计的。

在情报阶段 (intelligence phase)，决策者 (例如营销经理) 对企业环境进行审视以找出需要制定决策的情况。从各种渠道收集数据 (内部和外部) 并进行处理。根据这些信息，决策者可以找出解决问题的方法。

在设计阶段 (design phase)，决策者的目标是明确决策的标准，拟订符合标准的方案并确定标准与方案间的关系。

在选择阶段 (choice phase)，决策者选出最好和最有效率的行动方案。

在实施阶段 (implementation phase)，企业制定出实施选择阶段所选方案的计划，并获取资源以实施该计划。

决策支持系统 (decision support system, DSS) 是指一个交互性信息系统，它包括硬件、软件、数据和模型 (数学的和统计学的)，设计用于辅助企业的决策者。它的三个主要组件是数据库、模型库和用户界面。

模型库 (model base) 组件包括数学和统计学模型，它与数据库一起，使DSS能够分析信息。

管理设计者 (managerial designer) 负责确定设计和使用决策支持系统中的管理问题。这些问题不涉及系统的技术方面，它们只与管理的目标和需求相关。

技术设计者 (technical designer) 专注于如何实施决策支持系统，通常负责解决数据存储、文件结构、用户访问、响应时间和安全措施等问题。

模型建立者 (model builder) 是用户与设计者之间的联络员。它负责提供有关模型的用途、模型所接受的输入数据类型、解释模型输出值的方法，以及创建和使用模型的假设等信息。

主管信息系统 (executive information systems, EIS) 是决策支持系统的一个分支，它是一种交互式信息系统，使管理者能很容易地获取内部和外部数据，EIS通常包括"向下钻取"功能和一个用于检测和分析信息的数字仪表板。

数字仪表板 (digital dashboard) 将来自不同渠道的信息进行整合，并按照一个统一的、易于理解的格式进行呈报，通常为表格或图形。它提供了信息的实时说明，帮助决策者确定趋势和发现问题。

群体支持系统 (group support systems, GSS) 协助决策者在团队中进行工作。这些系统使用计算机和通信技术来制定、处理和落实决策工作，也可以将其看做是帮助克服群体互动局限性的一种干预技术。

群件 (groupware) 能协助团队沟通、协作和协调团队内的活动。它是一系列程序的集合，这些程序通过提供一个共享的环境和信息来支持决策者制定决策。

电子会议系统 (electronic meeting systems) 能使处于不同地点的决策者共同参与到团队的决策过程中。

地理信息系统 (geographic information system, GIS) 获取、存储、处理和显示地理信息或者地理方面的信息，例如在地图上显示所有的城市路灯的位置。

学习目标

1. 明确决策的类型，以及在一个典型企业中决策过程的各个阶段。

在一个典型的企业中，决策通常可以归为以下三种类型之一：

- 结构化决策；
- 半结构化决策；
- 非结构化决策。

赫伯特·西蒙将决策划分为三个阶段：情报阶段、设计阶段和选择阶段，其中还可以加入第四个阶段，即实施阶段。

2. 论述决策支持系统。

决策支持系统（DSS）是指一个交互性信息系统，它包括硬件、软件、数据和模型（数学的和统计学的），设计用于辅助企业的决策者。其着重于半结构化和非结构化工作。

DSS包括三个主要组件：数据库、模型库和用户界面。另外，第四个组件即DSS引擎，负责管理和协调这三个重要组件。

要设计、实施和使用决策支持系统，必然会涉及一些群体或角色。这些角色包括：用户、管理设计者、技术设计者和模型建造者。

3. 阐述主管信息系统在决策制定中的重要性。

主管信息系统（EIS）是一种交互式信息系统，它使管理者能很容易地获取内部和外部数据，EIS通常包括"向下钻取"功能和一个用于检测和分析信息的数字仪表板。

主管信息系统还包括数据的图形显示功能，从而帮助管理者制定关键决策。

4. 介绍群体支持系统，包括群件和电子会议系统。

群体支持系统旨在协助决策者从事团队中工作。GSS的干预功能减少了沟通障碍，并将秩序和效率引入到了从来不具备系统性和效率的环境中，如团体会议和头脑风暴会议等。

群件的目标在于协助团队沟通、协作和协调团队内的活动。它更倾向于团队工作而非决策支持。

5. 概述地理信息系统的使用。

地理信息系统（GIS）获取、存储、处理和显示地理信息或者地理方面的信息，GIS使用空间和非空间数据，以及特殊技术来存储复杂地理目标的坐标，包括网络线和报告区。

6. 阐述管理支持系统的设计。

在设计任何一个管理支持系统之前，首先要明确定义系统的目标，接着选择标准系统开发工具进行管理支持系统的设计。

关键术语

人工智能（artifical intelligence，AI）是由各种试图模拟和复制人类的思想、语言、感觉和推理等思维活动的相关技术组成。AI技术将计算机应用于那些需要知识、感觉、推理、理解和认知能力的领域中。

机器人（robots）和机器人技术是人工智能最为成功的应用。这些机器人能够很好地完成简单重复的工作，并能将工人从枯燥或危险的工作中解脱出来。

专家系统（expert systems）能模仿人类在某一领域的专业知识，解决既定范围内的问题。

知识获取工具（knowledge acquisition facility）是指一种采用手工或自动化方式获取和吸收新的规则和事实，从而使专家系统能够得到改进的软件包。

知识库（knowledge base）与数据库相类似，但是它除了能存储事实和数字之外，还可以记录与事实相关的规则和说明。

知识库管理系统（knowledge base management system，KBMS）与DBMS相似，用来确保知识库随着事实、数字和规则的变化而不断更新。

解释工具（explanation facility）执行的任务与人类专家相似，用于向最终用户解释推荐方案是如何推导出来的。

推理引擎（inference engine）与决策支持系统的模型库组件相似。推理引擎通过使用不同的技术（如正向和反向链接），控制了一系列的规则。

正向链接（forward chaining）执行一系列成对的"如果—则—否则"条件。

反向链接（backward chaining）首先从目标开始，接着到"则"部分，最后推导出正确的解决方案。

基于案例的推理（case-based reasoning，CBR）是一种将新案例（问题）与以前已解决的案例相匹配，并将解决方案存储在数据库中的问题求解技术。如果数据库中已存的案例没有与新的案例完全匹配的，系统会向用户询问更多的说明或信息。在找到相匹配的案例后，CBR系统给出问题的解决方案；如果即使在提供了更多的信息后，仍然找不到相匹配的案例，那么就必须让人类专家来解决这个问题。

智能代理（intelligent agents）是人工智能的一种应用，正变得越来越流行，尤其是在电子商务领域。智能代理由各种能够进行推理和遵循基于规则的程序的软件组成。

购物和信息代理（shopping and information agents）能够帮助用户浏览网页上的大量信息，并且在查找信息方面能提供更好的结果。这些代理软件浏览网页的速度比人类快得多，并能收集更为连贯和详细的信息。它们能够作为搜索引擎、网站提示器或个人上网助手使用。

个人代理（personal agents）用于为用户执行特定的任务，如记住用于填写网页表单的信息，或者在输入前几个字符后自动填完整个电子邮件地址。

数据挖掘代理（data-mining agents）与数据仓库一起运作，它能探测出趋势的变化，发现新的信息以及数据项目之间并不明显的关系。

监测和监视代理（monitoring and surveillance agents）通常用于跟踪和报告计算机设备和网络系统的情况，以预测系统崩溃或出现故障的可能时间。

模糊逻辑（fuzzy logic）使人类词汇与计算机词汇之间能够平稳、逐渐地过渡，并且使用隶属度来处理语意词的变化。

人工神经网络（artificial neural networks，ANNs）是指能够学习，并能够执行如下象棋、识别人脸和目标的形状、过滤垃圾邮件等传统计算机难以执行的任务的网络。

遗传算法（genetic algorithms，GAs）主要用于为优化和检索问题寻找解决方案的技术中。

自然语言处理（natural language processing，NLP）的开发旨在让用户能够用自己的语言与计算机进行交流。

1. 明确人工智能的定义，并阐述这些技术是如何支持决策制定的。

人工智能（AI）是由各种试图模拟和复制人类的思想、语言、感觉和推理等思维活动的相关技术组成。人工智能技术的最新发展很可能成为决策支持的新领域。

多年来，人们一直在努力缩小人工智能与人类智慧之间的差距，现在这些系统的功能已经得到了改善

2. 阐述专家系统及其应用和组件。

专家系统通过模仿人类在某一领域的专业知识，解决既定范围内的问题。

一个典型的专家系统包括以下组件：

- 知识获取工具
- 知识库
- 事实性知识
- 启发式知识
- 元知识
- 知识库管理系统
- 用户界面
- 解释工具
- 推理引擎

3. 介绍基于案例的推理。

基于案例的推理CBR）是一种将新的案例（问题）与以前已解决的案例相匹配，并将解决方案存储在数据库中的问题求解技术。

4. 概括智能代理的种类，并说明如何使用它们。

智能代理或机器人，由各种能够进行推理和遵循基于规则的程序的软件组成。包括：

- 购物和信息代理
- 个人代理
- 数据挖掘代理
- 监测和监视代理

5. 介绍模糊逻辑及其应用。

模糊逻辑的开发旨在帮助计算机模拟一般情况下的模糊性和不确定性。模糊逻辑已被用于搜索引擎、芯片设计、数据库管理系统、软件开发等多个领域。

6. 阐述人工神经网络。

人工神经网络（ANNs）是指能够进行学习，并能够执行传统计算机难以执行的任务的网络。

7. 阐述遗传算法的使用。

遗传算法（GAs）主要用于为优化和检索问题寻找解决方案的技术。遗传算法能够在没有任何关于正确方案的假设的情况下，对综合性问题进行检测。

8. 阐述自然语言处理及其优缺点。

自然语言处理（NLP）的开发旨在让用户能够用自己的语言与计算机进行交流。人类语言的规模和复杂性使NLP系统的开发非常困难。

9. 概述将人工智能技术融入决策支持系统的优点。

AI相关技术能在DSS中增加解释功能（通过与专家系统相结合）和学习功能（通过与ANNs相结合），以及创建一个更易于使用的用户界面（通过与NLP系统相结合）。

关键术语

采用拉式技术（pull technology），用户在获取信息之前要先阐述需求，例如在网络浏览器中输入URL以进入某一特定的网站。

采用推式技术（push technology）或网络广播，网络服务器会向注册了这一服务的用户发送信息，而不是等待用户提出信息发送的请求。

应用服务提供商（application service providers，ASPs）提供对软件或服务的有偿访问。

软件即服务（software as a service，SaaS）或按需定制软件，是ASPs向用户有偿发送软件的一种模式，所发送的软件可以短期使用也可以长期使用。

虚拟现实（virtual reality，VR）使用计算机生成的三维立体图像，来创建一种如同在现实环境中进行互动的假象。

在自我中心型环境（egocentric environment）内，用户完全沉浸在VR世界中。

外向型环境（exocentric environment）也称为"窗口视图"，数据仍然采用3D显示，但是用户只能在屏幕上观看图像，而不能像在自我中心型环境中那样，与这些物体进行互动。

洞穴式自动虚拟环境（cave automatic virtual environment）是一种虚拟的环境，它由以背投屏幕做墙的立方形空间组成。CAVE是全息设备，这些设备能够创建、捕捉和显示真正3D形式的图像。

虚拟世界（virtual world）是一种用户通过头像进行互动的仿真环境。

头像（avatar）是虚拟世界中一个人的二维或三维图像表示，主要用于聊天室和在线游戏中。

射频识别（radio frequency identification，RFID）标签是一种小型电子设备，它由一个小芯片和一个天线组成。射频识别设备为携带标签的卡片或产品提供唯一的识别标记。

无线保真（wireless fidelity，Wi-Fi）是一种基于电气和电子工程师协会（IEEE）802.11a、802.11b、802.11g和802.11n标准的宽带无线技术。通过采用无线电波形式，信息可以在较短的距离内传输，通常室内是120英尺（32米），户外是300英尺（95米）。

全球微波互连接入（world wide interoperability for microwave access，WiMAX）是一种基于IEEE802.16标准的宽带无线技术。它设计用于无线城域网（MANs，在第6章讨论过），通常对于固定站点其覆盖范围为30英里（50公里），对于移动站点其覆盖范围为3～10英里（5～14公里）。

蓝牙（bluetooth）是一种可以用于创建个人区域网络（PAN）的无线技术，用于在短距离内（通常在30英尺内）为固定和移动设备传输数据。

网格计算（grid computing）是指把所有的计算机连接起来，将它们的处理能力结合起来以解决特定的问题。采用这种结构，用户可以利用其他计算机的资源来解决单个计算机无法解决的大型复杂的计算问题。

效用（按需）计算（utility (on-demand) computing）与SaaS模式类似，提供按需定制的IT服务。用户根据需要支付计算或储备资源的费用，就像是根据效用支付。

云计算（cloud computing）是一种将SaaS模式、Web 2.0、网格计算和效用计算等许多最新的技术整合到一起的平台，通过互联网能够向用户提供大量的资源。业务程序通过网页浏览器进行访问，而数据则存储在提供商的服务器上。

纳米技术（nanotechnology）将各种涉及纳米级材料的结构和组成的技术结合到一起。

学习目标

1. 概述软件和服务经销的新趋势。

软件和服务经销的最新趋势包括拉式和推式技术以及应用服务提供商。采用拉式技术，用户在获取信息之前要先阐述需求，例如在网络浏览器中输入URL以进入某一特定的网站。采用推式技术或网络广播，网络服务器会向注册了这一服务的用户发送信息，而不是等待用户提出信息发送的请求。

最近一种称为应用服务提供商（ASPs）的模式，提供对软件或服务的有偿访问。软件即服务（SaaS）或按需定制软件，是ASPs向用户有偿发送软件的一种模式，所发送的软件可以短期使用也可以长期使用。SaaS模式可以采用多种形式。

2. 描述虚拟现实系统的组成及其应用。

虚拟现实（VR）的目标是创造一种环境，使用户可以像在现实世界里那样进行互动和参与。虚拟现实存在着两种主要的用户环境：自我中心型和外向型。

VR系统的主要组件包括：
- 视觉和听觉系统
- 手动控制导航
- 中央协调处理器和软件系统
- 助步器

洞穴式自动虚拟环境（CAVE）是一种虚拟的环境，它由以背投屏幕做墙的立方形空间组成。虚拟世界是一种用户通过头像进行互动的仿真环境。头像是虚拟世界中一个人的二维或三维图像表示，主要在聊天室和在线游戏中使用。

3. 论述射频识别的应用。

射频识别（RFID）标签是一种小型电子设备，它由一个小芯片和一个天线组成。该设备为携带RFID标签的卡片或产品提供唯一的识别标记。RFID标签有两种：无源标签和有源标签。

4. 概述生物识别技术的新应用。

生物识别技术已经在取证及其相关的执法工作中得到广泛使用，例如刑事鉴定、监狱安全和机场安检等。由于生物识别技术能够提供其他安全措施无法提供的高准确性，因此它们也有可能在很多民用领域中使用。

5. 阐述互联网的最新趋势，包括无线技术、网格计算和云计算等。

互联网技术的最新趋势包括：
- 无线保真（Wi-Fi）
- 全球微波互连接入（WiMAX）
- 蓝牙
- 网格计算
- 效用（按需）计算
- 云计算

6. 论述纳米技术的应用。

纳米技术将各种涉及纳米级材料的结构和组成的技术结合到一起。纳米技术在很多领域内取得了令人激动的发展，如医疗保健、信息技术、能源、重工业和消费品等领域。

信息管理与信息系统

课程名称	书号	书名、作者及出版时间	版别	定价
数据挖掘	978-7-111-22017-6	商业数据挖掘导论（第4版）（奥尔森）（2007年）	外版	38
决策支持系统	978-7-111-25905-3	决策支持系统与智能系统（第7版）（特班）（2009年）	外版	88
管理信息系统	即将出版	管理信息系统（比德格里）（2011年）	外版	56
管理信息系统	978-7-111-34151-2	管理信息系统（第11版）（劳顿）（2011年）	外版	55
管理信息系统	978-7-111-29026-1	管理信息系统（克伦克）（2009年）	外版	48
管理信息系统	978-7-111-32865-0	信息时代的管理信息系统（第8版）（哈格）（2011年）	外版	59
管理信息系统	978-7-111-32282-5	信息时代的管理信息系统（英文版.第8版）（哈格）（2010年）	外版	69
管理信息系统	978-7-111-19212-5	信息系统概论（第12版）（奥布莱恩）（2006年）	外版	58
信息资源管理（情报学）	978-7-111-19629-7	企业信息化规划与管理（靖继鹏）（2006年）	本版	32
信息系统分析与设计	978-7-111-21368-0	信息系统开发方法（徐宝祥）（2007年）	本版	30
信息检索（多媒体）	978-7-111-19640-6	信息检索（张海涛）（2006年）	本版	33
信息管理学	978-7-111-28208-2	企业信息化应用（欧阳文霞）（2009年）	本版	28
数据库原理及应用	978-7-111-29203-6	网络数据库应用（李先）（2010年）	本版	28
企业资源计划（ERP）	978-7-111-29939-4	企业资源计划（ERP）原理与实践（精品课）（张涛）（2010年）	本版	36
管理信息系统	978-7-111-23032-8	管理信息系统（精品课）（郑春瑛）（2008年）	本版	28
管理信息系统	978-7-111-22795-3	管理信息系统（王恒山）（2008年）	本版	30

HZ BOOKS
华章经管

阅读经典 卓越人生

ISBN 978-7-111-20344-5
作者：（美）弗雷德里克·泰勒
定价：28.00元

ISBN 978-7-111-20432-9
作者：（法）亨利·法约尔
定价：28.00元

ISBN 978-7-111-21643-8
作者：（美）玛丽·福列特
定价：38.00元

ISBN 978-7-111-20079-3
作者：H.伊戈尔·安索夫
定价：36.00元

ISBN 978-7-111-13627-9
作者：（美）赫伯特 A.西蒙
定价：38.00元

ISBN 978-7-111-20475-6
作者：（美）詹姆斯 G.马奇
定价：35.00元

ISBN 978-7-111-20456-5
作者：（美）劳伦斯 J.彼得
定价：32.00元

ISBN 978-7-111-21797-8
作者：（美）切斯特 I.巴纳德
定价：42.00元

ISBN 978-7-111-21564-6
作者：（美）威廉·大内
定价：32.00元

ISBN 978-7-111-21925-5
作者：（美）亚伯拉罕·马斯洛
定价：42.00元

ISBN 978-7-111-18760-1
作者：（加）亨利·明茨伯格
定价：48.00元

ISBN 978-7-111-22398-6
作者：（美）约翰 P.科特
定价：36.00元

ISBN 978-7-111-20223-3
作者：（美）约翰 P.科特
定价：28.00元

ISBN 978-7-111-23497-5
作者：（美）詹姆斯 马奇
　　　赫伯特 西蒙
定价：42.00元

乐读系列

课程名称	书号	书名、作者及出版时间	定价
市场营销学（营销管理）	978-7-111-31520-9	市场营销学（第3版）（拉姆）（2010年）	49
运营管理	978-7-111-31278-9	运营管理（科利尔）（2010年）	49
西方经济学（宏观）	978-7-111-31727-2	宏观经济学（迈克易切恩）（2010年）	49
西方经济学（微观）	978-7-111-32008-1	微观经济学（迈克易切恩）（2010年）	49
管理沟通	978-7-111-32945-9	商务沟通（雷曼）（2011年）	48
市场营销学（营销管理）	978-7-111-32966-4	营销管理（亚科布奇）（2011年）	45
统计学	978-7-111-33687-7	统计学（强森）（2011年）	49
管理学	978-7-111-33777-5	管理学（威廉姆斯）（2011年）	49
中级宏观经济学	978-7-111-34766-8	中级宏观经济学（巴罗）（2011年）	48
消费者行为学	即将出版	消费者行为学（巴宾）（2011年）	49
管理信息系统	即将出版	管理信息系统（比德格里）（2011年）	56

教师服务登记表

尊敬的老师：

您好！感谢您购买我们出版的 _____ 教材。

机械工业出版社华章公司为了进一步加强与高校教师的联系与沟通，更好地为高校教师服务，特制此表，请您填妥后发回给我们，我们将定期向您寄送华章公司最新的图书出版信息！感谢合作！

个人资料（请用正楷完整填写）

教师姓名		□先生 □女士	出生年月		职务		职称：□教授 □副教授 □讲师 □助教 □其他
学校			学院			系别	

联系 电话	办公： 宅电： 移动：		联系地址 及邮编	
			E-mail	

学历		毕业院校		国外进修及讲学经历	
研究领域					

主讲课程	现用教材名	作者及 出版社	共同授 课教师	教材满意度
课程： □专 □本 □研 □MBA 人数： 学期：□春□秋				□满意 □一般 □不满意 □希望更换
课程： □专 □本 □研 □MBA 人数： 学期：□春□秋				□满意 □一般 □不满意 □希望更换

样书申请	
已出版著作	已出版译作
是否愿意从事翻译/著作工作 □是 □否 方向	
意见和建议	

填妥后请选择以下任何一种方式将此表返回：（如方便请赐名片）

地　址：北京市西城区百万庄南街1号　华章公司营销中心　　邮编：100037

电　话：(010) 68353079 88378995　传真：(010)68995260

E-mail:hzedu@hzbook.com　marketing@hzbook.com　　图书详情可登录http://www.hzbook.com网站查询